真夜中のパン屋さん

午前４時の共犯者

大沼紀子

ポプラ文庫

真夜中のパン屋さん

午前4時の共犯者

contents

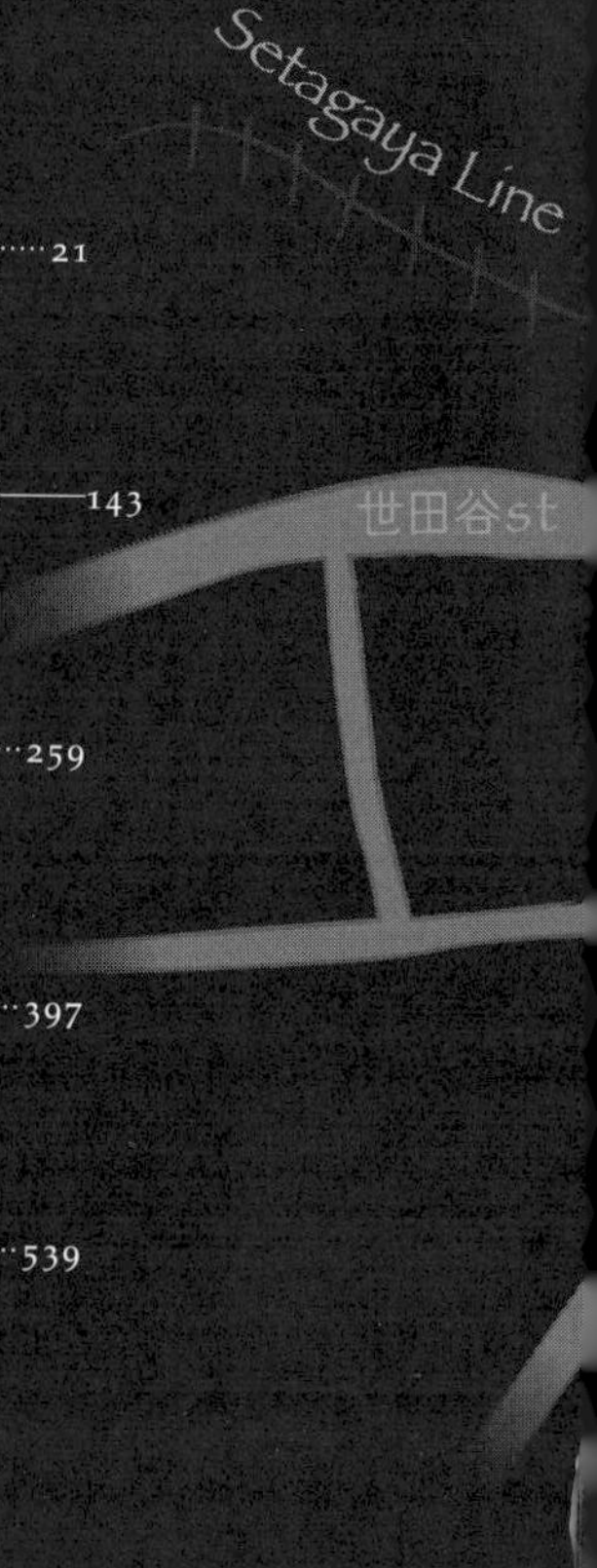
Setagaya Line
世田谷st

真夜中のパン屋さん

午前4時の共犯者

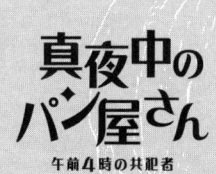

BOULANGERIE KUREBAYASHI

〈ブランジェリークレバヤシ〉

営業時間は、午後23時～午前5時。
真夜中の間だけ開く、不思議なパン屋さん。

登　場　人　物　紹　介

篠崎希実《しのざきのぞみ》

とある事情により家を追い出され、「ブランジェリークレバヤシ」の2階に居候することになった女子高生。半ば強制的にパン屋で働かされながら、次々と真夜中の大騒動に巻き込まれていく。

暮林陽介《くればやしようすけ》

「ブランジェリークレバヤシ」のオーナー。謎多き、笑顔の30代。
パン作りは、まだまだ見習い中……。
希実との関係は「義兄妹」ということになっている。

柳弘基《やなぎひろき》

暮林の妻、美和子が繋いだ縁で「ブランジェリークレバヤシ」で働いているイケメンブランジェ。口は悪いが、根は優しく一途な青年。

斑目裕也《まだらめゆうや》

探偵能力が抜群な、ひきこもり脚本家。
「ブランジェリークレバヤシ」のお客様。のぞき趣味を持つ。

ソフィア

「ブランジェリークレバヤシ」の常連客。暮林とは同年代で、
15年のキャリアを持つ、麗しいニューハーフ。

水野《みずの》こだま

「ブランジェリークレバヤシ」に通う、小学生男子のお客様。
母と2人で暮らす、素直な少年。

Open

「希実《のぞみ》ちゃん、お母さんに会いに行かんか？」

暮林《くればやし》のそんな言葉に、希実ははっきりと頷いた。うん。いいよ、会いに行く。そうして彼らの行く先は、希実が暮らすブランジェリークレバヤシから、律子《りつこ》が入院している病院へと変更されたのだ。

暮林が運転するワゴンは店の前を通り過ぎ、そのまま駒沢通りへと向かいはじめる。街の景色は住宅街のそれから、再びビル街へと変わっていく。ビルの向こうに見えるのは、抜けるような青空だ。車が並んだ大通りには、ゆらゆらと陽炎《かげろう》が揺れている。きっと外は、うだるような夏の暑さなのだろう。

希実がぼんやり外を眺めていると、助手席の弘基《ひろき》がふと声をかけてきた。

「――お前、ホントに大丈夫なのか？」

何が？　希実がそう返すと、弘基はなんとなくバツが悪そうに応えてみせた。そりゃ、まあ、なんつーか……。昨日出来たタンコブとか、その他もろもろの心構えとか、色々だよ。だから希実は少し考えて、小さく答えておいた。

「うん。たぶん」

とはいえ、母に会って自分が何を思うのか、あるいは何を言いだすのか、正直なところ希実にだってよくわかっていなかった。それでも、会うべきなんだろうな、となんとなく思っていた。会うべき理由は取り立ててないかもしれないが、会わない理由だって特にありはしないのだ。

どこからか、蟬の鳴き声が聞こえていた。それは嘆きのような怒りのような、短い命を振り絞るような、やけに耳に残る鳴き声だった。


一年半ぶりに会った母は、なんだか小さくなっていた。

顔こそ割りにふっくらしていたが、肩周りや腰のあたりははっきりと細くなっていた。長かった茶髪は黒髪に戻っており、長さも肩のあたりで切りそろえられている。こめかみのあたりには、白いものもちらほらまざって見えた。

この一年半で増えてしまった白髪なのか、それとも染めなければ以前からこんな感じだったのか、そのあたりは希実にも判然としなかった。何しろ一緒に暮らしていた頃だって、母のことを熱心に観察していたわけではないのだ。だから希実は思ってしまった。母って、こんな感じの、人だったっけ?

顔色も悪かった。表情もやけに神妙だった。そんなあたりも母らしくなくて、希実はひそかに戸惑った。目の前にいるのは確かに母であるはずなのに、まるで知らない誰かと対面しているような、奇妙な違和感を覚えてしまう。

「……久しぶりね」

希実を前に、母はまずそう言った。

「また、ちょっと、背が伸びた？」

だから希実は、ああ、うん、とぎこちなく頷いた。

「3センチくらい、伸びたかな？」

背後で弘基が、マジか……、と小さく呟いていたが、希実は黙ったまま母を見詰め続けた。母はそんな希実に、小さく微笑み言い継いだ。

「元気そうで、よかった」

そうしてわずかに目を伏せて、何か逡巡《しゅんじゅん》したのち詫《わ》びてきたのである。

「……ごめんね。ホント色々と、ごめんだったよね」

だから希実は、やはりぎこちなく答えてしまった。

「いや、別に……」

本当はもっと、言いたいことがあったような気もしていた。それでも、見知らぬ人のように見える母に、何をどう言っていいのかわからず、希実はただ反射的に返したのだった。

「――別に、いいんじゃない？　私も、けっこう楽しくやってたし」

するとベッドの上の母は目を細くして、どこか眩《まぶ》しそうに微笑んだ。

「……そっか。楽しく、やれてたんだ」

母が失踪したのは、去年の春先のことだった。そしてそれがきっかけで、希実は暮林の亡妻、美和子《みわこ》の腹違いの妹であると身分を偽り、ブランジェリークレバヤシで居候《いそうろう》生活を送ることとなったのだ。

とはいえ、もともと母には、あちこちに娘を預け姿をくらますというヘキがあったので、希実としてはまたかと思う程度のことでしかなかった。失踪期間はいつもより長期にわたっていたが、自分の成長度合を鑑《かんが》みるに、それもやむなしだろうと考えてもいた。何しろ幼い娘ですら、他人に預けてほっつき歩いていたような母なのだ。高校生になった娘など、いくらでもどこにでも放置してしまえるだろう。

それに一度だけではあるが、母からの手紙を受け取ったことがあった。手紙には、男と一緒にいることや、幸せに暮らしていることなどが、お気楽な調子で書き綴られていた。そして、自分は二十九歳独身ということになっているので、希実から返事が届くと非常にまずい。だから住所は教えられない、という旨《むね》も書き添えられていた。ホントごめんなちゃい。でもでもでもー。のぞみんは強い子だから、ハハがいなくても、きっとぜんぶうまくいくと思います。だから、がんばってねー。

だから希実も、彼女を案じてはいなかった。三十七歳子持ちの身空《みそら》で、二十九歳独身は図々し過ぎるだろうと鼻白んだし、騙《だま》される男も男で、目も頭もちょっとどうかしてるんじゃないか？　と呆れもしたが、しかし本人たちがそれでいいと言っているなら、自分が口を挟むことでもあるまいと思っていた。恋愛はあくまで個人の自由。こちらに迷惑をかけないのなら、どうぞお好きになさってください、といった心境だった。

しかし母の話によると、男との蜜月はそう長くも続かなかったようだ。

「前、のぞみんに手紙を送ったことがあったでしょ？　実はあの頃にはもう、けっこうビミョーな空気が流れてたのよねぇ」

苦笑いを浮かべながら、母はそんなふうに説明してみせた。なーんかハハって、すぐ飽きられちゃうの。やっぱり、底が浅いのかなぁ？

つまり別れを切り出したのは男のほうで、しかし母はその別れを受け入れず、別れないと言い張り続けたのだという。そんな母の説明を受け、なぜにそんな無謀な真似を？　と希実は訝《いぶか》ったのだが、しかし当の母としては、そうすることがむしろ自然な流れだったようだ。

「だってー。ハハはまだ、好きだったんだものー。別れようって言われたって、はいそうですか、なんて言えなくってー」

そうして母は男のもとに留まり、男とともに暮らし続けた。着の身着のまま男の家に転がり込んでいたため、他に行く当てがなかった、という側面もあったようだ。何しろ彼女は希実を置き去りにしただけでなく、住んでいたアパートを引き払い、仕事も辞めてしまっていたのだ。

「それで、心労がたたって、倒れちゃったってわけ」

母はそう端折《はしょ》って説明したが、とどのつまりは酒に逃げ、日々浴びるように飲み続けた結果、体のあちこちにガタがきて倒れ、即入院を言い渡された、ということらしい。

もともとが、不摂生な暮らしだったしねぇ。母はそうも言い足した。お酒飲む仕事続けてたら、遅かれ早かれこうなってたって、その時のお医者さんには、言われちゃったんだ。あっはは一。

そしてそのお医者さんをして、このままお酒を飲み続けたら死にますよ？　と言わしめてしまうほど、当時の体調は最悪だったようだ。今後はくれぐれも、お酒を控えてください。でないと、命の保証はありませんよ？　それなのに母は、退院するなりまたすぐに酒を飲んだ。何しろ戻った男の家が、もぬけの殻になっていたそうなのだ。残されていたのは母の荷物と別れの手紙、あとはいくばくかの慰謝料のみ。

「それでショックで、ついまたお酒に手が伸びちゃったっていうか……？　それで再入院になったっていうか……？　でもでもー、ホントひどい仕打ちだと思わなーい？　人の風上にも置けないっていうかー」

口を尖らせ言う母に、希実は内心突っ込まずにはいられなかった。いやいやいや、それ、母もやったからね？　それと同じように、あなたも私の前から消えたからね？　同情の余地とか、ほぼほぼないから——。

ちなみに当時の入院先は、男と暮らしていた他県の病院だったそうだ。その母が、なぜ今現在都内の病院に入院しているのか。希実のそんな疑問に、答えてくれたのは暮林だった。

「美作《みまさか》先生の口利きでな、こっちの病院に転院してきたんやと」

なんでも美作、以前こだまの周辺人物の調査を行った際、希実の母親の状況を知ってしまったらしい。それで、ひと肌脱ごうと決めたんだとか。

「ほら、希実ちゃん、美作先生の命の恩人やろ？　それで先生、力を貸してくれはったんやと。恩人のお母さんやったら、助けるのが筋やろうって……」

そんな暮林の説明に、律子も拝むようにして言い添えてみせた。

「もう、美作先生様々なのー。ここは設備もいいし、先生のお友だちがやってる病院だから、色々と融通が利くみたいで、すっごくよくしてもらっててー」

とはいえ希実としては、なんで私をすっ飛ばして、母に力を貸しちゃうわけ？　と少なからぬ反発を覚えたのだが――。そもそも美作先生の恩人は、母じゃなくて私なんだからさ。母を助ける云々以前に、私に母の居所を教えるのが、むしろ筋ってもんじゃないの？

さらに言えば、母が美作医師のみならず、暮林の世話になっていたことにも憤りを感じた。聞けば暮林、この夏の間中、ずっと母の付き添い役をしていたというのだ。

「入院中は、意外と人手が入用やし。誰か付いとったほうが、ええと思ったんや。もちろん、お母さんは断らはったけど、俺が無理やり押しかけてな」

暮林はそう言っていたが、しかしそんなのは断固として拒むことだって出来たはずで、本来なら暮林ではなく、娘である自分に助けを求めるのが道理だろうと希実は思った。まずは娘である私に連絡を入れて、詫びるなり泣きつくなりして、私に付き添いを頼めばいいのに――。なんで母って、平気で他人に迷惑かけちゃうかな？　暮林さんも暮林さんだよ。どうしてこの人の我儘《わがまま》に、いちいち付き合ってくれちゃうわけ？　そうやって甘やかす人がいるから、母も増長《ぞうちょう》するってトコもあるのに――。

するとと母は、そんな希実の気配を察したのか、弁解するように言ってきた。

「ほら、のぞみん受験生じゃない？　だから、迷惑かけたくなくって。陽介《ようすけ》さんが付き添ってくれるんなら、のぞみんに負担かけなくてすむなーって、思って……？」

言い訳がましい律子の言葉に、もちろん希実は内心鼻で笑って返した。迷惑かけたくなくて？　これまで散々迷惑かけといて、今さらどの口が言ってるわけ？　だいたい私の負担になりたくないなら、そもそも失踪なんかするんじゃないって話でしょ？

それでも希実は、その気持ちを言葉にはしなかった。むしろ努めて冷静に、母との対面に臨み続けたのである。

「……事情は、だいたいわかった」

それはひとえに、久しぶりに会った母が、やはり病人然としていたからだった。小さくなった体を前に、厳しい態度や言葉をぶつけるのはさすがに躊躇《ためら》われた。それで可能な限り、柔らかな声で告げてみせたのだ。

「そういうことなら、これからは私が母の付き添いやるから」

無論、不本意ではあった。あったがしかし、致し方ない判断だろうと希実は思っていた。何せ相手は病人で、自分は受験生という身空ではあるが健康体だ。彼女の数多《あまた》の身勝手について思うところは多々あるが、今は胸の奥底に仕舞っておいてやるのが、健康体の務めというもの。

「もうじき学校がはじまるから、顔を出せるのは夕方になると思うけど……。電車で通えない距離じゃないし……」

さらに言えば、これが最善の落としどころだろうと考えてもいた。母が病身である以上、誰かが付き添わなければならない。だったら自分がやるべきだろう。何しろ腐っても母娘なのだし、自分が進んで手を挙げなければ、また暮林あたりにしわ寄せがいってしまう。赤の他人に、そこまで負担をかけるわけにはいかない。それで希実は、寛容な娘を装い言葉を続けた。

「なるべく毎日、来るようにするから……。それで、いいでしょ？」

しかし母は、あっさり首を振り返してきたのだった。

「ダメよー、そんなのー。のぞみん受験生なのに、こんなとこ通ってたら、勉強時間なくなっちゃうじゃない？　来なくていいのよ、のぞみんは――」

おかげで希実は、思わず言ってしまいそうになった。は？　じゃあ、誰が付き添いやるのよ？　これ以上、暮林さんに迷惑をかけるわけにはいかないんだからね？　しかし母はそれより早く、思いがけない解決策を示してみせたのである。

「ハハなら大丈夫ー。実は新しい付き添いの人、見つけちゃってるの。陽介さんにも、これ以上迷惑はかけられないって思ってたし。ちょうどいいタイミングだったわー」

笑顔でそう語る母に、希実はきょとんと首を傾げた。

「新しい、付き添いの人……？」

何しろ希実は油断していたのだ。病にやつれた母を前に、すっかりガードをさげてしまっていた。

けれどよくよく考えれば、相手はあの母なのである。自由気ままで突拍子がなくて、身勝手至極なカッコウの母なのだ。遺憾《いかん》ながら希実は、そのあたりを失念していた。

「そんなの、誰に頼んだの？」

問いかける希実に、律子は悪びれた様子もなく答えてみせた。

「のぞみんのチチに頼んだのー」

曇りのない、晴れやかな笑顔だった。おかげで希実は、母が一体なんと答えたのか、にわかには理解出来なかったほどだ。え？　ノゾミンノ、チチ……？　しかし母がキャッキャと話を続けるうちに、ようやくその言葉の意味を理解した。

「あの人とは、別れて以来ずーっと音信不通だったんだけどー。この病院に来て、けっこうヒマを持て余しちゃって。それでＳＮＳはじめたら、昔の知り合いとポロポロ再会出来ちゃって？　その流れで、あの人とも会えたのよー。なーんていうか、便利なんだか不便なんだか、わかんない時代になったもんよねー。あ、のぞみんも見る？　あの人のSNSプロフィール……」

言いながら枕の下をゴソゴソやりはじめる律子を前に、希実は息をのみつつ確認をする。

「……ノゾミンノチチって、私の、父親ってこと？」

「そうよー？　他に誰がいるの？」

母は枕の下から取り出した携帯を手に、目を細くしながら操作をしはじめる。

「あーん、やっだ、もー、見にくーぃ。老眼かなぁ？　チチのプロフ、けっこう面白いから、のぞみんにも見せてあげたいのにー」

だから希実は彼女の携帯を取り上げ、そのままベッド脇に放り投げたのだった。

「──見せなくていいよ、そんなもの」

すると母はキョトンと希実を見詰めたのち、あ！　だったらー、と人差し指を立て、まるで名案でも思いついたかのように言いだした。

「あと三十分もすれば、あの人が来るはずだから……。のぞみん、会っていけば？　ちょうどいい機会だしー。感動の親子のごタイメーン、みたいな？」

笑顔の母に希実が背を向けたのは次の瞬間だった。何を言ってるんだ？　この人は──。そう怒りに震えながら、彼女は戸口に向かい歩きはじめたのだ。

え？　あれれ？　のぞみん？　おい、どうした？　希実？　希実ちゃん？　もう帰るんか？　背中には母の声とともに、弘基や暮林の声も届いたが、希実はそれらを全て無視して急ぎ病室を出ていった。これ以上、ここにいるのは耐えられない。はっきりとそう思ったからだ。

「のーぞみーん？　もしかして、おこな感じー？」

　病室からは、母の屈託ない声が聞こえてきたが、希実はそれを振り払うように、廊下を足早に進んでいった。そうして、母に温情をかけようとしていた自分を激しく責めはじめたのである。ああ！　もう！　私のバカ！　バカバカバカ！　なんであの母に、あんな甘い顔しちゃったのよっ!?　もう！　バカバカバカバカバカ！

　そうして思い至ったのだった。母らしくないなんてとんでもない。あの人は、全然母のままだったわ。変わってなければ、懲《こ》りてもない。反省もしてなければ、悪いことをしたとも思ってない。煮ても焼いても刻んでも食えない、紛うかたなきカッコウの母のままだったわ……！

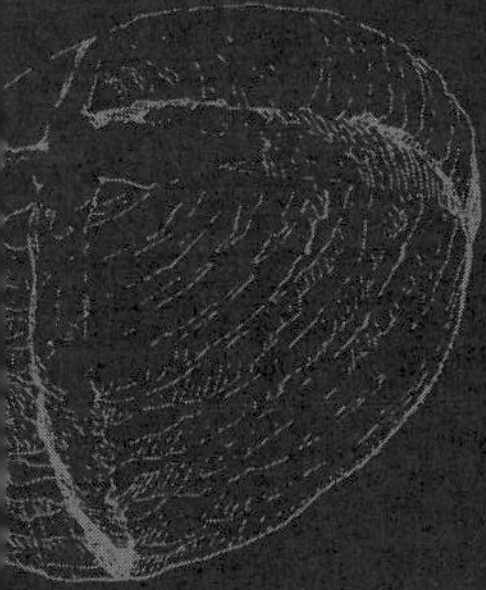

Réveiller

——天然酵母を起こす——

篠崎《しのざき》律子が東京に初めて来たのは、十六歳の頃のことだった。

中学卒業と同時に、広島の実家を飛び出した彼女は、大阪、名古屋、浜松を経て、最後に東京へとたどり着いた。

そのことを久瀬美和子《くぜみわこ》は、律子の北上と呼んでいた。出会ったのが、桜の頃だったからかもしれない。彼女は律子の流転《るてん》の歴史を聞き、そう称してみせたのだ。だって桜前線と、流れが同じ感じじゃない？　じわじわ上がってくる感じが、なんか――。

しかも美和子の表現は、ある意味しっかり的を射ていた。何しろ律子は流れ着いた先々で、パッと派手に咲いて散る、そんなことを繰り返していたのだ。

たとえばたどり着いたその先で、お店のナンバーワンに輝いたり、あるいは結婚しようとプロポーズを受けたり、浜松などでは、うちの養女にならないかと、優しい夫妻に誘われたりもしたほどだ。だって、りっちゃん。あなたはまだ、たった十六歳の女の子なのよ？　あなたをちゃんと守る大人が、まだ必要な年頃のはずだわ。だからそんなふうに、人生をひとりで抱え込んでしまわないで――。

けれどけっきょく、律子はどこからも逃げ出した。何せうまくいくのは一時《いっとき》で、すぐに破たんがやってきたのだ。それは人の妬みだったり、あるいは自分の傲慢だったり、あるいは単なるボタンの掛け違いだったりと、起因する出来事は様々だったが、しかし彼女が居場所を失ったことに違いはなく、だから毎度いかんともしがたく、北上を続けることとなってしまった。

当時はそんな自分に嫌気もさしたし、どうしたらひとところに留まれるのか、ひどく悩んで焦ったりもした。けれど今では当時の流れを、律子はすっかり納得している。だってあたしは、そういう人間なんだもの。昔のことを思い出すにつけ、そんなふうに思えてしまうのだ。どんな場所にいたって、結果はいつもおんなじ。あたしは勝手に自分の居場所を、自分の手で壊してしまう。そういう人間なんだから――。

律子が上京した当時、街には家に帰らない少女が多くいて、だから彼女はその場所に、割りにすんなり紛れられた。少女を隠すなら街の中。そう言っても過言ではない状況が、その頃の街にはあったのだ。

あの頃、街の少女たちは、実に高値でよく売れた。それは何も体だけの話ではなくて、大人たちは彼女らの、時間や嗜好《しこう》、あるいは物語めいたものまで、何から何まで欲しがった。そこにいったいどんな宝の山があるというのか、十六歳の律子には、にわかには理解しがたかったほどだ。

しかし今は、なんとなくわかるような気がしている。たぶん彼らは少女たちの中に、何かがあると信じたかったのだ。そして何かがあるはずだという彼らの願望が、当時の少女たちというものを、ある意味作りあげていた。

寂しかったのよね、けっきょくみんな――。それが現在の律子の結論だ。寂しいを寂しいで結んでも、余計に寂しくなるだけなのに。それでも結んでしまうから、おかしなことになっていくんだわ。

寂しい大人たちが作り上げた街は、途方もなく遠く遠くまで広がっていて、夜でもぼんやりとほの明るかった。そしてそのほの明るい夜の街が、律子はあんがい好きだった。何しろそんな夜の中でなら、色んなことを誤魔化せたのだ。例えば自分の過去や生い立ち、抱えた傷や犯した罪、そんな後ろ暗いものだって、見せないままで笑えていた。あるいはもしかすると未来のようなものだって、誤魔化せるような気になっていたのかもしれない。

そしてそんな夜の中で、律子は美和子に出会ったのだった。出会いの印象は最悪だったが、けれどすぐに仲良くなって、それからは毎日のようにずっと一緒にいた女の子。

「最悪の出会いって、ハッピーエンドの布石でしかないんだよ？　映画やドラマでも大体そうじゃん？　だから私たちの友情は、きっと永遠に続いちゃうんだよ」

そう言った美和子の笑顔を、今でも律子はよく覚えている。なるほど！　と感心して大きく自分が頷いたことも。大きく頷いたあまり、髪が頰に強く触れてしまった感触すら、かすかに記憶にあるほどだ。

じゃあ、恋人が出来たり、結婚したり……。子どもが出来たり？　それでお母さんになって、そのうちおばさんになって、いつかおばあちゃんになっても、あたしたちきっと親友のままだね。律子がそう返したら、美和子も顔をくしゃくしゃにして笑ったはずだ。そうそう！　それこそ、死がふたりを分かつまでってヤツよ。

けれど人生は映画でもドラマでもなくて、だからふたりは死よりも早く、互いのいない互いの人生を生きることになってしまった。

何が、間違ってたんだろうね？　ひどい仲たがいをした数年後、再会した美和子に対し、律子は思わずそう口にしてしまった。美和子といた時、あたしはあんなにも幸せだったのに。どうしてあたしはあなたの手すら、振り払ってしまったんだろう――。

すると美和子は少し黙って、けれどすぐに笑顔を作って告げてきた。

「間違ってなんかないよ。だって律子は、きっと何度人生をやり直しても、今の道を選ぶはずだもの。だから間違いじゃないんだよ。それに、言っとくけど手なんてものはね、いつだって握り直せるのよ？　今だって、ほら――」

そうして震えていた律子の手を、当たり前のように握ったのだ。その手は昔のように温かくて、だから律子は言葉を詰まらせた。あなたは、どうしてそんなふうに、あの夜から抜け出せたの？　そんなふうに思ったりもした。あなただって夜の中で、傷を隠して生きていたはずなのに。どうして――。

希実を預かって欲しいと告げた時、美和子はほとんどふたつ返事で、もちろん！　と笑って言ってくれた。あの子と暮らせるなんて、私も嬉しいくらい。そしてあの計画のことも、少し考えて、でもそう間は置かず、わかった、と笑顔で引き受けてくれた。

「――だって希実ちゃんのことなら、律子が一番に考えてきたはずだもの。だから、いいよ。その計画、私も乗ってあげる」

だから今もあの秘密は守られたままで、律子自身、それを明かすつもりもないままでいる。無論、これで本当によかったのかと、思ってしまうこともあるのだが――。

あたしは本当に、希実のことを一番に考えてきた？　そんな思いが胸の奥から、時折り湧いて出てきてしまう。あたしは本当に、あの子の幸せを考えて決めた？　あたしはあたしが欲しかったものを、単に希実に、押し付けようとしてるだけじゃない？

そしてそんな瞬間には、決まって彼の言葉が過《よぎ》った。そうだよ。その通りだ。まるで悪い夢のように、常に彼の声は囁き続ける。お前はお前のことしか考えられない。けっきょくそういう人間なんだよ。だから、言っただろう？　俺たちは、親になるべき人間じゃなかったんだって――。

それはかつて、彼が律子にぶつけてきた言葉で、だから律子はその度に、やっぱり、と思うのだった。やっぱり、この計画は、間違っていない。これは、希実の、幸せのためだわ――。まるで熱に浮かされたように、そう思ってしまう。

間違っていない。

あたしはあの子の幸せのために、この秘密を守り続けるんだわ。

＊＊＊

母という人のことが、昔から希実にはよくわからなかった。

無論、あの母の突飛《とつぴ》で奔放《ほんぽう》な所業《しよぎよう》の数々を、理解出来る人などそういないだろうという思いもある。ひとり娘を他人に預け、自らは恋愛に溺れ勤《いそ》しむなど、常識的に考えていかんともしがたく非常識だ。

希実ちゃんのお母さんって、カッコウみたいだよね。そんなふうに同級生から言われたこともあった。カッコウって、自分の子どもを他の鳥に育てさせるんだって。なんか、希実ちゃんのお母さんと同じじゃない？ おかげで母はカッコウの母、希実のほうはカッコウの娘などと称され、学校では一時期からかいのネタにされてしまっていたほどだ。大変だよねぇ、篠崎さんって。お母さんがカッコウだと、苦労も多いんじゃない？　そりゃ暗くもなるよねー。

しかし母はそんな蔑称《べっしょう》を、カラッと笑って受けとめるのが常だった。

「へーえ、カッコウの母だなんて、うまいこと言うじゃないのー。イマドキの子って、色んなこと知ってるのねぇ。ハハ、感心しちゃーう」

もちろん希実としては、感心してる場合じゃないでしょ。てゆうか、娘の私にまで被害が出てるんですけど？　と猛烈にいら立ったのだが、しかし母はその手の悪評に、動じるということがほぼほぼなかった。

「確かにハハって、母親にはあんま向いてないしー？　色々言われちゃうのは、ま、仕方ないわよねぇ。あっはは ー」

母が希実を産んだのは、二十歳の頃だったという。家出同然で飛び出していた実家に突如大きなお腹を抱え帰って来た彼女は、妊娠に至った経緯もお腹の子どもの父親についても頑として語らず、希実を産んでまたすぐ行方をくらませてしまったらしい。

んだろうな、うちの母は——。それは幼いながらに達してしまった悟りの境地とも言える。男がいなきゃ、生きていけないわけじゃあるまいし。なんで母って、懲りずに恋愛ばっかしてるんだろう？　そんなことしなきゃ、傷つかないですむ話なのに。学習能力がないっていうか、判断力が欠如してるっていうか……。やっぱり母って、よくわかんないや。

そういう意味において、そもそも希実は母親を不可解な存在として捉えてはいた。母は一時の感情に任せ、突飛な行動にいくらでも出る。男が絡めばなおのこと、タガが外れた言動は増し、周りの人間（主に希実だが）を困惑させる。そのことは、母と暮らした大よそ十年ほどで、よくよく理解していたつもりだった。

つもりだったがしかし、今度の件はさすがにどうよ？　と怒りに震えずにはいられなかった。何しろあのカッコウの母は、一年半にもわたる長期失踪から帰還したかと思うやいなや、失踪した一件について詫びたその舌の根も乾かぬうちに、ケロリとまたとんでもないことを言いだしたのだ。

ったく！　理解不能にも程があるわ……！　今まで父のことなんて、ひと言も口にしたことなかったクセに……！　いるかどうかすら、明かしたことだってなかったクセに……！　いったい今さらどの面さげて、のぞみんのチチに頼んだのー、だの、会っていらしい、というのは祖父母が幼い希実にそう語って聞かせていたからで、希実自身は母本人に事実確認をしていない。ただし後年、母がしでかした所業の数々を鑑みるに、祖父母の話もそう大きく違ってはいないのだろうと思ってはいる。

母って、暴風に吹き曝《さら》された凧《たこ》みたいな人だし、もちろん理性の糸なんて、最初からないみたいな感じだし。私を産んでとんずらとか、その程度のことだったら、ケロッとやらかしてくれそうだもんな。

娘の目から見ても、母は恋多き女性だった。長年スナック勤めをしていたから、恋をすることが一種の営業手段になっていた節もあるのかもしれないが、それにしてもしょっちゅう男連れでアパートに帰って来ていたし、男同伴でどこかに出かけていくことも多々あった。もちろん、相手の男は定期的に変わっていって、短ければ一度限り、長くとも半年ほどで、彼らは姿を見せなくなった。

そしていっぽうの母はと言えば、嬉しそうに出かけて行ったり、ウキウキと長電話に興じていたかと思えば、泣きながら帰って来たり枕を壁に投げつけたり食器をシンクで叩き割ったり、はたまたぼんやりと、いつまでも窓の外の景色を眺め続けたり、と、まあ忙しそうに感情を乱高下《らんこうげ》させていらした。

そんな母を横目に、だから希実は子どもながらに思っていた。ったく、何を考えてるれの中で、認知さえされていれば、戸籍謄本に父の名前が載るという話を耳にした希実は、興味本位で区役所に足を運び、自らの戸籍なるものを入手した。そしてそこで生まれて初めて、父の名前を、存在を目の当たりにしたのだ。門叶樹。トガノタツル。戸籍謄本の父の欄には、その名がはっきりと記されていた。

動揺しなかったと言えば嘘になる。何しろ長年、自分に父親はいないと思ってきたのだ。しかしそこには確かに父の名前があり、それはつまり父が自分を認知していたということに他ならなかった。それで希実はほとんど反射的に、彼について調べたのだ。門叶樹、トガノタツル。一体、どういう人なわけ？

門叶という苗字はめずらしいようで、学校のパソコンで名前を検索してみると、あっけないほど簡単に個人特定出来てしまった。彼は個人会計事務所の所長をしていて、そのホームページには、彼の名前と顔写真とがしっかり記載されていた。だから希実はその事務所に、すぐに電話を入れたのだった。くどいようだが、やはり相当に混乱していたのだろう。その行為がどんな結果を生むかなど、ほとんど考えていなかった。父がいた。私に、父が――。その思いだけで、公衆電話のボタンを急ぎ押してしまった。

電話には受付の女性らしき人が出て、特に不審がる様子もなくすんなり門叶樹に繋いでくれた。ただし門叶樹のほうは、希実が名前を名乗るとしばしの間黙り込んだ。時間けば？　だの、感動の親子のごタイメーン、だの、あっけらかんと言えちゃうわけ？

　そう、律子は希実の父親なる人物について、かつて一度も言及したことがなかった。希実がまだ幼かった頃には、父の日などの行事の際、父親というキーワードが話題にのぼることもあったが、しかしその都度律子のほうが、話を逸らしたり聞こえないふりをしたりするので、きっと話したくないんだろうなと希実なりに察し、追及することはしないでおいた。しつこく訊いて、母が不機嫌になるほうが面倒だったという側面もある。狭いアパート暮らしにあって、人の不機嫌を充満させることは可能な限り避けたかった。それは子どもなりに編み出した、暮らしの知恵とも言えよう。厄介な話題は極力避けて、どうでもいいことだけ話してればいい。家族なんて、母娘なんてそんなものだ。

　かくして希実の父親なるものは、ハナから存在していないていで、母娘の生活は続いていった。そのことで特に不自由を感じたことはなかったし、父を恋しいと思うようなこともほぼほぼなかった。あったものがなくなれば、それなりに喪失感も覚えるのだろうが、最初からないものに対しては、愛着も執着も持ちようがない。まあ、そういうことなんだろうな、と希実は自らの心境について分析していた。そういう意味じゃ、最初からいてくれなくて、むしろよかったくらいなのかもしれないよな——。

　そんな希実が父の存在を知ったのは、高校一年生の頃のことだった。学校の授業の流にしたら、数十秒ほどだっただろうか。しかし希実には、ひどく長い時間のように感じられた。それでその間を持て余し、つい口走ってしまったのだ。あの……。よければ一度、会ってもらえませんか？

彼が返事を返してきたのは、また数十秒ほどのちのことだった。長い沈黙を保っていた門叶樹は、どこか硬い声で言ってきた。

「それは、出来ません……」

そうしてまたしばらく黙ったかと思うと、今度はいやに決然とした声で言いだした。

「君と会う気はありません。こちらにはこちらの事情があるので、申し訳ないがこうして連絡をもらうのも迷惑です。私には、関わらないで欲しい」

それはいっそ清々《すがすが》しいほど、きっぱりとした拒絶の言葉だった。それで希実が二の句を継げずにいると、彼は、じゃあ、そういうことで、とやはり清々しいほど一方的な応対でもって、あっさり電話を切ってしまったのである。

希実が父の家を見に行ったのはその直近の週末で、そこで希実はあらかたの事情を察した。父の家は事務所に隣接していて、だから希実は父だけでなく、父の家族の姿まで目の当たりにすることが出来てしまった。

いかにもしっかり者そうな妻と、おそらく大学生と思《おぼ》しき長男、あとは、まだ少しあどけなさの残る次男。彼らは連れ立って外食に出かけようとしていて、ずいぶん賑々しく家から出てきたかと思うと、どこで何を食べるだとか、誰が運転をするだとか言い合いながら、カーポートのミニバンに乗り込みはじめた。

焼肉がいい！　焼肉行こうよ！　ダメよ！　焼肉だとアンタ野菜食べないもの！　野菜食べるから焼肉にしてって！　ダメだったら！　あ〜！　肉肉肉〜！　父さん、今日は俺が運転するよ。お、そうか？　ダメよ！　お兄ちゃん、免許取りたてなんだから！　運転は陸玖《りく》や私が乗ってない時！　父さんとふたりの時にしなさい！　えー、いいじゃん別に……。よくない！　私たちが死んだらどうするの!?　ほらあなた！　早く運転席！　ん？　ああ……。

そこにあったのはそれなりに幸せそうに笑い合う家族の姿で、だから希実は納得せざるを得なかった。ああ、なるほど。

だから、私とは会えないのか——。

そうして希実は、父というものを切り捨てた。いらないや、あんな人。父の声と同じように、決然と自分に言い聞かせた。父親なんて、もともといないもんだと思ってたんだし、いなかったからって別に不自由でもなかったんだし、これからだってきっと同じだよ。あの人がいようといまいと、私の人生に大差はないはず。いらない、いらない。

父親なんて、そんなもの――。

そして実際、希実はそれまでと大きくは違わない生活を送ってきた。学校では女子たちからの嫌がらせを受け流し、ひとりコツコツ勉学に励みつつ、家では母の朝帰りに呆れ、あるいは母の失恋騒ぎに脱力し、それでもまあ大過ないと言える日々をこなし続けた。無論、最終的には母の失踪という大過に見舞われたわけだが、それでも希実は父を頼ることなく、ブランジェリークレバヤシへと転がり込んでみせたのだ。そして数々の事件に巻き込まれながらも、それなりに平穏な日々を過ごしてきた。

だからこそ思ってしまったという側面もある。なのにっ！　なんで今さらっ⁉　なんで父が母の入院の付き添いなんてっ⁉　てゆうか、母も母なら父も父じゃない⁉　あの人、私とは会えないって言ったクセに！　連絡も迷惑だって、関わらないで欲しいって言ったクセに！　なのに母には付き添えるって、いったいどういうつもりなわけっ⁉　もしかして、母に何か弱みでも握られてるとか？　まさか、脅されて付き添い役を……？　てゆうか！　むしろそういうことでもなきゃ、こっちとしても納得ってもんがいかないんですけど――！

母と対面を果たした帰り道、希実は暮林の運転するワゴンの中で、ひとり猛然とそう憤っていた。

要するに父には家庭があって、母はそこに割り込んで、私を産んだってことなんでしょ？　それで認知はしたものの、自分の家庭は壊せないから、関わってくれるなってことだったんでしょ？　だったら父のほうだって、関わってこなきゃいいじゃん！　母に何を言われようと、たとえ脅されたんだとしても、知らぬ存ぜぬで通せばいいのに！　なのに、なんでみんな揃いも揃って、母に対して甘いかな？　だからあの母も、ますます増長していくんだろうに……！

しかし希実のそんな憤りとは裏腹に、暮林と弘基はご陽気だった。後部座席で希実が殺気立っているのに気づくこともなく、あっけらかんと律子の帰還、並びに門叶樹の登場について語らってみせていたのだ。

「――律子さん、希実ちゃんに合わせる顔がないって、ずっと会うの躊躇っとらはったんやけどな。希実ちゃんが階段から落ちたって聞いて、心配になったみたいで。やっと会う気になってくれたんやわ。希実ちゃんのタンコブ様々やで」

運転しながら春風のように語る暮林に、弘基もごく当たり前のように頷くばかりだった。

「まあ、よかったじゃん。お袋さんの具合が悪くなってたのはアレだけどよ。見た感じ、そこそこ元気そうだったし。これからは親父さんが付き添ってくれるってんなら、クレさんだって心置きなく店に復帰出来るってもんだし――。万事解決って感じだな」

そうしてふたりは屈託なく話し続けたのである。ま、なんにせよ、タイミングがよかったわ。ソフィアさん、自分の店の夏休みが終わるってんで、これ以上はうちの店の手伝いしてらんねぇって言ってたし。ああ、そうやったんか。おう、斑目《まだらめ》も原稿かなり遅れてるみてぇだったしよ。そうか。ふたりにはこの夏、散々お世話になったもんなぁ。ホントだよ。見かけたら拝んどけよ？　ああ、そうやな。そうさせてもらうわ。

だから希実としては、ふたりの反応に虚をつかれ、しばし困惑してしまったほどだった。な、なんなの？　ふたりとも――。私の母が帰って来たって、しかも父まで現れたって……。けっこうな大ごとだと思うんだけど……？

しかしよくよく考えれば、暮林という男は何事も笑顔で受け入れる性質であるからして、この反応もやむなしかとすぐに思い直した。何しろ見ず知らずだった希実のことだって、あっさり引き取ってくれたような人なのだ。たとえ天と地がひっくり返っても、まあそんなこともあるやろなぁ、とすぐに受け入れてしまいそうな気配すらある。

不思議なのは弘基だった。彼は割りに直情型で、おかしいと思ったことに関しては、迷わず口を挟むほうなのに。どうしてこんなにも好意的に、母の帰還を受けとめているのか――。

けれどしばらく話を聞いていると、弘基陥落の謎はあっさり解けた。どうやら希実が病室を出てすぐのこと、律子が弘基のパンについて、ずいぶんと誉めそやしたようなのだ。

聞けば律子、この入院中、しばしばブランジェリークレバヤシのパンを口にしていたらしい。パンを運んでいたのは美作医師で、彼は息子が買ってきたパンを横取りし、見舞いがてら律子の病室に届けてやっていたんだとか。そしてそれがキッカケで、彼女は弘基のパンのファンになったとのこと。

「ったく、美作のオッサンも人が悪いよな。そんなに俺のパンが食いたいっつーヤツがいるんなら、ひと声かけてくれりゃあ病院まで配達に行ってやったのによ」

あからさまなドヤ顔で語る弘基を前に、だから希実は深く息をつくしかなかった。ああ、そうだった。この人、自分のパンを誉めてくれる人は、みんないい人になる生粋《きっすい》のパン馬鹿だったわ……。

そうしてそのパン馬鹿は、これからは希実の親父さんがパンを買いに来るらしいぜ？などと、やはり笑顔で言い出したのである。

「お前のお袋さん、俺のパンだと食が進むんだとよ。だからこれからは、朝食用のを親父さんに買いに行かせるってさ」

それで希実は思わず中腰になり、はあ？　と声をあげてしまった。

「なな、なんで父がっ？」

しかし弘基は平然と、そりゃ、付き添いついでだからだろ？　などと返してきた。

「ま、ちと時間外の対応になっちまいそうなんだけどよ。病人が食いたいって言ってんだから、ブランジェとしては用意してやんねーとな」

得意げに語る弘基に、暮林も笑顔で頷いてみせていた。

「そうしてくれると助かるわ。律子さん、うちの天然酵母《てんねんこうぼ》パンが気に入りでな。あれやったら、残さずちゃんと食べてくれるんやわ」

おかげで弘基も、またにやにやと言いだす。

「ったく、しょうがねぇなぁ。俺のパンのヤツ、いちいちうま過ぎっからなぁ」

そのあたりで希実は、ん……？　と少々引っ掛かりを覚えたのだが、しかし暮林たちはそれに気づかず、実に楽しげに語り続けた。

そういや、デニッシュ系は、看護師さんに大人気やったで？　おいおい、マジかよ。しょうがねぇなぁ。じゃあ、オマケでいくつかつけとくか？　ちなみに希実ちゃんのお父さんは、カレーパンがお好きらしいで？　ああ、わかるぜ。やっぱ男は黙ってカレーパンだかんな。ああ、確かに男らしく、ふた口ほどでペロッと平らげてみえたわー。

希実が完全に立ちあがったのはその瞬間で、おかげでワゴンの天井に頭を強打してしまったのだが、しかし希実はどうにか体勢を立て直し、運転席と助手席の間に体を乗り出し急ぎ問いただした。

「ちょ、暮林さんっ？　まさか、父と会ったのっ？」

するとBa林はハンドルを握ったまま、笑顔で、ああ、と頷いてみせた。

「これからは、この人に付き添いを頼むでってことで、昨夜《ゆうべ》挨拶がてらな。なかなか男前やったで？　希実ちゃんに、少し似とるかもしれん」

男前に似ていると言われても、ちっとも嬉しくはないのだが――。しかし希実はその段で、先ほど抱いた違和感を、いよいよ口にしたのである。

「――てゆうかふたりとも、私の父親が美和子さんのお父さんじゃないって、知ってた、の？」

三人が腹を割って話をしたのは、ブランジェリークレバヤシに戻ってからのことだ。

希実は、実は美和子の異母妹ではないと知りながら、しかし行く当てがなかったため、異母妹だと嘘をついてブランジェリークレバヤシに転がり込んだことを。いっぽう暮林と弘基のほうは、希実が嘘を言っていると知りながら、しかし話を合わせて希実を店に置くことにしたことを、それぞれ白状してみせた。

「美和子のお父さんは、二十年ほど前に亡くなっとるで、希実ちゃんの父親になれるわけがないんや。そのことは、弘基も知っとって……。な？」

「あ、ああ……。けどクレさんが、美和子さんの手紙には異母妹だって書いてあったんだから、そういう形で受け入れようっつって……。な？」

「う、ああ……。なんちゅうか、美和子の意図はようわからんかったけど、それやったらせめて、遺志くらいは引き継ぎたいと思って……。な？」

「つーかお前も、自分が美和子さんの妹じゃねぇって知ってたんだろ？　だったらおあいこじゃねぇか。ドローだドロー。つーことで、この話は以上。な？」

とはいえ希実としては、おあいこともドローとも思えなかった。どちらかといえばこの嘘には、自分のほうに非があって、暮林や弘基のほうの嘘は、単なる優しさでしかないように感じられたのだ。

「あ……。う、ん……」

それで思わず言葉を詰まらせてしまったのだが、しかしそんな希実を前に、暮林はごくいつも通りの、泰然《たいぜん》とした笑顔で言ってきた。

「――それに、美和子と律子さんは、親友やったんやそうやでな。美和子の異母妹も、美和子の親友の娘さんも、大切なことには変わらんで。希実ちゃんはこのまま、ここにおってくれればええよ」

そう語る暮林には、後光《ごこう》がさしているようだった。だから希実は言葉を失くし、なんて奇特な……、としみじみ深く感じ入ってしまった。今までだって、そりゃなんでも受け入れる人ではあったけど、まさかここまでとは……。仏様なの？　この人は……。

だから希実としては、頭を下げ告げるしかなかった。

「……それは、その……。なんていうか、ありがとうございます」

そして同時に心に決めたのだった。暮林さんがこう出るなら、仕方がないよな。私も私で、あの人たちのことを、受け入れるしか――。

何せ暮林は、どこまでも寛大に、あるいはもしかすると深く考えることなく、母の帰還、並びに父の登場について容認してしまっているのだ。それは弘基もほぼほぼ同じで、だからおそらく門叶樹は、母が言っていた通り、この店にやってくるようになるのだろう。

そして今の希実には、それを阻止する術などなく、どの道彼の来訪を受け入れるより他はない。だったらそんな現実を前に、いら立ったり腹を立てたりしてみせるのは、率直に言って時間の無駄というものだ。感情の乱れは、スケジュールの乱れに繋がる。受験生である自分にとって、この時期のタイムロスは非常に痛い。だったらここは暮林に倣《なら》い、泰然たる態度でもって、ひるまず動じず日々を過ごしていくほうが、賢明というものではないだろうか？

大体、こんなことで動揺して、受験に失敗したらそれこそ目も当てられないし。私はちゃんと現役で国立大に行って、在学中に資格取ってそれを武器に就職して、とにもかくにも安定した暮らしってヤツを、手に入れなきゃならないんだから……！　笑顔の暮林を前にして、そんな境地に達したとも言える。母や父の出現に、心を惑わされてる場合じゃない。ここは沈着冷静に、泰然自若《じじゃく》で臨まなきゃ……！

そしてその切り替えは、自分でも驚くほどあっさり出来た。腹立たしい事柄というのは、腹が立つと思うから腹が立つのであって、こんなことは大したことではないと思い込めば、怒りもあんがい凪《な》いでいく。人間とは思い込みの生き物なんだな、と我がことながら思い知らされた一件でもある。

かくして希実は、まるで何事もなかったかのように日々の暮らしをこなしていった。残っていた夏休みの宿題を早々に終わらせ、安田《やすだ》氏からもらい受けた問題集で受験勉強に励みつつ、夏の間ブランジェリークレバヤシに転がり込んでいた従姉妹の沙耶《さや》が、新しい住処を見つけたと言えばその引っ越しの手伝いをし、夏休みが終わったら終わったで粛々《しゆくしゆく》と学校に通いはじめた。

とはいえ、母の見舞いには行かなかったし、母の話題に関しては、はっきりと聞き流す姿勢で臨んだ。父についても同様で、彼がパンを買いに来た際には、必ず二階の自室に閉じこもったし、あの人と交流を持つ気はありませんよ、というオーラを発し続けるよう常に心掛けた。

何しろ受け入れると言ったって、関係性を築く気などさらさらなかったのだ。単に自分が行く道の先を、猫が横切った程度に捉えるよう、努めて実行していただけの話だった。あれは猫。時々店に現れるドラ猫でしかない。私とは、まったく全然関係ない人なんだから。

しかもそんな希実の態度について、暮林も弘基も特に意見してくるようなことはなかった。だから希実としても、堂々と両親の存在を受け流すことが出来てしまったという側面もある。特に父に関しては、このまま母の病状さえ回復すれば、また没交渉の状態に戻るのだろうと思っていたほどだ。今は母が入院しているから、父も渋々付き添いをしているだけの話で、その責さえなくなれば、彼はきっとまた、私たち母娘と距離を置くはず――。

暮林と弘基の話によれば、父こと門叶樹は、ほぼ一日おきにブランジェリークレバヤシへとやって来ているらしい。時間はおおよそ夕方頃。買っていくのはもちろん天然酵母パンで、あとは自分の家族用にとパン・ド・ミも購入していくとのこと。

「目つきはちょっと悪《わり》ィけど、見ようによっちゃイケメンだし、別に悪人でもなさそうだぜ？　事務所の人たちにって、土産でラスク買ってたりしてよ。意外と気遣いの人なのかもしれねぇな。顔の雰囲気なんか、ちょっとお前に似てるかも……？」

だから、目つきの悪いイケメンに似ていると言われても、ちっとも嬉しくないわけだが──。しかしその手の話題にも、さほど反応しないでいられたのは、やはり思い込みの賜物《たまもの》と言えよう。冷静沈着、泰然自若。父が現れていようがいまいが、そんなのは大した問題じゃない。あの人と私は無関係。今日も今日とて、ただ猫が横切っただけの話。そんなふうに心の中で呟いて、ふたりの会話を聞き流すよう努めた。

そうして気づけば母の帰還から、三週間近くの時間が過ぎていた。残暑も徐々に和らぎ、夜には秋の気配すらほのかに感じるまでになった。暮林から美和子の墓参りに誘われたのは、そんな頃のことだった。

「──今週末が、美和子の命日でな。それで、希実ちゃんも一緒にどうかと思って」

なんでも去年の一周忌を親類縁者総出で行ったため、三回忌である今年については、家族だけでよかろうという話になったらしい。

「けど、家族ってのは俺だけやで……。それも少し、寂しいかと思ってな。弘基も行くって言っとるし、よかったら希実ちゃんも、一緒に行ってくれんか？」

美和子の法要に誘われたのは、これで二度目だった。実は去年の一周忌にも、暮林は希実を誘ってきたのだ。しかし親戚が多く集まると聞き、異母妹の自分が顔を出しては波風が立ちそうだからと、希実はあっさり参列を辞した。申し訳ないですけど、私の存在を知らないかたも多いでしょうし……。

ただし、無論それは口実に過ぎず、実際のところは、赤の他人である暮林の亡妻の法要に、自分が参列する義理はないだろうと断っただけの話だった。知らない人の一周忌なんて、どう考えても居心地悪そうだし……。どうせ他人なんだから、出なくてもバチは当たらないでしょ。当時希実は、当たり前のようにそう思っていたのである。大体、誰かが死んだあとの行事なんて、残された人たちの自己満足みたいなものなんだから、満足したい人だけでやりたいようにやればいいんだよ。私はパスパス、パース。

けれど、今年の希実は違っていた。何せ美和子と過ごした過去を、先日すっかり思い出してしまったのだ。もう美和子は、赤の他人ではない。

彼女は母の代わりにランドセルをくれた人で、小学校の入学式にも、やはり母の代わりに出席してくれた大切な人だ。色んな所に連れて行ってくれて、たくさんのことを教えてもくれた。ヤギ公園、機関車公園、納涼祭にキャロットタワー。いつも吹き出してしまって、途中で歌えなくなる替え歌や、たくさんシャボン玉が出来る、シャボン玉液の材料と配合、のら猫たちの模様の名称や、道端に咲いた花の名前。そんな数々の事柄だって、ちゃんと脳裏によみがえる――。

だから希実は暮林の誘いを、二つ返事で受けたのだった。

「――行く！　行きます！」

すると暮林は、一瞬わずかに驚いたような表情を浮かべ、しかしすぐに顔をくしゃっと崩し、希実の頭を軽くポンと撫でてきた。

「……そうか、そりゃよかった。美和子もきっと、喜ぶわ」

そう言って笑った暮林の目尻には、いつもより多くしわが寄っているように見えた。そしてそのことに気づいた瞬間、希実の胸の奥のほうは、なぜかわずかにキュッと痛んだ。

三回忌当日は、薄曇りの空模様だった。雲は空一面を薄い灰色で覆っていて、太陽のあたりだけが白くぼんやりと光って見えた。

美和子が眠る墓地は郊外にあって、希実たちは店のワゴンでその場所まで向かった。時間にしたら大よそ一時間弱。辿り着いた墓地は広大で、見渡す限り一面に、墓石が連なって見えるといった様相だった。道なりに植えられた樹木はまだ青々と茂っており、いくつもの木陰を作っている。まだ時間が早いせいか、あたりに人影はなく、空気は清潔な静けさを多く含んでいるようだった。

そんな気配に、希実は若干気圧《けお》されつつ、暮林と弘基のあとを遅れないよう早足でついて歩いていった。何しろここではぐれたら、間違いなく迷子になるだろうと思ったのだ。なんか、似たような景色ばっかだし……。墓地って、ちょっとした迷路みたいなんだな――。

しかしその迷路を、暮林と弘基は迷わず進んでいた。まるで通い慣れた道を行くようにスタスタ足早に歩いていく。だから希実はなんとなく、もしかしたらと思ったのだった。ふたりとも、ここにはよく来てるのかもしれない。彼らの歩みは正確で、似たような曲がり角でも揃って同じ方向に歩を進めていた。

歩きながら暮林は、時おり希実を振り返り、墓地についてあれこれと語ってみせた。なんでもここの墓は、暮林と美和子とふたりで選び買ったものなのだそうだ。聞けば結婚して初めての、大きな買い物であったらしい。

「家やらマンションやらは、俺の仕事の都合もあって、まだ買いようがなかったんやけど。墓やったらいずれ入るもんやし、今のうちに買っとくかってな――。まあ、こんなに早く入られるとは、俺もさすがに思っとらんかったけど……」

ちなみに購入の決め手は、近くに美味しい定食屋さんがあるから、というものだったようだ。だって、どっちかが先に逝った後、墓参りついでに美味しいものを食べられるなんて素敵じゃない？　当時美和子は、そう暮林に熱弁をふるったんだとか。

そんな暮林の話に、弘基も笑って応えていた。

「さっすが美和子さんだぜ。食い意地張ってら」

そして希実も、自然と小さく笑ってしまった。確かになんか、美和子さんらしいかも——。当たり前のように、そう感じたのだ。そうして同時に思い知った。自分の中に、しっかりと美和子が存在しているということを。

何しろ本当に、すぐに思い出せてしまうのだ。美和子が笑った顔や、投げかけてくれた言葉。手を繋いで歩いたことや、おぶって歩いてくれた帰り道。記憶を手繰ればそんな光景が、すぐに脳裏によみがえってしまう。

「……」

当たり前といえば当たり前の話だった。幼かった希実にとって、美和子はかけがえのない人だったのだ。彼女の前なら思うまま笑えて、駄々《だだ》をこねたり泣いたりすることも出来た。美和子さんの、前でなら——。

それなのに希実は、どうしようもないほど美和子を傷つけてしまった。あの雨の日、美和子の手を振りほどき、母のもとへと走ってしまった。そしてそのまま、彼女のことを忘れ果てた。思い出した今ではもう、美和子に謝ることも出来ない。歩きながらそんなことも、同時に思い知らされていた。

もう、美和子さんはいないんだな。それはずいぶんと遅れてやってきた、ひどい喪失感だった。もう、伝えたいことも、伝えられないんだな。ありがとうもごめんなさいも、何もかも、もう——。

美和子の墓は、墓地の端の区画にあった。周囲には背の高い木々が植えられていて、区画一帯は境界線の滲んだ柔らかな木陰に包まれているようだった。

「——おお、先客があったみたいやな」

まだ新しく見えるその墓には、すでに白百合の花束と、あとはサバ缶と焼酎パックとが、妙に行儀よく供えられていた。火がついたままの線香はまだ長く、先客の来訪からまだそう時間は経っていないと思われた。

これはまた、なかなかハイセンスなお供え物で……。サバ缶と焼酎パックを前に希実がそう感じ入っていると、傍らの弘基はフンと小さく鼻を鳴らし、片方の口の端を持ち上げ言いだした。

「これ、多分神谷《かみや》のオッサンだよ。このクソチョイス、間違いねぇわ」

すると暮林はポンと手を叩き、ああ！　あの保護司《ほごし》のかたやな、と破顔《はがん》した。そうして嬉しそうに目を細くして、供え物に目を向けたのだ。

「今年も、わざわざ来てくださったんか……。ありがたいな……」

そうしてふたりは、あれこれ言いだしたのである。まあ、あのオッサンの八割は、義理堅さで出来てるかんな。もしかして神谷さん、まだ近くにおらはるんやないかな？　それやったら、挨拶させてもらいたいんやけど……。お、それもそうだな。俺も最近会ってねぇし。携帯に電話してみっか？　ああ、そうしてもらえると助かるわ。おう、じゃあちょっと待って……。つーか、ダメだわ。直で留守電になっちまう……。オッサン、また充電切らしてんじゃねぇか？

希実が遠くの人影に気づいたのは、ふたりがそんなやり取りをしている最中《さなか》のことだった。

「……ん？」

目に留まってしまったのは、その出で立ちがなんとも異様だったからだ。何しろ彼は薄曇りの空の下、黒い大きな雨傘をさしながら、ゆっくりとこちらに向かい歩いてきていたのである。

背の高い細身の男だった。年の頃は、三十代から四十代前半といったところか。傘を持ったその腕には、真っ白な薔薇《ばら》の花束が抱えられていたので、おそらく墓参りにやって来たのだろうとは思われたが、それにしても奇妙な雰囲気を漂わせていた。

何しろ傘と同様、真っ黒なスーツを身にまとい、なぜかサングラスまでかけていたのだ。カールがかった長い髪は後ろでひとつに結わえられていて、肌は抱えられた白薔薇に匹敵するほど白い。いや、白いというより青白い。

それで思わず希実が凝視《ぎょうし》していると、色白サングラスはその視線に気づいたのか、俯き加減だった顔をフッと持ち上げ、おそらく希実のほうに目を向けてきた。

「あ……」

気づかれた——。そう察した希実は、慌てて目を逸らそうとした。しかし色白サングラスは、それより早くわずかに微笑んでみせた。

「え……？」

思いがけない色白の反応に、希実はつい視線を留めてしまった。すると彼はサングラスをずらし、直接希実の顔を見詰めてきた。希実が妙な既視感に襲われたのは、その瞬間のことだった。

「——？」

色白サングラスは、割りに鋭い目をしていた。おそらく微笑んではいるのだろうが、どこか冷たさが残って見える。とはいえ、初めて見る顔に違いはなかった。こんな知り合い、私にはいないはず――。はっきりとそう思うのに、それでもなぜか、見覚えがあるような気がしてしまった。いつだったか、どこだったかで、会ったことがあるような……？

いっぽうの色白サングラスも、希実を見詰めしばらくその場に佇んでいた。時間にしたら、約数十秒。そうして彼は、少し眩しそうに目を細くしたかと思うと、そのままサングラスを元の位置に戻してみせた。そしてその手を、素早くスーツの懐へと突っ込んだのである。

「――へっ？」

彼が懐から手を抜き出し、希実に向かって腕を突き出してみせたのはその直後のことだ。それで何事かと希実が身構えると、色白はそのまま勢いよく腕を空へと振りあげてみせた。

「……ハッ？」

瞬間、彼の手から一羽の真っ白なハトが放たれた。おかげで希実は目を丸くして、ポカンと空を見あげてしまう。な、何これ？　手品……？

ハトは彼の手から飛びたち、薄曇りの空の下をバサバサと飛んでいく。それで希実は目をしばたたかせ、男とハトとを交互にポカンと見詰めてしまう。な、なんなの？　この人……。新手の、手品師……？　片や色白サングラスは悠然と微笑み、どういうつもりか希実に向かい、ヒラヒラと白い手を振ってきた。

その圧倒的な珍妙ぶりに、思わず希実が絶句していると、傍らにいた暮林と弘基とが、ようやく色白に気づいた様子で言いだした。

「ん？　なんだ？　アイツ……」

「希実ちゃんの、知り合いか？」

だから希実は大きく首を振り、ま、まさか！　と声をあげたのだ。

「あんなヘンな人、私が知ってるわけないじゃん！」

おそらくその声はサングラスの耳にも届いたはずだが、しかし彼は特に動じることもなく、笑みを浮かべたまま希実たちのもとへとやって来た。そうして迷わず暮林の前に立ち、白い薔薇の花束を差し出してみせたのだ。

「――初めまして。私、榊《さかき》という者です」

その声にも、聞き覚えがあるような気がした。それで希実は、思わず弘基の後ろに隠れるように後ずさってしまった。なんとなく、嫌な予感がしたのだ。この人とは、あまり関わり合いになりたくない。

しかし榊なるその男は、そんな希実の反応に小さく苦笑いを浮かべたかと思うと、わずかに肩をすくめて言いだした。

「おやおや、嫌われてしまったかな。まあ、私もこんなナリですから、致しかたありませんが……」

どうやら、こんなナリをしている自覚はあるようだった。そうして彼は、手慣れた様子でサングラスを片手ではずし、スーツの胸ポケットにひょいと仕舞ったのである。

「これで少し、普通な感じになりましたかねぇ?」

どこか自信をにじませ彼は言ったが、しかしサングラスがなくなったところで、珍妙な風情に変わりはなかった。雨傘、長髪、頭上には旋回する白バト。アイテムが多過ぎて、引き算が完全に足りていない。

しかしそんな色白を前に、暮林はやはりいつもの笑顔を崩さなかった。彼は色白が差し出した花束を受け取りつつ、微笑み訊いたのだ。

「この花は、もしかして美和子に……?」

すると男は美和子の墓に目をやり、ごく小さく頷いてみせた。

「ええ。美和子は……、いや、美和子さんは、薔薇の花が好きだったので……」

弘基が険のある声を出したのは次の瞬間だ。おそらく色白が、一瞬美和子と呼び捨てたことに反応したのだろう。彼は眉間にしわを寄せ、射るような目で言いだした。

「——つーか、オッサン何者だよ？　美和子さんの知り合いなのか？」

受けて榊はフッと鼻で笑い、希実たちのほうに顔を向き直し答えた。

「ええ。私は、美和子……。いや、美和子さんの幼馴染《おさななじみ》だった者です」

思いがけない彼の返答に、希実たちは、へっ？　と揃って声をあげる。幼馴染……？

美和子さんの……？　マジで……？

気づけば太陽は、少しばかりその位置を高くしていた。空に広がっていた薄灰色《うすはいいろ》の雲も、いくらか切れ間をみせはじめている。そんな空の下、白バトはひとり旋回を続けていた。バサバサ、バサバサ——。そして榊はそんな光景を背に、どこか挑発的な笑みを浮かべ告げてきた。

「……暮林さん、でしたよね？　こんな形になってしまいましたが、お会い出来て光栄です。あなたには、前からずっとお会いしてみたかったんですよ」

暮林が受け取った薔薇の花には、いくつもの小さな棘《とげ》が見てとれた。そして、榊の言葉にも——。

「どんな男なのか、興味があったんです。妻である美和子を長年ほったらかして、海外赴任を繰り返していたというあなたに——。そのうえ彼女の葬儀にすら、仕事で参列しなかったというあなたに、ね」

端々に、しっかりと棘がちりばめられていた。


榊がブランジェリークレバヤシにやって来ることになったのは、彼が盛大に腹を鳴らしたからだった。

弘基の携帯に神谷なる保護司から折り返しの電話が入り、弘基がその応対をしている最中のことだ。

美和子の墓前で長く手を合わせていた榊は、ようやく立ち上がったかと思うと突如足元をふらつかせた。それで暮林が素早く彼の腕をとると、ごおおおお、という腹の虫の声があたりに大きく響き渡った。

「……申し訳ない。実は昨夜から、食事をとっていなくて……」

それで暮林が、いつもの調子で言いだしたのだ。

「ああ、それやったらうちにいらっしゃいませんか？　パンなら売るほどありますんで」

無論希実としては、は？　なんでそんな男を誘うわけ？　と内心憤ったし、傍らの弘基も携帯で話を続けつつ、しかしはっきりと顔をしかめていた。おそらく弘基も、希実と同じように思っていたのだろう。会うなりあんなこと言ってきたヤツに、うちのパンを食べさせる義理なんてない。店になんて来なくていい。お腹をギュウギュウに空かせたまま、自分の家に帰ればいい――。

けれど榊は、希実の憤りに気づく様子もなく、先ほど嫌みを言ったばかりのその口で、嬉々として誘いを受けてみせたのだった。

「それはぜひぜひ！　実は私、あのお店に一度入ってみたかったんです！　いやあ、今日はラッキーだな。美和子のご主人にも会えて、お店にまでいけるなんて――。もしかしたら天国の美和子が、空から段どってくれたのかもしれないなぁ」

かくして一同は、一路ブランジェリークレバヤシへと向かうことになったのである。

走行中の車内は、基本的には沈黙が続いた。時折り運転席の暮林が気を遣って榊に声をかけ、榊も笑顔でそれに応えてはいたのだが、しかしピリついた雰囲気であることに変わりはなかった。

そもそもあんな出会いかたで、和気あいあいと語らえるほうがどうかしている。少なくとも希実としては、隣のシートに座った色白男と口をきく気にはなれなかった。何しろむかっ腹が立っていたのだ。美和子さんの幼馴染だかなんだか知らないけど、だからって暮林さんたち夫婦の形に、口を出せるような立場じゃないでしょ？　しかもほいほい暮林さんの誘いに乗ってくるなんて、いったいどういう神経してるんだか――。

車中での榊の説明によると、彼と美和子は幼い時分、家族ぐるみの付き合いをしていたらしい。なんでも母親同士が知り合いで、互いの家を行き来する間柄だったんだとか。

「とはいえ、お互い思春期に入った頃からは、親同士の付き合いに子どもたちが加わるようなこともなくなって、自然と疎遠《そえん》になったんですがね」

しかし美和子の動向について、ずっと小耳に挟んではいたんだとか。例えば、高校を休みがちになっているらしいという噂話や、それなのに大学は難関校に現役合格出来てしまったという、ままおめでたいエピソード等々。

「まあ、昔から頭はいいヤツでしたからね。人間関係にはつまずいても、勉強は大丈夫だったんでしょう。ただし卒業後は就職もしないで、海外をあちこちふらふらしていたようですが……」

まるで美和子のすべてを知っているといったふうに語る榊に、だから希実はやはりいら立ちを覚えてしまっていた。だから何？　けっきょく全部また聞きなんでしょ？　美和子さんと、親しく付き合ってたわけじゃないんでしょ？　なのにこの人、なんでこんな偉そうに――？

しかし単なるまた聞きであっても、美和子の経歴に詳しいのは確かなようだった。何しろパン教室に通っていたことや、いずれ自分の店を持ちたいと言っていたこと、果てにはパリへとパン修業に出てしまったことや、その後ドイツやイタリアを転々としていたことまで、彼は実に細かく把握していたのである。

「しかもそんな放浪中に、何を思ったか結婚なんかしてしまって、夫とは長らくの海外別居。ようやく日本に帰って来ても、夫のほうは赴任先から戻らずで――。けっきょく美和子は独り暮らしを続けている、とまあ、そんな話も折に触れ聞いていたわけです。そして最後の最後まで、美和子は独りきりだった、と……」

そんな榊の物言いに、口を挟んだのは弘基だった。彼は助手席から後部座席を振り返り、まるで挑むように言いだしたのだ。

「そりゃちげーな。美和子さんは、ちょっとしたイケメンと一緒に、パリでパン修業してたはずだし、ドイツやイタリアにも、ソイツが同行してたはずだ。日本に帰って来てからも、ソイツがずっと一緒だったし――。美和子さんの葬式仕切ったのも、確かソイツだったんだわ。要するに美和子さんは独りじゃなかった。そこんとこ、勘違いしてくれてんじゃねぇぞ？　オッサン」

すると榊は、ふうん、とおかしそうに口元を歪《ゆが》め、つまりそのイケメンくんは、美和子の愛人だったというわけかな？　と言いだした。受けて弘基は不敵に微笑み、さあなぁ？　けどあと一年もあれば、ソイツがクレさんから奪ってたんじゃねぇの？　などと言ってのけた。なのにその前に逝かれちまって……。運が悪かったんだろうなぁ。

そうしてふたりは、笑顔のまま睨み合いをはじめたのだ。それはそれは、イケメンくんにとっては、壮大な青春の無駄遣いだったわけだねぇ。冗談だろ？　人を想う気持ちに無駄なんて一秒もねぇよ。なるほど、愚かしき若さというヤツだ？　まあな、だが年寄りの昔語りよりはいくらか面白ぇだろ？　ああ、面白い。実に滑稽《こっけい》な横恋慕だ。へぇ、いい年して知らねぇのか？　オッサン。愛なんてたいてい滑稽で、だから尊いもんなんだよ――。そしてそんな言い合いは、暮林が急ブレーキを踏むまで延々続いたのである。

「――あ、すまんすまん。猫が横切ったんで、つい……」

笑いながら暮林は言ったが、そんなものは横切っていないことを、希実はちゃんと見切っていた。

ブランジェリークレバヤシにたどり着いたのは、十時を少し過ぎた頃だった。初めて店に足を踏み入れたらしい榊は、店内の様子をまじまじと観察したのち、小さく息をつき言いだした。

「……なるほど。ここが、美和子がやろうとしていた店ですか」

そうしてしばらく戸口に立ち尽くしていたかと思うと、なぜか肩をすくめてみせた。

「なんだか少し、懐かしいような気分になりますね。子どもの頃、美和子がよく通ってたベーカリーに、少し雰囲気が似てるからかな……」

するとこと暮林は笑顔で頷き、そうなのかもしれません、とわずかに目を細くした。

「この店は、もともと美和子が、途中まで自分で改装しとったもんなんです。そやで、そのベーカリーに、美和子が少し寄せて作ったのかも……。ずいぶん気に入りのベーカリーやったみたいですし……」

そんな暮林の言葉を受けて、榊は一瞬表情を失くした。そうしてもう一度店内をぐるりと見渡すと、大きく息をつきフッと口元をゆるめた。

「……そう、そうでしたね。美和子は、確かにあの店が好きだった」

榊のために暮林たちが用意したのは、バゲットとライ麦パン、あとはレバーペーストといちじくのコンポート、そして朝食の残りのミネストローネだった。よければチキンでも焼いてやっけど？　と弘基は凄みながら言ったのだが、しかし榊は首を振り、私、食が細いんで、これでもう十分です、と片方の口の端だけもちあげた。そして、ではいただきます、と丁寧に手を合わせたのち、スプーンを手に取りまずはミネストローネを口に運んだのだ。そうしてすぐに、うっと声を詰まらせた。

「――う、うまい……」

少し驚いたような顔で彼は言った。受けて弘基はドヤ顔で微笑み、はっ！　当ったりめぇだろ？　と鼻の穴を膨らませた。誰様が作ったと思ってんだよ？　誰様が――。そうしてすぐにパンのほうも勧めはじめた。

「そっちのライ麦パンは、うちの自家製天然酵母で作ってんだ。もともと美和子さんが作った酵母液をかけ継いで、ずっと使い続けてるモンだからよ……。だから、なんつうか……。まあ、食えや」

そんな弘基の言葉を前に、榊はやや怪訝そうにライ麦パンを手に取り、美和子が作った天然酵母……？　と呟くように復唱した。そしてじっとそれを見詰めつつ、ギュッと眉根を寄せたのだ。

「――そんな古いもの、食べて大丈夫なんですか？　腐っていたら事ですよ？」

だから弘基はチッチッチッチッチッチッチッチッチッ！　と盛大に舌打ちし榊をにらみつけた。

「酵母は生きてっから腐んねぇんだよっ！　仮によしんば腐ってたとしても、美和子さんの酵母で作ったたっつってんだから食えっ！　美和子さんの幼馴染として食えっ！」

すると榊も、ふう、と大げさにため息をつき、手にしていたライ麦パンをやや乱暴にひと口分ちぎった。そして勢いよく口の中に放り込んだのだ。そうして咀嚼《そしゃく》すること約十秒。彼はハッと目を見開き、弘基のほうに顔を向けた。

「……これ、あのベーカリーと同じ味？」

そんな榊の言葉を前に、弘基はフンと鼻で笑い頷いた。

「多分な。天然酵母パンは、美和子さんが作ってたのと同じ味にしてあっから。うめぇだろ？　あんま酸っぱくねぇんだ、うちの天然酵母パンは。だからおかずにも合うし、サンドウィッチにも適してる。これでコロッケパンとか、けっこうたまんねぇんだぜ？」

弘基の言葉に続いたのは暮林だ。

「レバーペーストもいちじくのコンポートも、弘基の特製ですからおいしいですよ？　特におすすめは、両方いっぺんにパンにのせて食べるヤツです。コンポートの甘みが、レバーペーストのコクを引きたてて……。これがまた、うまいんです」

それで希実もつい言ってしまった。

「うん。それ、いつまでも食べてられるパターンのヤツだから。甘いのと塩からいのが交互に来て、それをライ麦のどっしりした香ばしい味が包んで混ざり合って、とまんなくなるっていうか――」

しかし榊は、暮林や希実の提案をあっさり無視して、はむっと残りのライ麦パンの塊を頬張った。そして無言のままもごもごと咀嚼しはじめた。

だから希実は、へっ？　そんなまるごと？　と目を見張ったのだが、案の定と言うべきか、榊は十秒ほどののち盛大にむせはじめた。それで弘基は、あー、もう！　手のかかるオッサンだな！　と呆れた声をあげながら榊の背中を撫でてやり、いっぽう暮林は厨房から急ぎ水を運んでやっていた。あの、これ、とりあえずのんでください。

受けて榊は、よほどむせたのがつらかったのか、涙目になりながらグラスを受け取り、ひと口それを流し込むと、ふうと小さく息をついた。そして少し申し訳なさそうに俯くと、いやに殊勝に謝ってみせたのだった。

「……すみません。こんなつもりじゃ、なかったんですが……」

それでもまた水をひと口のむと、グラスをテーブルに置き、なぜか再びライ麦パンに手を伸ばしはじめた。

「ちょっ、おい？　オッサン？」

弘基が制しようとすると、榊は首を振りそれを拒んだ。すみません。でも、まだ食べさせてください。そしてまたはむっと口に含み、ゆっくりと咀嚼しながら目を閉じ俯き《うつむ》言いだした。

「……これ、美和子と食べた味です。また食べられるなんて、思ってもいませんでした」

むせて滲んだかに見えた涙は、どうやら違う理由で流れたもののようだった。彼は何度も目元を手の甲で押さえながら、レバーペーストにもいちじくのコンポートにも手を付けず、ひたすらライ麦パンを口に運んでいった。

「――こんな形で、また美和子に会えるなんて……。思っても、いませんでした……」

震える声で言われては、それ以上彼を制することなど出来なかった。

榊がそれまでの態度を一変させたのはそののちのことだ。ライ麦パンを食べ終え、レバーペーストといちじくのコンポートはバゲットにのせ食し、えーっ！　何これっ⁉　ホントとまんないっ！　となぜかオネェ言葉になりつつそれらも全て平らげた彼は、にわかに姿勢を正し笑顔も消して、神妙な様子で詫びてきたのである。

「……先ほどからの、ご主人に対する非礼に暴言、申し訳ありませんでした。私はてっきり、美和子は不幸なまま逝ってしまったんだと思っておりまして……。それで、ご主人に会ったあかつきには、嫌みのひとつやふたつや三つ四つ――。いや、言える限りのことは、もう全部言ってやろうと思っていた次第でして……」

そんな榊に対し、暮林はやはり笑顔で返してみせていた。

「いやいや、榊さんのおっしゃる通りかもしれません。美和子の気持ちは、美和子にしかわからんもんですし……。不幸やと思ったまま逝かせてしまったんなら、それは俺の不徳のいたすところですし……」

だが榊は首を振り返したのだった。

「いいえ、そんなことはない。おそらくない。少なくとも、私の考えは改まりました。ですから謝らせてください。申し訳ありませんでした――」

そうしてしばらく頭をさげていた榊は、ふっと顔をあげたかと思うと続けて弘基にも手を合わせた。

「君にも、悪いことを言ったね。気が立ってたものだから、つい……。本当は、わかっていたんだ。君の言う通りだって。愛とは、得てして滑稽なものだ。だから恥ずかしくて、だからこそ尊いものだと……」

しかし弘基は、へっ、何を今さら、と顔をしかめて返した。だが榊はすかさず弘基の手を取り、懇願するように言いだしたのだ。本当に申し訳なかった。お詫びに、美和子の子ども時代の写真を差しあげよう。それで、許してもらえないかな？　すると弘基は舌打ちをし、はあ？　なんだよ？　それ、と眉根を寄せ、榊の手をペッと払いのけ吐き捨てた。……今回だけだぞっ？　とどのつまりは許したらしい。

かくして榊は安堵の表情を浮かべ、暮林がいれた食後のコーヒーを口に運びつつ言いだした。

「ああ、それにしても……。こんなことなら、もっと早くお店にうかがえばよかったです。ベッドの中で、いつまでもうじうじ考えているんじゃなかった」

聞けば榊、美和子の死後、その夫がパン屋を開いたこともちゃんと耳にしていたのだそうだ。だから一応、思ってはいたらしい。もしかしたら美和子の夫は、彼女の遺志を引き継いで、パン屋をはじめたのではないだろうか――？　それで何度か、店の前まで足を運んだこともあったんだとか。

「でも、どうしても入ることが出来なかったんです。この店、真夜中営業のクセにいつもなぜか混んでるじゃないですか？　店のドアを押そうとすると、中から人の話し声や笑い声が聞こえてきて……。それで毎回、泣く泣く引き返していたんですよ」

　そんな榊の説明に、もちろん暮林も弘基も首を傾げた。は？　それは、どういうわけで……？　すると榊も首を傾げ、ん？　わかりませんか？　などと不思議そうに返してきた。なんというかその、私の心の、機微的なものが……。

　弘基が、わかんねぇから訊いてんだろうが、といら立ったように言いだしたのはその直後のことで、つーかキビってなんだよ？　食いもんかよ？　と大真面目に顔をしかめた。それで榊は、うーん、と腕組みをし、なるほどあなた方は、繊細さというものに欠けているのかもしれませんねぇ、などとのたまいだしたんである。そうしてなぜか胸を張り、いやに堂々と言ってのけた。

「つまり私は、対人恐怖症なんです。人と会うのが極端に怖い。だから賑わう店には入れないし、常時サングラスをかけ、傘も携帯してるんです。人と目を合わせなくても済むように、あるいはいざとなったら、顔ごと傘で隠せてしまうように――」

その流れるような語り口に、もちろん希実たちはパチクリと目をしばたたいてしまった。は？　対人恐怖？　つーか今オッサン、俺ら相手にベラッベラ喋ってんじゃんか。

するとは榊は、ハハッ、と軽やかに笑い、そりゃあ私だって、年がら年中人が怖いわけじゃありませんよー、などとおどけた様子で肩をすくめてみせた。

「波がありましてね。気持ちが高ぶっている時なんかは割りに平気なんですが、感情がフラットになっているとけっこう危ない。しかもよくわからないタイミングで怖くなることもあるので、なるべく人目は避けて暮らしている次第なんですよ」

とはいえ、笑いながら語る榊からは、やはり対人恐怖症なるものの片鱗《へんりん》は見られなかったのだが――。

てゆうか、常時サングラスに黒傘って、人目を避けるどころかむしろ悪目立ちすると思うんだけど……。そっちのほうは平気なわけ？　そう感じ入る希実の傍らで、弘基も怪訝そうに言いだした。

「つーか、オッサン。そんなんで普通に生活できんのかよ？　仕事は？」

すると榊は、満面の笑みでもって返した。

「――ああ、大丈夫ですよ。仕事なら、自宅警備員をやっていますから」

だから希実はうっと息をのみ、榊を凝視してしまった。じ、自宅警備員って……？

マジで言ってるの？　この人……？

しかし暮林や弘基には、榊の言葉の意味がまるで通じなかったようで、揃って首を傾げたのち、かわるがわる言いだした。自宅警備員？　なんだそりゃ？　つまり、ご自宅の警備をされとるってことですか？　もしかしてオッサンち、超大豪邸とか？　ああ、なるほど。それで警備が必要で？　つーか豪邸なら、警備会社に任せたほうがよくね？

自力で守るの大変だろ？

だから希実は困惑し、いや、だからそうじゃなくて――、と暮林らのほうに目配せしたのだが、しかし暮林や弘基はそれに気づかずアサッテな会話を続けたのだった。それもそうやな、素人が守るのには限界があるしな。だろ？　餅は餅屋、警備はセコムかアルソックっつー話だよ。

受けて榊はブブッと笑い、どこか小馬鹿にしたように言いだした。

「……どうやらおふたりとも、ネットスラングに疎くていらっしゃるようですね？」

だから希実は思ってしまった。いやいや、むしろそんなものには疎いほうが、大人としてはまともってもんですからね？　しかし榊はそんな希実の心の声に気づくこともなく、堂々と続けたのである。

「自宅警備員というのは、ニートや引きこもりの皆さんを指すネットスラングなんです。とにかくずっと家にはりついている人間、というニュアンスなんでしょうかね。そして私も、その一員というわけです。実際、日がな一日、自宅で過ごしておりますし……」

どうやら榊、自分の置かれた状況に、屈託はさしてない模様。何しろ続けざまに、昨日など、十三時間寝てしまいました。おかげ様で肌艶《はだつや》もすこぶるよくってー、などとペラペラ語ってみせたのだ。年をとると眠れなくなるなどと言いますが、私はまだまだイケますね。やはり、仕事のストレスがないのがいいんでしょうか。

だからか暮林も弘基も、しばしの間黙り込んだのだが、しかしすぐに頭を切り替えたようで、各々うんうん頷きはじめた。あ、ああ、なるほど。それで自宅警備員……。なかなか、うまいこと言うもんやな。ああ、一瞬なんか、働いてるふうに聞こえるしな。言葉のマジックやな、うん。

ちなみに榊の話によると、彼が自宅警備員になってちょうど十年であるとのこと。

「三十一の時に心が折れて、それ以降ずっとですから——。三十代は、ほぼほぼドブに捨てたことになりますね」

そんな榊の自分語りに、弘基はド直球で訊いてみせた。

「つーか、オッサン、そんな家に引きこもって何してたんだよ？」

ただし榊も、まるで悪びれない笑顔で返していた。そうですねぇ。寝たり、ぼーっとしたり、近所をふらっと散歩したり、寝たり、寝たり、寝たり――。って、オッサンほとんど寝てんじゃねぇか！　まあ、そうですけど……。しかし、ただ寝ているのとは、少々わけが違っていますよ？　は？　どういう意味だよ、それ？　つまり私は、人生を賭して寝ているんです。はあ？　寝ていれば人生の無駄遣いは続いていく。それを承知の上で、私は寝ているんです。はーあ？　実にスリリングな睡眠です。引きこもりながら眠るというのは、つまりそういうことなんですよ。は――あ？

そんな不毛なやり取りに、だから希実はひそかに思わずにはいられなかった。こ、この人……。もしかしてけっこうアレな人なんじゃ……？

そして続く暮林の質問で、希実はさらにその思いを深くした。

「――けど、いずれ働く気ではおられるんでしょう？」

何しろ笑顔でそう訊いた暮林に、しかし榊はキョトンと目を丸くし、いいえ、とあっさり返したのだ。

「いやだなぁ、暮林さん。そもそも働く気があったら働いていますよ。単に私には、その気がさらっさらないだけです。幸い親が資産家なので、今後はそれを食いつぶして、のうのうと生きていこうと思っている次第なんですよ」

曇りのない笑顔で語る榊に、だから希実は先の思いを強くした。なるほど、そうか。やっぱりこの人——。けっこうなクズ寄りなんだわ。そしてそのクズ寄りは、嬉々とした笑顔で言ってきたのである。

「しかし、やっと私にも遠出《とおで》の理由が出来ました。十年寝太郎も、いよいよ卒業です」

そんな榊の物言いに、希実たちは首を傾げる。へ？　遠出の理由？　んだよ？　それ。

すると榊は満足げに微笑み、このお店に通うことですよ、などとのたまいはじめた。

「私、このお店が大変気に入りました。つきましては、なるべく人が少ない時間を狙って、通わせていただこうと思います。何時頃にうかがえば、お店のほうは空《す》いてますかね？」

だから希実は息をのみ、わずかにのけ反ってしまったのだ。はあっ？　この人また来る気？　てゆうか通う気？　しかし傍らの暮林は、そんな希実の思いなど気取るわけもなく、笑顔であっさり応えてしまった。

「それなら、四時頃ですかな。五時の閉店間近になると、出勤途中のお客さんが増えるんで。そのちょっと手前あたりが、だいたい一番空いとりますわ」

するると榊は口の両端を持ち上げ、にんまり微笑み頷いた。

「――そうですか。午前四時ですね？」

そして胸ポケットにしまっていたサングラスを取り出し、片手でスチャッとかけたかと思うと、再び口元に笑みを浮かべた。

「ではその頃、またおうかがいします」

そう口にした彼の目は、本当に微笑んでいるのかどうかもうわからなくなっていた。何しろサングラス越しでは、彼の目の表情は摑めなかったからだ。

あるいはもしかすると彼は、最初から本心を隠すつもりで、そそくさサングラスをかけ直したのかもしれない。何せおそらくその時にはもう、彼の計画ははじまっていたはずなのだ。

だが不覚にもその時、希実は彼の真意なるものにまるで気づけていなかった。

榊が口にしたブランジェリークレバヤシに通う宣言を受け、もちろん希実はげんなりしたが、しかしすぐに、まあ自分には関係のない話かなと考え直した。

何しろ彼がやって来るであろう時間は午前四時。そんな時間であれば自分はほぼほぼ寝ているし、閉店時間になれば榊も帰るだろうから、タイミング的に顔を合わせることはない。単純にそう踏んだのだ。

だから、まあ、いっか、と半ば無関心に榊を見送った。彼が笑顔で、ではまた！　と手を振ってきても、ハイハイ、と完全なるうわの空でもって手を振り返した。そして迎えた翌朝六時。いつも通り起床し階下の厨房へと向かった希実は、しかしそこに榊の姿をみとめ固まってしまった。

「へ……？」

榊はなぜか流し台で、大鍋をせっせと洗っていた。もちろん、サングラスはかけたままで――。それで希実がポカンと立ち尽くしていると、彼は希実の気配に気づいたのか階段のほうに顔を向けて、ああ、おはよう、希実ちゃん、などと爽《さわ》やかに声をかけてきた。

「暮林さんは配達中で、弘基くんは表の片付けをしているところだよ。片付け次第すぐ朝食の準備するって言ってたから、希実ちゃんは早く出かける準備しておいで。今日は学校、普通にあるんでしょう？」

それで希実は呆然としたまま、はあ……、とだけ応え二階へとUターンしたのだった。そして洗面台で顔を洗い、夢かな？　と少し考えた。てゆうか夢だよね？　夢じゃなかったら、あの人があんな馴染んだ感じでうちの店にいるわけないもんね？　そうして制服に着替え再び階下に下りてみたのだが、しかしやはり榊はそこにいた。

「あ、希実ちゃん。今朝はライ麦パンのコロッケサンドだってー」

言いながら榊は、かいがいしく弘基の作ったサンドウィッチを作業台に並べていた。だから希実は、え？　あ、はあ……、とぎこちなく返し、ガス台の前に立つ弘基のもとへと急ぎ向かったのだ。

「……ちょっと、弘基っ！　なんであの人がここにいるのよっ？」

弘基の耳元で囁くように訊くと、彼もどこか釈然としない様子でもごもご応えた。

「なんでって……。アイツが、美和子さんの酵母液から作った酵母種を見たいっつーから、見せてやったんだけど……。そしたら、これでパンが膨らむのかって不思議そうにされて……。膨らむさって発酵するとこ見せてやったら、やたら感激しちまって……？　そんで、自分もパンを作ってみたいって言いだして……。じゃあ、手伝うかって訊いたら手伝うって言われて……。まあ、なんつーか、そんな流れで……？」

だから希実は半ば呆れつつ、思わず言ってしまったのだった。――弘基ってさ、身に覚えのない女の子が赤ん坊抱いて現れて、あなたの子よって押しつけてきても、うっかり受け取っちゃいそうなタイプだよね。すると弘基は顔を引きつらせ、俺はクレさんじゃねぇっつーの！　と鼻息を荒くした。身に覚えがなけりゃ、預かってせいぜい三日だ！　そうしてどこか言い訳がましく続けてみせたのだ。

「ま、いいじゃねぇか。十年寝太郎がああやって仕事手伝ってんだから……。もしかしたら労働意欲にも目覚めるかもしんねぇし。そもそもパン作りの技術継承は、ブランジェの大事な仕事だかんな。寝太郎に教えてやるのも、俺の職責っちゃあ職責なんだよ」

そうしてけっきょく榊は、その日の朝の食事まで希実たちとともにしたのである。

彼はライ麦パンのコロッケサンドを頰張り、いやーん、ホントおいっしーっ！　とまた少しオネエっぽい口ぶりで感嘆してみせていた。でも、あのベーカリーの味とは違う……。あのお店のより、なんか、おしゃれな味……？　受けて弘基は、味はおしゃれじゃねーよ、単なる本場と日本の融合だっつーの、と若干得意げに述べ続けた。キャベツの代わりに、ザワークラウト使ってっし。クリームチーズも塗ってあっからな。けど合うだろ？　酸味とコロッケ。すると榊はうんうん頷き、コロッケの甘みが、断然引きたってます！　と眉尻をさげた。しかもコクがあるのにさっぱりしてて……。なんかいくらでも入りそう……。おかげで弘基もまんざらでもない笑みを浮かべ、よし！　じゃあもっと入るように、ちょっとだけこのウスターソースをかけてだな……、などと講釈をたれはじめる始末。だから希実としては、もう息をつくしかなかった。ダメだこりゃ……。完全に籠絡《ろうらく》されとる……。

そしていっぽうの暮林はといえば、そんなふたりのやり取りを目を細くして見ているばかりで、榊を拒絶する様子も嫌悪する気配も当然ながら皆無だった。だから希実としても、やはり息をつくしかなかった。……うん、まあ、ですよね。

榊が帰る素振りを見せたのは、希実が店を出ようとしたタイミングだった。二階から鞄を持って現れた希実を前に彼は、あ、僕もそろそろ帰らないとですねー、と言いだしたのだ。そうして当たり前のように言ってきた。希実ちゃん。僕、車だから、学校まで送って行ってあげようか？

だから希実は苦く笑い、いえいえ、大丈夫でーす、と平坦な声で返した。そうして昼食用のパンを弘基から受け取り、じゃあいってきまーす、と素早く店を飛び出した。

何しろ現状希実にとって、榊はやはりまだ謎の男だったのだ。確かにあの人は美和子さんの幼馴染だし、それなりに美和子さんへの思いもあるみたいだし。クズ寄りではあるけど別に悪人じゃないっぽいし、とどのつまりは単なる自宅警備員なんだろうけど……。でも、やっぱり、なんか引っかかるんだよな……。

もちろん、引っかかりの主たる要因はわかっていた。初めて彼の目を見た瞬間に感じた、あの既視感だ。やっぱどっかで、見たことあるような気がするんだよな……。あの妙に冷めた感じの目とか……。榊を前にするとそんな思いが沸々《ふつふつ》と湧いてきて、どうにもこうにももやもやしてしまう。かと言って、いくら頭の中を掘り返しても、彼と会った記憶は出てこないのだが——。

でも私には、美和子さんのこと忘れてたって前科もあるし……。あの榊って人とも、絶対会ってないとは言い切れない気もするっていうか……。

それで希実は、斑目に急ぎLINEを入れたのだった。久しぶり！ 斑目氏、最近忙しい？ 仮に斑目が暇だったら、榊のことを軽く調べてもらえばいい。そう思っての行動だった。何しろ斑目は希実にとって、誰より頼りになる変人、もとい友人なのだ。彼の調査能力をもってすれば、榊の大よその過去など容易く調べてしまえるはず。そしてそれが明らかになれば、現状自分が抱いている違和感も、なんらかの形で少なからず解消されるかもしれない。若干安直ではあるが、そんなふうに希実は考えたのだ。

しかし斑目からの返事は、なかなかに渋いものだった。（絶賛氏にそうな感じ♥）彼はうずまきの目をした天使のスタンプとともに、そんなひと言を添えてきた。それで希実は概《おおむ》ねを察した。そっか。今は斑目氏には頼れないか……。だから力こぶのスタンプだけ送り返し、またひとり考えはじめた。さて、だとしたらどうしたものか……。

ただし学校にたどり着いてもなお、これといった打開策は思いつかなかった。ダメもとでクラスメイトの美作孝太郎《こうたろう》にも案を募ってみたが、降霊術でその人の守護霊呼んで訊いてみるとか？　などという奇天烈《きてれつ》な答えしか返ってこず、ダメもとはやはりダメもとだなと思い知らされるだけに終わった。

そうして考えること約半日。あれやこれやと思案してはみたものの、最終的には、君子危うしに近寄らず、という極消極的な結論に至ってしまったのだった。

まあ、見覚えがあるってのは、単なる思い違いかもしれないし……。思い違いじゃなかったとしても、あの人に関わらなきゃすむ話だし？　別にあの人だって、これから毎日朝まで店にいるわけじゃないんだろうし……。なるべくあたらずさわらずで、距離を置いておけばいいのではないだろうか——？

あるいは、そんな着地点に落ち着くしかなかったともいえる。何しろ他に手がなかったのだ。だから斑目に時間が出来次第、改めて調べてもらおうとも思っていた。まあ、それしかないよね？　斑目氏の仕事だって、ずっと終わらないわけじゃないんだろうし……。

しかしそんな希実の考えは、すぐにあっさり覆された。何しろ榊は、翌朝もちゃっかり店に残っていたのである。

「あ、おっはよー、希実ちゃん！」

そして当たり前のように朝食をともにし、希実が登校する際には、よかったら送って行こうか？　と声をかけてきた。

そしてその翌朝も、そのまた翌朝も同様の事態が続き、だから希実は暮林と弘基に、これはいったいどういう状況なんですかね？　と問うてみたのだった。

「なんであの人、毎朝うちにいたりするわけ？　どう考えてもおかしいでしょ？　この状況――」

しかし当然というべきか、ふたりはのらりくらりと苦笑いで返すばかりだった。

それは、その……。社会復帰の、お手伝いっちゅうかな？　ああ、寝太郎が外に出る気になってんだから、とりあえず大目にみてやろうっつーか？　それに榊さんは、美和子の幼馴染なんやし、少しでも力になれたらと……。何よりあのオッサン、実は毎日差し入れしてくれてんだよ……。な？　あ、ああ……。実はそうなんや……。今朝希実ちゃんがバクバク食べとった桃、あれも、榊さんからの差し入れで……。そうそう、昨日食ってたナガノパープルも……。おとといのプロシュートも……。どうも寝太郎、うまいもの取り寄せるのが趣味みてぇでよ。

だから希実としても、それ以上強くは言えなくなってしまった。何しろおそらく、それらを一番食べたのは自分だろうという自覚があったのだ。だって、みんなが勧めるから……。しかも全部おいしかったし……。

かくして金曜日の朝には、希実もすっかり諦めていた。榊が厨房の流し台に立っていても、おはようございます、と自ら声をかけ、差し入れだというシャインマスカットもありがたくいただいた。そして、学校に送っていこうか？　という誘いのみを辞し、作り笑いで店を出た。

「うちの高校、送り迎えされると先生に色々訊かれちゃうんで。だからすみませーん。でもありがとうございまーす」

無論、榊への違和感が薄れたわけではなかった。なかったがしかし、打つ手がない状態で騒ぎ立てるのは得策ではないとじっと耐えた。自慢ではないが、耐えるのは割りに得意なほうなのだ。不平不満をのみ込むのだって、まま慣れたもの。

だから榊が、じっと自分を見詰めているような気がした瞬間も、学校へ送っていくのってバイクだったらどうかなぁ？　などと妙に食いさがってきた際にも、見て見ぬふり、あるいは苦笑いでその状況を受け流した。えーっと、多分ダメかな……？

そしてただただ、斑目の仕事が早く終わることをひたすらに祈った。斑目氏――。早く原稿をあげてください……。なんでもいいから、ちゃちゃっと書いて……。てゆうか、斑目氏ご飯ちゃんと食べてるのかな？　もしかして、差し入れのパンでも持って行ったほうがいい？　そのほうがはかどる？

事件が起きたのは、希実がそんな逡巡をはじめた矢先のことだった。災難というのは、危うきに近寄らずとも自ずからやって来るのだと思い知らされた一件でもある。

その日希実は、放課後いつものように孝太郎と一緒に下校し、学校最寄りの駅で別れた。そしてそこから電車を乗り継ぎ、店のある三軒茶屋駅で通常通り電車を降りた。

駅から店までは歩いて十五分ほどだが、希実はショートカット出来る道を選んで家路を急いだ。何しろここしばらく、父が夕方頃ブランジェリークレバヤシへとやって来ているのだ。だから希実は、父がたどり着くより早く店に到着出来ているよう、常々心がけていたのである。何せ先に着けてさえいれば、二階の自室にきっちり閉じこもり、彼との鉢合わせを完全に避けることが出来る。

最短ルートはすでに組み立てられていた。父が母の付き添いをするようになって早一ヵ月弱。どの道が最短であるか試し測るには、十分過ぎるほどの時間があった。だから希実は慣れた足取りで大通りを抜け、すぐにビル脇の小路《こみち》に入っていった。

最短ルートに選んだ道の多くは路地裏で、三十センチほどの壁のすき間を抜けるという悪路もあれば、空き地のフェンスにまたがり飛び越えるという難関もあった。ただしそこは路地裏だけあってほぼひと気がなく、だから希実としては、多少スカートが翻《ひるがえ》ってもめくれ上がっても、そう気にすることなく先に進むことが出来てしまった。パンチラ予防より時間短縮。そんな思いのほうが、断然強かったとも言える。

その日も希実はフェンスを飛び越え、ビルとビルのすき間の小路を、体を斜めにしながら進んでいっていた。小路を抜けた先にあるのは、人と人とがギリギリすれ違える程度のやはり細い路地で、古い飲み屋が数軒並んでいる。ただし昼間のうちは、どれもすべて閉まったままで、だからそこは駅前の喧騒《けんそう》が嘘のように、静まり返っているのが常だった。そこでかつて希実が見かけた生きものと言えば、たわしのような色をした猫だけだ。

よって今日もそのつもりで、希実は急ぎ路地に出た。そこを左折してしばらく行けば、また別の路地に行き当たる。そんな普段の感覚で、すぐに進行方向を左へと変えた。

「――へ？」

しかしそこには、なぜか二人組の男の姿があった。無論、公道なのだからいても構わないのだが、まさか人がいるとは思っていなかったので、希実は若干驚き立ち止まってしまった。

男たちは両者とも、スーツ姿の中年男性だった。ただし、サラリーマンにしてはえらくがっちりしているように見受けられた。そのうえ背の高い希実が見上げなければいけないほど上背もある。

よって当然というべきか、希実の行く手は阻まれた。何しろ細い路地なのだ。向こうによけようという気がなければ、先に進むことは敵わない。そして彼らは、まったくよける気などなさそうな表情でもって、路地へと姿を現した希実を見おろしてきたのである。

「あ、の……？」

それで希実は若干戸惑いつつ、彼らにどいてもらうべく声をかけた。

「……通して、もらえますか？」

しかし男たちは動かなかった。表情が抜け落ちたような顔でもって、ただ希実を見おろしているばかり。だから希実はさすがに違和感を覚え、すぐに身構え後ずさった。な、何？　この人たち――。

背後から人の足音が聞こえてきたのはそのタイミングで、ハッと振り返るとやはり体格のいいスーツ姿の男がこちらに向かって歩いてきているのが見えた。だから希実は息をのみ、反射的に来た道を戻ろうとした。ヤ、ヤバい。はっきりとそう思ったのだ。なんかわかんないけど、逃げなきゃ――。

「え――？」

けれど希実が来た隙間の向こうにも、すでにまた別の男の姿があった。幅が狭過ぎて入って来ることは出来ないようだったが、しかし希実がその隙間を戻ることはすでに阻まれていると言ってよかった。

それで希実はその場に立ちつくし、混乱しながらも男たちの様子を目で追った。前方の彼らは無表情なままじっと希実を見詰めていて、後方の男は射るような目でもってどんどんこちらに近づいてきている。隙間の男は静かにこちらの様子をうかがっているふうで、しかしはっきりと不気味な気配は漂わせていた。言うなれば、仮にこの隙間を戻ろうものなら、なんらかの凄惨な事態が発生しそうな気配、といったところか――。

それで希実は、自分の置かれた状況について咄嗟《とっさ》に考えた。えーっと？　今私、囲まれてるよね？　けっこう、イカツイ人たちに――。私が、囲まれてるんだよね？　てゆうか、なんで？　まさか誘拐？　こんな白昼堂々？　てゆうかなんで？　なんで私を？　まさか、女子高生無差別的なヤツ……？　って、いやいやいやいや！　無差別だったら、もっと普通の女子高生狙うでしょ!?　よりにもよって、私を狙ってどうすんのって話でしょ!?

時間にしたら五秒弱。しかし、通常であれば発するのに数十秒は要するであろう程の言葉数が、希実の頭の中を駆け巡った。なんで？　人違いじゃないの？　私、こんな目に遭う覚えなんて、まったく全然ないんですけど――。

するとと前方の背の高いほうが、ふいに希実の顔をのぞき込むようにして訊いてきた。

「――君、篠崎希実さんだね?」

その問いに対する答えはもちろんイエスで、だから希実はうっと言葉に詰まってしまった。な、何これ? 人違いじゃないってこと……? そうして希実は、あー、のー、と目を泳がせながら応えたのだ。そー、れー、は……、そーのー……。するともう片方の男が、さらに踏み込んで訊いてきた。

「門叶樹の、娘だね?」

それで希実は、思わず、えっ? と声をあげてしまった。何しろそれは想定外の質問だったのだ。何それ? あの人の娘だから、なんだっていうの? 内心そう混乱する希実を前に、ふたり組は何やら小さく耳打ちしあい、頷き合って再び希実に目を向けてきた。

「……ちょっと、一緒に来てもらうよ」

特に希実の了解をとるつもりもないらしい彼らは、そう言うなり希実のほうへと一歩足を踏み出した。そうして当然のように希実の腕を取ろうとした。バサバサッという鳥が羽ばたく音が頭上から聞こえてきたのは、その瞬間だった。

「は……?」

見上げるとそこには狭い青空と、その先へと飛び立っていく白いハトの姿が見えた。

「ト……？」

それでまさかと前を向き直すと、男たちの肩の向こうに猛スピードで突進してくる黒い人の影が見えた。そして同時に、榊の声が響き渡ったのだ。

「──希実ちゃんっ！　しゃがんでぇぇぇぇぇぇぇぇぇっ！」

だから希実はわけもわからず、反射的に頭を抱えしゃがみ込んだ。そうして腕のすき間から咄嗟に頭上に目をやると、いったい何がどうなっているのか、希実の上を飛び越えていく榊の姿が見えた。

「へ──？」

榊が希実の背後にいた男の顔を蹴りつけたのは次の瞬間で、当然ながらというべきか男は崩れるように地面に倒れ込んだ。そしてそれとほぼ同時に榊も地面に着地して、すぐに希実の腕を摑んだのだ。

「行くよっ！」

言うやいなや、榊は希実の腕を引っ張り駆け出した。それで希実は、半ば引きずられるように走り出したのだ。

もちろん、しゃがんだ姿勢からの走りだしは足がもつれそうになったし、思いのほか俊足な榊についていくのは骨だったが、しかしここで転んでひとり残されるのはマズかろうと、希実は必死で地面を蹴りあげどうにかこうにか榊についていった。無論足は悲鳴をあげていたが、そんな声に耳を傾けていられる余裕はなかった。

そうして振り返らないまま大通りの歩道に飛び出すと、榊はようやく立ち止まった。それで希実もへたり込むようにして、その場に膝をついたのだ。

「がっ……、はっ……」

午後の大通りは、普段通りのどかな喧騒に包まれていた。車道には途切れず車が流れていて、歩道にも様々な毛色の人たちが行き交っていた。学生、サラリーマン、子連れの主婦、大道芸人《だいどうげいにん》、等々――。そしてそのおかげというべきか、座り込み肩で息をする希実と榊の姿も、さして目立つようなことはなかった。

「……追っては来ないみたいだね」

サングラスのブリッジを押さえながら、路地をのぞき込むようにして言う榊に、だから希実は息を切らしつつ訊いてみた。

「これ……、何……？　なんだったの……？　今のは、いったい……」

すると榊は軽く息を弾ませつつ、笑顔で希実に言ってきた。

「何か言われた？　さっきの連中に……」

だから希実は首がもげそうなほど頷き、やはり息も切れ切れに応えたのだ。

「父の……、娘かどうか、訊かれた……。それで……、一緒に来てもらうよって……」

榊が口の端をわずかに持ち上げたのはその瞬間のことだった。彼は希実の腕を離し、ああ、そうか、と小さく頷きはじめたのである。なるほど、やっぱり動きだしたか……。

だから希実は目をむいて、はっ？　と声をあげてしまった。

「ちょっと？　何？　榊さん、何か知ってるのっ⁉」

受けて榊は一瞬動きをとめたが、しかしすぐに肩をすくめ微笑み、うーん、ここまできたら、もう言ってもいいのかなぁ？　などと希実の顔をのぞき込んできた。でも、部外者の僕が、口を挟むようなことじゃない気もするし……。

だから希実は、榊の腕を摑み迫ったのだ。

「——なんなのっ⁉　それ、どういうことっ⁉」

希実の剣幕《けんまく》に、しかし榊は動じなかった。口元に笑みをたたえたまま、どうしようかなぁ？　言っちゃおうかなぁ？　などと思わせぶりな発言を繰り返すばかり。でーもー、なぁ……。

それで希実が思わず舌打ちをすると、彼はフフッと笑って肩をすくめてみせた。そうして、まあ、いいか。どうせいずれ、わかることなんだし……、と空々しく口にしたのち、サングラスをわずかにずらして、希実の目をじかに見詰めてきたのだった。

「……実は、ちょっと小耳に挟んでいた情報があってね。でも確証はなかったから、しばらく様子見をしてたんだ。下手なことを言って、希実ちゃんを混乱させるのもどうかと思って……」

相変わらず榊の目は、どこか冷めた色をしているように見えた。何もかもを諦めたような、倦んだような冷たい目。

けれど間近で見ていると、その奥にわずかばかりの熱を感じた。

「でも、さっきの一件で確信が持てた」

そう言って榊は、笑顔で希実の腕を軽くポンと叩いてみせた。

「――希実ちゃん、君、お家騒動に巻き込まれてるんだよ」


斑目がLINEを送ってくれたのは、まさに渡りに船だった。（希実ちゃーん！　斑目一等兵、本日無事生還、もとい脱稿いたしました！　ところでこないだ何かあった？）

だから希実は速攻で返信したのだ。（お帰りなさい！　斑目氏！　ご無事で何より！　つきましては、盗聴器持参のうえ、すぐに店まで来てもらえるかな？）

そんなやり取りを前に、もちろん榊はキョトンとしつつ、え？　盗聴器？　そんなもの、普通の人は家に常備してないでしょー？　とおかしそうに眉をさげてみせたのだが、しかしそれから十五分後、斑目は大きな黒いリュックを背負い、見事ブランジェリークレバヤシへと駆けつけてくれたのだった。

「――持ってきたよ！　盗聴器！　どれがいい？　おすすめはね、このカメラ付き最新型！　なんと画像がカラーで飛んでくるんだ！　すごくない？」

リュックの中から次々と機器を取り出しつつ、当たり前のようにテーブルの上に並べていく斑目を前に、あの榊が黙り込むのは若干痛快なほどだったが、しかし今はそんなことより盗聴器の取りつけが先決と、希実はどれでもいいから早急に店のイートイン席に取りつけて欲しいと斑目に頼み込んだ。

「多分、あと三十分もしないうちに父が来るから――。それまでに、店での会話を私の部屋で聞けるようにセッティングして欲しいの！　お願い！」

かくして斑目はカメラ付き高性能タイプを選び、ものの五分ほどで取りつけを完了させた。そうして希実たちはすぐに二階に向かい、音声、並びに画像のチェックをはじめたのである。

階下に残ったのは、斑目より五分ほど前に出勤してきていた暮林と弘基で、彼らは希実が事情を説明すると、へっ？　希実ちゃん、またそんな危ない目にあったんかっ？　つかお前、ここんとこ襲われ過ぎじゃね？　といったんは困惑してみせたものの、しかしすぐに、まあそういうことなら――、と頭を切り替え協力することを約束してくれた。

事実確認するんやったら、門叶さんに訊くのが一番やしな……。ああ、親父さんへの応対は、俺らに任せとけって。そうして彼らはコックコートに着替えるなり、ふたり並んで隠しカメラの前に立ってみせたのだ。

「あーあーあー、こちらイートイン。聞こえるかー？」

「カメラはどこや？　この穴みたいなのそうなんか？」

その声も姿も希実の部屋に設置された受信機にしっかり届き、だから希実は急ぎ暮林の携帯へとメールを送ったのだった。うん！　バッチリ！　あとは父が来たら、さっきの話の確認をお願いします！　すると暮林はメールを確認し、弘基ともどもカメラの前でしかつめらしく頷いてみせた。ああ、わかった。おう、了解。

それで希実がひと息つくと、それまで黙って見ていた榊が、少し呆れた様子で告げてきた。

「……お父上に確認するも何も、僕の話にそう間違いはないと思うんだけどねぇ？」

だから希実は榊を振り返り、はっきりと不信の眼差しを向けたのだ。

「言っておきますけど、私、あなたのことそれほど信用してるわけじゃないんで――。あなたからの情報を、鵜《う》のみにするつもりはないんです」

若干キツい口ぶりになってしまったが、それもまあ致し方なかった。何しろ今の希実には、榊のボヤキに優しく付き合っていられる余裕などなかったのだ。

「あなたの話が本当かどうかは、父の言い分を聞いてから考えますから」

すると榊はおどけた様子でお手上げのポーズをしてみせたのち、すぐに口の端を持ちあげフッと楽しげに笑ってみせた。

「なるほど、ね。それは確かに、賢明な判断ってヤツだ」

そうして斑目の傍らに腰をおろし、興味深そうに受信機の画面をのぞき込みはじめたのである。

しかし、すごいですね、これ……。どのくらいの距離まで受信出来るんですか？　受けて斑目も、あ、興味あります？　などと楽しげに話しはじめる。一応、半径五十メートルくらいなんで、基本同じ建物、あるいは敷地内ってとこですね。なるほど、私もひとつ購入しようかな。え？　あなたにもそういったご趣味が？　趣味というか、私、自宅警備員なんで、こういうのがうちにあっても面白いかな、と。え？　ん？　いや、なんかこう、親近感が……。おやおや、これは奇遇ですね。実は私も先ほどから……。

のについてもつらつら言及しはじめた。

「元は地方の貿易会社だったんだけど、戦後砂糖やでんぷん関連の事業で大きく当ててね。今じゃ東京に本社を置くバイオメーカーさ。同族経営ながらも一部上場しているし、経営状態もいたって健全。まあそれなりに優良な企業と言えるね」

榊の話によれば、事業を興《おこ》したのは樹の祖父らしいが、それを今の規模にまで発展させたのは樹の父親であるとのこと。まあ、単に時代もよかったんだろうけどねー、と榊はどこか険を含ませ語ってみせた。まあ、いわゆる勝ち逃げ出来た世代とも言えるしー。どうもそのあたりには、若干の屈託があるようだ。そして榊は、そのまま淡々と説明を続けたのである。

「しかも最近、これといったヒットも出せてないし……。医薬品分野には大手もどんどん参入してきてるから、そう安泰ともいってられないんだろうけど……。ただ、世界的な特許も多く持ってるし、研究者のレベルも忠誠心も高いから、持ってて損な株じゃないと思うんだよね。うん」

つまり榊は、トガノの株をいくらか所有している株主であるとのことだった。だから会社の内情については、それなりに明るい立場にあるんだ、と彼は胸を張って言ってのけた。企業研究は、株主の基本だからねー。

無論希実としては、は？　なんで自宅警備員が株なんて？　と忌憚《きたん》のない感想を漏らしてしまったのだが、しかしそのあたりは榊も特に気を悪くした様子もなく、そりゃおこづかい稼ぎだよー、とあっけらかんと応えてみせた。なんせ僕、超ド級の暇人なんでね。チャートを見る暇があってあって、もう嫌になるくらいで——。とまあ、そういうことのようだ。そうして榊は、もっともらしく話を続けたのだった。

「さっきも言った通り、トガノは同族経営の会社でね。社長は門叶樹氏のお父上で、取締役以下役員は長らく親戚筋の人間たちで固められていた。だからもちろん、社長の後継者はその息子だろうと目されていたし、お父上もおそらくそのつもりで、息子さんの教育にあたっていたと思われる」

しかし現実、門叶樹は会社を継がなかった。それどころか、大学を中退し家を飛び出し、以降親子は絶縁状態に入ったのだという。

「樹氏のお父上もワンマンで有名な人物だったそうだが、樹氏も同様だったようでね。要は似たもの父子だったということなのかもしれないけど……。お互い一歩も引かず、二年前お父上が病に倒れた際にも、樹氏は見舞いにすら顔を出さなかったそうだよ。挙句、葬儀にも参列しなかったとか……」

それで希実はまた、はあ？　と声を漏らしてしまった。何しろ榊が語る門叶樹なる人いっぽう希実は、隣でにわかに芽生えはじめた友情を横目に、先ほど榊から明かされた一件について、ひとり鬱々《うつうつ》と考え込んでしまっていた。

「……」

何しろそれは希実にとって、相当に衝撃的な内容だったのだ。だから少し思い返すだけで、いやでもそんなバカな——、という否定的な言葉が頭の奥から湧き出てきてしまう。やっぱり信じらんないわ。そんなバカな話なんて……。

実際、榊から話を聞いている間も、希実はその内容に驚き戸惑い、彼の言葉を何度も遮ってしまったほどだった。はあ？　何それ？　ちょっと待ってよ……。そして聞き終えたあとにも、やはりうだうだと食いさがってしまった。いやいや、やっぱ意味わかんないや。ホントにそれ、私の父親の話なの？　人違いじゃなくて？

受けて榊のほうはといえば、苦く笑って肩をすくめるばかりだった。まあ、信じる信じないは、希実ちゃんの自由だけどね。でも実際問題、今しがた君、さらわれそうになったわけだし……。早いとこ現実を直視しないと、不利益を被《こうむ》るのは多分君自身だと思うよ？

だから希実としては、ぐっと言葉をのみ込みしばし黙り込むしかなかった。何せ榊の話は信じがたかったが、しかし見知らぬ男たちに囲まれたのは、まさしく事実に相違なかったからだ。それで斑目からLINEが届いたことをこれ幸いに、すぐ先のメッセージを送ったのである。お帰りなさい！　斑目氏！　つきましては、盗聴器持参のうえ――。

にわかには信じがたい話は、複数の人間から言質をとるしかない。それが希実が考え至った、取り急ぎの対処法だったとも言える。榊さんはああ言ってるけど、他の人に訊いたら違う内容が返ってくるかもしれないし……。何も鵜のみにする必要はないよね。

そしてやはり、まず最初に言質をとるべき相手は、父その人だろうと思い至った。父のことは、当然父が一番よく知ってるはずだし。嘘をつかれない限りは、多分一番早く確実に、事実なるものに近づけるはず――。

榊が希実の父、もとい門叶樹について語りだしたのは、くだんの男たちから逃げ果せた直後、大通りからブランジェリークレバヤシへと向かう道すがらのことだった。

「――門叶樹氏、つまり希実ちゃんのお父さんは、トガノっていう会社の御曹司《おんぞうし》だったんだよ」

オンゾウシって……？

だから希実はもうその段階で、はあ？　とまず声をあげてしまった。な、何それ？

すると榊はハハッと笑い、ああ、御曹司は大げさか。じゃあ、後継者？　いや、跡取り息子とでも言えばいいのかな？　などと冗談めかして説明したのち、その会社なるも物と、自分があの日目にした父という男とが、どうにもうまく重ならなかったのだ。だから続けて言ってしまった。あの人、そんな強気なタイプには見えなかったけど……？

どっちかっていうと、奥さんの尻に敷かれてる感じだったし……。

しかし榊はフッと笑い、尻に敷かれるってあんがいタフさが必要なんだよ？　と返してきた。偉そうにしてるヤツのほうが、よっぽど脆《もろ》いってこともあるしね。そうして彼はサングラスのブリッジを押さえ続けたのだ。

「とはいえお父上もお母上も、けっきょくは息子に会社を継がせたかったようだがね。しかし樹氏は首を縦に振らず、結果お父上の死後は、お母上の弟君が会社を引き継ぐことになったというわけ」

ただし樹のほうも、それだけ頑なに両親との関係を絶ち続けただけあって、父親の死後もそれ相応の筋は通したのだそうだ。それで希実が、それ相応の筋って？　と首を傾げると、榊はおどけた様子で言ってのけた。

「――相続放棄したのさ。父親の死後、受け取れるはずだった多額の遺産をすべて蹴ってみせたんだよ。それで遺産のおおかたはお母上に渡り、彼女は今、トガノの大株主になっている。確か、二十％ほどは彼女の名義だったんじゃないかな……」

おかげで希実はもうポカンとするしかなかった。相続だの遺産だの大株主だの、自分のいる世界とはかけ離れた話過ぎて、わけがわからなかったというのもある。それでただただ眉根を寄せて目をしばたたいていると、榊はクスリと小さく笑い、希実の肩をポンと叩いてきた。

「それが、一年半ほど前の話かな。以降トガノは、お母上の弟君の指揮のもと、粛々と経営を続けている。株価にも目立った変動はない」

ただし、それですべてが穏便に収まったわけではない、と榊は眉をあげて話を続けた。なんでも先代の逝去が急だったことと、後継者が息子にならなかったことで多少のゴタつきがあり、その時の遺恨《いこん》は今も少なからず残ってしまっているんだとか。

「社内には、亡き先代社長の従兄《いとこ》もいてね。現社長である弟君とは、少々反目し合ってるんだ。便宜上、弟派と従兄派としておこうか？　社内は大まかに言ってその二派に分かれていて、ささやかながらも時々つばぜり合いなんかが起こってしまっている」

しかしそれが単なるつばぜり合いで済んでいるのは、両者のパワーバランスがあんがいとれているからのようだ。

「むしろ、お互いよりよい成果を出そうと切磋琢磨してるところもあって、だから株主たちも生温かい目で見守ってるんだよね。こっちとしては、株価をあげてくれればいい話だからさ。結果を出してるうちは、そう口を挟むこともなかろうって……」

ちなみに、そのパワーバランスとやらがとれている最大の理由は、樹の母親が常に中立の立場をとっているからなのだという。

「現状、彼女が一番の大株主だから、弟君も従兄もどうにか取り入ろうとしてるらしいんだけど、お母上もブレない人みたいでね。あくまで会社の益になるか否かで、両派の意見を精査《せいさ》してるそうなんだ。あの年代の女性にしては、めずらしく情に流されないタイプらしくてね。社内ではアイアンレディーって呼ばれてるってさ」

だから希実はそのタイミングで疑問を呈してしまった。てゆうか、だったらお家騒動起きなくない？　むしろ、なんか安定してる感じじゃん。

すると榊は小さく笑い、でも人は、鉄じゃなくてしょせん人だから……、と片方の口の端を持ちあげてみせた。いざとなるとどうしたって、柔いところが出てきてしまうんだよ——。

榊が言うことには、門叶樹の母親は一ヵ月ほど前に脳梗塞《のうこうそく》で倒れたのだそうだ。とはいえ命に別状はなかったようだが、しかし現在も自宅療養中ではあるとのこと。

「それで彼女、急に言いだしたわけだ。生きている間に、自分の保有している株のすべてを孫娘に譲渡したい。息子に渡せないなら、せめてそうしたい、とね。そしてそれが、奇しくもと言うべきかあるいは当然と言うべきか、お家騒動の発端になってしまった」

何しろそれだけの株が動けば、社内のパワーバランス変動は必至となる。そのため現在門叶家では、樹の母親の説得に一族総出であたっているとのこと。

「本家直系である樹氏に株が渡るならまだしも、降ってわいてきたような孫娘に、今さら大株主になられてはたまらないといったところなんだろうね。つまり君は、弟派にとっても従兄派にとっても、巨大な目の上のタンコブってわけだ」

おどけたように榊は語ってみせたが、しかし希実にとってはまったく笑えない話だった。何しろそのおかげで、先ほどいかにも屈強そうな男たちに囲まれたばかりだったのだ。そして榊も、続いてあまり穏やかではない表現をしてみせた。

「仮に君を自分方に取り込めればいいが、相手方に渡ってしまったらそれでゲームオーバーだからね。そんな危険なカードなんて、いっそないほうがマシだろう？　それでさっきの連中みたいなのを、どちらかが送りつけてきたんじゃないかなぁ、と。僕としては推察してるんだけど」

ちなみに榊、希実がトガノの孫娘だと知ったのは、美和子の墓参りに向かったその日だったのだという。

「実は僕、トガノの株にけっこう突っ込んじゃっててね。騒動の方向性いかんによっては、株の売却も考えなきゃだし。でも、逆に張っちゃおうかなーってトコもあったし？

だから孫娘ちゃんのこと、ちょうど調べてたんだよね」

　そうして美和子の墓前にて、トガノの孫娘と同じ名前の少女と出くわした。だから榊は、しばしブランジェリークレバヤシに通おうと決めたらしい。

「だって君のお父上の名前を確認したら、門叶樹だっていうじゃないか。あの時は僕もびっくりしたよね。これは美和子の、粋な計らいなんじゃないかとも思ったよ。僕がどう株を動かすべきか、天国の美和子が助言してくれてるんじゃないかって——」

　だから希実は低く言ってしまった。……美和子さんは、そんなつまんない助言なんかしないと思うけど？

　すると榊はテヘッと舌を出して笑い、だよね？　と小首を傾げてみせた。そうして希実に手を差し出し話を続けたのだ。

「——だったらやっぱり、君を助けてやってくれっていう、美和子からのメッセージだと考えるのが一番妥当かなぁ、と。そう思って、毎日お店に通ってたって次第です。でもそのおかげで、こうやって希実ちゃんを守れたわけだし、結果オーライだったでしょ？」

　微笑みながら言う榊に、しかし希実は無言のままいた。受けて榊は、んん？　オーライ、だったでしょ？　ともう一度ダメ押ししてきた。でしょでしょでしょ？

それでも希実は、差し出された彼の手を取らなかった。彼の話が寝耳に水過ぎて、正直なところまるでのみ込めないという部分もあったし、榊という人自体についても、信頼に足る相手だという確信は今のところ持てていなかったからだ。

それに何より、彼の説明にはハッキリとおかしなところがあった。だから希実は榊の手を払いのけ、冷静に追及をはじめたのである。

「――てゆうかそのお家騒動、根本からしておかしいんですけど……」

そうして疑問をぶつけると、榊は、え？　と虚を衝かれたような表情を浮かべてみせた。そしてしばらく何やら考えこんだのち、もしかして希実ちゃん、ちょっと勘違いしてないかな？　などと告げてきたのだ。それで希実が、勘違いって何がよ？　とあれこれ言い返すと、彼は額をペチンと叩き、ああ、なるほどね……。と大きく息をつき言い継いでみせた。希実ちゃん、君やっぱり、ひどい勘違いをしてるよ。そうして最終的に、腕組みをしてうなりはじめた。

「まあ、そういう理解だったんなら、そりゃ戸惑うよね……。にしても、君のお母さん、どうしてそんな大事なこと黙ってたんだろう……？」

だから希実としてはそのあたりも含め、どうしても父に確認しなければと思ったのだった。

だって、こんなの、わけがわからない――。

門叶樹がブランジェリークレバヤシにやって来たのは、午後五時少し前のことだった。暮林からの連絡を受け、おそらく駅から走ってきたらしい彼は、肩で息をしながら店に飛びこんできた。

「――ごめんくださいっ!」

そしてレジにいた暮林と弘基とに、声をうわずらせながらすぐ訊いたのだった。

「の、希実ちゃんはっ? 希実ちゃんは、無事だったんですかっ?」

希実はその姿を、自室の受信機の画面の中で確認した。

父は以前見た時と、さほど容貌を変えていなかった。背の高い暮林を、わずかに上回るほどの長身。さらに肩幅は暮林より広く胸板も厚い。髪は短くいかにも硬そうで、まだ黒々としている。目つきは鋭くちょっと強面。でもけっきょくどこか優しそうに見えてしまうのは、目尻に多く刻まれた笑いじわのせいだろう。

だからあの日、初めて父を見た瞬間、希実は少なからずイラついたのだった。この人、笑ってたのか――。そんなふうに思ったからだ。

そう、あの日希実は確かにそう思ったのだ。この人は、たくさん笑ってきたのか。目尻にしわを刻むほどに……。私を捨てた人生の中で、この人は、この人は――。

「……」

暮林と弘基に促され、門叶樹はすぐにイートイン席についた。そうして榊から伝え聞かされた内容を、やはり暮林と弘基とにかわるがわる確認された。

実は、とある方から、門叶さんのご実家での騒動についてお聞きしまして……。それが事実かどうか、確かめさせてほしいんだわ。とりあえず、門叶さんのご実家でやられとるお仕事なんですが……。

ふたりの問いかけに対し、門叶樹はどこかうなだれた様子で、はい、はい、とほとんど肯定し頷いていた。はい、その通りです……。ええ、確かに、私の父はトガノという会社を……。父が亡くなった後は、私の叔父が……。絶縁したのは、もうずいぶん昔のことで……。それ以来、こちらからは連絡をしていません……。向こうからの連絡も、基本的には無視しています……。母が倒れたことは知っていますが、会う気はありませんん……。彼らとは、他人だと思ってますから……。いや、他人だったら別に会ってもいいのか……。きっと私にも、まだわだかまりがあるということなんでしょう……。

そうして最終的に言いだしたのである。

「――確かに、母が自分の株を希実ちゃんに譲渡するなどと言いだしたのであれば、親戚筋が動き出す可能性もなくはない話かと思います……」

そうして頭を抱えうめくように言い足した。

「……しかし、まさか母がそんなことを言いだすなんて――。考えられない。何かの間違いなんじゃないですか？」

それで暮林と弘基は顔を見合わせたのち、同時に視線をカメラへと送ってきたのだった。受けて斑目は、わっ、バカバカッ！　こっち見ちゃダメだってば！　と叫んだのだが、もちろんそんな声が階下に届くはずもなく、ふたりはしばしカメラに視線を送り続けた。

それで榊が咄嗟に希実の携帯を取り上げ、電光石火でメールを打ちはじめたのだ。

（しかし、生前お父上も病床で……）だから希実は大慌てで、携帯を取り返そうとした。ちょっ！　勝手に何すんのよ!?　しかし、時すでに遅し。希実が榊の手から携帯を奪った瞬間、すでにメールは暮林に送信されてしまっていた。

かくしてメールを受け取った暮林は、俯き頭を抱えたままの門叶樹に向かい、携帯に目を落としたまま、ほとんど棒読みで告げはじめた。

「あー、しかしー、生前お父上も病床で、希実ちゃんを引き取りたいと言いだされた過去がおありでしょう？　って？　えっ？　そうなんですか？」

受けて門叶樹は、少し驚いたような表情を浮かべ、それもご存じでしたか……、と息をつくように言いだしたのである。

「そう、その通りです……。しかし、父が逝去しもう一年以上経ちますし、私としては、そんな話はもうとっくに立ち消えたとばかり……」

そうして再び頭を抱えた門叶樹に、弘基はダメ押しのように問いただしたのだった。

「……てことは、やっぱアンタの親御さんにとって、希実はたった一人の孫ってことになるわけか？」

それは先ほど希実が、榊に対しておかしいと詰め寄った一件だった。――てゆうかそのお家騒動、根本からしておかしいんですけど……。

何しろ門叶樹の母親が、孫に株を譲渡したいと言いだすのであれば、まずは樹の息子ふたりに譲渡する話になるのが常道《じょうどう》だろうと思われたからだ。

だから希実は榊に言い募ったのだった。自分の保有しているすべての株を孫娘に渡したいって、そこからしてもうおかしいんだよ。彼女には、私以外にもふたりの孫がいるはずでしょ？　それなのに、どうして私にすべてを渡したいなんて言いだすわけ？　むしろまず渡すべきは、向こうの孫たちのほうにでしょ？

それに続いた榊の返答は、希実の想像を超えるものだった。ああ、なるほどね……。希実ちゃん、君やっぱり、ひどい勘違いをしてるよ。だって君は、門叶の家にとって、ただひとりの孫なんだから――。

そして門叶樹の返答もまた、榊とほぼ同じものだった。弘基からの問いかけに、彼は大きく息をつくと、にわかに姿勢を正し静かに応えたのだ。

「……そうです。希実ちゃんは、確かに母の血を引く唯一の孫です」

眉間のしわを深くして、彼は絞り出すような声で続けた。

「うちの息子たちは、妻の連れ子ですので……。私と……、つまり私の母と、血縁はありません」

斑目が、うぇぇぇえっ⁉ と声をあげたのはその瞬間で、傍らにいた榊は、あれ？ さっき僕、話しませんでした？ と不思議顔をしてみせたのだが、しかし斑目は言葉を詰まらせながら、だだ、だって俺、盗聴器のセッティングに夢中だったから……、と驚いた様子で言っていた。えっ？ じゃあ、希実ちゃんって……。えっ？ ええっ⁉

しかし希実だって、声こそあげなかったものの斑目同様驚いていた。無論、すでに榊から聞いた話だったたし、暮林たちにそのことを説明したのも希実自身だったわけだが、しかしそれでもまた息をのんでしまった。

「……」

何しろにわかには受け止めがたい話というのは、何度聞いたってやはりその都度たじろぐし、なぜかいちいち戸惑ってしまう。

希実はずっと思ってきた。父には家庭があって、だから母や自分を捨てたのだ、と。父の家族を目の当たりにして、当たり前のようにそう受け取ったのだ。兄と弟がいるというのは、つまりそういうことなのだろう、と。

あの日、初めて目にした父は幸せそうだった。目尻に刻まれたしわが、それを証明しているようだった。

だから、希実は彼を切り捨てられた。いらないや、あんな人――。決然と、自分に言い聞かせられた。あの人がいようといまいと、私の人生に大差はないはず。いらない、いらない。父親なんて、そんなもの――。

いらない。

いらないから――。

私のほうから、捨ててやる。

しかし話は、そう単純でもなかったようだ。榊の話によれば、父が大学を中退し家を飛び出した理由は、当時交際していた女性、つまり律子その人だったのだという。

「彼女の妊娠を機に、樹氏は結婚すると言いだしたんだ。しかしもちろん、門叶のご両親はそれに猛反対した。それで樹氏もその対抗策として、大学を中退、さらには家出に駆け落ちまでして、挙句の果ては絶縁と、まあ派手にやらかしたわけだよ」

榊はサングラスのブリッジを押さえながら、苦く笑って続けてみせた。

「でも、愛ってのはやっぱり滑稽なものでね。それほど愛し合ったはずのふたりが、どういうわけか子どもが生まれる前に別れてしまったんだ。樹氏が今の奥さんと出会って結婚したのは、そのもうずっと後の話だ」

それは希実のアイデンティティを、ある種揺るがす事実だった。


暮林が律子の病院に行かないかと誘ってきたのは、門叶樹が店を出て五分もしない頃のことだった。

「――門叶さん、今日はパンを届けられんってことやったで、代わりに俺が行こうと思うんやけど、希実ちゃんも一緒にどうや?」

受信機の画面越しに語りかけてきた暮林に、だから希実は、行く、と答えた。無論、暮林にその声が届いたはずはなかったのだが、しかし彼はなぜか微笑み、早くおいで、と手招きしてきた。今やったら、律子さんの夕食の時間に間に合うで。つまりは夕食用のパンを、届けてやろうということなのだろう。

ちなみに父はといえば、これから実家に向かうと言っていた。どういうことなのか、家の者に確認してきます。それで必ず、希実ちゃんに害が及ばないよう、きっちり話をつけてきますので――。あの子にも、悪いことをしたと伝えておいてください。怖い思いをさせてしまって、本当に申し訳なかったと……。

大きな体をギュッと縮めて、彼は暮林たちにそう頭をさげていた。そうして足早に、店を後にしたのだった。

希実たちが律子の病院に着いたのは、六時を少し過ぎた頃だった。駐車場にワゴンを停めた暮林は、夕食にはギリギリ間に合いそうやな、と腕時計を見て言っていたのだが、しかし病院の廊下を歩いている途中で、ああ！　飲みもの買うの忘れとったわ！　などと言いだし、慌てた様子で希実にパンを押しつけてきた。律子さん、パンの時はみつば牛乳がないといかんのやった！　俺、ちょっと買ってくるで、希実ちゃん先行っとってくれ！　そうしてあたふたと廊下を急ぎ戻りはじめた。

だから希実はパンが入った袋を抱え、静かに彼を見送ったのだった。暮林さん、演技下手過ぎ……。おそらくあの様子から察するに、暮林は希実と律子に気を遣い、席を外したということなのだろう。それで希実は小さく息をつき、母の病室のドアをノックしたのだ。

「――お邪魔します」

そうして希実が顔を出すと、もちろん律子は驚きの表情を浮かべた。のの、のぞみんっ⁉　そして枕もとのＤＶＤプレーヤーやらＤＶＤやらを、大慌てで布団の中に隠し、取り繕《つくろ》うように言いだした。や、やっだ、もー。来るなら来るって、前もって言ってくれればいいのにー。

布団からはみ出したＤＶＤのタイトルから察するに、母は現在海外ドラマにハマっているようだった。だから希実は平坦な声でもって、まあまあお元気そうで――、と軽く嫌みをかましつつ、パンを渡すなり例の件について切りだしたのである。

「父のことで、いくつか確認したいことがあるんだけど……」

そうしてあれこれ訊いた結果、榊の話とも父の話とも、さほど相違のない答えが返ってきた。

「うん。樹の実家が会社やってるのは知ってる。ハハと駆け落ちして、絶縁騒ぎになったのも本当。でもまさか、ハハと別れてからも絶縁状態続けてるとは思ってなかったなー。そのこと聞いたのは、再会してからだけど」

ただし現在樹の母親が、孫に株を譲渡したい、などと言いだしていることに関してはやはり初耳だったらしく、ずいぶんと前のめりになりながら驚いていた。ええっ⁉　マジでっ⁉　トガノの株をっ⁉　それでのぞみん、狙われてるのっ⁉　すごーいっ！　なんかスパイ映画みたーいっ！

　おかげで希実は、じゃあ母も出演してみる？　と声を低くして言ってしまったのだが、しかし律子は大して悪びれた様子もなく、もー、そんな怖い顔しないでよー、と笑いながら希実の腕をポンポン叩いてきた。心配しなくても、大丈夫だからー。そうして彼女は、真っ直ぐ希実の目を見て告げてきたのだ。

「だって樹が、のぞみんには害が及ばないように話をつけてくるって言ったんでしょ？　だったら大丈夫。あの人、言ったことは守る人だから——」

　そう語る母の笑顔は、やたら確信に満ちていた。だから希実は、内心ひそかにたじろいでしまった。母が父のことを、はっきりと信じているのが見てとれて、なんとも言えない心持ちになったのだ。

　それで希実は、動揺を隠しつつ重ねて訊いた。

「……じゃあ、次の質問。母が、父のことずっと黙ってたのはどうして？　なんで本当のこと、ちゃんと教えてくれなかったの？」

　希実のそんな問いかけに対し、律子はキョトンと首を傾《かし》げ、本当のこと？　とおうむ返しで訊いてきた。だから希実は、自分が長らく勘違いしていた例の一件について話したのだ。私、父の息子さんたちを見て……。それで私には、兄と弟がいるんだって勘違いして……。てっきり母が、家庭のある人とそういう関係になったんだって、思ってたっていうか、そんな感じで……。

しかし、希実の真摯《しんし》な問いかけを前に、やはり律子はどこかおちゃらけたままだった。何しろ彼女は口を尖らせて、えー、なんで教えなかったのかって言われてもー。のぞみんだって、訊いてこなかったしー？　などと、とぼけた調子で返してみせたのだ。てゆうか、のぞみんがチチのこと知ってたこと自体、初耳だもーん。ハハはてっきり、のぞみんって、チチには興味ないんだと思ってたしー。

だから希実は黙ったまま、じっと律子を見詰め返し続けたのだった。時間にしたら約一分ほどか。その段で律子は、布団の中からＤＶＤを取り出し、そういやこれ、見たことあるー？　超面白いのよー？　なんかブロマンスとかいってー、などと話を逸らそうとしてみせたのだが、しかし希実は沈黙を貫いた。そうしてさらに三分ほど時間を重ねたタイミングで、ようやく律子も観念したように言いだした。

「――わかった！　わかりました！　言います！　言えばいいんでしょ？」

若干逆ギレの様相ではあったが、しかし母はそうして父との過去について、断片的にではあるがポツポツと語りはじめたのだ。

律子が樹と知り合ったのは、律子が上京して割りに早い頃のことで、しばらくは友だちづきあいをしていたのだが、やがて恋人という関係に自然と落ち着いたのだそうだ。そうしてまたしばらくして、そこが自然なのはいかがなものかという向きもあるだろうが、しかしまあそれなりに自然な流れでもって、律子の妊娠が発覚してしまった。

「お互いまだ十九歳だったし。特に樹は大学生だったし？　どうなっちゃうのかなーって、思ったりもしたんだけどね……。でも樹は、なんか普通に喜んでくれて……。学校辞めて働くって、当たり前みたいに言いだして……」

　そして双方の親に結婚を反対され、駆け落ちするに至ったというわけだ。そこで希実は、双方の親が反対したって……？　広島のお祖父ちゃんお祖母ちゃんは、私の父親は誰かわかんないって言ってたけど？　と疑問を呈したのだが、律子はフッと鼻で笑ってあっさり言い捨てた。しらばっくれてたんでしょ。あの人たち、嘘つきだもの――。

　その言葉には、希実もなんとなく納得が出来てしまった。まあ、確かにそういう人たちではあったよな……。何しろ希実だって、幼少期は祖父母と暮らしていたのだ。だから彼らの内面については、ある程度理解していたという側面もある。父親は知らないということにしておいたほうが、都合がよかったか体裁《ていさい》がよかったか、おそらくそんなところだったのだろう。

駆け落ちした先で、樹はあっさり仕事を見つけ、だからふたりの暮らしはあんがい平穏にはじまったらしい。

ふたりが住みはじめたのは、古い小さなアパートで、けれど日当たりと風通しはよくて、若いふたりが住むのにはそう悪くもない部屋だったそうだ。商店街からもほどちかくて、暮らしに不便を感じることもなかったという。

近くには小学校があって、だから夕方には子どもたちの声がよく聞こえてくる。その声を聞きながら、母はお腹の子が大きくなったら、この子もあの中に交ざるのかしらと考えたりしていたそうだ。けれど父のほうは、子どもが歩きだしたらもう少し広いところに越さなきゃなぁ、などと言っていて、そのことはふたりの懸案《けんあん》になっていたんだとか。あとは、子どもの名前をどうするかだとか、男の子だったらサッカーより野球をやらせたいとか、そんなこともあれこれ話し合っていたらしい。

気の早い話し合い。揃えた家具もちぐはぐで、並んだ料理もまだヘタクソで、ゴミ出しの日を間違えて、大家さんに怒られたりもして——。それでもふたりはそれなりに、ささやかで幸せな日々を重ねていっていた。

それがどうして別れることになったのかといえば、まあ不安だったからよねぇ、と律子はどこか淡々と説明してみせた。

「穏やかな毎日で、だから考えるヒマが出来ちゃったっていうか……。どんどん怖くなっていったのよねー。お互い、十九歳で子どもを持って大丈夫なのか。樹に家を捨てさせてよかったのか。いつか樹に、恨まれるんじゃないか。私も、この子も――。そんなこと、ぐるぐる考えはじめちゃって……」

そしてそこが母の真骨頂だよな、と希実は絶句してしまったのだが、不安に陥った当時の母は、よりにもよって他の男に逃げたらしい。駆け落ちたその先から、さらに駆け落ちてみせたというのだから、おそるべしというべきか、救いがたいというかなんというか――。

ただし律子にしても、さすがにその点に関しては自覚があるらしく、説明を終えた直後から、ほとんどヤケクソのようになって言いだしてみせた。

「――そうなのよねー。誰がどう考えても、ハハが全部悪かったのー。ハハがとにかく最低だった。わかってるのー。わかってるのよ……。本当に、よくわかってる……。本当に、ごめんなさい……」

それで今度は母のほうが黙り込んでしまったので、希実は仕方なく助け船を出してやることにした。何よりここで黙られて、またすべてうやむやにされるのもシャクだったというのもある。

「……でも、じゃあどうやって、父は私を認知したの？　私が生まれる前に、ふたりは別れたんでしょ？」

するとと母は、ああ、と顔をあげ、わずかに微笑み言いだしたのだった。

「認知は、のぞみんが生まれる前にしたのよ。胎児認知っていう方法があってね。ハハたち、あの頃お互いまだ十九歳で、特に樹は早生まれだったから、のぞみんの出産予定日にも、まだ未成年なのが確定してたのね。でも未成年だと、親の承諾がないと婚姻届が出せないから……。その代わりに、あらかじめのぞみんを認知しておきたいって、樹が言いだしたのよ」

婚姻届を出せなかったふたりにとって、だから認知の届を出すことは、婚姻届の代わりのような意味合いが、なんとはなしにあったらしい。

「ハハの住民票、広島に置いたままだったから、樹と一緒に広島まで行ったのよね。安定期に入った頃……。新婚旅行の代わりだねー、なんて言いながら……。瀬戸内の海を見た時なんて、樹ったら感激しちゃってね。お腹の子にも、この景色が見えてるといいねー、なんて、あの人らしいこと言ってたわ……」

少し眩しそうに目を細くしながら、律子はそんなことを語ってみせた。そうして息をつくようにして続けたのだ。幸せ、だったんだけどね……。でも、ハハって……。幸せって、なんだか……。こんなこと言ったら、のぞみん怒るかもしれないけど……。なんか、ムズムズしちゃったのよね……。

父親のことをずっと語らないままでいたのは、自分がしでかした過ちを明かしたくなかったからだと、律子は渋々といった様子で説明してみせた。

「だってハハ、ただでさえ最低気味な母親なのに、それ以上最低だって知られたくなかったっていうか……？」

だから希実は、平坦な声で返してしまった。へーえ……。受けて母は、ほら、そういう反応でしょ？　とくちびるを尖らせたのだが、しかしまあ妥当な反応でしょうよ、と希実のほうは思っていた。怒ったり泣いたりわめいたり、あるいは黙って病室を飛び出したりしないだけ、温情出してるって気づいて欲しいくらいだわ。

ただしいっぽうで、思ってもいたのだった。しかし、まあ、そういうことだったんなら、まだマシだったのかな――。何しろ希実は、母と父の過去について、もっと最低な想像ばかりしていたのだ。

「……」

母と父が、普通に恋をしていただなんて、思ってもみなかった。母の妊娠を知って、父が喜んだなんて、思ってもみなかった。

ふたりで暮らした日々があっただとか、ふたりで広島に行ったんだとか、お腹の子にも、この景色が見えてるといいねー、なんて、そんなことを言われた瞬間があったんだとか、そんなこと、思ってもみなかった。

何しろずっと、捨てられたと思っていたのだ。

望まれたことなど、一瞬もないと思っていたのだ。

黙ったままの希実を前に、母は特に何を気にする様子もなく続けてみせた。

「のぞみんの名前もね、樹がつけたのよ。この子は、俺たちの希望だからって――だからもう、ちょっとわけがわからなくなっていた。」

「……希望の実だから、希実だって」

そんな恵まれた女の子の話が、自分の話だとはにわかには信じられなかった。まるで知らない誰かの昔話を聞いているようで、どうにも釈然としなかった。そんなバカな話が――。頭の中ではその言葉が、また首をもたげていた。信じられない。そんな幸せな話なんて――。

それでもひとつだけ、妙に腑に落ちたこともあった。瀬戸内の、あの海のことだ。母と父が見たという、瀬戸内の海の景色の話。

幼い頃を過ごしたあの町のことが、希実はあまり好きではなかった。何しろいい思い出など、ほとんどなかったのだ。こんなところにいたくない。母に早く迎えに来て欲しい。早くここを出て行きたい。あの頃の希実は、そんなことばかり思っていた。みんな嫌い。大嫌い。こんなところ、大嫌い。

でも、あの海の景色だけは別だった。

「……」

だから希実は、ぼんやり思ってしまったのだった。もしかしたら母のお腹の中で、私もあの景色を見ていたのかもしれない。お腹の中にいる子どもが、外の景色を見ることなど、出来ないとわかっているのに思ってしまった。

凪のない、凪いだ海。光をぺったり含んでいて、キラキラと眩しい。向こうには島がいくつも連なっていて、その間を船が行き交っている。空は薄い水色で、時折りカモメが飛んでいく。潮の匂いがして、波の音が薄く響く。

あの海の景色だけは、好きだった。

父が律子に付き添うと決めたのは、過去の一件における誤解を解きたい、という思いが強くあったからのようだった。

その一件とは、かつて希実が父に電話を入れた際のことで、彼は希実に会うことは出来ないと言い放ったうえ、私には関わらないで欲しいとにべもなく告げて、一方的に電話を切ってしまった。

しかし律子が樹と再会した際、彼はその時のことについて、必死に弁解してきたらしい。なんでも樹の話によると、それらの発言は希実を自分から遠ざけるための方便であって、誓って本心ではなかったとのこと。そのあたりの事情について、ちゃんと希実に説明がしたいと、樹は律子に語っていたのだそうだ。

「のぞみんが樹に連絡した頃、折悪く樹のお父様の具合が悪くなってたらしくてね。それでお父様、門叶の家の先々を案じて、のぞみんを門叶家に迎えたいって言いだしてたそうなのよねぇ」

母のそんな説明に、希実は、ああ、と自然に頷いた。何しろその話については、すでに榊から聞いていたからだ。だから特に疑うようなこともなく、なんかそういうことみたいね、とごくあっさり返してしまった。

すると母は、あらま？　それも知ってたの？　と若干拍子抜けした様子を見せたのだが、しかしすぐに肩をすくめ、まあだったら話が早いわ、とつらつら言葉を続けたのだった。

「でも樹としては、のぞみんを門叶に関わらせたくなくって、お父様の申し出を拒否してたらしいの。門叶の家に関わったら、危ないことが起こるかもしれないって、そんな予感があったみたいで——」

そうして律子は、希実の顔色をうかがうように、上目遣《うわめづか》いで告げてきたのである。

「……だからのぞみんのことも、突き放しちゃったらしいのよねー。今は会うべきタイミングじゃないって、その時は思ったんですって」

ただしそれでも、会いたいという娘の言葉を拒絶したことに違いはなく、だから樹はそのことを長らく気に病んでいたのだそうだ。そうして運よくというべきか律子とSNSで再会し、改めて希実に近づける理由が得られた。

「樹、ずっとのぞみんに謝りたかったんだって。もっと違う言い方もあっただろうに、咄嗟のことであんな言い方しか出来なかったって……。そんなふうにも言ってたわー」

そうして律子はパンが入った袋をごそごそやりながら、まるでどうでもいいことを言い足すようにして言葉を続けたのだった。

「だからのぞみんさー。樹がお店に行ったら、ちょろっと顔くらい見せてあげてよー。気が向いた時でいいからさー。ま、向かなかったら仕方ないけどー」

そんな母の様子からは、努めてそっけなく言っているのが見てとれた。だから希実は、はあ……、と曖昧《あいまい》な返答をしてしまった。何せ母の口ぶりは、拒むにしては高圧的な部分がなく、かといって受け入れるにしてはいささか同情の余地が不足していた。おかげで希実も、どっちつかずの応対しか出来なかったという側面もある。まあ、気が向いたら、ね……。

受けて母も、うん、じゃあ、そういうことでー、とごにょごにょ言いながらイチジクの天然酵母パンを取り出して、今日はこれにしよー、と笑顔で父の話を打ち切った。てゆうか陽介さん、牛乳まだかしらー？　おそらく母にしてみても、希実がどうするのがベターなのか、量りかねていたのだろう。

そうして迎えた翌日の夕刻、樹はほぼ普段通りの時間にブランジェリークレバヤシへとやって来た。そうしてまずいの一番に、暮林と弘基にあれこれ詫びつつ、ごく神妙な面持ちでもって報告をはじめたのである。

どうやら樹、昨夜のうちに門叶の人間と話し合ったらしい。

「——家の者の話では、やはり親戚筋に不穏な動きがあったとのことでした」

そんなふうに彼は言い、砂を嚙むような表情でもって、暮林たちに頭をさげてきた。母があんなことを言いだすなんて、私の誤算でした。おかげで希実ちゃんに、怖い思いをさせてしまって……。本当に、申し訳ありませんでした……。

ただし樹が言うことには、今後はこのようなことがないよう、しっかり家の人に言い含めてきたとのこと。

「実際に動いた親戚筋の特定と、その処分についても約束させました。家の者が動きだせば、親戚筋も下手な真似は慎むようになると思いますので――。ただしそれまでは、希実ちゃんの登下校に、誰か護衛《ごえい》を付けたほうがいいかと……」

そんなことを熱心に語る樹は、若干強面ではあるがやはり悪人ではなさそうだった。

「最悪の場合、家の者からしばらく護衛を送ってもいいという話でしたので、そのあたりも、併《あわ》せてご一考頂きたく――」

あの時自分を拒んだ理由も、母の言っていた通りなのかもしれないな、とちゃんと思えた。

しかし希実は、その日も階下に降りることはなかった。詫びる樹の姿も、くだんの受信機の画面越しに見るだけに終始した。

「……」

何しろやはり、どこか釈然としない思いがあったのだ。父と母との過去についても、父の拒絶がポーズだったという話についても、そう辻褄《つじつま》が合わないわけではないはずなのに、希実にはどうもうまくのみ込めなかった。

「……なんだか、なぁ……」

出来過ぎた話のように思えてならなかった、という部分もある。父には自分という存在が邪魔だった。だから拒まれた、という帰結のほうが、希実にはしっくりきてしまっていたのだ。捨てられたんだと思った時のほうが、余程すぐにその状況をのみ込めたほどだ。のみ込んで父の存在を拒めば、それで万事オーライだった。

だからこそ、今の状況に戸惑ってしまっていたという側面もある。なんだろ？　この感じ……。なんで私、普通に信じられないの？　悪い話じゃないんだから、受け入れればいいだけなのに――。なんで、ピンとこないままなわけ？　画面越しに父を見詰めながら、希実はそう悶々《もんもん》とするばかりだった。なんで、私は……？

希実のそんな思いについて、わかるわー、と言い放ったのは従姉妹の沙耶だった。希実の部屋に少しの洋服を置きっぱなしにしていた彼女は、それを取りに来たついでに希実と軽い近況報告をし合う最中、そんなことを言いだしたのである。

「――たぶん希実も、幸せやら嬉しいやらを、すんなりのみ込めん性質なんよ」

それで希実が、は？　と眉間にしわを寄せると、沙耶は自分の洋服を紙袋にポイポイ詰め込みながら言い継いだ。

「うん、わかる。わかるわー。うちも最近、似たような感じじゃけ、余計わかるわ」

聞けば沙耶、今の生活にだいぶ居心地の悪さを感じているらしい。

夏の間、ブランジェリークレバヤシに居候していた彼女は、けっきょく恋人である村《む》上《かみ》少年を頼り店を出て行った。そうして新居となったのは、村上少年の母が経営する会社の女子寮で、彼女はそこに住まいながら、会社のほうにもバイトという形でもって、しっかり働かせてもらっているらしい。

だから希実は、もしかして仕事キツいの？　と声を落として聞いてみた。何せ村上少年の母親というのは、なかなかエキセントリックで気性の荒い人物なんである。最愛の息子の恋人であれば、いびり倒そうとするタイプに見えなくもない。

受けて沙耶も声を落とし、そりゃキツいよ、と返してきた。あの会社、ブラックまではいかんけど、かなりのダークグレーじゃけ。みんな社長に心酔しとってあんまり気づいてないけど、サービス残業しまくっとるし……。社長はちっちゃいミスひとつで、めっちゃ怒るしネチネチ根に持つし……。しかも社長、うちに高卒認定とれって言ってきたんよ。来年中にとれって。とれんかったら、村上くんと別れさせるって……。しかも村上くんにも、大学受からんかったらうちと別れさせるって言っとって……。おかげでうちと村上くん、週末の二時間しか会わせてもらえんのよ？

だから希実は息をのみ、ああ、それはそれは……、と返したのだった。安定の傲岸《ごうがん》っぷりっていうか、相変わらず専制君主なお方のようで……。

しかし、沙耶が居心地の悪さを感じているのは、その点でないとのことだった。

「キツさで言えば、田舎におった時のほうがずっとキツかったし。酷さで言えば、うちの母親のほうがずっと酷かったから、そのへんは全然平気よ」

それで希実が、じゃあ何が？　なんで居心地悪いのよ？　と訊くと、沙耶は口を尖らせるようにして言いだした。

「それは、なんていうか……。村上くんのお母さんが厳しいのは、けっきょくうちのためじゃけぇ。それがわかって、なんか居心地が悪いんよ」

そうして沙耶は、わずかに俯きぼそぼそ付け足したのだ。

「けっきょく優しいんよ、村上くんのお母さん……。もちろん、村上くんも……。じゃけぇ、一緒におるとヘンな気持ちになってくるんよ。まるで、うちの人生じゃないみたいで……。これは夢なんじゃないかって、不安な気持ちになってくるっていうか……」

優しくしてもらえる意味がよくわからない、とも沙耶は言った。自分にそんな価値があるのか、どんどん不安になってくる、とも——。

子どもの頃から気が強く、やたらと不遜《ふそん》だった沙耶が、そんなことを思っているなんて、希実としては少し驚きだった。もしかするとあの強気な態度は、ある種の虚勢だったのかもしれない。そんな思いもふとよぎったほどだ。

「……」

しかも沙耶の思いそのものについても、希実にもなんとなくわかるような気がしてしまった。それで、なるほどね……、と呟くと、沙耶はどこか勝ち誇ったような表情で告げてきた。

「——そうじゃろ？　希実にはわかるじゃろ？」

おかげで内心、やっぱ前言撤回だわ、と速攻で思ったのだが、しかし沙耶は得意げな表情を浮かべたまま、滔々《とうとう》と言葉を継いだのだった。

「でもな、うち、村上くんに言われたんよ。沙耶は、苦しいことはのみ込むのに、幸せみたいなのは、うまくのみ込めないんだねって——」

そうして沙耶は衣類を紙袋に詰め終え、スッと立ちあがり笑ってみせたのである。

「……希実も、そんな感じなんじゃない？」

それで希実が、えっ？　と小さく声をあげると、沙耶はにへらっと笑い目尻をさげてきた。

「けど、そのうち慣れるって、村上くんが言っとったよ？　幸せみたいなのも、慣れればちゃんと上手にのみ込めるようになるって……。僕と一緒に、慣れていけばいいんだよって、言ってくれたっていうか……？」

おかげで希実としては、えーっと、ノロケですか？　と思わずにはいられなかったわけだが、しかしいっぽうでなんとなく納得もしていた。

なるほど、慣れね……。そうして少しだけ思い直した。釈然としないなんて、単に私がうがった見方をしてるだけなのかもしれない。

「……まあ確かに、そういうこと、なのかもね」

去り際に、沙耶は笑いながら言っていた。

「世の中には、嫌なことがいっぱいあって、最低な人間もいっぱいおって、いい人の中にも最悪な部分はあって、そういうものばっかりにぶつかる人生も、やっぱりあるとは思うんよ。人の人生は、ビックリするほど不公平じゃけぇの」

そんなことを語る沙耶からは、家出少女の面影がすっかり薄れてしまっていた。

「けど、それが全部じゃない。しょせん一部じゃ――。それが最近、なんとなく、わかってきたような気がするんよ……。村上くんの、おかげじゃな」

けっきょくノロケのような気もしたが、話そのものには希実もおおむね同意した。

かくして希実は、どこか晴れやかな気持ちで沙耶を見送ったのだが、しかしそのほの明るい気持ちは、翌朝あっさり挫《くじ》かれることとなる。何しろ希実に用意されていた話というものは、やはりそれほど都合のいいものではなかったからだ。あるいは希実自身、自分に降りかかってきていた一連の出来事について、あまりに一方向から見過ぎてしまっていたのかもしれない。

冷静に考えればその出来事は、母と父と自分だけの問題ではなかったのだが、しかしその部分への執心《しゅうしん》が強過ぎてか、他の要素をすっかり見落としてしまっていた。つまりは門叶家のお家騒動そのものについて、完全にスルーしてしまっていたのである。そのあたりが、敗因と言えば敗因だったのか——。

それは、ガシャーン！　という金属音からはじまった。まるで大鍋を床にでも落としたかのようなその音に、眠っていた希実はハッと目を覚ました。そして何事かと思いながら暗闇のなか体を起こすと、続いて男の声が薄く届いた。ま、待って！　ちょっと落ち着いて！　希実ちゃんが起きたらヤバいでしょっ!?

それで希実は、いや、もう起きましたけど……、と思いつつ、眠い目をこすり枕もとの携帯に手を伸ばした。時間を確認するとまだ四時十分で、そこから察するに先ほどの声は、榊のそれである可能性が高いと希実はにらんだ。なんかちょっと、榊さんっぽい声だったしな……。そうしてひそかに耳をすませたのだ。てゆうか、何があったわけ……？　私に聞かれちゃマズい話……？

ただしそこからは、明瞭に人の声は聞こえてこず、だから希実は眠気と格闘しつつ、なんとか起き上がりこっそり部屋を抜け出した。

何しろ階下では、希実ちゃんが起きたらヤバい話が交わされているのだ。そんな話を聞き流せるほど、希実は鷹揚《おうよう》な人間ではない。

「……」

暗い廊下に出てそのまま階段へと足を進める。階段の先のほうは、厨房の灯りでほの明るい。希実はその灯りを頼りに、足音をたてず階段を下りはじめた。厨房からはいつも通り、パンの焼き上がりを知らせるタイマーの音などが聞こえてきている。ピピピピ、ピピピピ、ピピピピ……。

その音がやんだのは、希実が最後の一段に差しかかったタイミングで、それと同時に弘基の声が聞こえてきた。

「――ネタはあがってんだよ。さっさと説明しろっつーの」

続いて、ダンッ、と天板を作業台に置く音が響く。おそらく焼きあがったパンを、オーブンから出したところなのだろう。榊の声が聞こえてきたのは、その直後だ。

「いやぁ、しかし……。ひと口に説明と言われても、どのあたりからどの程度まで、という問題もあってだねぇ……」

受けて弘基はハッと笑い、凄むような声で言いだした。その減らず口にめん棒突っ込まれるのと、全部白状するのとどっちがいいか、選ばせてやってもいいんだぜ？　その不穏な口ぶりに、だから希実はただならぬものを感じ、厨房への降り口手前で立ち止まりそのまま息をひそめた。

「……？」

そうしてこっそり厨房の様子をうかがうと、そこにはやはり弘基と榊の姿があった。弘基は新たにパンをオーブンに運んでいて、いっぽうの榊は戸口で直立不動の格好をしていた。姿の見えない暮林は、おそらく店のほうにいるのだろう。弘基は手早くパンをオーブンの中へと入れ、慣れた様子でタイマーをセットしながら話し続けた。

「……とりあえず、お前がゆうべ門叶樹と会っていた事情を説明しろ。言い逃れはさせねぇぞ？　お前たちが会ってたのを、見たってヤツがいるんだからよ」

そんな弘基の物言いに、希実は思わず、えっ？　と目をむいてしまった。そして声を出さないまま、その場でひとり静かに動揺しはじめた。え……？　な、何それ？　父と榊さんが？　なんで、会ったりなんて……？

いっぽう問われた榊のほうは、やれやれといった様子でお手上げのポーズをし、なるほど、そこを見られたわけかー、などと言いだした。そうして大げさな作り笑いをしてみせ、やっぱり表で会うんじゃなかったなー、と不敵に言ってのけたのである。まあ僕としては、どうして弘基くんがそんな現場を押さえられたのか、むしろそこが気になるところだけどー？

だから希実はわけがわからず、口をポカンと開けたまま目をしばたたいてしまった。え……？　なんなの？　この状況……。てゆうか、このふたりのこの雰囲気っていったい……？

しかしそんな希実の混乱など、弘基も榊も知るよしはなく、当然のように会話は続けられた。無論、相当に剣呑な雰囲気の中で、だ。

「言っとくけど希実は、あれでもうちで預かってる大事な娘さんなんでな。さらわれそうになったと聞かされて、その因が門叶樹にあると聞かされて、まるっと放置しとくほどこっちも無策じゃねぇんだわ」

「ふうん、なるほど。でもそれにしても手回しがいいじゃない？　まるであらかじめ、動ける人間が用意されていたようだ」

「つーかよく囀《さえず》るオッサンだな。それとも鳥頭《とりあたま》だから、さっき俺が言ったことも忘れちまったか？　さっさと説明しやがらねぇと、マジでめん棒ブチ込むぞ？」

そして弘基は作業台にあっためん棒を手に取り、いら立った様子で榊をにらみつけたのだ。

「――これで最後だ。どうして門叶樹と会ってた？」

いっぽう榊も口元に笑みを浮かべたまま弘基を見詰め返していた。

「簡単な話さ。僕らには話し合いが必要だったんだ」

とはいえ、サングラスをかけたままだったので、ちゃんと目を見ているかどうかまではわからなかったのだが――。しかし顔の向き的には、ちゃんと見詰め返しているように見えた。

榊の返答を得た弘基は、しかしめん棒を榊に突きつけ、ははあ、なるほど。で、どういう話し合いが必要だったんだよ？　と重ねて訊いた。すると榊は、ふう、と大きく息をつき、片手でサングラスをスチャッと外してみせた。そして改めて弘基を見詰めながら言いだしたのだ。

「……これでどう？　僕が誰だか、わからない？」

受けて弘基は、あ？　と顔をしかめ、榊の顔を注視した。そして、誰かって……、十年寝太郎の自宅警備員だろうが？　とあっさり答えた。その回答に榊も、ナハー、と乾いた笑い声をあげ、それはそれで正解なんだけどね？　と肩をすくめてみせた。いや、でもこの場合は、もっと核心をついた答えが欲しいというか……。そうして榊は、突きつけられためん棒をものともせず、弘基の眼前でピンと指を立てたのだった。

「――じゃあ、ヒント」

瞬間弘基が、ああん？　とあごをしゃくるようにして榊をにらみつけてみせたのだが、しかし榊はそれにも動じなかった。彼は自分を指さしながら、いやに滔々と述べはじめたのである。

「十年寝太郎でありながら、生活苦を思わせる様子はなく、かつ、さらわれそうになった希実ちゃんを、やすやすと助けてしまえるほどの武道の心得もある。さらに言えばトガノの株を多く持っていて、門叶家のお家事情にもごく詳しい。そんなあたりから導き出せる、僕という人間は――。さて、だーれだ？」

それで弘基が、榊をにらみつけるようにしながらも考え込んでいる様子を見せると、榊は眉毛を下げ、これでもわからない？　とがっかりしたような声をあげた。そしてわざとらしく大げさな息をつき、じゃあヒントその二ね？　などと懲りもせず言い継いだのだ。

「門叶樹と、私、榊――。どこか似た名前だと思ったことはない？」

その言葉に、弘基は表情を険しくしたまま、ぎゅうっと首を傾げはじめた。おそらく彼なりに考え込んでいるのだろう。いっぽうの希実も、暗闇の中ひとり静かに首をひねった。似た名前？　門叶と、榊が……？　似てるかな？　門叶、榊……？　トガノ、サカキ……？　ん？　もしかして……？

「――どっちも三文字？」

弘基がそう回答したのは、希実も同じく、もしかしてまさかの三文字？　と思い至った瞬間だった。だが榊はさらに眉毛をさげ、ナハー、たまらないねぇ。本気で考えてその答えかい？　などと呆れたように言って返した。そうして突きつけられていためん棒を取り上げ、不敵に微笑み言いだしたのだ。

「一見して、共通項のある名前に見えると思うんだがなぁ。樹と、榊なんて――」

弘基がめん棒を放し、はあっ？　と声をあげたのはその瞬間だった。

「榊って……!?　お前それ、苗字じゃなかったのかよっ!?」

受けて榊は悪びれる様子もなく、えー、名前だよー？　苗字だなんて、僕、ひとことも言ってないしー？　などと返していた。そっちが勝手に、苗字だと思い込んでただけの話で……。

そしていっぽうの希実はといえば、暗闇のなか半ば呆然としながら、しかしずっともやもやしていたものが、すうっと晴れていくのを感じていた。榊を初めて見た瞬間に感じた、あの既視感だ。どこかで見たことがあるような気がすると、ずっと抱き続けていたあの違和感。あれは、つまり――。

それで希実は思わず厨房に降り立ち、榊を指さし声をあげてしまったのだった。

「――わかった！　榊さん、父に似てたんだ……！」

オーブンのタイマーが再び鳴りはじめたのはそのタイミングだった。ピピピピ、ピピピ、ピピピピ……。それで弘基は盛大に舌打ちをしながら、オーブンを開けパンを取り出しはじめたのである。んだよ、こんな時に……！　ピピピピ、ピピピピ……。

片や戸口の榊のほうは、飛び出してきた希実に一瞬驚いたような表情を浮かべたものの、しかしすぐに笑みを浮かべ、ほぼご名答！　とめん棒を向け声をかけてきた。そしてそのまま、わずかに肩を揺らしはじめたのだ。

「……さすがは希実ちゃんだ。樹の娘だけある」

言いながら彼は、じっと希実の顔を見据えていた。

「長年寝太郎をやっていたせいか、僕はどんどん青瓢箪《あおびょうたん》になってしまってね……。以前ほど言われることが少なくなってしまったんだが……。しかし、昔はよく言われたものだよ。門叶さんちのご兄弟は、よく似ていると――」

満面の笑みで榊は語っていたが、しかしその目にはやはりどこか冷たさが滲んでいた。

「改めて自己紹介しよう。僕の名前は、門叶榊――。つまりは門叶樹の、どうも、お兄ちゃんです」

その目は、確かに樹のそれによく似ていた。

＊　＊　＊

「――想定外のことが起こった」

律子が樹からそんな知らせを受けたのは、希実が二度目の見舞いにやって来た直後のことだった。いつも朝か昼にしかやって来ないはずの門叶樹が、どういうわけか真夜中近くの病室へと、急ぎ息を切らし飛びこんできたのだ。

「どうも母が、とんでもないことを言いだしているようなんだ。希実ちゃんに自分の資産を譲りたいとかなんとか……。それで、親戚筋のほうでも色々動きだしたヤツらがいるみたいで……！」

ひどく青ざめた様子の樹に、だから律子は冷静に返した。

「……ええ、そうらしいわね。今しがた、希実から聞いたわ。襲われたんですってね？

あの子……」

ただし律子としては、その出来事をそこまで重く受けとめてはいなかった。何しろ樹の母親が、本当に希実に資産を渡そうなどと、考えているとは思えなかったからだ。それで、表情を強張らせたままの樹に、ごく柔らかく言い含めた。

「でも、大丈夫よ。言いだしたのは、お母さんなんでしょ？　だったら……」

しかし樹は、そんな律子の言葉を遮り、うわ言のように言いだした。

「――兄が、絡んでるんだ」

その言葉に、律子の冷静もにわかに崩れた。そして思わず、呟いてしまったのだ。榊さんが……？　すると樹はどこか思い詰めた様子で、声を低くして告げてきた。

「……死に物狂いで娘を守れ。親なら必ず、そうしてみせろ――。兄が俺に、そう言ってきた」

樹の表情は、ひどく苦しげだった。まるで毒でものまされたような、その毒をどうにか吐きだそうとしているような、硬い表情。しかし彼の傍らにいる自分も、きっと似たようなものなのだろうな、と律子はひそかに思ってしまった。

「――」

何しろ彼の名前を口にした瞬間、律子の脳裏にも、かつての記憶がよみがえってしまっていたのだ。

門叶の屋敷の古い離れ。広い土間のような玄関。薄暗い廊下。そこにはいくつもの部屋があって、まるでふたりの息子たちの、野放図な王国のようになっていた。

そして律子も、長らくそこに身を潜めていたのだ。彼らの手に、助けられる形で——。

「——希実ちゃんを狙っているのは、母じゃなくて兄かもしれない」

毒を吐きだすように樹が言う。その言葉に、律子も静かに息をのむ。樹はそれに気づいたのか、律子の背中に手を置いて続ける。

「でも、兄の好きなようにはさせないから——」

その横顔には、律子の知らない何かがあった。

「……こんなことで、あの子を傷つけるわけにはいかない。必ず俺が守るから——」

その何かは、律子には父親の覚悟に思えた。

「……」

だから彼の横顔を見詰めつつ、小さく息をついたのだった。やっぱり、これでよかったんだわ。あの子の幸せのためには、きっとこれで、よかったんだわ——。

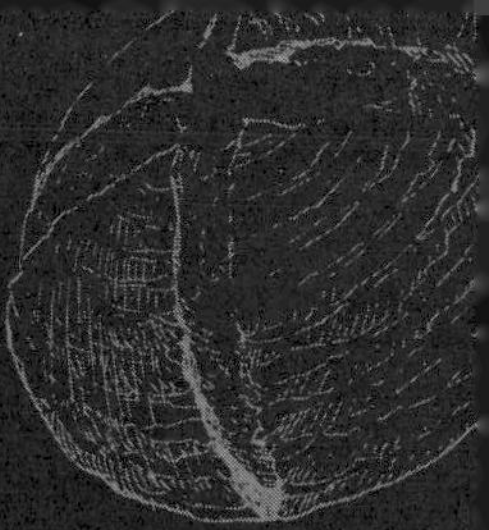

Mélanger & Pétrissage

——材料を混ぜ合わせる&生地を捏ねる——

弘基は子どもの頃から、オマケというものに興味がなかった。それ目当てに菓子を買う同級生がいることも知ってはいたが、しかし弘基にとってはオマケより菓子の量のほうがずっと重要な事柄だった。

何せ基本、彼は腹を空かせていたのだ。オマケなんかつけるんだったら、そのぶん量を増やせよな。それか値段を安くしろっつーの。たいていそんなふうに思っていたし、実際コンビニでそのように交渉したこともあった。つーか、このオマケのフィギュアとかいらねぇから、そのぶん十円まけてくんねぇ？　ダメ？

だからそのオマケとやらが、高値で取引されることがあると知った時には、顎《あご》が外れるかと思うほど驚いたし、オマケを手に入れればそれで十分と、菓子を捨ててしまう輩《やから》がいると聞かされた時には、貴族かよ、と息をのまずにはいられなかった。菓子なんて、腹に入れてナンボだろ？　捨てるくらいなら俺に寄こせっつーの――。

だがいっぽうで、それはひとつの学びにもなった。菓子よりも、オマケに価値がつくこともある。それが正しいか正しくないかはいっそ別の話で、実際問題そういう事象は多々発生する。彼は幼いながらに、そんな現実に感じ入った。価値というものは、あるいは意味というものは、そのくらい容易く反転するのだと、思い知らされた出来事とも言える。

自分にとっての価値は、他人の前でいともあっさり無価値に成り代わる。その逆もまた然《しか》りで、どちらにも正義があり、あるいはどちらにも正義がない。世の中というのは、おそらくそんな玉虫色で出来ているのだと、幼い彼はなんとはなしにのみ込んだのだ。

そういう意味では榊という男も、弘基にとってある種のオマケだった。美和子の幼馴染として現れた榊は、弘基にとってさほど意味のある男ではなかったし、それより何より彼の目の前には、希実の母の帰還と父の登場という中々な問題が横たわっており、榊に関してあまり気がいかなかったという側面もあった。にもかかわらず、彼はオマケとしてその存在感をにわかに際立たせてきたのである。

弘基が榊の尻尾を摑んだのは、単なる偶然でしかなかった。そもそも当初、弘基が調べようとしていたのは、榊ではなく門叶樹のほうで、さらに厳密に言ってしまえば、門叶樹と篠崎律子、ふたりの過去について調べて欲しいと、弘基は多賀田《たがた》にこっそり依頼していたのだ。

「とりあえず門叶樹の現状と……、あとはふたりが付き合ってた頃のことを、徹底的に洗って欲しいんだわ。出来れば出会いから別れまで、そこに誰が絡んでて、何が起こって別れることになったのか、そのへんをちょっと確認しておきたくてよ」

そんな弘基の言葉を受け、多賀田はあっさり言ってくれた。いいよ。柳《やなぎ》には借りがあるからな。そのくらい、朝飯前のお安い御用だよ。そうしてそれから三日ののち、これは本題とは無関係かもしれないが……、と多賀田は榊について早速報告してくれた。お前の店の常連が、外で門叶樹と落ち合ってたぞ？

無論、榊も門叶樹も、お互いに知り合いであることなど店ではおくびにも出したことがなく、だから弘基はこれは何かあるに違いないと踏んで、榊に詰め寄ってみたのだった。お前、何者だ？　門叶樹とは、いったいどういう関係なんだ？　オマケというのは、やはりあんがい侮《あなど》れないものだと、改めて思い知らされた一件でもあるとも言えよう。

ちなみに、なぜ弘基が門叶樹と律子の過去について、多賀田に調べるよう頼み込んだのかと言えば、単純にふたりの過去に疑念を抱いたからだった。

美和子の三回忌直後のことだ。あの日弘基は、墓参りに来てくれていた保護司、神谷と久方ぶりに連絡を取り合った。そして、いい機会だからと、墓参りのお礼がてら彼の事務所に立ち寄った。無論その時は、まさかこんな疑念を抱くに至るとは思ってもみなかったが——。しかしそのことが、重要なターニングポイントとなった。

あるいは美和子が、そのように神谷と引き合わせたのかもしれない。弘基としてはそんなふうにも思っていた。人生には運命のしるしがある、というのが彼の持論で、だから今回の件についても、やはりなんらかの意味があるように感じられていたのだ。律子の帰還、樹の登場、そうして自分と神谷の再会——。続けて起こったそれらの出来事を、線でたどって繋いでいけば、なんらかの意味が浮びあがってくるのではないか？　そんな気がなんとはなしにしてしまっていた。

弘基と神谷との付き合いは、かれこれ十年以上に及ぶ。彼がまだ悪さばかりをしていた中学時代、当時熱血保護司だった神谷は、その尻拭いに幾度となく奔走《ほんそう》してくれた。親より早く警察に駆けつけてくれたこともあったし、先輩連中の呼び出しを力ずくで阻止してきたこともあった。あるいは昼食のおにぎりを半分わけてくれたり、取れた制服のボタンを縫い付けてくれたりと、親のような気遣いまで幾度となく見せてくれていたほどだった。

何より、家庭教師にと美和子を紹介してくれたのも彼だった。そういう意味においても、弘基にとって神谷は恩人といえた。何しろその出会いのおかげで、弘基の人生は大きく方向を変えたのだ。

「——よく来たな、弘基。お、ちょっと大きくなったんじゃないのか？」

十代の頃から、弘基の身長はほとんど伸びてはいないのだが、しかし神谷は弘基に会うたび必ず言う。大きくなったな。だから弘基もいつも舌打ちで返している。なってねぇよ。オッサンが縮んだんじゃねぇのか？　それはほとんど天気の話と同じで、だから弘基はいつも通りの受け答えをして、やはりいつも通り焼きたてのパンを渡したのだった。

「ほらよ。墓参りの礼。美和子さんの夫も、オッサンが来たことずいぶん喜んでたぜ」

神谷の事務所には、たいてい世間からはじかれたような気配をまとった少年少女たちがいて、だからパンが余るということがまずない。その日も事務所には中学生と思しきふたりの少女と、ソファでひとり不貞寝《ふてね》しているやはり中学生らしい少年がいて、弘基のパンを各々歓迎してみせた。すごいいい匂い！　これ、全部食べていいの？　てか、お兄さんめっちゃイケメンじゃない？　ホスト？　ホストやってる？　てゆうかやればっ？　うちらお店行ってあげるし！　ウッセェな、お前ら。早く俺にも寄こせよ――。

ここにいる少年少女というのは、野生動物のようだと弘基はいつも思う。極端に人を警戒したり、あるいは無防備に距離を詰めてくる。警戒心も甘えも野放図でむき出しで、人との距離の取り方というものがわかっていない。そして自分も、かつてはこんな子どもだったんだよなと思い知らされる。弘基の場合は前者だったが、よくこの事務所で、自分も関わった悪事の数々にシラを切りつつ、常備されていたスナック菓子をひとりひたすら貪っていた。

腹減ってたからなぁ、あの頃は——。そんな感慨にふけられるのは、今が食うに困らない暮らしだからなんだろうなと弘基は思う。俺は、運がよかった。神谷のオッサンに会えて、それが美和子さんに繋がった。でなけりゃ今もどっかで何かを空かせて、誰かを殴って誰かから奪って、それが世の真理なんだと嘯《うそぶ》きながら日々を重ねていたことだろう。

つーかまあ、どうせ今だって、誰かから何かを奪って生きてるんだろうけどよ。それは美和子に同伴し、あちこち旅をしてきた弘基の実感と言えば実感だ。それでもその仕組みに無自覚でいられる生活は、どう考えても運がいい類いの暮らしだと言えることを彼は知っている。なんだかんだ言ったって、けっきょくのところ恵まれてるんだ。殴られず奪われず、寝床とメシがある暮らしなんてのは——。

弘基のパンを受け取った少年少女たちに、神谷は牛乳を出してやり、弘基もそのご相伴にあずかった。コーヒーくらい出せねぇのかよ、と弘基はいつも言うのだが、しかし神谷が出すのは決まって必ず牛乳だ。ここに来るのはカリカリした連中ばかりだからな。カフェインより、カルシウムのほうが大事なんだよ。それが神谷の、昔からの持論なんである。

「あのパン屋も、じき二年目か。お前も立派にやってるみたいじゃないか。こないだ雑誌に載ってたぞ？　イケメン店員特集とかなんとかってヤツに……」

だから弘基は舌打ちをし、アレなぁ、と息をついたのだった。もっとパン載せろって話なんだけどよ。アイツら人の顔ばっか撮りやがって……。受けて神谷はおかしそうに笑い、弘基の背中をバンバン叩いてきた。武器はありがたく使っておけって。それで客が増えれば万々歳だろ？　そうして彼は、牛乳をのみのみ言い継いだのだ。

「しかし、お前が美和子ちゃんの旦那とパン屋をはじめるって言いだした時は、どうなることかと思っていたが――。そっちもそっちで、うまくいってるみたいじゃないか」

そんな神谷の物言いに、弘基も笑って返してしまった。んだよ？　俺が美和子さんの夫を、いずれ後ろから刺す気だとでも思ってたか？　すると神谷はしかつめらしく、実はちょっとな、などと言ってのけた。やりかねんだろ？　お前なら。だから弘基は神谷のすねを軽く蹴ってやった。どんだけ信用してねぇんだよ。そしてそんな流れでもって、希実の存在についても言及したのだった。

「つーかまあ、店にはもうひとりいるしな。何気にアレが、緩衝材《かんしょうざい》になってるってとこもあんのかもなぁ」

　そうしてそのまま、店で預かっている篠崎希実なる少女の説明をしてみせた。去年の春先、仏頂面をぶらさげて店に飛びこんできた女子高生で、おかしな騒動に巻き込まれながらも、なんだかんだで仲間を増やし、今の今まで居候として居座っている、なんとも逞しい少女であること、云々——。

　すると神谷の表情は、なぜだか徐々に曇っていった。篠崎希実？　美和子ちゃんの腹違いの妹？　ああ、そういう嘘をついてたのか……。そうか……。そして最終的に問うてきたのである。

「——もしかして、なんだが……。その子の母親は、篠崎律子っていうんじゃないか？」

　それで弘基が、そうだけど？　オッサン知ってんのかよ？　と返すと、神谷はぎこちなく微笑んで、あ、ああ……。昔ちょっとな、と頷いた。聞けば遠い大昔、神谷は律子を補導したことがあったんだとか。

「もう、二十年以上前の話だが……。当時、センター街あたりには家出少女がわんさかいてな。まあ、大半はいわゆるプチ家出ってヤツだったんだが、律子の場合は本気の家出でな。行くところがないってことで、時々ここに泊まってたりもしてたんだよ」

　おかげで弘基は一瞬言葉に詰まってしまった。希実の母親もここにいたのか——。そんなことを思って、なんとも言えない気分に襲われた。色んなもんからはじかれたガキが集まるこの場所に、アイツの母親も……。

　神谷の話によると、律子はいつもひとりで行動していて、グループに属するということをしていなかったらしい。しかしある時から、もうひとりの少女とつるむようになった。

「それが美和子ちゃんだったんだよ。ふたりがどういう経緯で知り合ったのかはわからないが、とにかくいつも一緒にいるようになってな。それで俺と美和子ちゃんも、顔見知りになったんだ」

　ただし、関係性が続いたのは美和子とのほうで、律子とは彼女が子どもを産んで以降、音信不通の状態になってしまったんだとか。

「美和子ちゃんから、時々話を聞くことはあったが……。いつ頃からか、まったく話題にものぼらなくなってな。だから俺としては、美和子ちゃんとも疎遠になってしまったのかなと、なんとなく察してはいたんだけどな……」

　それで弘基は、現状の律子について、かいつまんで神谷に説明したのだった。彼女が娘をブランジェリークレバヤシに預け、しばらくの期間失踪していたこと。そうして先日帰還したかと思えば、ひどく体調を崩しており現在入院と相成っていること。そしてその入院中の付き添いを、なぜか希実の父親がやっていること、等々。

「まあ、父親っつっても家庭持ちみてぇで、だいぶ複雑そうだけどな。その割りにゃあ、母親のほうはケロッとしてるし、希実も平静を装ってるって感じだけどよ」

受けて神谷は面妖《めんよう》な表情を浮かべつつ、それはまた、なかなかヘヴィーな状況だな、と眉をひそめた。娘さん、大丈夫なのか……？　だから弘基は肩をすくめ、さあな？　と返したのだった。大丈夫なフリさせたら、アイツもなかなかのモンだかんなぁ。そうして牛乳をひと口のみ話を続けた。

「けどまあ、父親のほうは希実のことだいぶ気にかけてるみてぇだよ。今までほっといた罪滅ぼしを、どうにかしようとしてるってとこなのかもしんねぇけど」

すると神谷は、面妖な表情をさらに曇らせた。そうして、娘さんの、父親がか？　と改めて訊いてきたのである。

「……そんなふうに、してくれてるのか？　彼が？」

だから弘基は、質問で返したのだった。

「──ん？　オッサン、希実の父親のことも知ってんのかよ？」

神谷がわずかに目を泳がせたのはその瞬間で、しかし彼はすぐに笑顔を作り、ああ、とぎこちなく頷いてみせた。律子が妊娠した頃は、まだ俺とも交流があったからな。だからまあ、それなりに……。それで弘基は、ふうん、と静かに頷き、そうなんだ、と再び牛乳を口に運んだ。

「……」

無論、神谷の動揺には気づいていた。だから牛乳をのみながら、しばしの間逡巡したのだ。さーて、どうすっかなぁ。ここは首を突っ込むべきか、あるいは——。そうして、けっきょく言ってみた。

「……若い頃は、どんな野郎だったんだよ？　門叶樹って男はよ」

神谷の顔が、再び面妖なそれになったのは次のタイミングで、彼は目をしばたたかせながら、トガノタツル？　とおうむ返しをしてみせたのだった。そうしてすぐに、あ、ああ、樹な、とやはり取ってつけたような笑みを浮かべ、やたらとうんうん頷きだした。アイツは、いいヤツだったよ。ちょっと喧嘩っ早いところもあったけど、心根は優しくてだな……。

そんな神谷の説明に、だから弘基は内心息をついてしまった。ったく、このオッサンは……。曲がりなりにも保護司だろ？　いい加減、もうちょっと上手い嘘のつきかた覚えろって……。何しろ神谷の発言には、すでに矛盾が生じていたのである。心根の優しいいいヤツなら、そんなふうにしてくれてたって、そう不思議でもねぇだろうが——。

弘基が門叶樹という男に不信感を抱きはじめたのはその瞬間だった。神谷はおそらく希実の父親を、門叶樹だと思っていない。そのことに気づいた瞬間ともいえる。どういうことだ？　単なる神谷のオッサンの勘違いか？　それとも本当に、何か裏がある話なのか？

そしてそれから一週間ほど、来店する門叶樹の様子を観察した。彼は相変わらずほぼ一日おきに店へとやって来て、律子と家族のためのパンを買っていっていた。口数はさほど多くないが、天気の話くらいはちゃんとして、最後に希実の様子を訊ねる。彼女は、やっぱり今日も二階ですか？　そうして暮林がそうですすと返すと、元気ですか？　と重ねて訊き、元気ですよと返されると、その言葉を嚙みしめるように頷く。その様子はやはり父親のそれに思え、だから弘基の困惑は続いた。やっぱ、神谷のオッサンの勘違いなのか……？

それであれこれ考えた挙句、けっきょく再び神谷の事務所に押し掛け、彼を問いただしてみたのだった。あのよ、オッサン――。単刀直入に弘基は訊いた。何しろ他に訊ける相手もいなかったし、じりじり考え続けるのは弘基の性に合わなかったからだ。だから、腹割って話してもらえねぇかな？　アイツの父親は、本当に門叶樹なのか？

ただし神谷も神谷で、徹底的に知らぬ存ぜぬの構えをみせた。んん？　何を言っているんだい？　弘基――。無論、語り口は呆れるほどの棒読みだったが、しかしその口ぶりからは、神谷の決意の固さが滲んで聞こえた。あの頃、律子と付き合ってたのは、樹に間違いないぞ？　娘さんの父親も、間違いなく樹だ。この間、お前もそう言ってただろう？　それなのに、何を今さら……。

だから弘基も、ばっくれてんじゃねぇよ！　正直に言えっつーの！　などと声を荒らげてみたり、悪いようにはしねぇからよ。頼むよ、オッサン――、と下手に出たりもした。オッサンにしか訊けねぇから、こうやって訊いてんだからよ……。

しかし神谷は下手くそながらも頑として口を割らなかった。はーてさてさて、なんのことやら？　頼まれたところで何を頼まれてるのやら、俺には一向にわからんなぁ。そうして最終的に、チクリと釘を刺してきた。

「お前が何を知りたがってるのかはわからんが……。しかし、年長者として忠告はしておく。真実というものは、たいていひどく重い。人ひとりの心くらい、簡単に押し潰してしまう。だから背負う覚悟もなしに、多くを知ろうとはしないほうがいい」

だから弘基は言って返した。はあ？　覚悟がありゃいいのかよ？　受けて神谷は息をついた。覚悟なんて、言うよりずっと難しいことなんだぞ？　それでも弘基は食って掛かった。

「だからって、知らなくていいって割り切れってのかよ？　アホくせぇ話だな。心が潰れようが覚悟がなかろうが、俺は知りてぇことが知りてぇんだよ。なんも知らねぇで、背負わず痛まずいるより、そっちのほうがナンボかマシってモンだろうが？」

するとｊ神谷は、少し驚いたような表情を浮かべたのち、小さく笑って弘基の肩に手を置いてきた。そうしてしみじみ呟くように言ってきたのだ。大きくなったな。お前は、本当に……。言いながら彼は、眩しそうに弘基を見詰めていた。お前みたいなのがいてくれると、俺もこの仕事を続けてる甲斐ってのを感じられるよ……。ただしそれでも、神谷は口を割らなかったのだが——。

それで弘基は奥の手よろしく、神谷の事務所をあとにしてすぐ、昔馴染みの多賀田に連絡を入れたのだった。

「おー！　多賀田！　ちょっと頼みごとがあんだけどよ」

多賀田という男は、今でこそ真っ当な飲食店経営者然として暮らしているが、しかしその昔は、悪童の吹き溜まりだった弘基の地元において、はっきりと引かれるほどのワルだった。そうして引かれたまま姿を消し——というか先輩の罪をかぶって警察のお世話になり、そのまま裏街道にのまれていった。ただし彼はそこで終わらず、どういうわけかのし上がってみせた。しかも裏街道とは手を切って、今では折り目正しい高額納税者に成り変わっている。

ただし、その立場に収まるための金の出所は、十中八九まともな場所ではないはずで、叩けばいくらも埃が出る身であることに変わりはない。現状埃が出ずにすんでいるのは、単にそのように裏から手を回しているからだろう。つまり人の後ろ暗い過去など、彼なら簡単に調べられるはずだと弘基は踏んだのである。

弘基のそんな読みは正解で、多賀田はふたつ返事で弘基の頼みを聞き入れたうえ、十日もあればだいたいわかるだろうと軽く言ってのけた。そうして、おそらく煙草を吸っていたのだろう、息を吐きだすようにしながら言い継いだ。

「それで柳……。もし父親が違ってたら、お前どうする気なんだ？」

そんな多賀田の問いかけに、弘基はフンと鼻を鳴らし応えた。

「さあな。けどそれは、希実にとって叩かれどころになるかもしんねぇし、誰かにとってはとっておきのカードになるかもしれん。だからハッキリさせときてぇんだよ。いざって時に、何もわかんねぇで狼狽《うろた》えるのはマヌケ過ぎんだろ？」

すると多賀田は小さく笑い、なるほどなぁ、とおかしそうに言ってきた。転ばぬ先の杖ってヤツか。そうしてまた煙草の煙を吐きだすような音を漏らし、話を続けたのだった。

「――つまりは守ってやりたいわけだ？　希実ちゃんを……」

それで弘基は一瞬考え、まあな、とそっけなく返した。

「……アイツはアレでも、うちで預かってる大事な娘さんだかんな」

その言葉に嘘はなかった。何しろ希実は、美和子があの店に残していった娘なのだ。実際問題、希実の母親は律子なのだろうが、しかし希実の中にはどういうわけか美和子の面影が見え隠れする。やっぱちょっと、似てるっつーかなぁ……。そんな思いが、なぜかしばしばよぎるのだ。美和子さんの腹違いの妹じゃねぇのは、百も承知なんだけどよ……。

だからこそ弘基としては、そんな美和子似の女子高生が、これ以上の困難に直面するのは勘弁願いたいというところだった。彼女を守る杖があるなら、いくらでも用意してやるという思いもあった。

ただしその杖を、こんなにも下手に振ってしまったのは痛恨の極みだったが——。

「門叶樹が、お前の店の常連と合流したぞ。ほら、最近よく明け方近くに来店してる、長髪サングラスの男だよ」

多賀田からそんなオマケの連絡を受けたのは、希実が暴漢にさらわれそうになったと知らされたその日の夜のことだ。

その数時間前、見知らぬ男たちにさらわれそうになったという話を希実本人から聞かされた弘基は、門叶樹を店に呼びつけ、暮林ともども希実の置かれた状況について確認をした。つーわけで、希実、おたくんとこのお家騒動に巻き込まれてるっぽいんだけどよ。

受けて門叶樹は愕然とし、家の者に確認すると店を急ぎ去っていった。多賀田の話によれば、門叶樹はその足で、榊と顔を突き合わせたらしい。

「お互い顔を見知ってるふうだったし、話し合いも割りに長かったよ。内容までは聞けなかったが、門叶樹はだいぶ気が立ってる様子で、常連のほうはそれをいなしてる感じだったな」

そんな多賀田の報告に、だから弘基は目星をつけたのだ。なるほど、榊の野郎――。アイツ、門叶の関係者だな。

何しろあのタイミングで門叶樹と対面していたのだ。しかも希実がさらわれそうになったその時にも、彼はその場に居合わせたという。そんな偶然は意図せず起こせるものではない。門叶の関係者どころか、希実を襲った親戚筋の一派である可能性もある。

それで明け方やって来た榊に大上段から詰め寄ってみたところ、その正体は親戚筋どころか樹の兄だったという、まったく笑えない展開になってしまったわけだ。オマケのほうが意味を持ってしまった、ある種の好例とも言えるだろう。

「僕の名前は、門叶榊――。つまりは門叶樹の、どうも、お兄ちゃんです」

悪びれた様子もなく笑顔でそう言ってのけた彼は、しかもさらなる爆弾発言をかましてきた。

「実は僕、希実ちゃんを門叶の家に迎えたく……。ここしばらく、彼女という人間を調査観察、および査定していた次第なんです。とはいえ、本当はもう少し観察していたかったというのが、正直なところなんですが……。まあバレたのなら仕方がない。若干フライング気味ですが、まあよしとしましょう。希実ちゃん、君、合格です」

そんな榊の物言いに、もちろん弘基は、はあ？　と眉根を盛大に寄せた。あ？　何言ってんだ？　オッサン……。いっぽう階段口から飛び出してきた希実のほうも、はあ？と盛大に目を見開いてみせていた。そ、そうだよ、意味、わかんないんですけど……。

しかし榊は笑顔のまま、めん棒をふりふり続けたのである。

「――意味も何も言葉通りだよ。僕は希実ちゃんを、うちの子にしたいんだ」

＊　＊　＊

希実は暮林が怒ったところを見たことがない。彼はいつも笑みを口の端にたたえていて、突拍子のない珍事が起こった時でさえ、さほど動じず泰然としている。だから明け方の厨房で、希実たちが騒ぎはじめた際にも、それほどの反応を見せるとは思えなかった。実際暮林は、希実ちゃんをうちの子にしたいんだ、などと榊がのたまった直後ですら、笑顔で厨房のドアを開け、はいはい、静かにー、などと穏やかに言いだしたほどだったのだ。

「まだ営業中やで？　店にはお客さんもおらはるし……。弘基も早いとこパン焼かんと、配達の時間に間に合わんようになるで？」

それで弘基が、けど、コイツが……っ！　と叫ぶと、暮林は、そやで静かにー、と口の前で指を立て、傍らにいた榊の腕をなぜかぐいと摑んでみせた。

「榊さんの話は、店閉めて配達終わってから、じっくり聞かせてもらえばええんやでな？」

笑顔のままで暮林は言って、榊を作業台の端までいざなった。さあ、榊さん、ちょっとこちらへ……。そうしていつもの柔らかな口ぶりで、申し訳ないけど榊さん、この上に親指を並べて置いてもらえますか？　とごく穏やかに告げたのだ。

それで榊が、え？　こうですか？　などと戸惑い気味に指を置くと、じゃあそのままで、とにこやかに言って、すぐに冷蔵庫の前まで向かい、中から牛乳を取り出した。そしてそれを、流しのグラスに手早くなみなみと注ぎはじめた。

無論、厨房の一同は、何をしてるんだ？　この人は——、といった面持ちで暮林を注視し続けた。しかし当の暮林は、皆の視線を特に気にする様子もなく、そのまま榊の左右の親指の上に、すっと牛乳入りのグラスを置いてみせたのである。それで希実らがポカンとしていると、榊のスーツの胸ポケットから携帯を勝手に取り出し、榊の手元にカタンと置いてみせた。

「——じゃあ榊さん、俺らの仕事が終わるまで、ここでちょっと待っといてください」

春風が吹き抜けていくような笑顔で暮林は言ったが、しかし行動そのものは、携帯を人質にとったから、逃げずにここでおとなしく待っていろ、というものに等しく、だから希実はうっと口を噤《つぐ》んでしまったのだった。も、もしかして、暮林さん……。ちょっとマジで怒ってる……？

そうして息をのむ一同を前に、しかし暮林は穏やかな態度を崩さなかった。

「じゃあ、弘基は配達用のパンを頼むわ。希実ちゃんは、まだ早いんやし、もう少し寝とりなさい。榊さんの話は、またあとで、な？」

おかげで希実は無言のまま頷いてしまい、弘基のほうも、お、おう……、と声を低くして返していた。わかった……。じゃあ、あとで……。

ただし暮林が笑顔で店に戻ると、牛乳爆弾を仕掛けられた榊は、こ、こんなことしなくても、別に僕は逃げないぞ……っ？　と言いだしたところで後の祭り。でも、やったの暮林さんだから……。そうだよ、解放して欲しけりゃ、自分でクレさんに頼めよ、などと希実にも弘基にも言い捨てられ、憮然としたまま作業台の端で立ち尽くしていた。クソ……！　なんて日だ……！

榊が解放されたのはそれから実に一時間半ほどのちのことで、どうもお待たせしましたなぁ、と暮林が笑顔で牛乳の入ったグラスを持ち上げてやると、榊は腕をぶるぶる震わせながら、ええ、一時間半をこんなに長く感じたのは、小学生以来ですよ、と声のほうも震わせた。ああ、肩も腰もバッキバキだ……。

ただし暮林が話をいったん中断させたのはある種の英断で、おかげで希実も弘基もだいぶ冷静になり、改めて榊を問い詰めることが出来た。暮林がそこまで計算して行動に出ていたのなら、あんがい策士な面もあるのかもしれないと、希実としては若干感じ入ってしまったほどだ。けどまあ、そんなことより……。笑顔で怒る人って、めっちゃ怖いってことのほうが、新たなる発見ではあったけどさ……。

かくして一同はイートイン席に向かい、榊を取り囲むようにしてテーブルについたのである。

話を切りだしたのは暮林で、彼は笑顔のまま榊に対し、

「榊さん、門叶榊さんやったんですな？」

とまず確認してみせた。

「驚きました。まさか樹さんの、お兄さんでいらっしゃったとは……」

受けて榊は、いかにも、と笑顔で頷き、身分を隠していたことはお詫びします。ですから先ほどの蛮行《ばんこう》についても、ひとまずは不問に付そうと思っております、などとすら述べた。そしてサングラスのブリッジを持ち上げ、悪びれる様子もなく続けたのである。

「しかし、先ほども申し上げた通り、僕としては素の希実ちゃんを見極めたかったんです。門叶の家に迎えるにあたり、彼女がどんな女の子なのか確認しておきたかった。あんまりな場合は、こちらとしても考えを改めねばと思っておりましたのでね」

そんな榊の説明に、まず食いついたのは弘基だった。彼は腕組みをし、榊をにらみつけるようにしながら、凄むように言いだしたのだ。

「つーかよ。希実を門叶の家に迎えるってどういう意味だよ？　そんな話、こっちは初耳なんだけどよ」

するや榊は、ポンと手を叩き、あ！　そうだったねー、と屈託のない笑みを浮かべて

みせた。

「母が希実ちゃんに、自分の株を譲渡したいと言いだした話までしか、君たちにはしていなかったんだよね？　実は、その話には続きがあってだね……。うちの母、可能であれば希実ちゃんを、自分の養女にしたいって言ってるんだよ」

それで希実と弘基は、はっ!?　と揃って声をあげたのだが、しかし榊はキョトンとしたような表情を浮かべ、えー？　そこで驚いちゃう？　などと言ってのけた。発想としては、割りと自然な流れだと思うんだけどなぁ……。そうして門叶家の現状について、つらつらしたり顔で述べはじめたのだ。

「うちのお家事情については、以前もお話ししたかと思うけど。まあ、それなりの家柄なわけです。だから当然、跡取りというものが必要だった。つまり門叶に嫁いできた母にとって、跡取りの捻出というのは何をおいてもなさねばならない、ほとんど天命のようなものだったんだ」

かくして榊の母親は、ふたりの男の子を無事授かり、その子育てにあたった。兄の榊は当たり前のように跡取りとして教育され、弟である樹のほうも、兄を支える片腕になるべく、幼少期より厳しく躾《しつけ》がなされていたらしい。

「そうして頑張って育てた息子は、結果どちらも家を継ぐに値しない人間に仕上がってしまった。いやはやなんというか……。子育てって、本当に難しいものだよねぇ……」

まるで他人事のようにしみじみ語る榊に、だから希実としては、てゆうか、どの口が言ってんの？　と目を見張らずにはいられなかったのだが、しかし榊は悪びれる様子もなく滔々と続けたのだった。

榊が言うことには、彼の母、つまり希実の祖母は、会社はやはり門叶の血筋の者に継がせたいと切望しているとのこと。

「根が古い人なんでね。どうしても血筋にとらわれてしまうというか……。ほとんど宗教みたいなものでね。そこはもう、理屈じゃないみたいなんだよ。我が母親ながら、少々愚かしいなと思わないでもないんだが……」

そしてだからこそ、彼の母親は今の会社内の派閥対立に関しても、完全中立の立場を貫いてみせているんだとか。

「いずれ我が子に会社が渡った時、業績が悪化していたら目も当てられないからね。それで、あくまで会社の利益を尊重し、両派のプランを精査しているというわけさ。社内の人間はアイアンレディーなんて勘違いしてるけど、とんでもない。彼女はどこまでも、門叶の嫁であり、門叶の母、なんだよねぇ」

しかし、片や肝心の息子たちはと言えば、兄は勤続十年のベテラン自宅警備員で、弟のほうは十数年来の取りつく島もない絶縁息子。会社を託そうにも託せる気配がまるでなく、だから社内のふたつの派閥は、もう門叶本家による復権はないだろうと目していたようだ。

「でも、母だけは諦めてなかったんだ。だからこそ、あちこちから突かれながらも、毅然とアイアンレディーでいられた。きっと未来に、一縷《いちる》の望みを託してたんだろうねぇ。今は無理でも、いずれいつか、どちらかの息子が会社を継いでくれるはずだと……」

だが先だって、寄る年波には敵わず彼女は病に倒れた。そうしてそこで、どうやら思い至ったらしい。未来に望みを託すには、自分にはもう時間がない——。

「それで、希実ちゃんに白羽の矢が立ったってわけだ。何せ希実ちゃんは、門叶の唯一の孫娘だからね。門叶の後継となる血の正統性は十二分にある。それで、僕や樹をすっ飛ばして、希実ちゃんに託してしまおうと画策してるのさ。もちろんすぐにってわけにいかないのは、母も承知の上だ。何せ希実ちゃんはまだ高校生だからね。でも、将来的に会社を継ぐと約束してくれれば——。それだけで母の肩の荷はだいぶ下りるというものので……」

流れるように滔々と語り続ける榊を、遮ったのはやはり弘基だった。彼は端整な顔をひどく歪め、呆れたように言い放ってみせたのだ。

「――つーか、そこまで母ちゃんが思い詰めてんなら、アンタがさっさと会社継いでやれよ。どうせアンタ、暇を持て余した自宅警備員なんだろ？」

　すると榊も、サングラスをかけたままでもそうとわかるほど盛大に顔を歪め、はーあ？　と呆れたように首を傾げてみせたのだった。

「おいおい、勘弁してくれよ。僕が対人恐怖症だって話、忘れたのかい？　そんな状態で、いったいどうやって会社に行けっていうんだ？　それなのに会社なんか継げるわけがないじゃないか……！　まったく、お話にならないね！」

　もちろん希実としては、いやいやいや、お話にならないのはあなたのほうでは？　と思わずにはいられなかったのだが、しかし榊は憤然と話を続けたのである。

「だいたい、僕だって一度は会社を継いだ身なんだ！　でもけっきょく、合わなくて逃げた。逃げて部屋に閉じこもるようになった。つまり会社は、僕のトラウマ発祥の地なんだよ！　そんなところ、二度と行きたくないね！　母だって、そのあたりはよくわかってるのさ。だから、希実ちゃんを御所望《ごしょもう》なんじゃないか！」

　そんなセンシティブかつ堂々とした主張に、だから希実たちは若干気圧されてしまい、あ……。はあ……、と弱く返してしまった。まあ、過去は過去として、とりあえず理解しました……。う、うん……。なんか、大変、だったんですね……。

するとで榊も、自分の激高ぶりに気づいたのか、ハッと我に返った様子ですぐに取り繕うような笑みを浮かべ、わかってもらえればいいんだけどねー？　などと軽口を叩くように言いだした。でもまた言ったら、今度はグーパンが出ちゃうかもだからー。くれぐれも気をつけてねー？

そうして話を切り替える様に、ポンと手を叩き改めて希実に顔を向けてきたのである。

「……でもまあ、会社を継ぐなんて話は、別に本気にしなくていいから。とりあえず、そうすると口約束さえしてくれれば十分だからさ」

受けて希実が、え？　と眉をひそめると、榊は苦笑いを浮かべて続けた。

「母の体調を鑑みるに、彼女もそう長くはもたない。希実ちゃんが大学を卒業するまでなんて、まず生きられないだろう。だから、口約束で十分なんだ。そうしてさえくれれば、母もきっと穏やかな気持ちであの世に旅立てる。自分はちゃんと、門叶の跡継ぎを残せたんだ、ってね……」

そうして榊は、小さく咳払いをし、希実のほうへとズイと身を乗り出してきた。

「——つまりこれは、ちょっとした口約束をするだけで、うちの母の遺産が転がり込んでくるっていう話なんだ。悪い話じゃないと思うよ？　何せ母は心穏やかにあの世に逝けて、僕は最後の親孝行が出来て……。しかも希実ちゃんには、多額の遺産が転がり込んでくる。むしろ全員が幸せになる、実に素晴らしい提案なんじゃないかと……」

まるでどこかの壺売りのごとく言ってくる榊に、もちろん希実は怪訝な視線を返すしかなかった。

何しろ話それ自体、だいぶ現実離れしているようで、どうにもピンとこなかったというのもある。しかも語っているのは長髪サングラスの門叶榊で、その風貌からも語り口からも、胡散臭《うさんくさ》い気配しか伝わってこない。

それで希実が黙り込んでいると、傍らの暮林がそれを察したのか、困ったような笑みを浮かべ言いだした。

「けど、それはちょっとお高過ぎる親孝行やありませんか？　お母様が所有されている株は、榊さんがおっしゃった通りなら二十％程度。売却すれば相当な額になるはずです。しかも、株の譲渡ではなく遺産相続になるのなら、希実ちゃんに渡るものは株だけに留まらんようになる。つまりあなたの取り分は、極端に目減りしてしまうんですよ？　それはあなたにとって、本当に素晴らしい提案と言えるんですかね？」

めずらしくすらすら語る暮林に、だから希実は一瞬驚いてしまった。いつもの暮林だったら、こんなところで食いさがったりしないように思えたからだ。しかし、語られた内容は至極ごもっともだったので、だから希実はすぐにその言葉尻に乗り、榊に勢い詰め寄ってみせた。

「……そ、そうだよ！　私が養女になったら、榊さんすごい損するじゃん！　なのにそんなこと言ってくるなんて、ホントはなんか裏があるんじゃないの？」

するとか榊はクスッと笑い声を漏らしたのち、いやー、いいねぇ、などと言いだした。そういう猜疑心《さいぎしん》、うちの子には大事な資質だよー？　うん、素晴らしい。そうして椅子の背にもたれるように座り直すと、どこか不遜な笑みを浮かべ告げてきたのである。

「しかし残念。裏はないんだ。これは前にも言ったけれど、樹は父の遺産を放棄してていてね。そのぶん、僕は父から多くの遺産を得たんだよ。トガノの筆頭株主は母だが、僕はその二番手だしね。だから今後生きていくにあたり、暮らしに困るようなことはまずない。つまりもう、充分なんだ。むしろ、樹に渡るべきだった遺産は、希実ちゃんに渡るのが妥当だと思ってるくらいのもので――」

そこまで言って榊は、やや声を落として言い足した。

「……それにうちの母も、自分の遺産を僕にさほど残そうとは思っていないんだよ。何せ僕は、不肖の自宅警備員だからね。このままいってしまうと、もらえてせいぜい遺留分ってところで、残りは両派閥に均等に分けられる可能性が高い」

そしてそのことは、榊にとって不都合な事態を招くおそれがあるとのことだった。

「両派に株が分割されて、それを彼らがそれぞれ懇意にしている取引先の持ち株と合わせたら――。僕は三番手の株主に成りさがってしまう。つまり彼らに、でかい顔が出来なくなるというわけさ。今でさえ、陰で能無しの自宅警備員とバカにされているのに……。株という強みがなくなったら、僕はどこまでも肩身を狭くして、生きていかなくてはならなくなる。それを想像すると、どこぞの若い歌手の子より震えるよ」

だから榊としては、ここでうまいこと立ち回り、どうにか希実を養女に迎え入れたいのだそうだ。そうすれば母の自分に対する心証も多少なり回復し、遺留分に色をつけてもらえるのではないか、という目論見もあるらしい。

「つまり、希実ちゃんをうちに迎えることは、僕にとっても損ではなく、むしろ得しかないというわけなんだよね」

いけしゃあしゃあとのたまう榊に、弘基は呆れた様子で、ケッと吐き捨て、要は遺産が増えるのを見越しての親孝行ってわけかよ、と顔を歪めた。さすが自宅警備員、ゲスいったらねぇな。だが榊のほうは、そんな嫌みにはまったく怯《ひる》まず、そりゃゲスくもなるよー、などとおどけたように言ってみせていた。だって、自宅警備員だものー。

そんな榊に、再び意見したのは暮林だった。彼は笑みを浮かべながらも、眉根をわずかに寄せつつ切りだしたのだ。

「――しかし、希実ちゃんの父親である樹氏は、希実ちゃんが門叶家と関わることをよしとしとらはらん。それなのに、あなたやお母様の希望だけで、この話を進めようとするのは少し乱暴やないですか？」

だが榊は、ハハッ、と軽やかに笑い、大げさに首を振ってみせた。

「僕はそうは思いません。おそらく樹は、希実ちゃんが門叶と関わることで、その身に危険が及ぶことを危惧しているんでしょうが――。しかし僕なら、希実ちゃんを守り切ることが出来る。何せ樹のような家庭持ちの仕事持ちとは違って、僕は超絶ド級の暇人ですからね」

胸を張り言い切る榊を前に、無論希実としては、何を誇らしげに？　と眉をひそめずにはいられなかったが、しかし榊はご陽気だった。彼は希実の様子になど、まるで気づいていない様子で言い継いだのだ。だいたい樹は、十八年間も娘をほっぽらかしていたようなひどい父親ですよ？　そんな男の意見なんて、聞く必要もないでしょう？　笑顔でそんなことを言いながら、希実の顔をのぞき込んでくる始末。ねえ？　希実ちゃんだってそう思わない？　今さら父親ヅラとか、むしろムカつくって話でしょう？

ただしそんな物言いには、もれなく弘基が、それはテメェらも同じだろ？　と言ってのけていた。テメェもテメェの母親も、十八年間、希実をほっぽらかしてたじゃねぇか。

それを今さらどの面さげて、希実を養女にしてぇとか言ってんだか……。

しかし榊はサラッとそれを無視して、演説をぶつように言葉を続けたのである。

「外野はまあ色々と言ってくる。しかし何より一番大事なのは、希実ちゃんの気持ちだ。君は生まれてこのかた、ずいぶんと苦労してきたと思う。だからこそ、母の遺産を受けとる権利があると僕は思うんだ。ここはひとつ、門叶を利用してやるくらいの気持ちでもって、僕の話に乗ってくれないかな？　決して悪い話ではないと思うんだ」

サングラスを輝かせながら語る榊に、しかし希実は、怪訝な眼差しを送ることしか出来なかった。

「……」

何しろやはり、彼が信頼に足る人物とは到底思えなかったのだ。そもそも榊という男は、現れ方からして珍妙だったし、身分を隠してブランジェリークレバヤシに通い続けていたという点も、やはり信用ならない人物である証明のような気がしていた。

しかも彼の行動を思い出せば思い出すほど、不信感は募るのである。前に父のこと教えてくれた時だって、しれっと色々嘘ついてたわけだし……。さらわれそうになった時だって、なんか妙にタイミングよく現れたし……。

だいたいこの人、そもそも本当に美和子さんの幼馴染だったの？　あの時はあんなふうに泣いてみせてたけど……。もしかしたらあの涙だって、まさかの嘘泣きだったんじゃ……？

それで思わず言ってしまった。

「――てゆうか、なんか全体的に信じがたいんですよね。榊さんの話って……」

すると榊は、ぐっと眉毛を持ちあげて、きゅっと小首を傾げてみせた。そうしてすぐに、ブッ！　と吹き出し、それわかるー！　と希実を指さし笑い出したのだ。確かに確かに！　なんていうか、長く自宅警備員なんかやってると、現実感に乏しくなるっていうか、言葉に重みがなくなるっていうか、そういうところ、あるんだよねー。いやはや、希実ちゃんの言うことったら、実にごもっとも……。

そしてわずかに溢《あふ》れていた涙を指で拭《ぬぐ》い、どこか不敵に言いだしたのである。それに、ここしばらく君を観察した印象からしても、簡単には乗ってもらえないだろうと思ってはいたんだ……。うまい話は、なかなかのみ込んでくれないタイプのようだったから……。そうして彼は腕組みをし、じゃあちょっと趣向を変えてみようかなぁ、などと不遜な笑みをふいに浮かべたのだ。

それで希実が、な、何？　とやや警戒するように榊に目をやると、彼はスーツの内ポケットから白いハンカチを取り出し、それを希実の前でひらりと振ってみせた。

「は――？」

するとその次の瞬間、ハンカチは白いバラにその姿を変えた。

「へ……？」

な、何この余興……？　そう目をむく希実を前に、しかし榊は悠然と微笑み、スッと白バラを差し出し告げてきたのだった。

「もし希実ちゃんが、僕の提案を受け入れてくれたなら――。僕はこのお店の、力になる用意がある」

そんな榊の唐突な物言いに、希実はもちろん暮林や弘基も眉をひそめた。は？　何言ってんだ？　オッサン……。このお店の力にって……。なんのことです……？　すると榊は少しおどけた様子で首を傾げ、あれ？　まだご存じなかったかな？　などと言いだしたのだ。

「――このお店、近々潰れるかもしれないんですよ？」

希実と弘基が立ちあがったのは次の瞬間で、ふたりはほぼ口を揃えて、ええっ!?　と叫んだ。な、何それ!?　どういうこと!?　そんな中、暮林だけは席についたまま、じっと榊を見詰めていた。そうして眼鏡のブリッジを人差し指で持ち上げて、眉根を寄せ訊いたのだ。

「……ちょっと、話が見えませんなぁ。この店が潰れるというのは、いったいどういう意味なんです?」

するとは榊は、ニッと白い歯を見せて、まるでチェックメイトを告げるような笑顔でもって、鮮やかに告げてみせたのだった。

「やはりまだご存じなかったようですね。美和子の伯父上の会社が、資金ショートを起こしたこと——」

瞬間、暮林の表情がわずかに強張ったことに、希実はちゃんと気づいてしまった。


ブランジェリークレバヤシの土地というのは、実は美和子の伯母が所有しているものなのだと暮林が説明したのは、榊が帰ってすぐのことだった。

「建物はもともと美和子の名義で、亡くなった後に俺が相続したんやけどな。土地のほうは伯母さんのもんで……。今はそこを借りとる形で、店をやらせてもらっとるんや」

暮林が言うことには、そもそもこの店の土地建物は、美和子の祖母の持ち物だったのだという。ただし長らく貸家になっていて、以前の借主が退去したタイミングで、美和子がひとりここに転がり込んだ。

「美和子、実家のお母さんとあんまり折り合いがよくなくてな。大学に入ったのとほぼ同時に、ここに越してきたそうなんや。それからずっとひとりで、ここに住んどったんやけど……。社会人になってすぐの頃やったかな。お祖母さんが、亡くなられてな」

それでいったんは、土地建物を美和子が相続するという話になりかけたのだが、しかし当の美和子は当時定職についてもおらず、海外をフラフラ放浪している身空であり、とても相続税を支払えるような状態ではなかった。そのため土地は美和子の伯母が、建物のほうは美和子が相続するという、若干変則的な形をとることになったらしい。

「そうは言っても、伯母さんも美和子のことを娘みたいにかわいがってくれとったで、家賃も途中までは、ほとんどタダ同然やったみたいやけどな。けど甘え過ぎたらいかんって、いつの頃からやったか、固定資産税くらいは払うようになっとったらしい」

そうして美和子の死後においても、伯母さんは実によくしてくれていたのだという。なんでも暮林がここで店をやりたいのだと相談したところ、彼女は二つ返事で、だったらタダで土地を貸すわよ、と申し出てくれたそうなのだ。

「パン屋をやるのは、美和子の夢やったでって言ってくれはってな。それが叶うんやったらぜひにってな……。けどまあ、それじゃああんまりやで、多少の家賃は支払わせてもらっとるんやけど……」

暮林のそんな告白に、だから希実は、内心ひそかに膝を打ったのだった。ああ、なるほど——。だからこの店、こんなお気楽な感じでも、経営が成り立ってたわけか……。

何しろブランジェリークレバヤシの少し先にある商店街では、出退店がごく激しいのだ。斑目の話によると、あのへんは賃料が高いから、売り上げが悪いとすぐ撤退になるみたいなんだよねー、とのことで、だから希実としては、その割りにうちの店って、やっぱりどっかのんき気だよなぁ、と多少なり引っかかっていたのである。

商店街から少し外れてるから、なんとかなってるのかなって思ってたけど——。それよりもっと盤石な強みがあったってわけか……。

しかし先の榊の発言によると、その伯母の夫の会社というのが、現在非常にマズイ状況に陥っているとのこと。だから早晩この店の土地も、手放される可能性が非常に高く、そのことをして門叶榊は、近々店が潰れるかもしれない、などと告げてきたようだった。

そして彼は勝ち誇ったような表情でもって、だからうちの子におなりなさい、と重ねて希実に告げてきたのである。そうすれば、僕が伯父上の会社を救ってあげるから——。そうしてつらつら語りだした。これでも僕は、腐っても門叶の元後継者。会社立て直しのノウハウはあるし、援助のための資金もそれなりに用意出来る。伯父上の会社の資金ショートも、今のところ一過性のもので、慢性的な赤字が続いてるわけではないようだから、リスケすれば会社自体救える可能性が高い。だから希実ちゃん……。

暮林が榊の話を遮ったのはそのタイミングだった。彼は陽だまりのような笑顔でもって、申し訳ないですけど、榊さん。今日のところはもうお帰りいただけますか？　とやや唐突に告げ、自らも席を立ちつつ榊に対しても椅子から立つよう促したのだ。店の件は、ご忠告として受けとめておきます。けど、それと希実ちゃんとは無関係や。そんなことで、この子を混乱させせんでください。いいですね？　そうして笑顔のまま、店のドアに手を向けた。そういうことで、お出口はあちらです。

暮林の口調はあくまで丁寧だったし、表情も確かに笑顔だった。しかしその佇まいには、こちらが怯みそうになるほどの威圧感があって、おかげで希実は思わず黙り込んでしまったほどだった。もしかして暮林さん、まだ、怒ってる……？

傍らの希実ですらそうだったのだから、微笑みかけられていた榊のほうはさらに何かを感じ取ったのかもしれない。彼は若干たじろいだ仕草でもって前のめりにしていた体を元に戻し、小さく咳払いをしゅっくりと席を立ってみせたのだ。……わかりました。今日のところは、これで引き下がって差しあげましょう。

そうして榊が去ったのち、暮林は多少なり困惑していた希実に対し、ブランジェリークレバヤシという店の成り立ちについて、かいつまんで説明してくれたというわけだ。

「――確かに榊さんの言う通り、美和子の伯父さんは、いくつかの店を経営してらしてな。伯母さんも、事務方の仕事を手伝っとらはる。けど、経営状態がそんな深刻やなんて、話にのぼったこともないんやけどな……」

暮林はそう言って、眼鏡のブリッジを押さえてみせた。

「……まあ、確認しようにもまだ時間が早いし、頃合いを見計らって今日中に連絡いれてみるわ」

そうして暮林は柔らかな笑みを浮かべ、希実の顔をのぞき込んできたのだった。

「そうやで希実ちゃん、榊さんの言ったことは、気にせんでええでな。いや、むしろあんな話、真に受けたらいかんで？　な？」

受けて希実が、あ……、と言い淀んでいると、彼はポンと希実の頭を軽く撫で、じゃあ話はここまでにして、とりあえず朝食にしようか、と言いだした。今日はちょっと、遅くなってまったな。希実ちゃん、腹減ったやろ？

そこで希実も、いやでも、そんなことより今はお店のことのほうが――、とでも言えたらよかったのだが、しかし実際口をついて出てきた言葉は、さすが暮林さん、鋭い！実はもうお腹ぺこぺこでー、なるものだった。そうして一同は、少し遅めの朝食をとることとなったのである。

その日作業台に並んだのは、ザワークラウトとソーセージのスープと、ライ麦パンのクリームチーズサンドという、弘基が超特急で用意したごく簡素な朝食だった。それでもそれらを目の前にすると、ちゃんと唾がわいてきて、希実としては少々げんなりしてしまった。

こんな時くらい、食欲が失せてもよさそうなものなのに——。そんなことを思いつつ、はむっとかじったライ麦パンが、例えば砂を噛んだような味だと感じられたのなら、まだ格好もつくというものだが、しかし頬張ったそれは、噛めば噛むほどおいしくて、希実としてはさらに弱るしかなかった。ああ、もう、ヤダ……。なんでこんなにおいしいのよ……？

むっちりとした歯ごたえのライ麦パンは、ひと口目こそわずかに酸味を感じるが、しかし噛みしめるほど甘味が増していく。砂糖のようなはっきりとした甘さではなくて、小麦の柔らかな甘みだ。しかも密度の高いずっしりとしたパンだから、噛みごたえがあって長く咀嚼していられる。

「……んー、うま……」

それでそんな声を漏らしてしまうと、暮林は苦笑いで言ってきた。希実ちゃん、やっぱりだいぶお腹減っとったみたいやなぁ。朝食、遅うなってまって悪かったなぁ。受けて希実が、いや、別にそんな悪くなんて……、と返すと、弘基もフンと鼻を鳴らし、フォークで暮林を指してみせた。そうだよ。俺のパンは、腹が減ってなくても平常運転で激ウマなんだからよ。そうして弘基はそのフォークを希実にも向け、ちなみにパンにソーセージ挟んで食っても激ウマだぜ？　クリームチーズとソーセージがまた合うっつーか……、などと告げてきたのである。だから希実も速攻でそれを試し、ホントだ！　おいしーい！　と声をあげてしまい、けっきょく食卓は、いつものそれに落ち着いてしまった。クリームチーズで、ソーセージのコクが増すー！　てゆうか、ライ麦パンが負けてないんだよね。ずっしりしてて、ずっとおいしいっていうか……。

とはいえ、本当は暮林に、お店大丈夫なの？　と訊きたい気持ちもあるにはあった。美和子さんの伯父さんの会社が、本当にマズイ状況だったとしたら、このお店潰れちゃうの……？　なんとかする手立てはないの……？　そう問いただせたほうが、いくらか安心できたかもしれない。

「……」

しかし希実は、けっきょく核心には触れられなかった。スープをのみつつ、チーズオムレツにザワークラウトを混ぜたらおいしいんじゃない？　などと弘基につい提案することは出来ても、肝心の言葉はきっちり心の中にのみ込んでしまった。

悪いクセだよな、とちゃんと内心では思っていた。けっきょく私は、いつもそうなんだよな――。訊くべきことはいつだって後回しで、とりあえずその場の空気を読んで、どうでもいいような話をしてしまう。煙たがられたくなくて、面倒だと思われたくなくて、何も気にしていないふりをしてしまう。多分、気まずさに耐えられないのだ。大切な場所では、なおのこと――。

だから暮林や弘基が帰った後は、ひとり悶々《もんもん》と考えることになってしまった。何せその日は日曜日で、嫌というほど考える時間が持ててしまったのだ。

ブランジェリークレバヤシが、ことによっては潰れるかもしれない――。希実の頭の中では、幾度となくその言葉がよぎった。

言いだしたのは胡散臭さの骨頂、門叶榊ではあるが、しかしそれが真っ赤な嘘だったのだとしたら、あの局面でわざわざ口にするようなことではないような気もする。だから希実としては、頭を悩ませていたとも言えた。そんなこと、調べればすぐに事実確認出来るわけだし……。付け焼刃的な嘘なんて、つく理由がないんだよな……。

そうして彼の提案についても、やはり相当に戸惑っていた。でもあの人、私が門叶の家に入れれば、救ってやるとか言ってたよね？　だったら、いざという時には、私が門叶の養女になればいいってこと？　……って、いやいやいや、養女って何よ？　そんなわけわかんない口車に、乗せられてる場合じゃないでしょ？　しかも相手はあの、白バト男だよ？

おかげで勉強は手につかず、一応机には向かっていたが、すぐに、ああ！　もう！　などと声をあげてしまう悪循環に陥った。

「ダメだ……。全然集中出来ない……」

それでけっきょく、斑目にLINEを送ってしまった。自分でも斑目依存がひどいなとは思ったが、しかしこんな時にこんなことをやすやす相談出来る相手など、斑目をおいて他に思いつかない。（おつです！　斑目氏！　ちょっと相談があるんだけど！）

斑目から電話がかかってきたのはその一秒後のことで、彼はまず第一声で、そろそろ連絡がくる頃だと思ってたよ！　と言ってのけた。

「――お店のことでしょ？　さっきクレさんから、俺にも連絡があったからさ！」

思いがけない斑目の発言に、希実は一瞬言葉を詰まらせてしまったが、しかしすぐに気を取り直し、そう！　そうそう！　そのことなの！　と叫んで返した。暮林が連絡を入れていたのは意外だったが、しかしそれなら話も早そうだと踏んだのだ。

「……ていうか、じゃあ暮林さんから、もう話は伝わってるんだよね？」

すると斑目は、もちのろんだよ！　といやに小気味いい返事をしてきた。なんでも斑目の話によると、暮林は土地の持ち主である美和子の伯母に、すでに連絡をとったらしいとのこと。

「伯母さんって人が言うには、会社は大丈夫だって話だったそうだよ。資金繰りが悪いなんて話は、ご主人からもまったく聞かされてないみたいだったって……」

そんな斑目の説明に、だから希実は、ああ、と大きく安堵の息をついた。そう、そっか……。ただしそんな状況下にあって、なぜ暮林がわざわざ斑目に連絡を入れていたかといえば、一応念のため、とのことだった。聞けば暮林は斑目に対し、美和子の伯父が経営する会社について、調べて欲しいと頼んできたそうなのだ。

「もしかしたら伯父さんが、本当の経営状態について伯母さんに隠してるって可能性もあるし……。火のないところに煙は立たぬとも言うしね。念には念を入れておきたいって、クレさんが……」

そうして斑目は、いやに力強く告げてきたのである。

「でもまあ、クレさんもいざって時のために、もうあちこち動き回ってるみたいだからさ……。こういうことは、とりあえず大人に任せておきなよ。希実ちゃんが、心配しなさんなって」

それで希実が、え？　と思わず返してしまうと、彼は笑って続けてみせた。

「クレさんも、そのことちょっと心配してたんだよ。希実ちゃんが、また暴走したらコトだからって——。希実ちゃん、ちょっと目を離すと自分で色々動いちゃうじゃない？　だからクレさんも先手を打って、俺に連絡してきたってトコもあるんじゃないかなぁ？」

おかげで希実としては、ああ、なるほどね……、と苦く笑うしかなかった。何しろ自らの過去を振り返れば、確かに弁解の余地もないほどに、あれこれ騒動に巻き込まれ続けていたからだ。すると斑目も、やたらしかつめらしく告げてきたのだった。

「だから今回は、俺たちに任せときなって。希実ちゃんが思ってるより、俺たちけっこう手練な大人なんだからさ」

だから希実も、そう……。そうだよね？　とどこか自分に言い聞かせるように応えたのだった。確かに今までだって、なんだかんだでみんなが解決してくれたってトコもあるんだしね……。今回も、大丈夫だよね……。そうしてどうにか納得して、そのまま斑目との電話を切った。

かくして希実は、気持ちを切り替え机に向かった。とりあえず、伯母さんという人は大丈夫だと語っていたというのだから、たぶん大丈夫なんだろう。夫婦の間で、そんな大事な隠し事なんて、多分そうそうしないだろうし——。

そんなことを思いながら、夕刻、弘基が出勤してくるまでの間、問題集をひたすら解き進めた。大丈夫、きっと大丈夫。だいたい榊さんの言うことなんて、信用ならないっていうか、嘘がすごく多かったし……。店が潰れる云々の話だって、絶対盛って話してるって――。最終的にはそんなふうに、自分の中で納得しかけていたほどだった。あんな信用ならない人の話なんて、気にするだけ時間の無駄無駄無駄無駄――。

ただし、最悪な事態というのは、得てして油断した瞬間にやってくる。ガードをさげた瞬間に限って、強烈なパンチが繰り出されてしまうのと同じだ。とどのつまりはその日の夕刻、希実の部屋のドアをノックした弘基から、最悪な報告を受けてしまった。

「……今朝、門叶榊が言ってたことだけどよ。アレ、マジらしいわ」

怒りの炎を口に含むようにしながら、弘基は顔をしかめ言い継いだ。

「斑目が取引先をいくつか当たったら、同じ情報を摑んじまったんだと。それでクレさんが、今伯父さんとやらの会社に直接確認しに行ってるところだ」

暮林が店にやって来たのは午後七時を過ぎたあたりで、そのすぐ後に斑目も姿を現した。そうしてふたりは、それぞれ知り得た事情について希実、並びに弘基に説明していったのである。

暮林は伯父なる人物から聞かされた会社の状況について語り、斑目のほうはその会社の取引先が漏らしたという見解を述べた。

伯父さんが言うには、先だって銀行が突然ＡＤＲの提案をしてきたそうでな……。は？　ＡＤＲって？　ああ、事業再生にあたり、法的手続きを使わずに、当事者の話し合いで解決する方法なんやけど……。話す相手は金融機関やし、その合意がないと解決には至らん。要は現状、ほとんど倒産と隣り合わせの状態やってことで……。でも、ヘンなんだよね。今まで突かれたことのない決算書の不備を指摘されたとかでさ。まあ、お上の政策次第で、銀行が中小企業への態度を変えるってことは、ままある話ではあるんだけどさ。でも今は、別にそういうタイミングでもないみたいだし。なんか、目をつけられるようなことでもしたんじゃないかって、取引先の人たちも言ってるくらいで……。

とはいえ、希実には若干ついていけない話ではあったのだが――。ただ、伯父さんの会社がとにかくマズイ状況にあるということは、一応ちゃんと伝わってきた。何しろ語り合う彼らは、とにかく表情を険しくしていたのだ。

「……」

暮林たちの話は、会社の経営状態についてから、仮に会社が倒産したらという話に変わっていった。倒産することになったら、債務は伯父さんって人が当然負うことになるんだよな？　ああ、だから資産は当然返済に充てられる。おそらく、伯母さんの持ち物であるこの土地も……。榊さんが言っとったのは、つまりそう言うことなんやと思う。

そやで、ADRの回避を出来んか、話し合おうってことになってな。俺の大学時代の友だちに、銀行員や経営コンサルタントがおるで、そいつらにも知恵を貸してもらってって話で――。マジか……。つーか、もうそんな段階の話なのかよ？

熱心に語らう暮林たちを前に、しかし希実は半ば呆然と彼らの話を聞き流してしまっていた。意味がよくわからなかった、という側面もある。かつ、やはり動揺もしていたのだろう。ブランジェリークレバヤシが潰れるかもしれない。そう思うと気持ちがとにかく浮き足だって、いてもたってもいられないような心持ちになってしまった。

「……」

そうして希実は希実なりに、とある決断をひそかに心の中でくだしたのだった。それはこの立場に置かれた人間であれば、ある種そう選ばざるを得ない決断だったともいえる。少なくとも希実自身はそう思っていた。

だって、仕方ない。どういうわけだか私にだって、カードは配られてしまってるんだから――。

その日希実は、三時五十分に携帯の目覚ましをセットしておいた。とはいえだいぶ気が張っていたせいか、携帯が鳴りだすちょうど一分前に目は覚めてしまったのだが――。そうしてまだしっかり暗い中、希実はごそごそ起きだして、すぐに窓辺へと向かったのである。

カーテンをくぐり、窓も十センチほど開けて、外の様子をうかがう。窓から見えるのはブランジェリークレバヤシの前の道路で、当然ながら人の姿はない。単なる夜道が長い両手を広げたように、シンと左右に延びているだけだ。

そしてそこで待つこと約五分。左手の暗闇の中から、人の姿が見えてきた。夜の暗い闇の中からじんわり浮かびあがってくるかのように、黒い傘をさしやって来たその人影は、もちろん榊その人だった。

「……来たか」

希実は小さくそうひとりごち、手にしていた携帯のライトを点けた。そうして近づいてくる榊に向かって、その明かりを灯してみせたのだ。ただし、ライトの明かりは存外弱く、夜道を照らすには至らなかったのだが――。

しかし足元でゆらゆら揺れるほの白い光に、おそらく榊は気づいたのだろう。彼は店の三メートルほど手前あたりで、ふと希実のいる二階の窓を見あげ、不思議そうに首を傾げてみせた。それで希実は窓から顔を出し、勢い彼にめがけ丸めたメモ紙を投げつけてやったのだ。

「――⁉」

割りに乱暴に投げたはずなのだが、しかし榊は四十男とは思えない俊敏さでもって、傘を投げ出しそのメモ紙をパシッと受け取った。それで驚いたような顔で希実を見あげてきたので、希実は彼の手もとを指さし、ヨ、ン、デ、と口をぱくぱくしてみせたのだった。ヨ、ン、デ！　イ、イ、カ、ラ、ヨ、ン、デ！

すると榊は不思議そうな表情を浮かべたまま、しかしすぐに手元のメモ紙を広げ中を確認しはじめた。そして再び希実のほうをスッと見あげたかと思うと、笑顔でＯＫサインを送ってきたのである。それで希実が大きく頷くと、彼はそのまま傘を拾いあげ、来た道を戻りはじめた。

「……よし、と」

榊のそんな様子を確認したのち、希実も窓を閉めてすぐに制服に着替えた。そしてあらかじめ部屋に持ち込んでおいた運動靴を手に、物音を立てないよう気を付けながらこそこそ部屋から抜け出した。

「……」

向かった先は階段ではなく、階段とは反対側に位置する風呂場だった。風呂場の窓からは、ブランジェリークレバヤシの一階部分の屋根へと、雨どいを伝って降りることが出来る。そして隣家の屋根を二つ伝っていけば、店の裏側にある路地へと塀伝いに飛び降りることが可能なはず。

なぜ希実がそんなことを知っているかといえば、以前この経路で店から脱出した経験者の話を聞いたことがあったからだった。彼女はまるでコーヒーのいれ方でもレクチャーするような気軽さでもって、その時の体験を希実に語ってみせたのである。

そんな難しいコトじゃないのよー？　雨どいでは、ちょっとパンツが見えそうになるし、屋根の高さもそれなりにあるから、落ちたらまあ大怪我かもしんないけどぉ。でもそんなの、落ちなきゃすんじゃう話だしー？

聞いたその時には、何言ってんだか、この人は……、と呆れたものだが、しかしそれから半年余り。まさか彼女のその助言が、生かされてしまう日がくるとは夢にも思ってみなかったが、しかし現状聞いておいて損はなかったなと思うに至っているのだから、人生というものにはあんがい無駄がない。

そんなよくわからない感慨にふけりながら、希実は風呂場の窓を音をたてないよう注意しながらゆっくりと開けていく。窓からは外のぬるい空気が、掌にまとわりつくように流れ込んでくる。

「……」

ちなみに脱出経験者は、重ねてこうも言っていた。危ない道なんて、世の中にいくらでもあるじゃなーい？　その道を進むか進まないかは、つまるところ、進む理由があるかないかってことだけなのよー。あとは、勇気の有無、みたーいな？

つまり今の希実には、この道を進む理由があって、だから行くしかないのである。危ない道というのはやはり、かつて彼女が言っていた通り、理由と勇気で渡っていくものなのだろう。

かくして希実はその場でさっさと靴を履き、以前聞いた通り雨どいを伝って一階の屋根へと降り立った。そして、どうか誰にも見つかりませんように、と祈りながら、隣家の屋根を腰を落としつつそろそろ歩き、ひとり路地を目指したのである。こんな姿、誰かに見つかったら即通報だよな——。そう思うと胆が冷えたが、そこは勇気で乗り切った。何せ勇気なんてものは、使ってこその勇気だろう。

とはいえ時間は午前四時。さすがに人の目に触れることはなく、希実は無事薄暗い路地へと降り立つことが出来た。そうして彼女は、店から一番近い公園へと急いだのだ。そこは榊に投げたメモに書き記した公園で、つまり希実はその場所で、榊と落ち合う手はずとなっていたというわけだ。

そうして息を切らしながら公園にたどり着くと、そこにはスプリングがついたパンダの遊具にまたがる榊の姿があった。

「——やあ、希実ちゃん」

パンダをぐりんぐりん前後左右に動かしながら、笑顔で手を掲げてくる榊を前に、だから希実は一瞬息をのんだ。薄暗い公園にあって、サングラス姿の長髪スーツ男性が、パンダにまたがりぐりんぐりんしていたら、誰だってそうなるだろう。少なくとも、希実は引いたし、出来ることなら近づきたくないと強く思った。何せその光景は、シュールを通り越してほとんどホラーだったのだ。

「……」

それでしばし、呆然とその場に立ち尽くしてしまったのだが、しかしそのホラーサングラスを、ここまで呼び出したのは他でもない自分で、だから希実はどうにか気持ちを立て直して、どうも……、と頭をさげてみせたのだった。そうして自ら、榊のもとへと足を踏み出した。

「……ここまでご足労いただいて、ありがとうございました」

そんな希実の言葉に、榊は満面の笑みを浮かべ首を振った。

「とんでもない。こんなところでの待ち合わせを申し出てくれたってことは、つまり僕とふたりで話がしたいって思ってくれたってことでしょ？　それってすごく大歓迎。僕としても、希実ちゃんと折り入って話したいこともあったしね」

そうして榊も颯爽《さっそう》とパンダから降り立ち、希実の顔をのぞき込むようにして告げてきたのだった。

「しかもその様子だと、僕が話した諸々についても、ちゃんと確認がとれたようだし……？」

どこか勝ち誇ったかのように、榊は口の端に笑みを浮かべていた。だから希実は若干のいら立ちを覚えつつ、まあ、一応……、とごく小さな声で応えた。裏は、取れた感じですかね……。するど榊はふんふんと嬉しそうに頷くと、さらに体をググッと傾け、希実の顔を下からのぞき込んできた。

「と、いうことは——。僕の提案についても、前向きに検討する気になってくれたってことかなー？」

その顔もあからさまなドヤ顔で、希実としてはやはりうんざりしてしまった。それでそのまま榊から、フッと顔をそらしてしまった。てゆうか、なんかいちいち鬱陶《うっとう》しい人だな……。ただし、検討する気になったのは事実だったので、うんざりしながらも応えてやった。

「……まあ、前向きかどうかはわかりませんけど……。検討の余地は、ちょっと出来た感じですかね……」

何しろ前日の暮林たちのやり取りは、やはり相当に深刻そうだったのだ。もちろん彼らも彼らなりに、なんらかの手は打とうと、あれこれ長らく話し合ってはいたのだが——。しかしその話し合いの長さと深刻さからは、やはりことの重大さばかりが伝わってきた。

だから希実としては、どうしても大人しくはしていられないと、思うに至った側面もある。暮林が心配してくれているのは百も承知だったし、斑目にもちゃんとたしなめられてしまったが、しかし幸か不幸か自分には、店の現状を打開出来るかもしれないカードが用意されている。だったらそのカードを、使わない手はないだろうという思いが、打ち消しても打ち消しても気づけば頭を過ってしまっていた。

そもそもブランジェリークレバヤシには、長らく居候させてもらってる恩もあるんだし……。それに今お店がなくなったら、とりあえず居る場所だってなくなっちゃうわけだし？　だったらやっぱり、それなりの行動には出るべきじゃない？　むしろ打つ手があるんなら、打つべく検討するのが人の道ってもんじゃない？

それで希実は榊の提案の詳細を、とりあえず聞いてみようと思い立ったのだった。別に、今すぐ榊さんの誘いに乗るってわけじゃないし……。話を聞くだけなら、誰に迷惑がかかるわけでもないんだし……。そんなふうに自分に言い訳をしながら、希実は榊に切りだしてみせた。

「それで、質問なんですけど……。私が門叶の養女になるっていうのは、具体的に何をするってことなんですか？」

それは希実にとって、榊から養女話を持ちかけられて以降、ずっと引っ掛かっていた論点だった。何しろ希実にとって養女というのは、小さな子どもが大人に引き取られ、娘として育てられるというイメージのものであり、もう大概育ち切った自分のような者が養女になって、いったい何をさせられるというのだろう？　という疑問が長らくあったのだ。だって私、もう育ててもらうって年でもないし……。それでもやっぱり、養女になったら子ども扱いされるってこと？　それで、重ねて訊いてみた。

「もしかして、私……。榊さんや榊さんのお母さんと、一緒に住んだりしなきゃいけなくなる感じですか？　養女って、つまりはそういうことなんですかね……？」

そんな希実の問いかけに対し、榊は少し虚を衝かれた様子で、え？　うーん？　などと宙をあおいでみせた。具体的に、ねぇ……？

まるで想定外のことを訊かれたかのようなその態度に、だから希実も、え？　と顔をしかめてしまった。何せ彼のその表情からは、明らかに今後の予定について、ノープランである様子が滲んでいたのだ。

だから眉をひそめつつ言ってしまった。もしかして榊さん、特に考えてなかったんですか？　受けて榊は、いやいや、そういうわけじゃないんだけどねー？　などと誤魔化しつつ、しかし目を泳がせたまま、まあ、そうだなー、などとしばし考えはじめてしまった。具体的に、なー……。それで希実は若干呆れつつ、助け船を出すように問いただしてみせたのである。

「あのですね。私、まだ高校生なんで、榊さんちがどこにあるのか知らないけど、一緒に住むようになって、学校が遠くなったりすると困るんですよね。仮に通えない場所だったらもう最悪だし。それに、養女になったら苗字も変わったりするんでしょ？　受験生の今、その変化はけっこう辛いものがあるっていうか……。試験の時、苗字書き間違えたらそれこそ目も当てられないし……。そんな感じで、こっちとしては色々思うところがあるんですよ。そこらへん、榊さんとしてはどうお考えなんですかね？」

すると榊は、ああ、まあ、そうだよねぇ……、などとどこか他人事のように頷き、苦く笑って告げてきた。

「でも、今さら僕らと一緒に住むなんて、希実ちゃんもさすがに嫌でしょ？　そもそもひとつ屋根の下に、僕みたいな中年男がいるとか耐えられなくない？　だからこっちとしては、月に一、二度、うちに来てもらって母に顔を見せてくれれば、それで十分だと思うけどなぁ」

それで希実が、え？　その程度でいいの？　と思わず口にすると、榊は眉毛を八の字にして笑い応えた。うん。だって、今さら家族ごっこもお寒いでしょ？　だから希実も、つい大きく頷いてしまった。ええ。それはまったくもって同意見です。

ただし榊はその後も、思い付くままといった様子でいくつか希望を述べてきた。あ、でも——。大学は、そこそこのところに行ってもらいたいかなぁ。降ってわいた跡取り候補が、あまりにあんまりな出来じゃ、親戚筋も黙ってないと思うし……。君自身、居心地が悪いと思うし……？　あと、学部は念のため、経済学部にしといて欲しいかな……。文学部とかだと、ホントに会社継ぐ気あるのかとか言われそうだから……。あと、今の君の感じからすると大丈夫だと思うけど、男女交際にも十分注意して欲しいな、うん。樹の二の舞とか、ホント目も当てられないからさ。それと大学入った時点で構わないんだけど、僕が通ってた道場にも通って欲しいかも。いざって時、護身が出来るかどうかって意外と大事だから……。

だから希実としては、なんだよ、けっきょく注文多いじゃん、と少々げんなりもしたのだが、しかし内容そのものは、比較的どれも些末なことだったので、まあその程度なら、と受け流してしまえた。大学云々に関しては、言われなくてもって感じのことばっかだしな……。

そうして希実が黙っていると、榊はふと思い出したように、あ、そうだ、大学関連以外にも、大事なお願いがあったんだった、と言いだした。

「――とりあえず希実ちゃん、養女の件を決心したら、すぐにDNA鑑定してくれないかな？　樹との、親子関係を証明するために」

その申し出は、希実にとってやや意外なもので、だから思わず、えっ？　と声をあげてしまった。DNA鑑定……？　何しろその言葉自体、なんだか少々仰々しいもののように感じられたのだ。しかもそこはかとなく不穏な響きがなくもない。それで返答に詰まっていると、榊はアハハッと砕けた感じの笑い声をあげ、そんな驚いた顔しないでよー、と希実の腕をポンポン叩いてきた。

「別に、君と樹の親子関係を疑ってるわけじゃないんだ。むしろ確信してる。顔の感じとか、ちょっと似てるしね」

そうして榊は、サングラスのブリッジを押し言葉を続けたのである。

「ただ僕としては、決定的な証拠が欲しいんだよね。うるさい親戚連中を黙らせられるような――。それにうってつけなのが、ＤＮＡ鑑定書じゃないかなって思ってさ。前にも言ったけど、血統に勝る後継の正当性はないからね。君と樹の親子関係を示すＤＮＡ鑑定書があれば、親戚筋も君を後継者と認めざるを得なくなるんじゃないかなぁって……」

まるで押しかけセールスマンのように、いやにすらすら榊は語ってみせたが、しかし内容そのものは、至極真っ当なもののように感じられ、だから希実もひとまず納得してしまった。確かに、どこの馬の骨かもわからない小娘を、養女にすると言っている榊の立場上、自分と樹の親子関係を示すＤＮＡ鑑定書くらいは、当然手にしておきたいものだろう。

しかも榊の話によると、ＤＮＡ鑑定というのはさほど難しいものでもないらしい。注射をしたり血を抜いたりする必要もなく、口の中を綿棒で少しこすればそれで十分とのことだった。

「まあ、鑑定施設に行くっていう手間はあるけど。それ以降の手間は、全部向こうがやってくれることだからね。希実ちゃんに痛い思いをさせることは一切ないからさ……」

そんな榊の物言いに、だから希実は、へえ、そういうものなんですか……、とうかうか応えてしまったのだった。だったら別に、私はやっても構いませんけど……。

受けて榊はパッと明るい笑顔になって、さすが希実ちゃん！　頼もしい！　などとさらに腕を叩いてきた。樹にも胆が据わったところがあったけど、希実ちゃんもやっぱりなかなかだなぁ。そうしてそのまま、笑顔を崩さず告げてきたのである。

「──それと、実は一番大事なことがあるんだった。一番大事で、一番の難関っていうか……」

若干媚びるような笑みを浮かべ言ってくる榊に、だから希実は大きく息をつき、少し引きつったような笑顔で返してやった。

「……やっぱり。何かあるとは思ってましたよ」

何しろ榊という男は、最後の最後に隠し玉を突きつけるきらいがある。今までそれで、何度も驚かされてきたのだ。だから今回は、そこまで油断はしていなかった。遠足は家に帰るまで、榊の話はその姿が見えなくなるまで、といった心持ちだった。それで努めて冷静に、作り笑顔を保ってみせたのだ。

そんな希実を前に、当の榊も、お、希実ちゃん、なかなか学習能力が高いようだねぇ、などと誉め殺しの構えできた。そういうあたりは、樹よりも伯父の僕に似てる感じかなー？　さすが僕の姪っ子ちゃんだ。だから希実は面倒になって、そういうのもういいですから、と冷たくたしなめ改めて問いただしてみせた。

「で？　なんですか？　一番大事なことって……」

声を低くして希実が訊くと、榊は笑みを浮かべたまま、おもむろに手を合わせてきたのである。

「……実は、君のお母さん、つまり律子さんの説得をして欲しくって……」

おかげで希実は、は？　と目をしばたたいてしまった。母の、説得……？　すると榊は手を合わせたまま頭をさげて、矢継ぎ早に告げてきた。

「そうなんだ！　未成年者を養女に迎える場合、その親権者の了承が必須でさ！　だから、律子さんのＯＫが出ないと、まずもって君を門叶の養女には出来ないんだよー」

しかしどうやら榊の見立てによると、律子が養女話を受ける可能性は、今のところ十中八九ゼロであろうとのこと。

「前も、希実ちゃんに話したと思うけど。律子さんが君を妊娠した時、うちの両親は揃って樹との結婚を猛反対してね。だから律子さんには、ずいぶんなことを言っていたというか……」

そんな説明に、希実は、ああ、と頷いた。何しろその状況にあって、父方の両親が母を責めるという流れは、容易に想像がついてしまったからだ。そりゃまあ、手塩にかけて育てた次男坊が、どこぞの家出娘と結婚したいなどと言いだしたんだから、ご両親だって怒り心頭で、口汚い攻撃だってしちゃうでしょうね。希実としてはそんなふうに、ごくあっさり理解出来てしまったのだ。

　ただし続く榊の説明によると、門叶の両親の攻撃は、希実の想像を若干超えていたようだった。

「樹と別れないなら、夜道を歩けないようにしてやるとか、そんな脅しもかけていたようだし……。実際樹が、律子さんが駅の階段で突き飛ばされたって、怒鳴り込んできたこともあったから……。色々やらかしてたと思うんだよねぇ、うちの親……」

　おかげで希実も、内心だいぶ引いてしまった。は？　突き飛ばしたって……。それ、ほぼほぼ犯罪じゃない？　それでおそらく、顔を強張らせていたのだろう。そんな希実の顔を見て、榊も苦笑いで大きく息をついた。やっぱり、そういう反応になるよねぇ？　そうして困り果てた様子で、しかつめらしく腕組みをしてみせたのである。

「うちの親もさ……。十八年前は、まさか自分たちに残される孫が、君ひとりになるなんて、夢にも思ってなかったんだろうなぁ……。それで強気に出ちゃったんだと思うんだ。いやはや、一寸先は闇とはまさにこのことだよねぇ」

　だから希実も思ってしまった。その闇の一端を担ってるのは、間違いなくあなたなんですけどねぇ……。

何しろ榊が無事会社を継いで、妻をめとって子をなしていれば、まず間違いなく門叶の両親は、希実のことなど眼中にないまま、つつがなく人生を終えたはずなのだ。

それなのに、いらないはずだった孫娘にまで、食指を伸ばさなければならないこの状況。亡くなったという榊の父親も、おそらく草葉の陰あたりでむせび泣いていることだろう。

しかし当の榊自身は、そんなあたりにはまるで気づいていない様子で、ひたすらに両親の所業について悔いていた。うちの親があそこまで強硬な態度に出てなければ、現状こんなに困ることもなかったはずなんだけどなぁ……。まったくあの人たちの先の読みの甘さは、息子としてもちょっとかばい切れないほどだよー。

つまり榊の感覚としては、律子はいまだ門叶の家を恨んでいて、だから希実をその門叶家に、渡すことなどまずないだろうとのことだった。

「だから、どうしたもんかなぁって、僕としてもずっと考えてたんだ。律子さんに交渉を持ちかけても、追い返されるのが関の山だろうし……。樹もがっつり根に持ってるみたいで、こっちからの打診はまるで無視だからね。もう取りつく島がなくって……」

だが律子の状況を調べていくうちに、ひと筋の光明が差しこんできたのだという。それが他でもない、希実だったというわけだ。

「――律子さん、最近まで失踪してたんでしょう？　君をあのお店に置いて、男と一緒に逃避行したとか……。だったら君に対しては、現状少なからず負い目があるはずだと思ったわけだよ」

　それで榊は、まず希実に交渉を持ちかけることにしたのだという。

「希実ちゃんの口から養女になりたいって言われたら、律子さんも考えざるを得なくなるんじゃないかなって……。そうして、長らく君を放っておいたという負い目もあいまって、許さざるを得なくなるんじゃないかな、と……」

　希実が、ああ、と頷いたのはそのタイミングだった。何しろ今の自分なら、確かに母に対し、強気な態度に出られるだろうと思ったからだ。それで、それはまあ、そうかもね……、などとつい口を滑らせてしまった。

　すると榊も間髪をいれず、でしょでしょっ？　とパッと明るい笑顔をみせてきた。そうして希実の手を摑んで、乞うように言ってきたのである。

「だから、希実ちゃんから頼んでもらえないかな？　それでOKをもらえれば、母も安心して死ねて、僕も未来に希望が持てて、希実ちゃんにもたんまり遺産が入って……。つまりみんな揃って、ハッピーになれちゃうんだよ……！」

　その様はまるで、蜘蛛《くも》の糸を摑んだカンダタのようで、だから希実は薄く冷めてしまい、いやでも私、とりあえず養女の内容確認したかっただけなんで、と摑まれた手を振り払おうとした。別にまだ、何も決めてない段階だし――。

しかし、そこはカンダタ。彼は希実の手を放さなかった。放さないまま、重ねて低く告げてきたのだ。

「――それに、そうしてくれれば……！　僕もブランジェリークレバヤシを救うために、力を貸してあげられるってもんじゃない？」

おかげで希実は、うっと息をのんでしまう。

「潰したくないでしょ？　あのお店を……」

言いながら榊は、真っ直ぐ希実の顔を見詰めていた。ただし、暗がりの中だったせいか、サングラスの向こうの彼の目は、まるで見えないままだった。

「……」

その代わりにそこに映っていたのは、いかにも痛いところを突かれたという自分の顔だった。だから希実としては、唇を嚙むしかなかった。なんだよ、私……。そんなふうに思わずにはいられなかったのだ。お店のこと言われただけで、こんな顔になっちゃうなんて――。

向こうの空の端は、わずかに赤く染まりはじめていた。カラスの盛大な鳴き声も、時おりあちこちから聞こえてくる。それでも公園内はまだ暗く、榊の黒いサングラスには、情けないような自分の顔が、変わらず映ったままだった。

その日、希実が律子の病院へと向かったのは、別に養女の承諾をもらうためというわけではなかった。ただ単に、もし仮に、養女の話を持ちかけたとしたら、どの程度の反発を食らうのか、様子を見ようと思っただけの話だった。

何しろ榊が、ブランジェリークレバヤシを救うからと迫ったところで、別にそれだけが店を救う手立てではないのだ。現状では、暮林も弘基も、それぞれに店のためにちゃんと奔走してくれている。

暮林はあの日語った通り、学生時代の伝手を頼りに伯父さんの会社の立て直し策を練っているようだし、弘基も多賀田くん経由で援助の当てを探っているらしい。さらに言えば斑目だって、知り合いの銀行屋さんに相談してみると言っていたし、斑目と同じく店の常連ソフィアも、店が続くよう策はないか、知り合いに当たりまくってくれているという。

であるからして希実としては、先の見通しは決して悪くないはず、と強く信じていたのである。いや、強く信じようと努めていた。病は気からということわざもあるし、信じる者は救われるなる言葉もある。

だから律子への確認は、あくまでいざという時のための保険なのだと、自分に言い聞かせていた。たぶん、お店は大丈夫。だって、みんな頑張ってるし。でも、だけど、もしかすると万が一ってこともあるから、私も私でちょっと動くだけ。ちょっと母に、確認するだけ――。

そんなことを思いながら律子の病室のドアをノックすると、中から、はい、という男の声が届いた。それで一瞬、父がいるのかと思って焦ったのだが、しかしドアから顔をのぞかせたのは美作医師で、希実は少し驚き彼の姿を凝視してしまった。

「――み、美作先生……。お久しぶりで……」

とはいえ、彼がここにいること自体は不思議ではなかった。何しろこの病院は彼の友人の病院だというし、この病院に律子を転院させてくれたのも美作医師その人だったはずだからだ。

希実が驚いたのは、彼が病室にいたことではなく、彼が白衣を着ていたことだった。彼は確かに医師に違いないが、しかしこの病院の医者ではないし、何より現在目の病気を患っていて、仕事自体休んでいるはずだったのだ。それで希実が目を丸くしていると、彼はフンと鼻を鳴らし、片方の口の端だけもちあげ言い放った。

「安心したまえ。これはコスプレだ」

だから希実はさらに目を見開いてしまった。いや、安心できる要素、むしろないですけど——。だが美作は、希実の動揺などまったく気にする様子は見せず、病室内を振り返ったかと思うと、じゃあ、そういうことで。お大事に、と言い置き廊下へと出てきた。そうして希実に、病人相手にあまり長話はするんじゃないぞ、と耳打ちすると、そのままスタスタ去って行ってしまったのである。

おかげで希実としては、呆然と彼を見送るしかなかったのだが、しかしそれでもハッと我に返り、あの、母のこと色々ありがとうございました！　とだけ急ぎその背中に告げておいた。無論、ちゃんと無視はされたのだが——。

「……あれー？　のぞみーん？」

病室からそんな律子の声が届いたのは次の瞬間で、だから希実は本題を思い出し、そそくさと病室へと足を踏み入れた。

「——はい、どうもお邪魔します」

言いながら中に入ると、律子は相変わらずベッドのうえにいた。ただしベッド脇にＤＶＤの類いは散乱しておらず、さすがに美作医師と顔を合わせている間は、清く正しく病人をやっていた様子が見てとれた。何しろ顔色のほうまで、今までになくちゃんと悪く映っていたのだ。

「あ……」

それで希実は少々たじろぎ、もしかして、具合悪い……？ と母に訊いた。なんか、顔色悪いけど……。すると、律子は苦く笑って、そりゃ病人だものー、と応えた。絶好調ってわけにはいかないわよー。おかげで希実としては、訊きにくるタイミング間違えたかな、と少なからず気後れしてしまった。こんな時に養女話とか、言い出せない気がするっていうか……。

いっぽう律子はといえば、体を起こす気力もないようで、枕にもたれかかったまま、ただ目線を希実に送ってくるばかりだった。冷蔵庫に、豆乳あるわよー。よければのんでけばー？ などと言ってくる声にも力がない。だから希実は小さく息をつき、今日のところは引き下がろうと決めた。

「あーっと……。やっぱ、いいや。また、日を改めます」

そうしてそのまま、病室をあとにしようとした。

しかし律子はその瞬間、まあまあまーあ、と希実を呼び止めた。せっかく来たんだし、もうちょっといなさいなってー。そうしてベッド脇の丸椅子に目線をやり、弱く微笑みかけてきたのだ。

「……のぞみんが、わざわざ来たってことはー、わざわざ話すことがあったからでしょー？」

そう語る律子の表情は、ある種娘の胸のうちを見透かしているようで、だから希実は、はあ……、と小さく応え、少し迷いながらもその丸椅子に向かい、そのまま腰をおろしたのだった。そして、母がこう言ってるんだしな、と自分に言い聞かせ、それとなく話を切りだしてみた。

「実は、さ……」

かくして希実は母の反応をうかがいながら、ブランジェリークレバヤシが置かれた現状を語りはじめたのである。美和子さんの、伯父さんの会社が――。それで、もしかしたら、土地が売られるようなことになるかもしれなくて……。

そうしてそんな話に続き、樹の兄である榊が自分の前に現れていること、かつ、希実を養女に迎えたいと言っていること、さらには希実を迎えることと引き替えに、ブランジェリークレバヤシを助けてやるなどと言っていること等々を、なるべく大ごとに聞こえないよう心がけながら、かいつまんで説明してみせた。

「――と、いうわけで……。まあ、別に私が何かしなくても、暮林さんたちがお店のことは、どうにかしてくれるとは思うんだけど……。でも、万が一ってこともあるし……。だからそういう時、門叶の人が助けてくれるって言うんなら、考える余地もあるのかなーなんて……。思ったり、してる感じで……？」

いっぽう律子はといえば、どこか煮え切らないような希実の物言いに対し、しかし特に表情を変えるでもなく、へえ、そう、ああ、そう、ふうん、そんなことがねぇ、などと淡々と返していた。門叶榊の名前が出た際にも、ああ、樹のお兄さんが……、と薄い反応を示した程度だったし、養女話の件に関しても、へーえ、と少し眉毛をあげてみせたくらいのものだった。あのお兄さん、結婚してなかったんだぁ。いがーい。親の決めた人と、すんなり結婚するタイプだと思ってたのにー。

そんな律子の様子を受けて、だから希実はなんとなく、律子の門叶家に対する怒りのようなものは、さほどでもないのかなと思いはじめていた。だからこそ、敢えて切りだしたという側面もある。

「――だから、なんていうか……。別に養女って言っても、そう大げさな話じゃないみたいだし、ブランジェリークレバヤシには、長いことお世話になってた義理もあるわけだし？　万が一のことがあった場合には、私が力になるっていうパターンも、無きにしも非ずなのかなーって、思ったりしてて……？」

それほど強い意図や意思を含ませないよう気をつけながら、希実はぼそぼそ告げてみた。するといっぽうの律子のほうも、それなりの納得顔でもって、ふうん、と頷いてみせた。

「まあ、そうよねぇ……。そういう状況だったら、そう思うのが道理ってもんよねぇ……」

だから希実は、若干拍子抜けしつつ、だ、だよね？　と返してしまった。どこの誰だかよくわかんない私を、長々と預かってくれたお店なわけだし、ねぇ……？　受けて律子も半ば感心した様子で、うん、陽介さんって、ホントいい人だもんねぇ、と目を細くしてみせた。しかもハハの付き添いまで、買ってでてくれたわけだしぃ……。

おかげで希実はその段で、もしやこれは、いけるのでは？　と思ってしまった。榊さんはああ言ってたけど、母はそこまで門叶のこと恨んでないみたいだし、それよりむしろ、暮林さんへの感謝の気持ちのほうが、だいぶ大きい感じだから……。これは養女話、いけちゃうんじゃないでしょうか——？

それですかさず姿勢を正し、急ぎ話を切りだそうとした。

「それなら、さ……」

鉄は熱いうちに打て、という思いもあった。つまりは母が暮林に感謝しているうちに、とりあえず養女の言質《げんち》を取ってしまえといった心持ちだったとも言える。別に希実にしたところで、養女になる気持ちが固まったわけではなかったが、しかし母の了承さえとれていれば、いざという時立ち回りやすい。そう思っての先手だった。

しかし母は希実の言葉をあっさり遮り、でーもーねー、とゆるっと、しかし有無を言わせない気迫でもって言いだしたのだ。

「……のぞみん、ハハの許可がないと、養女にはなれないって知ってるー？」

表情なく言う母に、だから希実は若干戸惑いつつ返した。え？　あ……、うん。すると母は、ふーん、知ってたんだぁ、とひとり言のように呟くと、ぎゅーっと首を回すようにして、希実の顔をじっと見詰めてきた。

「……それ、榊さんから聞いたんでしょ？」

問いかけてくる母の顔には、やはり表情というものがなく、だから希実は少々気圧されて、あ、うん……、と返してしまった。そんな希実の返答を受け、律子はふう、と大きなため息をつき、そんなことだろうと思ったー、とやはり呟くように口にしてみせた。それでどうせのぞみんに、ハハを説得しろとかなんとか、言ってきたんでしょー？　あの人の、やりそうなことだわぁ……。

そんな母の言葉は全面的に正解で、だから希実はうっと言葉に詰まり口を噤んでしまった。な、何……？　なんで母、こんな局面で、こんな無駄に鋭いの？　内心ではそんなふうに、少なからずうろたえてもいた。しかも無表情とか、なんかちょっと不気味なんですけど……。

いっぽう母は、希実のそんな様子など気にも留めず、はっきりと気だるげに前に向き直すと、また大きく息をつき告げてきたのだった。

「だったら、榊さんの考え通りです……。ハハはのぞみんを、門叶へ養女に出すなんて、絶対に許しません……。絶対に——」

普段砕けた口調の人が、急に敬語を使うと薄ら怖い。つまり母のその発言にも、妙な威圧感があり余っていて、希実としてもにわかには反論出来なかった。

「——あ、そうですか……」

あとは母の体調が、やはりひどく悪く見えて、強く出られなかったという部分もあった。母はゆっくりと目をしばたたくと、話はそれだけ？　と確認してきた。それで希実がそうだと答えると、だったらもういいかな？　と息をつくように言ってきたのだ。やっぱちょっと、体がキツイみたい……。だから悪いけど、今日はもう……。それは帰還した母が初めて見せた、なんとも病人らしい佇まいだった。

かくして希実はすごすごと、病室をあとにしたのである。じゃあ、あの……。お邪魔しました。どうか、お大事に……。すると母も母で弱々しく手をあげ、小さく何度か頷いてみせた。はーい、来てくれて、ありがとうでしたぁ……。

おかげでその帰り道、希実はひとり考えこんでしまったほどだった。母のあの態度は、単に具合が本当に悪かったのか、あるいは榊のやり口に相当むかっ腹を立てていたのか、あるいはその両方か——。

何しろ母という人は、静かに怒るということをまずしないタイプなのだ。そんな人が、なぜあんな言い方をしてきたのか、希実にはどうも判然とせず悶々としてしまった。

てゆうか母、榊さんのこと、割りとちゃんと知ってるふうだったよね？　もしかしてあのふたり、昔も何かあったのかな？　まさか榊さんも、父と母との結婚を、ご両親と一緒になって反対してたとか？　榊さんタヌキだから、その辺のこと隠してる可能性は十分にあるかも——。にしても、母にしては暗い怒り方だったなぁ……。やっぱ具合が悪いから、ああいう感じだったのかな……？

ただし、そうしてたどり着いた三軒茶屋駅の改札で、希実は母の憤りの深さを思うに至った。何しろそこに、父が立っていたのだ。

「……やあ」

偶然ではなく、明らかに希実を待ち構えていたふうの彼に、だから希実は言葉を失った。

「あ——」

何せ諸々の誤解が解けたのちも、希実はずっと父との対面を果たさないままでいたのだ。過去のいきさつがわかったからといって、なるほどそういうことだったんですね、と態度を翻せるほど希実も器用な性質《たち》ではない。

いっぽうの父も父で、そんな希実に敢えて急接近しようとはしてこなかった。おそらく希実の出かたを優先して、無理に距離を詰めようとはしていなかったということなのだろう。あるいは彼も彼で、それほど器用なタイプではなかったということなのかもしれないが——。

しかし樹はその姿勢を翻し、自ら一歩踏み出してきたのである。

「律子……、いや、あの、お母さんから、今しがた連絡を受けて……。うちの兄が、希実ちゃんを養女にしたいって言ってきてるって……」

踏み出して、まずその話をはじめたのだ。

「——兄の口車には、乗らないで欲しい」

切実な声で、彼は告げてきた。

「彼は、希実ちゃんが思うよりずっと怖い人だ。だから彼の言葉を、額面通り受け取らないで欲しい。今回のことだって、何か裏があるはずなんだ」

父娘が対面して最初の会話が、まさかこれとは――。希実としてはそんなふうに思わずにはいられなかったが、しかし目の前の樹のほうは、はっきりと切羽詰まっていた。

「門叶家には、関わらないでくれ。それが、希実ちゃんのためなんだ……」


父から直接、榊の話には乗らないでくれと乞われた希実は、しかしあっさり返してしまった。乗るも乗らないも、母が拒絶してる限り、そもそも乗りようがないんですけど？　我ながら冷たい切り返しだなと思ったが、しかし事実だったので仕方がない。そうして希実は、じゃあ、そういうことなんで、とそのままぎくしゃくと父の前を通り過ぎた。何しろ避けていた人に、いきなり目の前に立たれたら、どうしたって動揺してしまう。

いっぽう父のほうも似たような感覚だったのだろう。あ、はい、と希実の背中に向かって返してきたのみで、それ以上深追いしてくるようなことはなかった。かくしてふたりの対面は、ほぼ三分程度で終了してしまったのである。

だから希実が父の発言について、はっきりとのみ込みはじめたのは、ブランジェリークレバヤシの自室に戻り、勉強でもするかと机に向かいしばらくした頃合いだった。

「……ん？」

ノートに英単語を書き綴りながら、ふと思いはじめたのだ。あ、れ……？　なんか父……、けっこう大変なこと言ってなかった？　榊さんが怖い人だとか、何か裏があるとかなんとか……。実の兄のことなのに、ずいぶんな言いようだったような気が、今さらながらするんですけど──。

それで希実はハッと立ちあがり、半ば呆然としながら机を離れ、部屋の中をぐるぐる周回しはじめた。え？　え？　父が言ってたことって、どういう意味だったの？　父と榊さん、もしかして仲が悪かったってこと？　そんなことを悶々と考えながら、希実はひたすらに部屋の中を歩き続けた。絶縁って、親子のことだけじゃなかったの？でも、父と榊さんが会ってたって、弘基が言ってたはずだけど……。てゆうか、私バカなの？　もっとちゃんと、父の話聞けばよかったのに……！

そしてその結果、父にではなく斑目に連絡を入れてしまうあたり、やはり自分の斑目依存はどうかしているとしか思えなかったが、しかし希実は藁にもすがる気持ちで、斑目の携帯を急ぎ鳴らしたのだった。

「──もしもし!?　斑目氏っ!?」

そうして母と父の両名が、なぜかやたら榊を警戒している旨を伝え、なぜふたりがそのように榊を警戒するのか、調べてもらえないかと頼んでしまった。

「お店のことでも色々動いてもらってるのに、本当に申し訳ないんだけど……。でも、榊さんのことも、お店の一件にもちょっと関連してるっていうか、そんな感じで……。だから父と榊さんの関係っていうか、そういうのを少し調べて欲しいんだよね」

何せ裏があるとは穏やかではないし、よくよく考えれば母だって、榊に対していい感情を抱いていないふうだった。

第一希実の目から見ても、榊には不可解な部分が多過ぎる。現れ方から接近の仕方から、信用に足る人物とは大よそ言い難い。それで重ねて言ってしまった。

「今さらだけど、榊さんって、色々とあやしいとこがある気もするし……」

すると斑目は、思いがけない反応をしてみせたのだった。

「――いやはや、ホントに今さらだねぇ」

斑目はそう言って小さく笑うと、調べるまでもなくそのなり告げてきた。

「俺としても、希実ちゃんのお父さんと同意見だよ。榊氏とは、あんまり関わらないほうがいいと思う」

聞けば斑目、希実が頼むまでもなく、榊についてはすでに少々調べていたとのことだった。なんでも彼が言うことには、こっちが情報を摑む前に、どうして榊氏が、ブランジェリークレバヤシの危機について知り得たのか、ちょっと気になっちゃってね、とのことで、結果わかったことと言えば、榊が単なる自宅警備員とは、一線を画していたということだったらしい。

「あの人、希実ちゃんたちには、対人恐怖症だって言ってたんでしょ？　それで会社を継げないんだって……。でも俺が聞いたのは、ちょっと違う話だったんだよ」

そうして斑目は、声を落として告げてきたのだ。

「……榊氏、むしろすっごいキレ者の若社長だったみたいだよ？　彼がお父さんから会社を継いだ時、会社は赤字続きで倒産寸前みたいな状態だったらしいのに、それを数年で立て直しちゃったんだって……」

おかげで希実は、はあっ？　と声をあげてしまったほどだった。あ、あの、十年寝太郎が？　受けて斑目はうーんと小さくうなり、彼が引きこもりを公言してるのも、一種のカムフラージュなんじゃないかって、もっぱらの噂みたいだよ、といやに意味深に告げてきた。

だから希実は、それ、どういう意味？　と眉をひそめて訊いたのだ。てゆうか、どうしてそんなキレ者が、跡取り息子辞めちゃってるわけ……？

すると斑目は、少し間を置き、咳払いして言いだした。

「出来過ぎた息子を、父親が失脚させたんだって話だった。なんか嫌な話だけど……。息子の能力に、父親が嫉妬したんだって……。それで、会長職に退いてたところを、無理やり社長に返り咲いたってさ」

おかげで希実は、ひとり眉根を寄せてしまった。何？　それ……？　何しろ父親が息子に嫉妬するという話が、どうにも理解し難かったのだ。受けて斑目も、希実の様子を察したのかフォローするように言い継いできた。

「まあ、あくまで噂だけどね？　でも、彼が会社を辞めたのは、人員整理や資産の売却も無事終わらせて、そのうえヒット商品もいくつか出した直後だったって話だから……。普通に考えて、辞める理由がないんだよね。でも実際、彼は会社から姿を消して、自宅にこもるようになった。だからおそらく、父親の謀略《ぼうりやく》があったんだろうって話でさ……」

斑目のそんな説明に、希実はぼんやりと榊の言葉を思い出していた。確か彼は、会社はトラウマ発祥の地だとか言っていたような気がする。あれはつまり、そういう意味でのトラウマだったのか——？　そう考え込む希実の耳に、斑目の言葉は続いた。

「だけど榊氏のほうも、実は虎視《こし》眈々《たんたん》と復帰のチャンスをうかがってたっていうのが、周囲の見立てらしいよ？　それで父親の死後、いよいよあれこれ暗躍しはじめてるっていうのが、もっぱらの噂で……」

そうして斑目は、これは俺の憶測だけど、と前置きをしたうえで言い足したのだ。

「だから樹氏は希実ちゃんに、兄とは関わるなって言ってきたんじゃないかな？　榊氏がなんらかの形で、希実ちゃんを利用しようとしてるんじゃないかって疑って……」

そんな斑目の説明に、希実はなんとなく腑に落ちるものを感じ、ああ、と応えてしまった。なるほど……。受けて斑目も、なんていうか、ここからはあくまで……、俺の心証？　みたいな感じなんだけどさ……、と若干言いよどみながら続けた。

「だから俺も……、希実ちゃんのお父さんに、同意見なんだ。榊氏の言葉は、鵜呑みにしないほうがいいと思う――」

斑目との電話を終えた希実は、そのまましばし机に突っ伏し考えた。

「……うー……」

何しろ母と父に続き、斑目までもが榊に批判的な見解を述べてきたのだ。

とはいえ、希実の目から見たって、榊はそもそもあやしい不審者ではあった。関わらないですむものなら、最初から関わりたくないタイプでもあった。

だいたい、あの人が平気で嘘をつける人だってことはとっくに知ってたし……。性格もなんか微妙に曲がってるなって、ちゃんと気づいてたし……。だいたい出会いがしらにハトを飛ばしてくるなんて、普通に考えて普通じゃない。でも……。でも——。

「——あー……」

でも問題は、ブランジェリークレバヤシなのだった。

だから希実は先ほどの電話でも、斑目からの忠告に対し返す刀で訊いたのだ。でも、じゃあそうだったとして、お店のほうはちゃんと危機回避出来そうなの？　受けて斑目は、えっ？　と明らかに動揺した声をあげたのち、あ、あの、それは、その……。が、頑張ってるよ？　クレさんも弘基も……！　などとへごもご応えてみせたのだ。

無論希実としては、暮林や弘基が頑張っているかどうかではなく、ブランジェリークレバヤシが危機回避出来る可能性について、明確に答えて欲しかったわけなのだが——。しかし斑目のうわずった声からは、言葉で聞かずとも伝わってくる部分が多々あり、希実にはそれ以上追及することが出来なかった。

「……もう、どうすりゃいいのよ？」

ひとりごちて机に突っ伏したままでいると、階下からわずかに物音が聞こえてきた。ミキサーを回す音や、ピピピピ、というかすかなタイマー音。人の話し声も、薄《う》っすらとではあるが耳に届く。おそらく暮林と弘基のふたりが、開店準備をしているのだろう。

それはいつも聞いているブランジェリークレバヤシの音で、希実はほとんど無意識のうちに、その音に耳を澄ましてしまっていた。

「……」

毎日当たり前に聞こえていたその音たちが、聞こえなくなるかもしれないなんて考えたくもなかった。

そうしてそこから三日間、希実は自分がいかに動くべきなのかをひそかに考えつつ、暮林や弘基の動きを観察し続けた。

その三日の間、暮林の出勤時間は三、四時間ほど遅くなっており、どうやら伯父さんの会社のほうに、毎日足を運んでいるらしい様子が見てとれた。いっぽう弘基のほうも、何かと多賀田くんと携帯で話をしており、しかも表情を険しくしながら、あくまで希実に聞こえないよう小声でコソコソ話していたので、状況は好転していないんだろうな、となんとはなしに想像出来てしまった。そもそも暮林さんも弘基も、私の前じゃお店の話しなくなってるし……。話さないってことは、話せるような状況に、多分至ってないってことなんだろうな……。

それでも希実たちは、食事の時間がくればともに作業台を囲み、どうでもいいことを大いに語らった。

例えば希実が、学校で知り得た美作少年の志望進路——祈禱師《きとうし》か拝み屋になりたいらしい——について話せば、暮林も弘基もちゃんと話に乗ってきてくれた。

はあ？　祈禱師？　アイツ、確か成績はよかったんじゃねぇの？　うん。めっちゃいいんだけど、志望進路はそうなんだよ。おかげで担任がパニくっちゃって、学年主任も出てきて大騒ぎでさ。そりゃあ、担任も気の毒にな……。そうなの。それで、美作先生にまで連絡いっちゃったりしてて。ほほう、それで美作先生はなんて……？　それが、美作先生も、進路は息子の意志に委《ゆだ》ねますとか言って、我関せずなんだって。ああ、さすが美作先生やなぁ。そうだけど、医者の息子が祈禱師って、なんか怖くない？　確かに、ワンセットで悪ィ商売がはじまりそうだわな。しかも美作くん、儲かりだしたら篠崎さんに会計の仕事回してあげるーとか、末恐ろしいこと言ってきて——。ああ、さすが孝太郎くん。ちゃんと儲けは出すつもりなんやなぁ。だから余計怖いんだってー。でも、似合うは似合うよな？　アイツの祈禱師姿って——。

そこで交わされるのは、本当にどうでもいい話ばかりで、だから希実はなんとはなしに、ホッと息がつけるのだった。

「……」

話すべき事柄は、やはりいつも置き去りで、飛び交うのはあたりさわりのない話題ばかり。それでも希実には、なぜかそれがひどく大切な時間に思えていた。

どうでもいいことを、たくさん話したかった。意味のないこと、役に立たないこと。

それでも笑ったり、笑ってもらえたりすること。

店の今後を思うと気が滅入ったが、それでも食卓を囲んでしまえば、その気持ちもだいぶ凪いだ。そのことが希実には、少し不思議で、なんだか妙に肌に馴染んだ。

そんな希実に、心境の変化が訪れたのは、四日目の夕刻のことだった。

その日、父が母のためのパンを買っていった様子を部屋の窓から確認した希実は、それからしばらくして階下へとおりていった。とはいえそこに深い意味はなく、ただ単に少し小腹がすいただけの話で、厨房で何かつまむものでももらったら、そのまま自室に戻るつもりだった。

それで階段をおりていると、厨房から弘基の大声が届いた。

「――ああっ！　もう！　そんなジャバッといくんじゃねぇっつーの！」

ずいぶんと荒ぶったその声に、だから希実はビクッとして、思わず足を止めてしまった。するとすぐに暮林の声も聞こえてきた。

「ああ、すまんすまん。ちょっと手が、こう滑ってまって……」

弘基が、ちょ、再現すんなって！　と怒鳴ったのは次の瞬間で、続いて暮林も、あああっ、わ、悪い悪い、という慌てた様子で言っていた。いやぁ、俺の手はどうしてこう……、謎の動きをするんやろなぁ……？　半ば感心した様子の暮林の声に、弘基もしみじみ追随《ついずい》していた。それは俺も、よくよく知りてぇところだよ……。つーか、そっちのモルト水こっちにくれ。あ、ああ……。

どうやらふたりは、なんらかの共同作業をしているようだった。それで希実は面白半分で、こっそり厨房の様子をうかがったのだ。

「……」

希実はここしばらく店の手伝いを免除されており、だから暮林の仕事ぶりも、このところ目の当たりにはしていなかった。しかし彼は空前絶後の不器用で、時々目を見張るような失敗をしてみせるのである。例えば以前クープの練習をしていた時など、そのすべてが見事に波を打ったようにうねり、弘基は震えていたほどだった。つーか、こんな波状のクープ入れるほうが、むしろ難しくね？　むしろクレさん器用じゃね？　それで暮林が、お、そうか？　などと笑顔を見せると、弘基は引きつり笑いで応えていた。おう、さすがクレさんだぜ。けど、これは皮肉なんだ。そのくらいはわかってくれや？　あー、はい。すまんすまん。

だから希実としては、今日もそんな感じのドタバタ劇が見られるのかと思っていたのだ。まあ、なんていうか、勉強の合間の息抜きってヤツ……？　そんな軽い気分で、厨房のふたりをのぞき見た。

暮林と弘基は作業台のうえの寸胴を囲み、どこか神妙な様子でそれをのぞき込んでいた。

「……この状態でしばらく置くと、発酵が進んでくっから、ここの線があんだろ？　この辺りまで膨らめばだいたいOK。あとは気泡の感じと、色、匂い、全部ちゃんと覚えとくこと。こいつは生きモンだからな？　調子の良い悪ぃもあるし、状態をちゃんと見といてやることが大事なんだ」

弘基のそんな説明に、暮林は寸胴の中を見詰めながら訊ねる。今は、いい状態なんか？　受けて弘基も、フンと鼻を鳴らし応えていた。まあ、ご機嫌だよ。モルト水もやったしな。今日の感じだと、五時間ほどでちょうどいい具合に発酵すっから、そしたら冷蔵庫に入れて、ゆっくりまたお休みいただく。天然酵母のかけ継ぎは、その毎日の繰り返しだ。

すると暮林は、感心した様子で寸胴をそっとさすりだした。なるほど……。それは確かに、中々手のかかる子ちゃんやなぁ……。そんな暮林の言葉に、弘基も同じく寸胴を撫でつつ返していた。だろ？　そのぶんかわいいんだよ……。この象牙色、この肌理《きめ》、この香り……。ちょっと気を抜いただけで、とたんに機嫌損ねてダレはじめるあたりなんて、もうたまんねぇっつーか……。ああ、弘基は振り回されるのが好きやもんなー？　ああ、好きだね。人生なんざ、愛すべきものに振り回されてナンボだろ？

最終的には単なる変態トークのようになっていたが、どうやら弘基は暮林に天然酵母のかけ継ぎ作業を教えていたようだった。何しろ希実も店を手伝っている間は、弘基が毎日くだんの天然酵母のかけ継ぎをしている姿を目にしていたのだ。だからあの寸胴に、自家製天然酵母ちゃんがいることは、かねてより知っていた。

ただし、それが美和子が残していった天然酵母なのだと知ったのは、榊が店に初めてやって来たあの日だったのだが——。

すると弘基も、寸胴に触れたまま小さく笑って言いだしたのだった。

「……これ、美和子さんが試行錯誤して作ってたヤツなんだぜ？　美和子さんをしても、気難しくてなかなか安定しなかった酵母でよ」

受けて暮林も、ああ、と笑顔で返していた。

「美和子が昔よく行っとった、ベーカリーの味に似とるっていう酵母やろ？　その店のこと、美和子、えらい気に入っとったでなぁ……。作りたかったんやろうな、似た味のパンを……」

言いながら暮林は、どこかいとおしそうに寸胴を見詰めていた。そんな暮林の傍らで、弘基もやはり寸胴を見おろし肩をすくめた。

「……美和子さん、よく言ってたんだぜ？　ちゃんと酵母が完成したら、焼きたてのを夫に食べさせてやるんだってさ。俺に言ってくるあたり、あの人もたいがい鈍感能天気なんだけどよ。まあ、楽しそうに言ってたわ。すげぇ好きな味だったから、夫にも食べさせたいんだってさ――」

そう語る弘基の横顔は、しかしやけに晴れ晴れとしていた。むしろ言われた暮林のほうが、石ころを口に含んだリスのように、きょとんと目を丸くしてしまっていたほどだ。

そうして、美和子が、俺に……？　などと不思議そうに呟いたかと思うと、しばらくして眉根を寄せ笑いだした。

「そうか、そうやったんか……」

そして寸胴に触れていた手に、わずかに力を込めた様子で言い継いだ。

「……なのに俺は、そのパンを食べてやれんままやったんやな」

その顔はちゃんと笑っていたが、しかし泣きだす手前のような顔にも見えた。

「あちこち、勝手に飛び回ってばっかりで……」

すると弘基は、フンッと小馬鹿にしたように鼻で笑い、呆れ顔で暮林を見あげたのだった。

「バッカじゃねぇの？　クレさん、もう何度も食ってんだろうが……」

その言葉に希実は、ん？　と首を傾げたし、暮林もキョトンとしていたが、しかし弘基はどうということもなげに、寸胴を指でコツンとはじいて続けたのだった。

「これは、美和子さんが作った天然酵母だっつってんだろ。美和子さんが、残してったもんなんだよ……。クレさんに、食わせたいっつってた味なんだよ……」

受けて暮林は、ポカンと弘基を見詰めたのち、あ、そうか……、と小さく呟き再び寸胴に目を落とした。そうしてしばらく寸胴を眺めていたかと思うと、フッと笑ってみせたのだった。

「そういう、ことか……」

すると弘基も小さく笑い、暮林の肩を軽く小突いて言い継いだ。

「――ああ、そういうことだ。美和子さんは、残していった。あとは俺たちが、それをどう守っていくかなんだよ」

その言葉に、暮林も眼鏡のブリッジを持ち上げ笑った。

「……そうやな。何がなんでも、守らんとな――」

そうしてふたりは、笑いながら言い合った。だーかーらっ！　間違っても、この酵母のかけ継ぎだけは失敗してくれんなよ？　はいはい、くれぐれも気をつけます。はいは一回！　はいはい、わかりました！　おい、わざとか？　ん？　何がや？

それはいつもの彼らしいやり取りで、なんの変哲もないやり取りで、だから希実は、ひそかに嘆息《たんそく》してしまったのだった。ああ、そうだ――。この人たちは、いつもこんな顔で笑ってた。

美和子さんが残していったこの場所で、美和子さんが残していったものに囲まれながら、この人たちは――。

「……」

瞬間、どういうわけか希実の中で、何かがパンと爆《は》ぜた。

構わない、とあられもなく思ってしまった。暮林さんがいい顔をしなくても、弘基が多少なり嫌な顔をしても、斑目氏が困惑しても、母や父が怒っても、全然構わない。

そんなこと、どうでもいい。

どうでもいいから、なんとかしなきゃ――。

それで希実は部屋に戻り、すぐに榊にLINEを送ったのだった。（話があります。明日の放課後、うちの学校の最寄駅で会えませんか？）

学校近くを指定したのは、店周辺で榊と会って、誰かにその密会が見つかるのを避けるためだった。さすがにこれは、秘密裏《ひみつり》に進めるしかない。ほとんど思いつきの行動だったが、しかし頭のほうはごく冷静で、やるべきことや言うべき言葉が、すらすら勢いよく浮かんできた。

榊からは、ものの五秒もしない間に返事がきた。(もちろんOKだよ。もしかして希実ちゃん、例の話を決めてくれたのかな?)こちらの様子を見透かしたような榊の言葉に、だから希実はすぐに指を走らせた。

(はい。

ですから明日、お会いしましょう。)

約束の時間は午後四時だった。駅のロータリー脇で、榊は黒い傘をさし佇んでいて、だから希実はうんざりするほど、すぐに彼を見つけることが出来てしまった。

彼はいつも通り黒いスーツで、サングラスもちゃんとかけていた。長い髪もきちんと後ろでひっつめてある。そんな男が、駅へと向かってくる高校生たちをじろじろ見詰めているのだから、いやがうえにも悪目立ちしてしまうというもの。

おかげで生徒たちの群れは、はっきりと不審者を目の当たりにしたような態度でもって、榊周辺を綺麗に避けるようにしながら駅の改札へと向かっていた。

「……」

そして希実は、そんな生徒たちの流れの中から抜け出して、ひとり榊の前に向かったのである。

「――お待たせしました」

榊の前に立ち告げると、彼は傘をわずかに掲げるようにして、いや、と笑みを浮かべてみせた。

「僕も、今来たところさ」

そうして榊は黒い傘を希実にも傾け、通り過ぎていく生徒たちから身を隠すようにして告げてきた。

「意外だったよ。希実ちゃんの決断がことのほか早くて……。いや、律子さんの説得が、早くすんで、と言ったほうが正確かな？」

だから希実は、悪びれず言って返してやった。

「勘違いしないでください。母の説得は、まったくもって出来てないですから」

すると榊も、え？　とあごを突き出すようにして言ってきた。あの？　でも、希実ちゃん……、話を決めたって……？　それで希実は、屈託ない笑顔でもって、ええ、私は決めましたよ？　と言って返したのだ。

「榊さんの言う通り、私、門叶の養女になってもいいです。榊さんのお母さんとも、例の口約束ってヤツしてもいいし。大学とか男女交際とかＤＮＡ鑑定とか？　色々おっしゃってましたけど、それらもご意向に沿えるよう努力します。もちろん母の説得も、その中に含ませてもらいます。まあ、説得に関しては、若干時間はかかるかもですけど、なんとかします」

立板に水のごとく希実が述べると、榊は、ふうん……？　と希実の言葉の意味を量りかねたように首を傾げてみせた。それはつまり、どういうことなのかな？　だから希実はさらにひと息に言ったのだった。

「だからつまり、とりあえずブランジェリークレバヤシを助けてもらえませんか？　って話です」

受けて榊は、やや怪訝そうに眉根を寄せてみせたが、希実は構わず続けてやった。

「考えてみたら、そもそも養女話を持ちかけてきたのはそちらじゃないですか？　それなのに、まずこっちに条件をのめって、ちょっと乱暴な話だと思うんですよね。こういう場合、まずそちらが誠意を見せてくれるのが筋かと——。何より、私が母を説得するのにだって、お店を助けてもらったっていう大前提があったほうが、断然話を進めやすいと思いますし。交渉って、そういうものじゃありません？」

　そんな希実の物言いに、榊はしばらくポカンと黙りこんでいたが、しかしすぐにブーッと吹き出すと、おかしそうに笑いながら希実の腕をポンポン勢いよく叩いてきた。

「いやー、一本取られたな。いいよ、希実ちゃん！　確かに、交渉ってそういうものだ」

　そうして彼はサングラスのブリッジを押さえ、希実の顔をのぞき込んできたのだった。

「――思った通り。君と僕には、少し通じるものがあるようだよ。僕らは、いいファミリーになれそうだ」

　そう語る榊からは、サングラスのおかげで目の表情が読み取れなかった。そこにはただ、挑むような笑顔でもって、榊を見詰める自分の姿が映っていて、だから希実は対する榊も、同じように自分を見ているのではないかと思ってしまった。

「……そうですか」

　もしかするとこの人も、どう転げ落ちるかわからない橋を、理由と勇気で渡っているのかもしれない。そんなことも、チラリと思った。それでも希実は、臆さず榊に微笑みかけたのだった。

「じゃあ、いいファミリーになれるように、まずはそちらの誠意を見せてください」

　サングラスに映る自分の目は、確かにどこか、榊に似ているようにも思えていた。

やっぱりおかしいと思うんだ、と斑目が弘基たちに切りだしたのは、四日前の夕方のことだった。

＊＊＊

希実に聞かれると問題があるかもしれないから、ということで、弘基たちは店に関する話し合いについては、営業前に暮林のマンションに集まり軽く行なうことにしていた。そこで斑目は言いだしたのだ。

「これはあくまで、推察の域ではあるんだけどさ。でも門叶榊——。やっぱり彼は、今回の問題に、一枚嚙んでると思うんだよね……」

どうやら斑目、今回の騒動に先だって、門叶榊なる人物についてもそれなりに調べていたらしい。斑目曰く、だって伯父上の会社の経営状態がマズイなんて情報、取引先にもまだそんなに知られてなかったのに、部外者の榊氏が小耳に挟めるわけないと思ってさ、とのことで、そのため彼は榊についても、ひとり地道に調査をはじめていたのだという。

斑目の話によると、門叶榊は本人の申告とは大きく異なり、ニートというより投資家であると称したほうが的確な立場にあるのだという。

「彼はトガノの株を持ってるだけじゃなく、他の会社の株も多く所有してるらしくてね。新規事業主の相談役なんかも、あちこちでやってるみたいなんだ。しかも、見込みがあれば思い切った投資もするっていう、ちょっとした有名人らしくてさ。つまり十年寝太郎なんてのは、まったくの大嘘だったたってわけだよ」

そうして斑目は、このことは希実ちゃんにもそれとなく伝えたんだけどさ、と言い添えた。

「もともと門叶榊は、トガノの社長に就任したこともあってね。その時も、経営危機に陥ってた会社をあっという間に再起させたっていう、伝説めいた話もあるほどなんだ。とにかくキレ者で、そのぶん経営手腕も強引で容赦がない。リストラにも取引先の切り捨てにも、手心は皆無だったたっていうし——。有望な企業の取り込みにも、色々と汚い手まで使ってたらしいんだ。まあそのくらいやらなきゃ、瀕死の会社なんか到底立て直せなかったんだろうけど……」

だから斑目は希実にその事実を告げ、榊とは関わるな、とそれとなく諭しておいたのだとか。

「だって榊氏、希実ちゃんに門叶の養女になれとか言ってたんでしょ？　そうしたら店を助けてやるって……。そんなこと言われたら、希実ちゃんホントに養女になっちゃうかもしれないじゃない？　だから、一応予防線を張っとこうと思って……」

そんな斑目の判断には、弘基も暮林も、深々揃って頷いてしまった。ああ、確かにあの暴走女ならやりかねねぇわな。ええ、たしなめてくれはって助かります。受けて斑目もしかつめらしく頷き、表情を険しくしたまま続けたのだった。

「それで、ここからは希実ちゃんには内緒にしておいたことなんだけど——。もしかしたら伯父上の会社が経営危機に陥ってるのは、榊氏の企てなんじゃないかって、俺には思えてきちゃってさ……」

受けて弘基は、はあ？　と眉根を寄せてしまった。何しろ斑目の発言は、中々に不穏当なものだったからだ。榊の、企てって……？　すると斑目は仰々しく頷き、でもそう考えると、色々つじつまが合っちゃうんだよ、と頭をかきむしってみせたのだった。

「だから、希実ちゃんには言えなかったんだ。このこと聞いたら希実ちゃん、今回の一件は、自分のせいだって思っちゃうかもしれないから——」

聞けば美和子の伯父の会社は、何者かにはめられたとしか言いようのない、不可解な経営危機状態なのだという。銀行側が要求しているＡＤＲの一件は、やはり相当に理不尽なもので、取引先でも不審がっている者が多いほどなんだとか。

「それで、誰かの恨みを買ったんじゃないかとか、伯父上の会社を潰して得をする企業があるんじゃないかとか、色々噂されてるみたいなんだけどね。でも、現状俺が知ってる限りで、伯父上の会社を危機に晒して利を得るのは、門叶榊氏ひとりでさ……」

斑目のそんな説明に、暮林はスッと目を伏せて、何かを考え込むように床に視線を走らせた。だから弘基はなんとはなしに察したのだ。クレさん――。もしかして、斑目と同じことに気づいてたんじゃ……？

ただし、口には出さずにおいた。何しろ暮林自身が、そのことについて言及しようとしていなかったのだ。つまりは言わないでいることを、暮林は選んだのだろうと弘基はひそかに思っていた。だったら自分は、その判断を尊重するべきだ、とも――。

まあ、俺だって言ってねぇことあるわけだしな。あるいはそんなふうに、彼の沈黙を自己弁護に使っていた側面もある。この程度は、ドローっちゃあドローだわな。そうして暮林の様子には、まるで気づいていないていで訊いてみた。

「……つまり、美和子さんの伯父さんの会社が危なくなってんのは、希実を養女にしたい門叶榊が、仕組んだことかもしれねぇって話か？」

すると斑目は、苦いものを口に含んだように眉根を寄せて、まあ、そういうことだね、と口を歪め頷いた。とはいえ、門叶榊氏の人となりと、伯父上の会社の現状を鑑みると、そういう結論に達せなくもないって程度の精度だけど……。

そうして斑目は、鞄からタブレットを取り出して、トガノ株の説明をはじめたのだった。ほら、これが榊氏のお母上の株で、こっちが榊氏所有の株、あとこっちが弟派で、こっちは従兄派。こうやって見ると、お母上の株がどれだけ幅を利かせてるかわかるでしょ？　だから榊氏は、希実ちゃんをお母上の養女にして……。その死後は、自分の妹という立場に仕立てあげて、後々会社に自分の影響力を持たせようとしてるんじゃないかって——。

しかし弘基は、そんな斑目の仮説をおおかた聞き流してしまっていた。何しろ弘基も弘基の中で、ひとつの仮説を組み立ててしまっていたのだ。

「……」

そして彼は、その仮説を敢えて口に出さずにいた。さすがにこれは、人と共有すべき秘密ではないだろうと踏んでいたからだ。暮林にも斑目にも、当面話すつもりはなかった。神谷の言葉は、ある意味正しかったのだろう。真実は重い。だからこそ、自分で抱えていられるうちは、自分ひとりで抱えておくべきだと弘基は思っていた。

斑目からの報告を受ける十数時間前のことだ。弘基は多賀田から、別の報告を受けていた。

それは門叶樹と篠崎律子の過去に関する情報で、多賀田は仕事明けの弘基をブランジェリークレバヤシのそばで待ち伏せし、わざわざ知らせてくれたのだった。

「朝のドライブでもしようや、柳」

白いプリウスで現れた多賀田は、弘基を車の助手席に乗せ、そのまま首都高で大橋方面へと向かいはじめた。車は渋谷を過ぎ六本木を過ぎ、芝浦、レインボーブリッジを順調に進んでいった。

途中多賀田は、あ！　ほら柳、東京タワーだぞ！　だとか、ほらスカイツリーも見える！　だとか、もうじき東京ゲートブリッジな、などと声をかけてきて、弘基としては、コイツ、マジでドライブ気分なのな、と感じ入らずにはいられなかったが、しかし彼がもたらしてくれた情報のほうにも、勢い息をのまずにはいられなかった。

「――門叶樹と篠崎律子を引き合わせたのは、久瀬美和子、もとい暮林美和子さんだったようだよ」

まず多賀田は、そんなふうに話を切りだしてきた。それで弘基が、は？　と少し驚いた顔をしてみせると、多賀田はおかしそうに笑って頷いた。

「そう。つまりお前の初恋の君が、ある意味ふたりのキューピッドだったたってわけさ」

ただしそこから続いた多賀田の話は、確かに榊や神谷の話と呼応するところがあり、弘基としてもなるほどそういう繋がりだったのか、とある種納得せざるを得なかった。

多賀田の話によると、美和子と樹は幼い頃からの顔見知りだったようだ。親同士に付き合いがあって、子どもの頃はよく顔を合わせていたらしいよ。そんな多賀田の説明に、だから弘基も、ああ、と頷いた。何しろ榊も同じように語っていたのだ。確か、母親同士が知り合いでとかなんとか、寝太郎も言ってたもんな……。

ただし美和子と門叶樹の両名は、さほど親しい付き合いはしていなかったとのこと。

「久瀬美和子と門叶樹は、年も同じだったし、小中学校の頃は同じ私立の同級生だったはずなんだがな。けど、そこでの交流は皆無だったって話だ。同級生でも、ふたりが幼馴染だと知ってる人間はほとんどいなかった」

そうしてふたりは交流のないまま、高校にあがるタイミングで学校も別になった。樹はエスカレータ式の同校にそのまま進学したが、美和子のほうが別の女子高を受験したのだ。

「お前の初恋の君を悪く言う気はないが、しかしあんまりいい評判は聞かなかったかな。小中では真面目だったけど、ほとんど人と口を利かない暗い生徒だったって話だし。高校では途中から、不登校気味になってたって話だし——」

多賀田がそんな美和子の話をしはじめたのは、東京タワーを見て少しした頃のことだった。彼は、昼間の東京タワーもあんがいオツなもんだな、などとしみじみ語ったのち、それとなく切りだしてきたのだ。

「そういや、柳。お前、初恋の君の、手首の傷痕には気づいてたか？」

それで弘基は、ああ、その話か、と内心少しうんざりしながら、そっけなく返したのだった。んー？　手首……？　何しろその話は、あまり口にしたくなかったし、思い出したくもない事柄だったからだ。それで弘基は、ごく平坦な声で続けてみせた。

「……そりゃまあ、パン屋なんかやってりゃあ、腕周りはたいていみんな火傷の傷痕だらけだろうよ」

そんな弘基の切り返しに、多賀田は表情を変えるでもなく胸ポケットから煙草を取り出し、片手で素早く口に一本くわえてみせると、そのままどうということもないふうに話を続けた。

「なるほど。じゃあ彼女にとって、パン屋は中々の適職だったわけだ」

その言葉に、弘基は自分でも驚くほどカッとなった。それで思わず、語気を強め言って返してしまったのだ。

「――ふざけんな。美和子さんがパン屋を選んだのは、そんな理由じゃねぇよ」

すると多賀田は苦く笑い、おどけたように肩をすくめてみせた。まあまあ、そうカッカしなさんなって。俺は結果論の話をしただけだ。そうして彼は笑うのをやめ、チラと弘基を見やり続けた。

「……手首の傷が隠れることは、結果的に彼女にとって、それなりに好都合だったんじゃないかって思っただけさ。悪気はなかったが、気に障ったんなら謝るよ」

多賀田はそう口にすると、片手で器用に煙草に火をつけ、そのまま窓をわずかばかり開け言い継いだ。

「中高で彼女が孤立してたのは、そのせいも多分にあったようだよ。同級生たちは、腫物には近づきたがらなかったのさ。まあ、センシティブな年頃だしな。仕方のない話かもしれんがね」

しかしその腫物に、ある時期を境に友人が出来たのだという。それが希実の母親、篠崎律子だった。

「ふたりの出会いについては、どうにもキッカケが摑めないままなんだが。しかしある時期から、篠崎律子は久瀬美和子の家に入り浸っていたようでな。それまで久瀬美和子は、家に閉じこもりがちだったんだが、篠崎律子と知り合ってからは、ふたりで一緒になって、頻々《ひんぴん》に外出もするようになったって話だったよ」

しかもふたり揃ってプチ家出をしてみせたり、その先でまんまと補導されたりと、問題行動も少なくなかったようだ。そんなあたりの話の流れは、神谷が話していたそれと合致して、弘基としてもすんなり受け入れられた。とはいえ美和子の過去については、やはりいくら同じような内容を耳にしても、うまくのみ込めない部分があるにはあったが——。

　多賀田の話によると、美和子と律子の蜜月は長く続いたそうだ。ふたりは親友として常に行動をともにしていて、律子は美和子の学校にもよく迎えにも来ていたらしい。あの久瀬さんが、どうしてあんな派手な子と……？　同級生たちはそんなふうに、ふたりの逢瀬《おうせ》を遠巻きに見ていたようだ。

　いつも暗い久瀬美和子が、律子の前では大きな口を開けて笑う。そんな姿もしばしば散見され、同級生の間ではちょっとした話題になっていたらしい。もしかして久瀬さんって、アッチの人だったのかな？　百合、みたいな……？　とどのつまりそれほどに、美和子と律子の繋がりは、深いものだと見なされていた。

　そんなふたりの関係に、転機が訪れたのは美和子が高三の頃だった。それまで律子の来訪を、見て見ぬふりで通してきた美和子の母親が、突然律子を家から閉め出したようなのだ。

「美和子さんの母親って人も、ちょっと変わっててな。あまり家庭に興味がないというか、趣味の世界に生きてるような女性で、娘の素行が多少おかしくなってても、まったく気にしてなかったようなんだ。それで、篠崎律子が家に入り浸ってることにも、放任の構えでいたそうなんだが……。急に、それこそ人が変わったみたいに、彼女を家に入れなくなった」

それで律子が次に身を寄せたのが、門叶家だったというわけだ。

「門叶の屋敷はそりゃ広大でな。余った部屋がいくつもあれば、息子たち用の離れもあって――。だから息子らの友人が入り浸るには、中々おあつらえ向きな環境だったらしい。特に樹の友人たちは、わんさか出入りしていたようだ。当時は樹のほうが、だいぶ問題児だったそうでな。門叶の離れは、悪童どもの巣窟になってたって話だ」

多賀田のそんな説明に、だから弘基は眉根を寄せ訊いた。

「つまりそのタイミングで、美和子さんは、門叶樹と篠崎律子を引き合わせたってことか？　ヤツに、篠崎律子を託した……？」

しかし多賀田は眉尻をさげ、苦く笑って首を振った。

「いや……。結果として、篠崎律子が門叶家に身を寄せたことが、門叶樹との出会いにはなったんだろうが――。しかし久瀬美和子が篠崎律子を託したのは門叶樹じゃない。さっきも言っただろ？　門叶樹と久瀬美和子は、さほど親しい付き合いはしていなかったって」

それで弘基も、ああ、と頷き、そういや、そうだったっけか、と呟き返した。しかし実際問題として、篠崎律子は門叶家に身を寄せた。だから弘基は、改めて多賀田を問いただしたのだ。

「つーか、じゃあなんで、篠崎律子は門叶家に……？」

すると多賀田は煙を吐きだし、もうひとりの息子さ、と苦く笑った。

「――門叶榊。久瀬美和子は彼を頼って、篠崎律子を門叶家に移したんだよ」

瞬間、弘基はザラリとしたものを感じた。それで声を低くして、思わず返してしまったのだ。門叶榊……？　受けて多賀田は煙草の煙をくゆらせながら、少し煙たそうに言い継いだ。

「ああ。久瀬美和子は、同級生だった樹とは疎遠だったが、三つ年上の榊とは、どういうわけか交流が続いていたようでな。つまり久瀬美和子が頼ったのは、門叶樹じゃなく榊のほうで、行く当てのなかった篠崎律子を、久瀬美和子から引き取ったのも、樹ではなく兄の門叶榊のほうだったってわけだよ」

そんな多賀田の説明に、弘基の胸の奥のほうは一層ざわついた。何しろ榊は、律子についてほとんど何も語っていなかったからだ。彼は美和子との関係性については滔々と語ってみせていたが、しかし律子についてはほぼ言及していないはず。そんなことに思い至り、弘基は多少なり混乱しはじめていた。どうしてだ？　なぜ門叶榊は、篠崎律子の話をしなかった？

語らない理由は、おそらくふたつだろうと思われた。単に語る必要がなかったか、あるいは語ることで、不利益が生じると判断したからか——。

するとと多賀田が、煙草の灰を灰皿に落としながら言いだした。

「だから篠崎律子が妊娠した時、父親は自分だと門叶樹が名乗りをあげたことに、周囲も少なからず驚いたらしいよ」

それは弘基が思い描いてしまった事態と、ほとんど一致した内容だった。

「久瀬美和子と篠崎律子。ふたりの世話を焼いていたのは、ほとんど門叶榊だったって話だからな。つまり篠崎律子の子どもの父親も、榊のほうなんじゃないかっていうのが、当時の周辺人物たちの見立てだったようだ」

さらに続いた多賀田の話によると、門叶樹と篠崎律子が駆け落ちした際、門叶の親は若いふたりに折衷案を提示したのだという。結婚を許してもいい。ただし、子どもが生まれたらDNA鑑定を行い、その子どもが間違いなく樹の子どもであった場合に限る——。それなのにふたりは、子どもが生まれる直前に、けっきょく別れを選んでしまった。

「そこから導き出せる答えとしても、その見立てはあながち見当はずれでもないんじゃないかって――。まあ、あくまで噂の域に過ぎんがね」

薄く煙を吐きだしながら、多賀田はそう語ってみせた。車は環七に入り、洗足を過ぎようとしていた。やっぱりこれだけ話すのには、ちょうどいいドライブ時間だったようだな。そんな軽口を叩く多賀田に、だから弘基も苦く笑って頷いた。確かに、ロクでもねぇ話を聞くには、おあつらえ向きな景色だったわ。

だから弘基は斑目の話に、ひとり納得していたのだった。なるほど、だからアイツは希実を……。門叶家に引き入れるために、自分のもとに置くために、無茶な手まで使ってきてるってことなのか……？　いや、しかし――。

オマケにも意味がある。そのことを、弘基は静かに考える。世界は玉虫色で、誰にも正義があって、しかし誰にも正義などない。だったら自分の正義なるものを、せいぜい叶えていくしかないのではないか。

多賀田は言った。

「――つまりは守ってやりたいわけだ？　希実ちゃんを……」

弘基は今でも覚えている。希実と初めて出会った時のことを。彼女はまだ小さな子どもで、弘基は腹を空かせた中学生だった。

寒い冬の日で、だから公園には人もまばらだった。一緒にいた美和子が席を外すと、ふたりはぎこちなくベンチに座り黙り合った。小さな希実の頬は赤く、吐く息はハッとするほど白かった。それで寒さに弱っているのではないかと思い、弘基は温かい飲みものでも買ってきてやろうと席を立ったのだ。

しかし彼女は黙ったまま、弘基の上着の裾《すそ》を摑んできた。そうして挑むような不機嫌な目で、キッと弘基を見あげてきた。ただしその表情が、不機嫌ではなく不安のそれだと気づいたのは、そのすぐのちのことだったのだが――。

おそらく彼女は、言葉を知らなかったのだろう。現状、弘基はそう思っている。行かないで。傍にいて。不安なの。ひとりにされるのは、怖いんだよ。アイツは、そんな言葉を、きっと知らない場所にいた。だから黙ったまま、俺の上着の裾を摑むことしか出来なかったんだ。

そしてぼんやりと、気づきはじめてもいた。多分自分も、似たようなものだったのだろう、と――。まだ少年だった彼は、腹を空かせてイライラして、人を傷つけたり殴ったり、そんなことで知らない言葉を、どうにか発しようとあがいていた。

傲慢だったことは、重々承知している。たいていの事柄は、言葉にしなければ伝えられるはずがない。それなのにわかってくれと、思うほうが傲慢なのだ。わかってもらえないと、嘆くほうが怠慢なのだ。

それでも、と弘基は時おり思う。だったらその言葉は、誰に習えばよかったんだ？　知らない言葉は、どう覚えればよかった？　俺は、俺たちは――。

今でも弘基は、あの頃の自分の言葉がわからない。何を言うべきで、どんな言葉なら自分の気持ちを伝えられたのか、まったくもってわからない。

そのわからない言葉を、けれど美和子はどういうわけか汲み取ってくれた。私が作ったパン、全部あげるから。そんなことを笑顔で言って、かじかんでいた彼の手に、温かいパンを渡してくれた。焼きたてなの。温かいわよ？　そう温もりを押しつけてきた手に、古い傷跡があると気づいたのは、それからずっと後のことだったが――。

もしかしたら美和子さんは、知っていたのかもしれない。弘基はそう思っている。俺の言葉も、希実の言葉も、あの人は――。だからあんなふうに、手放しで俺たちを受け入れようとしたのかもしれない。

彼女には俺の言葉が、届いていたのかもしれない。彼女の胸にもあった言葉だったから、気づいてくれたのかもしれない。そして同時に思っていた。だったら、希実だって同じじゃねぇのか――？

腹を空かせた中学生は、ただ不機嫌でただイラだって、人の迷惑になることはあっても、誰かの役に立つことなどまるで皆無なままだった。意味などなかった。価値などなかった。人を殴って奪って得て、そうやって人生は終わっていくのだろうと、目を濁《にご》らせながら思っていた。

けど、希実の言葉には、気づけたじゃねぇか。あの頃の自分について、弘基はそう考えている。クソくだらねぇあの場所で、それでも俺は、アイツの言葉に気づいたんだろ？

だとしたら――。クソくだらねぇ俺の昔に、多少なりの意味があるんだとしたら、あの時アイツの発せない言葉に、気づけたことくらいなんじゃないのか――？

暮林の部屋を出た弘基は、その足で律子の病院へと向かった。今の自分に出来ることは、せいぜい希実の杖になることだろうと思っての行動だった。

病院に向かったのは、もちろん律子に会うためだった。彼女に会って、弘基は問いただすつもりだったのだ。希実の出生にまつわる、いわゆる真実というものについて。

もちろん、すんなり正直に話してもらえるとは思っていなかったが、それでもこちらのカードを見せれば、向こうの動揺も見えるかもしれないと考えていた。断片でもいい。何か、少しでも、引きだせたら――。

そうしてたどり着いた律子の病室の前で、しかし弘基は男の声に呼び止められた。

「――どうして、君がここに？」

振り返ると、そこには樹の姿があった。まるで背後を取られたかのような至近距離に、だから弘基は思わず息をのんでしまった。コイツ、気配消して……？　そんなふうに思ったのだ。

しかし樹は表情を変えることなく、じっと弘基を見おろしていた。そうして弘基の肩を摑み、微笑み小さく耳打ちしてきた。

「……律子は、体調があまりよくない。話なら、私が聞こう」

言いながら門叶樹は、弘基の肩を強く摑み続けた。その手に込められた力の強さに、弘基は真実の断片を、早くも引きだした気がしていた。

「――おう、望むところだ。こっちはアンタでも、全然構わねぇからな」

Pointage & Mûrir

——第一次発酵&熟成——

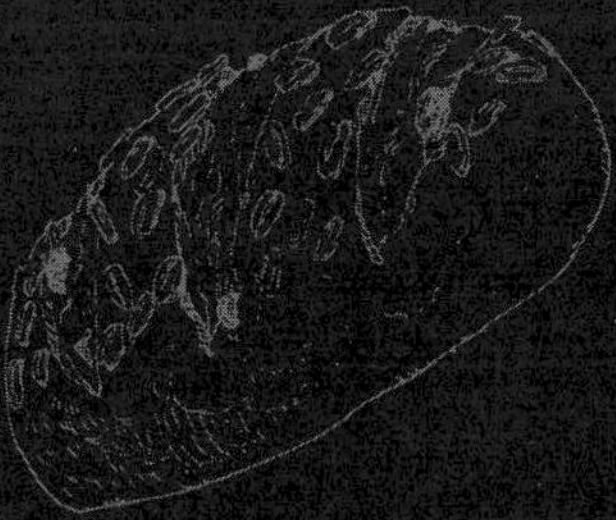

　門叶樹は、しばしば息子たちの寝顔をのぞき見る。彼らが寝静まったであろう深夜、こっそり部屋に忍び込んで、寝息をたてる息子らの表情を確認するのだ。

　仕事で帰りが遅くなって、顔を見られなかった日は必ずで、そうでなくても言葉数が少なかった日などは、つい無意識のうちに足を運んでしまう。ちなみに長男は大学三年生で、次男は高校一年生。もう子どもというよりは、ほとんど大人の容貌でしかないが、それでも樹はその習慣を止められない。そんな樹に、妻はたいてい笑って言う。

「まあ、いいんじゃない？　あの子たちが小さな頃は毎晩だったんだから。あなたも少しは成長してるわよ」

　だから樹は、そうなのかな、と考える。俺も少しは成長したんだろうか。家族というものに、少しは慣れてきたんだろうか——。

　息子たちの寝顔を見詰めるという行為には、ある種確認作業のような意味合いが含まれている。彼らは自分の子どもだと、自分は彼らの父親だと、樹はひそかに確認しているのだ。間違いない、大丈夫だ。あるいは息子たちの寝顔を見ながら、そう自分に言い聞かせているのかもしれない。大丈夫、大丈夫だ。俺たちは家族で、間違いない。
樹には家族というものが、長らくわからないままだった。子どもの頃に過ごしたあの場所を、仮に家庭と呼ぶのであれば、樹にとっては今もなお、戻りたくない場所でしかない。そしてその場所にいたのが、いわゆる家族なるものだったのだとするのなら、やはり愛着も信頼も抱けない。いや、厳密に言ってしまえば、愛着のようなものもおそらくあったのだが、しかしその感覚には同時に、苦痛や不安、怒りや虚無感のようなものまでずらずら紐付《ひもづ》けされていて、だから樹は愛着という感覚ごとまとめて捨ててしまった。

愛着に苦痛を、まとわせたくはなかった。息子たちが出来てからはなおのこと、愛情は愛情だと、伝えたかったし教えたかった。自分の知る愛着や家族など、息子たちは知らないままでいい。もちろん、人の心は単色ではないし、人との関係性もまた然りで、愛情なる感情にも、様々な思いが忍ばせられていることは樹としても承知の上だ。それでもそんなことは、親が教えることではないような気がしていた。何しろ世間に出てしまえば、嫌でもそんなことは知っていく。だから彼らが戻る場所くらいは、極力単色にしておきたかった。愛情は愛情の色のまま、信頼は信頼の色のまま。それが樹の、親としての矜持《きょうじ》といえば矜持だった。

樹の両親の結婚は、家同士が決めたものだった。確か父親が四十代前半で、母親が二十歳そこそこの頃、ふたりは互いに釣り合いが取れた相手として、互いに納得ずくで祝言を挙げたはずだ。のちにふたりは口を揃えて言っていた。結婚とは、そういうものなのだ、と——。樹が律子と結婚したいと言いだした頃のことだ。彼らはそういう時に限って、鉄壁の結束を見せるのが常だった。好きだからって、子どもが出来たからって、そんなことで結婚が出来るわけないでしょう？　つまりはそれが彼らの価値観で、かつ経験則だったというわけだ。

親から継いだ会社を急成長させた父親は、経営手腕だけでなく女性関係についてもごく旺盛《おうせい》なタイプで、当然のように複数の愛人を常備していたし、彼女らを家に呼びつけることもままあった。いっぽう母も母で、男子さえ産めばあとは自分の役目は終わりとばかりに、自らの趣味の世界に没頭していた。ふたりの息子の進路については、あれこれ口やかましく言ってはいたが、しかしそのあたりも教育係や家庭教師に丸投げで、要は体裁《ていさい》が保たれていればそれで満足であることが見てとれた。つまり家庭を顧みないという点においては、あんがい似合いのふたりではあったのだ。

しかし、彼らは互いに自分のことはさて置いて、相手の家庭人としての振る舞いについては不満があって、だから家の中の雰囲気はたいていピリピリと殺気立っていた。そういう意味においても、けっきょくのところ両親は、しょせん似た者同士だったということだろう。

家族といる時、幼い樹は薄い氷の上に立たされているような気分によくなった。そこは寒々とした銀世界で、小さな樹は呆然とそこに立ち尽くしている。下手に動けば足元の氷が割れてしまいそうで、怖くて不安で身じろぎもできない。それなのに父も母も、まだ子どもだった兄の榊でさえ、平然とその氷の上を進んでいく。そうして立ち尽くしている小さな樹を、冷ややかに振り返るのだ。こんなことも出来ないのか？　と蔑《さげす》むように見詰めるのだ。

そんな怖さや不安な気持ちが、いら立ちや怒りに変わったのはいつの頃だったか。冷ややかな視線を送ってくる家族たちを、おかしいのはお前らのほうだろ？　と気づけば腹立ち紛れに思うようになっていた。関わってくるなよ、うっとうしい。お前らだって、好き勝手にやってるじゃないか。俺が何をしようと、お前たちには関係ない――。

いっぽう兄の榊のほうは、樹の知る限りいつも親に従順だった。父に言われるまま道場に通い、模範生として着々と段位をあげていく。母の望みにもきちんと応え、学校でも常に成績優秀な優等生をやっていた。だからそのどちらもで、樹は大人たちに言われたものだ。お前が門叶の弟か？　じゃあきっと、よく出来るんだろうな。そうしてその期待は、決まってすぐに失望へと変容していった。それはもう、うんざりするほどに。兄は快活で朗らかで、寒々とした銀世界を、笑顔で歩いているような男だった。そこが薄い氷の上であっても、彼は気にせず悠然と進んでいく。

だから樹は思っていた。兄さんは、どうかしてる。そうとしか思えなかった。でなければ、無言のまま不穏な空気を漂わせ続ける両親の前で、笑顔で立ち回れるはずがない。お母さん、テストを返してもらったんだ。ちょっと見てみてよ。お父さん、今度段位試験があるんだ。合格出来たら道場の最年少記録だって。すごいでしょ？　そうして反抗する樹には、時折り耳打ちしてくるのだ。お前さ、もう少しうまくやれよ。吐き気がするようだった。どうしてこんな場所で、うまく立ち回る必要がある？

樹は榊が嫌いだった。何しろ彼は上手過ぎたのだ。兄がいい息子を演じれば、両親は束の間、家族なるものに満足する。おかげで銀世界は保たれ続け、樹も氷の上に立たされ続ける。もう、やめてくれ。笑顔の兄に、何度そう思ったか知れない。頼むからやめてくれ。こんな空々しい家族ごっこに、いったいなんの意味があるんだよ？　何が楽しくて兄さんは、そんなふうに笑えるんだ？

兄へのそんな思いは、久瀬美和子にも通じていた。何しろ彼女は、榊に少し似ていたのだ。彼女は大人たちが開くホームパーティーの場において、いつも久瀬家のかわいい娘さんを演じていた。

門叶家と久瀬家の関係は、母親同士の繋がりに起因する。樹と美和子は同じ小学校の同級生だったし、兄同士は幼稚園時代からそうだった。それで両家の母親が、ＰＴＡの活動か何かを通じてごく親しくなったのだ。樹の母親は、家柄と夫のステイタスをはっきり鼻にかけるタイプの女性で、彼女の周りに集まる女たちには、その利に与かろうとする聡《さと》さがあった。

無論、あざとさと紙一重《かみひとえ》の聡さではあったが、しかし母はそれでも満足そうだった。とはいえ、おためごかしの賞賛に気をよくしていたわけではない。母は女たちの卑屈《ひくつ》な笑みを引きだせることに、おそらく優越感を味わっていたのだろう。

ちなみに久瀬家の夫婦のほうも、親が取り持った結婚だったらしい。ただし、取り持ったのは美和子の母の父親で、彼は自らの部下に命じる形で娘の夫に据えたようだったのだが――。母は嬉しそうにそんな話を時折りしていた。お気の毒なのよ、久瀬の奥様って……。旦那さんの野心に、利用されてしまったのね。旦那さん、お家にもあまり帰って来てくれないんですって。本当に、なんておかわいそうなのかしら――。

それでも父と夫の会社が、トガノの取引先であったため、美和子の母親はちゃんと樹の母に取り入ったのだった。そうして母に誘われれば、断ることも出来ずにホームパーティーをとり行う。何しろ樹の母親は、無類のホームパーティーフリークだったのだ。自分の立場を誇示するのには、そこがおそらく手っ取り早い、おあつらえ向きの舞台だったのだろう。

だから樹が美和子と初めて会ったのは、まだ本当に幼い頃だった。お互い幼稚園児だったか、それよりまだ幼かったか。そのあたりは判然としていないが、しかしその頃から、もう美和子が笑っていたことは覚えている。彼女はひらひらとしたワンピースを着せられ、大人が喜びそうな笑顔と仕草で、ちょろちょろあちこち歩き回っていた。

おかげで最初は樹のほうも、不覚にも彼女をかわいいと思っていたほどだった。何せ子どもだったのだ。ひらひらキラキラしたものには、単純に簡単に心惹かれてしまった。美和子の笑い声は、小さなリスの鳴き声のようで愛くるしかった。

あの集まりは、確か樹が中学にあがる頃まで続いたはずだ。門叶家と久瀬家のふた家族で行われることもあれば、そこにいくらか他の家族も加わることもあった。時々、夫たちも参加していた。彼らにも仕事上の付き合いのようなものがあり、互いに交流を深めておくことは、何かしらの利益に繋がるかもしれないという読みもあったのだろう。

そんな時の父と母は、揃って上手に笑っていた。有能で威厳ある、しかし鷹揚な夫と、まだ若く美しい妻。そして、快活で優秀な長男。樹はそっぽをむいていたが、しかし彼らは樹抜きでも、充分幸せな家族を演じられるのだった。

無論樹にとってそれは、寒々しいパフォーマンスでしかなかった。両親は他人を鏡にして、いつも自分たち家族を見ていた。幸せで満ち足りていて、申し分のない家族、家庭——。しかしその実、中身は空疎ながらんどうなのだ。だから他人が必要だった。素敵ですね。そう誉めそやしてくれる誰かが、彼らにはいつも入り用だった。

そして家族ががらんどうなら、おそらく彼ら自身もがらんどうだった。他人を鏡にしなければ、自分の姿を見ることすら出来ない。だからこそ、互いに映りの悪い鏡にしかならない伴侶《はんりょ》なるものに、絶えず憤っていたのだろう。しかし、それはまさにお互い様というもので、しかもお互いにその自覚がないから、彼らの憤りはメビウスの輪の上で、ぐるぐると循環し続けるしかなかった。

まったく不幸な話ではあるが、しかし馬鹿げた話と言えば馬鹿げた話でもあって、だから樹はいつからか、思うようになってしまっていた。まあ、どうでもいいよ。親父もお袋も、好きにすればいい。

そしてその思いは、彼の人生の指針となった。どうでもいい。みんな勝手にすればいい。俺も好きなようにするからさ。みんなも好きにすればいい。そもそも生きてることなんて、しょせん死ぬまでの時間つぶしなんだ。だったらせいぜい不愉快にならないよう、面白おかしくやってればいい——。

だから学校でも好き放題にしていたし、嫌いな相手には平気で唾《つば》も吐いてみせた。おかげで当時、母親は一時期半狂乱になっていたが、しかしすぐに慣れてしまい樹のことは見なくなった。それでいいと彼も思っていた。そうそう、俺のことは気にするなって。てゆうかお前こそ、こっちの視界に入ってくんなよ、クソババァ——。

いっぽう美和子は、折りに触れ開催されるホームパーティーにおいて、常にそつのない笑みを浮かべていた。お招きいただき、ありがとうございます。おば様——。そんなふうに樹の母に微笑みかけ、ちゃんとおべんちゃらの類いも付け足していた。私、門叶のお家に来るの、すっごく楽しみなんです。おば様のお洋服見るの、勉強になるんだもの。いつ見ても、おば様ったらお綺麗で……。

ただしその実、学校生活においてはまったく様相が違っていた。教師の前ではそれなりに笑顔だったし、優等生然とした佇まいは常にみせていたが、しかし彼女はどこか暗い顔をしていた。積極的に友だちを作る様子もなく、休み時間はよくひとりで本を読んでいたし、女子グループの中にいる時も、とってつけたような薄い笑みを浮かべているだけで、自ら話しているところはほとんど目にすることがなかった。

美和子の鬱屈した態度が顕著になってきたのは、小学校の高学年あたりからだろうか。

彼女は女子グループに属することもしなくなり、教室でひとり本を読んだり、ぼんやりしていることが如実に増えた。保健室にしばしば足を運ぶようになったのもその頃だろう。周囲の女子たちも戸惑っていたようで、それからは遠巻きに美和子を見るばかりになった。

そんな美和子と、樹が最後に言葉を交わしたのは、中学にあがってすぐの頃だったように記憶している。彼女が門叶家で行われたホームパーティーに現れた翌日、教室の机でひとり延々突っ伏しているのを目にし、なんとはなしに声をかけてみた。

「――よう。二重人格。学校では上手く笑えないのか？」

すると美和子は気だるげに顔をあげて、吐きだすように告げてきた。

「……関わらないでくれる？　疲れてるの。わかるでしょう？」

そこにはかつての愛くるしさなど微塵もなく、代わりに長く生き過ぎた老婆のような、ひどく疲れ切った濁ったふたつの目玉があった。だから樹は、ああ、と思ったのだった。コイツは、見過ぎてしまったんだな。それでこの目を、こんなにも濁らせてしまったんだ。

中学時代の久瀬美和子は、泥人形のようだった。まるで何かに従わされているように、ただ学校に来てその時間を潰していく。笑いもせず怒りもせず、心を失くしてしまったかのように、ただぼんやりと義務をこなしてみせる泥人形。

彼女と兄がふたりでいるのを見かけたと、悪友たちからしばしば聞かされたのもその頃だった。環七の歩道橋に、ふたり揃っていたんだよ。まあ、一緒つーかちょっと離れてたけど……。でも、ずっとふたりで突っ立ってたよな？　もしかしてデキてんの？けれど樹は聞き流した。知るかよ。どうでもいいよ、あんなヤツら……。何しろ当時の樹は、箸が転がってもいら立つ年頃だったのだ。嫌いな兄の話など、耳にするのも煩わしかったし、下手にふたりの動向を聞いて、その関係に思いを馳せてしまうのも億劫だった。

とはいえ、美和子のことは、少し気にはなっていたのだが――。しかし彼女の素養からして、そう心配する必要もないだろうと思っていた。なんだかんだで、頭も要領もいいヤツだから、きっと大丈夫だろうと若干高《たか》を括っていたのだ。美和子の中に少しだけ、兄の断片を見ていた側面もあったかもしれない。無論、兄ほどの要領のよさはないかもしれないが、それでもどうにかするだろうとなんとはなしに思っていた。

けっきょく彼女は、高校にあがるタイミングで他校に移った。エスカレーター式のその学校で、他校を受験する生徒はごくまれで、だから同級生たちはあることないことを噂していたのだが、しかしどれも的外れなものばかりだった。

彼女が他校を受験したのは、単に彼女の母の意向だったと思われる。大学に進学した兄のほうはともかく、まだ高校生をやらなくてはならない娘のほうは、もうあの学校に通わせられないと、彼女の母親が判断したのだろう。

兄と美和子が会っているという話も、それ以降は聞かなかった。そりゃそうだよな、と樹も思っていた。何せあんなことがあったんだ。あのふたりが、どんな間柄だったのかは知らないが、そりゃさすがに、距離は置くってもんだろう。

そんな樹が美和子と再会したのは、高三にあがってからのことだった。最後に彼女の姿を見てから、実に二年以上の月日が流れていた。濁った目をした暗いゴーレム。その彼女が、放課後家に帰ると、なぜか離れの玄関に立っていたのだ。

「——あ、門叶くん。久しぶり。元気だった?」

ごく屈託なく、美和子はそう言ってきた。おかげで樹は、ずいぶんと戸惑ってしまったのを覚えている。何しろ彼女は、また笑うようになっていたのだ。しかも昔とは違って、大きな口を開けて、だいぶガサツに笑っていた。だから樹としては、少し戸惑ってしまったほどだった。コイツ、本当に久瀬なのか……? 内心そんなふうに、ひそかに息をのんでしまった。本当に、あのゴーレム……?

そしてそんな彼女の隣には、見たことのない少し派手めな少女がいた。美和子と同じ制服の、しかしやたらと丈の短いスカートを穿いた茶髪の女の子。確かに当時の女子高生というのは、軒並み生足《なまあし》をむき出しにしてはいたが、しかし彼女の足というのは、他の女の子とは一線を画していた。スカート丈の短さも絶妙で、しかもそこから伸びた足はスラリと長く扇情的で、中々に目を見張るものがあった。だから樹もついうっかり見入ってしまったのだ。おかげで少女からは、あいさつ代わりのように言われてしまった。

「あー、今キミ、あたしの足見たよね？ ガン見したよね？ はーい、じゃあ見学料五千円！ あ、でも学生さんだし、学割で四千円でもいいよ？ 特別料金！」

かくして樹は三千円をはぎ取られ、毎度アリ！ と肩を叩かれた。それが、篠崎律子との出会いだった。

兄の榊が顔を出したのはその直後で、彼は美和子と律子の肩を抱きつつ、笑顔で樹に言ってきた。

「このふたり、しばらく離れに匿《かくま》うから。わかってると思うけど、親父さんやお袋さんには内緒ね？ お前の友だちにも、この子らには絡むなってちゃんと言っといて？ もし何かしたら、半殺し程度にはさせてもらうから」

当時、門叶家の離れは榊と樹兼用の子ども部屋とされていて、近所からは悪童の巣窟《そうくつ》などと評されていた。何しろ樹の悪友たちが、夜となく昼となく集まっていたのだ。

しかしその実、榊の知り合いだってちゃんと足を運んでいた。不審な車を屋敷に横付けしていたり、前後不覚になった派手な女の子たちを連れ込んだり、そんなタチの悪い連中は、ほとんど榊のほうの友人たちだった。

当時大学生になっていた榊は、対外的にはまだ優秀な息子をやっていた。ただし樹には、もう隠す必要を感じなくなっていたのだろう。壊れたような横顔を、いくらも見せるようになっていた。一度樹の友人が、兄の友だちに絡んだ時など、友人はもちろん樹もろとも完膚《かんぷ》なきまでにボコボコにされた。

「道場通いを途中でやめたお前なんかと、勝負になるわけがないでしょ？」

笑いながら言う榊は、はっきりと楽しげだった。でも、実戦やれて楽しかったなー、などと言い足してもいたから、本気で暴力を楽しんでいたのだろう。これからはさ、何かあったらかかっておいでよ。俺にとっても、いいストレス発散になりそうだから。な？　樹ちゃーん。そう笑う榊に、だから樹は思わずにいられなかった。やっぱりな——。やっぱり兄貴は、ずっとどうかしてたんだ。

そんな榊に連れられてきた律子と、もちろん樹は関わる気などなかった。下手に関わって兄の娯楽に付き合わされるのはごめんだったし、出会いがしらに三千円もせしめていった女に、それなりの危うさも感じていたのだ。つーか足見て五千円とか、頭おかしいだろ、あの女……。それが樹の、律子に対する率直な第一印象でもあった。

それなのに、けっきょく律子と繋がってしまったのは、そういう運命だったからなのか——。今でも樹は時おり思う。人生には不思議な出会いがあって、こちらが望むと望むまいと、ごく当然のように人生の進む先を変えていってしまう。息子や妻との出会いもそうだったし、律子とのそれも同様だった。そしてそれら出会いとやらを、仮にやり直せるチャンスを与えられたとしても、おそらく樹は同じように彼らと出会い、同じ選択をし同じ道を選ぶだろうと思っている。

間違っていたと思う事柄すら、おそらく同じように選んでしまう。だから運命なのだろうと、樹は思う。間違っていたとしても、それを選ばずにはいられない。律子に惹かれてしまったことは、つまりはそういう類いのことだった。

樹が期せずして律子と二度目の邂逅《かいこう》を果たしたのは、松濤《しょうとう》の住宅街だった。友だちの家に寄った帰り道、バス停に向かう途中の坂道で、全力疾走してくる制服姿の律子と行き合った。

「——ああっ！　弟くん！」

扇情的な足を見せつけるように走ってきた律子は、樹を見つけるなりその腕を摑み、助けて！　と息を切らしつつ懇願してきた。クソ客摑んじゃったみたいで！　追われてんの！　お願い、助けて！　そう叫ぶ彼女の後ろからは、スーツ姿のいかつい中年男が駆けてきていて、だから樹は大よそを察し、仕方なく律子の腕を掴み走り出した。

まったく自慢にもならないが、当時の樹はそのあたりを何度も逃げ走った実績があり、だから追っ手を巻くのは九九を諳《そら》んじる程度に容易だった。それで駆け出してすぐの角を曲がり、二つ目の路地を入ったところで身を潜《ひそ》めたのだ。すると追ってきたスーツ男はその路地を見逃し、案の定そのまま走り去っていった。そしてそれを確認した篠崎律子は、樹の腕の中で感心したように言ってきた。

「すごーい！　弟くん、さすが都会っ子じゃゃね」

彼女の訛《なま》りに気づいたのはそのタイミングで、だから樹は思わず言ってしまった。

「お前……。久瀬の学校の生徒じゃないのか？」

そうして樹は改めて、律子の素性を知ったのだった。篠崎律子。年は美和子や樹と同じ十八歳。しかし中学を卒業してすぐ、家出同然で上京してきたため、高校には行っていないとのこと。美和子と知り合って以来、長らく彼女の家に身を寄せていたが、しかし美和子の母親を怒らせ家を追い出され、現在門叶家の離れに居候中の身である、と彼女はすらすら語ってみせた。そういうわけで、今は弟くんのお兄さんに、お世話になってる感じでーす。

そんないわゆる家出少女が、なぜ美和子と同じ学校の制服を着ているかといえば、それだけで彼女の値段が跳ね上がるから、とのことだった。

「美和子の高校って、けっこうなお嬢さん学校なんだって。だからこれを着ていくと、オヤジたちもう大喜びでさー。それで一緒にご飯食べたり、カラオケするだけで、けっこうなお金くれちゃうわけ。家出少女だとこうはいかないから、制服《これ》にはすっごい助けられてるんだー」

だから樹は納得したのだった。なるほど、コイツ、援交してんのか。当時の樹の周りにも、そんな女の子たちは掃いて捨てるほどいた。それで冷ややかに言ってしまった。

「——助けて損したわ、クソ女。お前みたいなのは、一度痛い目にあえばいいんだよ」

すると律子も笑って応えた。

「だーよね？　あたしも思う。こんな人生、サクッと終わっちゃえばいいのにーって」

そうして彼女はおかしそうに続けたのだった。でも、いざ危ない目にあうと、ちゃんと逃げちゃうんだから、人って不思議だよねぇ。あたしも、死にたいんだか助かりたいんだか、よくわかんないっていうかー？　そう笑う彼女のまつ毛の長さに、気づけば樹は見入ってしまっていた。彼女のまつ毛は黒く濃く、わずかに濡れていたようにも見えた。

律子のさらなる身の上話を聞くことになったのは、それからしばらくした頃のことだ。今度は神泉《しんせん》の駅近くで、やはり男に追われていた律子を、またしても樹は助ける羽目に陥った。何しろ彼女はビルから飛び出してくるなり、樹の姿をみとめると、弟くん！とまた駆け寄ってきたのだ。ちょうどよかった！　助けて！　お願い！

しかも律子を追ってビルから出てきたのは、おそらく堅気《かたぎ》ではないと思しきオヤジたちで、それで樹も律子ともども逃げるよりほかに道はなかった。だからさすがに逃げ果せたのちの公園で、樹は律子に勢い説教してしまった。

「お前、何考えてんの⁉　それともバカなのか⁉　なんであんな連中をカモんだよっ⁉」

それで律子はしおしおと、事情を説明しはじめたのだった。

「別に、カモったとかじゃなくて……。なんかあたし、あの人たちのシマ？　で、色々やっちゃってたみたいで？　でも、そんなこと言われてもわかんなくない？　道に線が引いてあるわけでも、看板が出とるわけでもないんじゃけぇ……」

そんな彼女の説明に、樹は呆れて思わず言ってしまった。街にいりゃ、噂くらい耳に入るだろ？　お前、サークルとかそういうの入ってねぇのかよ？　しかし律子はバツが悪そうに、しょんぼりと首を振るばかりだった。ああいう子らとは、仲良く出来んかった……。訛り、笑われたりするし……。いいように使われるだけじゃったけぇ……。

その様子は、まるで廊下に立たされた小学生のようで、だから樹はハッと気づいたのだった。目の前にいる少女が、まだほんの少女でしかないことに。スカートから伸びた扇情的な足は、けれどまだ、地面を蹴り上げるのに使うのが適当な程度の足だった。

実は体は売っていない。律子がそんな告白をしてきたのは、家の離れの樹の部屋で、何度目かでコンビニ弁当をわけてやった時のことだ。彼女は弁当の蓋《ふた》にのせた、ご飯と豚肉の生姜焼き、そしてポテトサラダを前に、嬉々としながら言ってきた。

「あたし、カラオケとご飯専門でやってるから。しょせんあがりも少ないんよ。だいたい体が売れてれば、こんなふうに弟くんにご飯恵んでもらったりしないっしょ?」

だから樹は、少し小馬鹿にするように言ったのだった。なんだそれ? ウリはやらないって、プライドかなんかなの? しかし律子は肩をすくめ、違うよー、と生姜焼きを頬張りながら返してきた。プライドじゃお腹ふくれないもん。あたしがウリをやってないのは、単に売り物になんないからだよー。それで樹が、どういう意味? と訊くと、律子はどうということもないふうに応えてみせた。

「言ってなかったっけ? あたし、脇腹と胸の下のあたりに、けっこうエグイ傷痕があるんだよね。昔、父親に投げ飛ばされて出来たものなんだけど――。骨のトコが、ボコってなってて、けっこう見るに堪《た》えないっていうか?」

笑いながら律子は言って、だからウリはやりたくないのー、と付け足した。学校の身体測定の時とか、気持ち悪いって散々陰口叩かれたし……。体目当てのキモい援交オヤジに、傷痕のことキモいとか言われたら、それこそ立ち直れないじゃない?

おかげで樹は箸で持っていた生姜焼きを、思わず足の上に落としてしまった。う、わっ……! ヤッベ! ヴィンテージジーンズなのに! 何しろ驚いてしまったのだ。とはいえ驚きの内訳は、自分でも判然としないままだったのだが——。

父親について、律子は淡々と語っていた。

「なんていうか、古い人だったからねー。躾とか言って、けっこう普通に手をあげるっていうか……。あたしにも弟にも、母親にも……、平気で殴りかかってた感じでー」

だから彼女の母親にも、体にはよく青あざが出来ていたのだそうだ。顔を殴らないあたりなんか、確信犯的な気もするんだけどねー、と律子は苦く笑って言い添えていた。でもだから、暴力だっていう自覚は、父にはあったと思うんだけど……。

些細なことで律子の父親は、しょっちゅう激昂《げっこう》したのだそうだ。例えば、母の返事が遅いだとか、弟の足音が大きいだとか、本当にそんな、ささやかな理由でだ。

ちなみに律子は目つきが悪いといって、よく殴られていたという。とはいえ、彼女はどちらかというと、大きなうるんだ目をしているので、目つきが悪いタイプとは、ほど遠いように思えたのだが――。なんでも彼女の父親に言わせれば、媚《こ》びた目をするな、と、どうもそういう意味合いだったらしい。いやらしい目じゃ。お前は汚い女の目をしとる。幾度となく律子は父からそう言われ、次第にそうなのかな、と思うようになっていったのだそうだ。

「ホント急に怒りだすから、いつもビクビクしてたなー。爆弾が、ずっと近くにあるみたいな感じで……」

父親の暴力は、怒りの捌《は》け口のようだったと律子は語った。

「実際のところ、何に怒ってるのか、父にもわかってなかったんじゃないかな。なんとなく、苦しそうでもあったしね。怒るのと苦しいのって、あんがい近い場所から、出てくる感情なのかもなって、ちょっと思っちゃったくらいで……」

そうして彼女の父親は、その怒りを吐き出さずにはいられなくて、家族を殴っていた。少なくとも、自分はそう感じていたと律子は続けた。

「母は、それを受けとめるのが、妻の務めだと思ってるみたいだった。受けとめるのが、愛情だって。それが、夫婦ってものだって――」

そう言いながら伏せた彼女の目が、どこか濁っていることに樹は気づいていた。

「バカだよね。暴力は、暴力でしかないのに……。愛情ってことにしてごまかして、家族を続けてたんだよ。ホント、バカみたい」

だから脱力するように、思うより他なかった。ああ、そうか。コイツもきっと、家族なんてものを、真っ直ぐ見過ぎてしまったんだな——。

樹が律子に、ポケベルの番号を教えたのはそのすぐあとのことだ。

「……なんかあったら、連絡入れろよ。お前、危なっかしくて見てらんないから……。呼んでくれれば、俺が助けてやるからさ……」

そう告げた樹に、律子は少し驚いたような顔をして、しかしすぐに満面の笑みを浮かべ、うん！　と腕にしがみついてきた。ありがとう、弟くん！　弟くんは、いつも危ない時に助けてくれる、うちの王子様みたいじゃね！　それで樹もようやく、ずっと言ってやりたかったことを口にしたのだ。言っとくけど俺は、弟くん、じゃねぇんだよ。俺には、タツルって名前があんだっつーの！　すると律子はクスっと笑い、そっかー、とじっと樹を見あげてきた。じゃあ、これからは、樹って呼ぶね？

それで樹が、呼び捨てかよ？　と顔をしかめると、うちのことも呼び捨てでいいよ？　とあっさり返された。つーかお前、訛りキツくなってねぇ？　とからかうと、だって、気ぃ抜くと出ちゃうんだもん、とふくれっ面で返された。でも、気をつける……。笑われるの嫌だし……。樹も、あたしが訛ってたら教えてね？　だから樹はフンと鼻を鳴らし、やなこった、と言って返してやったのだった。田舎者は田舎者なんだから、取り繕ったってしょうがねぇじゃん。その後は思い切り小声になってしまったが、それでも言ってやったのだった。だから、その……。俺の前では、訛ってろよ……。

それから律子は、何度も樹のポケベルを鳴らした。とはいえ、危険な目にあったわけではなく、７２４１０６、や、０８４、０８３３、１０１０５、などという、ごくたわいのない連絡が多かったのだが——。律子はたいてい離れの家電でそれらを打ち、樹のポケベルを鳴らしていた。そうして樹も家にいれば、たいてい廊下や玄関で落ち合った。

特に真夜中、美和子が家に帰ってしまい、ひとり門叶に取り残された律子は、よく樹を呼び出した。お腹減ったー。しょっちゅうそうこぼす律子のため、樹は母屋の冷蔵庫から、食料を調達してやることもままあった。そうしてふたりは離れの廊下で、こそこそ夜食をよく食べた。

おーいしいー。単なる缶詰でも、パンの切れ端でも、律子はたいていそう言った。お前はなんでもうまいヤツだなぁ。いつか笑ってそう言ったら、律子も笑って返してきた。だって行儀悪く食べると、余計においしく感じない？　なんだそりゃ？　樹が眉根を寄せてそう笑うと、律子も大きく口を開けて笑った。こうやって、楽しい感じでご飯食べるの、何気にけっこう夢だったんだー。

その言葉に、樹はかつて彼女が囲んでいたはずの、家族との食卓を思ってしまった。殴る父親と、殴られる母親、そして子どもたち――。彼女が十五年間、過ごしたのであろう食卓。

「……」

門叶の離れは築年数が古く、だから廊下も薄暗くて、夏でも少し涼しく感じるほどだった。廊下だから、もちろんテーブルも椅子も何もなくて、だからふたりは板張りの床に直《じか》に座って、樹が母屋からくすねてきた食料を囲むのが常だった。缶詰にクラッカー、ビスケット、貰い物のハムやチーズに、時々おにぎり。ふたりが食べていたのはたいていそんなものばかりで、けれど律子はいつだって嬉しそうだった。おーいしいー。その笑顔にも言葉にも、嘘はないと思われた。そしてそのことが、樹の胸をどういうわけか締めつけた。

「……」

こんなことで喜ぶなよ。そんなふうに、思っていたような気もする。こんなことが、夢だったなんて言わないでくれ。もっと楽しいことも、嬉しいことも、幸せなことも、世の中にはきっとあるはずなんだ。それがどんなことなのかは、俺にもよくわかんないけどさ。でも多分、きっとあるはずだから――。だからこんな暗いところで、そんな幸せそうに、笑ってくれるなよ。

あの時彼女の腕を引いて、そのまま抱きしめてしまえていたら、何かが変わっていただろうかと、かつての樹はよく考えた。そうすれば、もしかしたら、俺たちは、もしかしたら――。

けれどけっきょくそうしてみたところで、律子は俺を選ばなかっただろう。それは今現在の、樹の実感だ。たとえ間違いだったとわかっていても、けっきょくそれを選んでしまう。運命とはそういうもので、だから律子も、きっと何度人生をやり直したところで、きっと彼を選ぶのだ。運命だから、きっとそうなってしまう。

兄の部屋で、泣いている律子を見かけたのは、高三の終わりの頃のことだった。戸口の床のうえで、うずくまるようにしている彼女に、どうした？　と声をかけると、なんでもない、と鼻声で返されて、樹は勢い律子の腕を摑んだ。

なんでもないヤツが、なんで泣いてんだよ？　絞り出すようにそう言うと、律子は片手で顔を覆ったまま、ホント、なんでもないから、と誤魔化すように笑ってみせた。

体から力が抜けていったのは次の瞬間で、彼は律子の右頰に、あざがあるのをみとめてしまった。

「――お前、それ……？」

呟くように言うと、律子は弁解がましく言って返してきた。

「違うの、これは――。ちょっと、行き違いがあっただけで……」

兄の部屋に入っていく律子を、樹は何度か見かけていた。彼女はもともと、兄が連れてきた女の子なのだから、それは当たり前と言えば当たり前の光景だった。だから兄に意見するようなことはなかったし、律子にだってまともに確認したこともなかった。

それでも、ちゃんと気づいてはいた。気づかないわけはなかった。好きな女に、男がいるかどうかくらい、わからないわけはなかった。

「……アイツが、やったんだな？」

けれど、その好きな女が、自らの顔にあざをつけていった男を、かばってみせるとまでは思っていなかった。

「あの人が、悪いわけじゃないの。だから、気にしないで？　あの人のこと、責めないで？　お願い、樹……。お願いだから――」

力という力が抜けた。体が砂になって、崩れていくような感覚に襲われた。そしてそのあまり、樹は律子の手を離してしまったのだ。

「……樹？」

なんでなんだよ？　そんな言葉すら、口にすることが出来なかった。律子、お前、言ってたじゃないか。暴力は、暴力でしかない——。その通りだよ。お前は、正しかったんだ。なのに、なんで——。

なんで今のお前は、アイツをかばったりしてんだよ？

それから少しして、律子は門叶の離れを出て行った。大学にあがった美和子が、ひとり暮らしをはじめたのを機に、彼女もその部屋へと移り住んだのだ。

榊からそんな報告を受け、あっそう、と樹が小さく返すと、彼は弟の肩を摑み、お前、律子ちゃんとなんかあったのか？　と訊いてきた。それで唾を吐いて返すと、人生二度目の半殺しの目にあった。あったがしかし、一度目の時のような、ひどい痛みは感じなかった。

痛ければよかったのに。あの時、樹ははっきりとそう思った。痛みがあれば、少しはこの気持ちも、紛《まぎ》れたかもしれないのに——。けれど痛みは鈍いままで、だから彼の脳裏には、律子の顔ばかりが浮かんできてどうにも弱った。見学料五千円！　助けて！　弟くん！　うちの王子様みたいじゃね！　お腹減ったー。おーいしいー！

あんなヤツ、もうどうにでもなればいい。頭に浮かぶ律子の笑顔を、打ち消すように樹は思った。どうでもいいよ。どうせ俺には関係ない。何しろそれが、樹のいつものやりかただったのだ。勝手にしろ。俺も勝手にするから。人生なんて、どうせ死ぬまでの時間つぶしなんだから——。

「……っ、クソッ！」

けれど、今度ばかりは上手に思い切れなかった。何しろそう思い切るには、幸せな記憶が多過ぎた。薄暗い廊下。板張りの床は座り心地がひどく悪くて、立ちあがった瞬間足がしびれていて、ふたり揃って床に崩れたことが何度もあった。ふぁー！　痛ったー！　床に並べた夜食だって、たいていお粗末《そまつ》なものだった。冷たい缶詰、乾いたパンに、やはり乾いたハムチーズとソーセージ。何しろ親の余りものを、くすねただけの食事だったのだ。

「……なんで、こんな——」

それでもそれを分け合えたことは、遺憾ながら樹にとっても、ひどく幸せなことだった。樹はそのことを、嫌というほど思い知ってしまった。

ポケベルが次に鳴ったのは、夏休みに入った直後のことだった。その頃、周囲の友人たちはポケベルから携帯へと通信手段を変えはじめていて、だから樹のポケベルもほとんど鳴ることはなくなっていた。何しろ彼自身、すでに携帯を手にしていたのだ。それでもポケベルを解約しないままでいたのは、たぶんそれが鳴ることを、待っていたからなのだろう。

会いたいとメッセージを送って来た律子と、樹は大学近くのファストフード店で落ち合った。その頃には律子のほうも、すでに携帯を所持していて、だからふたりの待ち合わせは、あっけないほど容易に叶《かな》ってしまった。

約四ヵ月ぶりに会った律子は、制服こそ着ていなかったものの、しかし以前と様子はさほど変わっていなかった。髪は茶色いままで、スカートから伸びた足も、長いまつ毛も、相変わらず綺麗なままだった。そして彼女はその変わらない姿のままで、困ったような笑みを浮かべ、おもむろに頭をさげてきたのである。お願いがあるの。こんなこと、樹にしか頼めなくて――。

だから樹はとっさに、金の無心かと考えた。自分が頼まれることと言えば、そのくらいしか思いつかなかったからだ。しかし律子の頼みごとというのは、樹の想像の斜め上をいっていた。

「……ここに、名前を書いて欲しいの」

律子が差し出してきたB5のその紙には、人工妊娠中絶手術同意書の文字があった。それで樹が目を見開き、そのまま律子を見詰めると、彼女は泣きだすのを堪《こら》えるような笑みを浮かべ、ごめん……、と震える声で続けたのだった。でも、樹にしか、頼めなくて……。

「……アイツの、子ども?」

そう訊くと律子は、俯いたまま小さく頷いた。それで樹が立ちあがろうとすると、でももう別れたの、と絞り出すように律子は告げてきた。だから、あの人も知らないの……。美和子にも、まだ言ってない……。だから、このまま終わらせるから……。力を、貸してください……。

肩を震わせ言う律子に、樹も半ば呆然としてしまっていた。突然のことで、内心パニックになっていたというのもある。伏せた律子の両目からは、面白いようにぼたぼた涙がこぼれていた。おかげで彼女のスカートには、涙のシミが出来ていたほどだった。

泣く彼女を見たのは、それが二度目だった。兄の部屋で泣いていた、あの日以来——。だからなのか、樹は唐突に思い至ってしまった。ああ、そうか。これは、やり直しなんだ。あの時、コイツの手を、離してしまったことの——。

その瞬間、テーブルの上のグラスの氷が、カランと小さく音を立てた。樹が口を開いたのは、その直後だった。

「——バカだな、お前は」

そうして自分でも驚くほど、上手に笑って言えてしまった。

「言っとくけど、呼べば助けるって言いだしたのは、そもそも俺のほうじゃんか。だいたい今までだって、ちゃんと助けてやってたんだし……。それを、何を今さらしおらしくしてみせてんだよ？」

そんな樹の言葉に、律子は少し驚いた様子で顔をあげた。彼女の表情はポカンとしていて、明らかに拍子抜けしているのが見てとれた。勢い涙も、止まってしまっているようだった。だから樹は安堵して、笑って言葉を続けたのだ。

「呼ばれたんだから、助けてやるに決まってんだろ？　男に二言はないよ。それに俺は、お前の王子様らしいし……」

幼い頃から、樹は薄い氷の上で、ずっと立ち尽くしているようだった。足元が崩れて、冷たい水の中に落ちてしまうのが怖かった。こんな寒い場所にいたくはないのに、それでも身動きがとれないまま、ただただ自分の置かれた場所を恨み続けていた。

それでもあの時、樹は足を踏み出したのだった。少なくとも、彼はそう感じていた。何しろ同じ氷の上に、律子が立っているように思えたのだ。

その頃、樹はもう知っていた。氷の上に立つ人というのが、あんがい多いという現実を。凍てついた世界の中で、ぽつんぽつんと人々は立ち尽くしていて、身じろぎも出来ずにたいていそこから動けずにいる。あるいはおそるおそる、どうにか前に進もうともがいている。樹が、ずっとそうだったように——。

けれどあの時、彼は半ば強引に、やっと足を踏み出したのだ。

もう、いい——。はっきりとそう思っていた。足元が崩れてしまってもいい。もう、構わない。冷たい水の中に、投げ出されてもいい。溺れてもいい。なんだっていいんだ。また律子を、失うよりはずっといい。

彼女を、ひとりで泣かせるよりは、ずっといい。

「——だからもう泣くな。ブスが余計、ブスになるぞ？」

十九歳だった。見た目はすっかり大人だったが、中身はまだまだ子どものままだった。子どものまま、彼女のためならなんでも出来ると思っていた。若さというのは多分そういうもので、愚かだという向きもあろうが、けれどそれはそれなりに尊い思いでもあった。

堕胎のために向かった産婦人科で、逃げ出した律子を追いかけたのも樹だった。病院のガウンを着たまま、公園の植え込みで隠れるように泣いていた彼女を、見つけたのももちろん樹だ。産みたいと、途切れ途切れの声で言った律子に、じゃあ産めよ、と告げたのも彼で、俺が父親になるから、と微笑みかけたのも樹だった。

そうして家族を巻き込んでの、大騒動を起こしたのだ。親が用意した何もかもを、樹はすべてぶち壊した。自らの生きる指針さえ、あの頃の樹はいくらでも曲げた。知らない大人に媚を売って、愛に生きるいわゆる御曹司を演じてもみせた。その姿は、思いのほか一部の大人たちに好評で、おかげで仕事にもありつけたし、アパートだって借りられた。クソのようだと思っていた世界にも、そうでない部分もあるのだと知れた、それはそれで貴重な経験でもあった。

律子と一緒に見た瀬戸内の海のことも、樹は鮮明に覚えている。風のない凪いだ海は、一面に光を含んでいて眩しいほどだった。向こうにはポッカリ浮かぶ島々と、その間を渡っていく船が見えて、律子はどこか楽しげにその船に手を振ってみせていた。そうしてその手を膨らんだお腹にやって、やはり小さく微笑んだのだ。

「……綺麗でしょ?」

樹に言ったのか、あるいはお腹の子どもに語りかけたのか、判然としない調子で、律子はそう口にした。

「この町に、いい思い出なんて大してないんだけど……。でもこの景色だけは、あたし、好きだったんだ」

陽ざしを受けた律子の横顔は、海と同じほど眩しかった。だから樹は、思ったのだった。あの薄暗い廊下から、俺たちはここまで来られたんだな、と——。

風はないが、潮の香りはいくらもしていた。カモメの鳴き声が聞こえてきて、見上げると空が青いことに気づかされた。額に頬に降りそそぐ陽ざしは、じんわりと暖かだった。

楽しいことも、嬉しいことも、幸せなこともきっとある。光の下にも、きっとある。そんなふうに樹は、束の間ながら信じることが出来た。長らく氷の上に立っていた彼にとって、それはそれで中々に貴重な経験だったと言えよう。

別れは、意外なほどあっけなくやってきた。ある日彼女が、暮らしていたアパートから、忽然と姿を消してしまったのだ。とはいえ、彼女が向かった先はすぐにわかった。それでも樹が律子を深追いしなかったのは、別れの予感をどこかで感じ取っていたからだろう。

何せ一緒に暮らしていた頃の律子は、どこか遠くを見詰めるような、誰かを捜しているような、虚ろな表情をよくしていたのだ。だから、ささやかながら覚悟はあった。もしかしたら彼女は、いつか彼のもとへ行ってしまうかもしれない。

とはいえ、まさかそんなに早く姿を消されてしまうとは思っていなかったが——。しかしそれも、運命といえば運命だったのだろう。彼女が突き動かされた理由を思えば、樹としては、そう納得するしかなかった。

「……もう、会ってもらえないかと思ってた」

十八年ぶりに再会を果たした際、律子はそんなふうに言ってきた。なんでも彼女は美和子から、樹が家庭を持ったことをすでに聞かされていたらしい。

「もう、十年くらい前かな……。樹なら、奥さんと子どもさんと、幸せにやってるって、美和子が教えてくれたの。だからもう、会うことはないと思ってたし……。てゆうか、会っちゃいけないって、思ってたんだけど……」

だから樹も、肩をすくめて返したのだった。

「そんなことないさ。俺は、会いたいと思ってたし……。感謝もしてるんだ。律子にも、希実ちゃんにも――」

そうして彼は、いつか伝えられたらと思っていたことを口にした。今の家族と、自分との馴れ初めだ。まだ長男が幼かった頃、樹は迷子になっていた彼と出くわし、行きがかり上、母親を捜す羽目に陥った。

「……やたら懐かれてね。俺としてもほっとけなくて、半日くらい一緒にいたかな。それでやっと、母親を見つけてやることが出来たんだけど……」

その説明に、嘘はなかった。樹は迷子になった長男を、どうしても放っておくことが出来なかったのだ。その時のことを、長男もしばしば口にしているほどだ。あの時のお父さん、ちょっとすごかったよ。俺、迷子だってバレたら誘拐されるかもって思って、必死でなんでもないって顔して歩いてたのにさ。大丈夫かって、普通に声かけてくるんだもん。お前、迷子だろ？　って――。だから、なんでわかったんだろうって、俺もすっごく驚いちゃって……。

人生には不思議な出会いがあって、こちらが望むと望むまいと、ごく当然のように人生の進む先を変えてしまう。あの日、人混みの中を不安げに歩く長男に気づいて、声をかけてしまったのも、きっと運命の類いだったのだろうと樹は思っている。

律子と別れ、家とも絶縁したままで、だいぶ荒《すさ》んでいた頃だった。律子の子はいくつになっただろうと、そんなことを考えては、勢い酒をあおることも多々あった。若気の至りで踏み出した先の氷は、あっけなく無残に割れ果てて、だから樹は冷たい氷水の中で、ただただぼんやりと浮かんでいたのだった。あとはもう、このまま凍りついてしまうか、あるいは沈んでしまうだけ。そんなふうに思っていた時期だった。命が終わってしまうことを、ひとり静かに待っていたような気すらする。そしてそんな日々の中、迷子の少年と出会ってしまった。

クリスマスも過ぎた年の瀬だった。忙しく人が行き交う街の中、薄い酔いに浸りながら歩いていたところ、ひとり人混みを行く子どもの姿を見かけた。まるで薄い氷の上を歩くような、不安げな顔をした小さな子ども。

放っておくことが出来なかったのは、ある種の必然だったのだろう。樹はその子のもとへと急ぎ向かい、しゃがみ込んで言いだした。

「おい、大丈夫か？　お前、迷子だろ？　お母さんとはぐれたか？　どっから来た？　おーっと、泣くな、泣くなって……。んー、と……。そうだな、おじさんが、お母さんを捜してやるから……。名前、なんていうんだ？　お前の名前だよ。なんて名前だ？」

するとその子どもは、目に涙を浮かべ小さく応えたのだった。

「――ノゾミ」

人生には、不思議な出会いがある。進む先を、ぐいと強引に変えてしまうような、不思議な出会いが――。

「ムロイ、ノゾミです……」

瞬間、気づけば樹は、その子の腕をしっかりと摑んでしまっていた。摑んで、その名前を口にしてしまった。ノゾミ……？　お前、ノゾミっていうのか……？　するとその子は、はい、と頷いた。そうしてじっと、樹の目を見詰めてきた。

いやにきらきらとした目だった。黒目はうるんでいて、白目のほうは青みがかって見えるほど白かった。まだ何も、見過ぎていない目――。肌も同じだった。つるんときめが細かくて、ふくふくしていて、まるでむきたての桃のようだった。頬や鼻の頭は寒さで赤くなっていたが、それすら生き生きとした命の息吹きを感じさせた。

だからだろうか、樹の口からは、つい言葉がこぼれてしまったのだ。そうか、ノゾミっていうのか……。口をついて、長らく胸の中にあった思いが、おそらく溢れてしまったのだ。偶然だな……。おじさんの娘も、ノゾミっていうんだよ——。

今思えば、明らかに不審者のレベルだが、しかしノゾミなるその子どもは、特に怯える様子も見せず、じっと樹の顔をのぞき込んできた。そうしてしばらく不思議そうに樹を見詰めたのち、ヘンなの、おじさん、と笑いだしたのだった。大人なのに、泣くなんてヘン。それで樹は、目に涙が溜まっていることに気づき、慌てて袖でそれを拭ったのだ。そうして、そうだな、と笑ってみせた。大人が泣くなんて、おかしいよな?

少年の頭を撫でたのはその直後で、これも何かの縁かな……? と樹は小さく笑い、改めて彼に提案したのだった。よし、ノゾミくん。おじさんと一緒に、お母さんを捜しに行こう。なーに、時間ならおじさん、たっぷりあるんだよ。

ノゾミなる少年の名前は、もちろん希実などというものではなく、若干男の子らしく望海と書くものだった。

それでも樹が、そこに運命を感じるのに、他の理由は無用だった。望海に懐かれた彼は、荒れた暮らしを送るわけにもいかなくなり、徐々に生活を改めていった。

使う言葉も変えた。子どもたちに、悪い言葉は聞かせたくなかったからだ。働くようにもなった。しょっちゅう自分に会いに来る子どもを前に、いつまでもフラフラしているのは躊躇われたからだ。そうしているうちに、俺なんてどうでもいいとは思えなくなった。懐いてくる子どもたちに、おそらく失望されたくないと思ってしまったからだろう。

道端のゴミ、電柱の貼り紙、車の交通量、そんなことも、気になるようになった。彼らが見て触れるものは、なるべくならマシなものであって欲しいと願うようになった。そのうち、保険や税金や、政治の動向、そんなことまで、関係のない話だとは思えなくなってしまった。何せここは、いずれ彼らに渡さなければいけない世界なのだ。だったら少しは、よりよいものに――。

けっきょくはエゴなんだがな、という思いはある。こんなのはしょせん、親の身勝手な願いでしかない。それでも彼は、そんな思いを持てたことに、少なからず安堵していた。どうでもいいと嘯きながら、日々を重ねていた頃よりずっといい――。だから彼女に対しても、感謝の意を述べたのだ。

「……ホント、けっこう感謝してるんだよ。まあ、今だからそう言えるのかもしれないけどさ」

樹のそんな言葉に、律子はしばらく黙り込んだ。そうして、長らく硬いままだった蕾《つぼみ》が、わずかにほころんだかのように微笑むと、小さく笑って首を振ってみせた。やめてよ。感謝なんて、こっちがすることで、樹にしてもらうようなことじゃないのにー。

それで樹が、へえ、律子は感謝してたの？ と訊くと、彼女はしかつめらしい表情を浮かべてみせた。うん、してるしてる、超してるー。多分、足を向けて寝た日はなかったんじゃないかなー？ てゆうか、絶対向けてなかったと思う！ うん、むしろ拝んでた感じ？ 神様仏様、樹様って——。

冗談めかした話しぶりは、まるで昔のままだった。だから樹も笑いながら、そのノリにつき合えたのだ。へーえ、そりゃ殊勝な心がけだな。そうして切りだすことが出来た。

「……で、今度はなんだよ？」

何しろ樹には、わかっていたのだ。

「お前が王子様を呼ぶ時は、何か助けて欲しい時だろ？」

すると律子は少し驚いた表情を浮かべ、一瞬目をしばたたいてみせた。樹……。しかしすぐに眉根を寄せて苦く笑い、もー、さすが樹なんだからー、と肩をすくめたのだった。話が早くて、助かっちゃうー。時間がないから、ホント助かる……。そうして彼女は告げてきた。

「――頼めた義理じゃないのは、わかってるんだけど。でも、お願いしたいの。もう一度、希実の父親になってもらえないかなって……」

ただしその申し出は少々意外で、樹としては若干戸惑ってしまったのだが――。しかし律子は樹を見詰めたまま、切実さを含ませた目で続けたのだった。

「あの時、あの子を望んでくれたのは、樹だった。だから樹に、父親でいてもらいたいの。あたしね、あの子を……。あの子を、父親に望まれて、愛されて生まれてきた子どもにしてあげたいの」

それはおそらく、愛されず望まれず、生まれて生きてきたと思っている彼女の、叫びにも似た願いだった。だから樹は応えたのだ。

「やっぱりお前、バカだよなぁ……」

それがとんでもないエゴだということは、重々承知のうえだった。中々に危ない橋だということも、よくわかっていたつもりだった。それでも樹は、応えたのだった。

「……俺はずっと、希実ちゃんの父親だったよ。違うって言うヤツがいるんだったら連れて来い。ソイツのこと、ぶん殴ってやるから」

父親というものが、家族というものが、樹にはまだよくわからない。何が正しい選択で、何が間違った行為だったのか、過去を振り返ってみてもまるで判然としないままだ。

「それでも、正しいと思ったことをするしかないわ」

妻はそう言っていた。

「親は子どもを、守らなきゃ。親くらいは、守ってあげなきゃ――」

そうなのだろうと樹も思う。間違っているかもしれない。傷つけるかもしれない。正解など、そもそもありはしないのかもしれない。それでも、最善だろうと思う道を、選んでいくしかないのだろう。

だから病院にやって来たパン屋のブランジェにも、樹は声をかけたのだ。

「……律子は、体調があまりよくない。話なら、私が聞こう」

樹の言葉に、美しい顔をしたその青年は眉根を寄せた。まるで野生動物が、一瞬にして毛を逆立てるように、彼は警戒心をあからさまにしてみせたのだ。

その様子に、樹の胸の奥のほうがわずかに締めつけられた。何しろかつて、こんな目をした誰かを見たことがあるような気がしてしまったのだ。

迷いのない目。あるいは、迷うことを拒んだ目とでもいうべきか。あれは、誰の目だった？　あられもないほどむき出しに、何かを守ろうとする人の目。美和子のそれだったか、それとも律子のものだったか。もしかすると、鏡の中の自分の目だったか――。

そんな感慨を脳裏に過らせながら、しかし樹も怯むことなく、その青年に微笑み続けた。

「君の知りたいことは、おそらく私も、それなりに知っているかと思うよ？」

何しろ樹にも、迷いはなかったのだ。守るべきものは、わかっていた。そうして真実というものを糊塗《こと》するために、挑むような気持ちでもって彼は告げてみせたのだった。

「――例えば希実ちゃんの、本当の父親の話、とかね？」

＊＊＊

門叶榊はとにかく上機嫌だった。

上機嫌のあまり、まったく周りが見えていないようですらあった。例えば、希実と一緒に入ったパンケーキ屋が、自分たちのテーブル以外、ほとんど若い女の子たちで埋め尽くされていることにも、そしてその女の子たちからはっきりと好奇の目で見られていることにも、榊はまったく気づいていなかった。

あるいはもしかしたら気づいてはいたのかもしれないが、しかしまったく気にしている様子はなかった。何しろ彼は正面に座った希実を前に、サングラスのブリッジを何度も押さえつつ、いやはや、よかったよかった、などと嬉々としてひたすら繰り返していたのである。

「――なんていうかこれでまた、希実ちゃんと一歩距離が縮まった感じだな。うん、うん、うん。いやはや、よかった……」

完全に浮かれたテンションの榊は、オーダーを取りに来た店員が、あれ？　娘さんとデートですか？　などとしょうもない声掛けをしてきた際にも、目を輝かせ返してみせていた。えっ？　娘っ？　いやだなぁ、僕ら、親子に見えますか？　しかし、いやだと言いながらも、その表情は明らかに嬉しそうなのだった。いやー、でもー、まあ、見えますよね？　年の頃もちょうどいいし……。うんうんうんうん。けど、ここだけの話、僕たちは親子じゃなくて兄妹なんです。厳密に言えば、もうじき兄妹になるっていうか……。

勢いそんなどうでもいい話まで、繰り広げそうになる始末。

だから希実は、彼の話を遮るようにして、毅然《きぜん》と注文してみせたのだった。

「私、リコッタパンケーキのセットお願いします！　ドリンクはコーヒーで」

すると榊もすかさず笑顔で、あ！　僕も同じものを、と割り込むように言ってきた。

「言っておくけど、真似じゃないよ？　ちょうど僕も、同じの選ぼうと思ってたんだ。もしかしたら未来の兄妹だけあって、なーんか気が合っちゃうのかもしれないねー？」

それで希実も、ごく冷静に返してやった。

「……そりゃ合うでしょうよ。リコッタパンケーキは、この店のイチオシなんですから」

そうして店員にメニューを渡し、深くため息をついてしまったのだ。行きがかり上、気安く榊の誘いに乗ってしまったが、しかしやはりこの誘いは断るべきだったのかもしれない。浮かれる榊を前に、そう思ってしまっていた側面もある。でもまさか、こんな浮かれはじめるとは、ちょっと想定外だったっていうか……。

甘いものでも食べに行こうか？　そう言いだしたのは、もちろん榊だった。せっかく希実ちゃんが一肌脱いでくれたんだから、僕としてもぜひそのお礼がしたいんだ。青山の、パンケーキ屋さんって知ってる？　いつも行列の出来てる、人気店なんだけど。知り合いがやってる店だから、ぜひ希実ちゃんをご招待したいなー、と。そう誘ってきた榊に、しかし希実は言下《ごんか》に辞した。甘いものなら、店にいくらでもあるんで結構です。しかし榊が、でももうお店予約しちゃったんだよねー、などと返してきたため、それならまあ仕方がないかと、のこのこ榊について来てしまったのだ。

だって、人気店の予約とったって言われて、断れるはずないっていうか……。上機嫌の榊を前に、だから希実は悶々と思っていた。それに、行列が出来るパンケーキ屋なら、パン屋が繁盛するヒントとかも、見つかるかもとか思ったし……？

いっぽうの榊のほうはといえば、口元に笑みをたたえたまま、嬉しそうに希実を見詰めたままだった。だからもう希実としては、息をついてそのままテーブルに目を落とすよりなかった。けどまあ、ここまできたら仕方ないよな……。名物だっていうパンケーキ、しかと食べて帰らせてもらうしか——。

ちなみに、榊が言うところの希実が脱いだ一肌とは、DNA鑑定のことだった。つまり希実は今しがた、樹との親子関係を証明するための、DNA鑑定を受けたばかりだったのである。

なぜ突然そんなことをするに至ったかといえば、ひとえに養女交渉の末の、それが妥協点となったからだ。

つい一時間ほど前のことだ。門叶の養女になってもいい。だから諸々の手続きはすっとばし、とりあえずブランジェリークレバヤシを助けてもらえないか、そう提案した希実に対し、榊はしばらく考えたのち、まあ、いいだろう、と言いだした。

「——確かに、まずはこちらが誠意を示すべき事案だからね。希実ちゃんの主張は、実に真っ当だ。しかも交渉の仕方としては、中々悪くない。僕としては、ますます希実ちゃんが気に入っちゃったってところだよ」

その上で彼は、希実の気持ちを量るように条件を出してきたのだ。

「でも、こっちとしても、はいそうですかって、条件を丸々のみ込むわけにはいかないなぁ。何せお店を助けるためには、それなりの額のお金が動くわけだし……。希実ちゃんの誠意も、ちょっとくらいは見せてもらいたいというか……」

そんな榊の物言いには、希実もそれなりに納得してしまった。何しろこちらは、多額のお金を動かしてもらう立場なのだ。それなのに、あまり強気な態度には出られまい。地獄の沙汰も金次第。金がないのは首がないのと同じ。そんな価値観があることも、希実はちゃんと知っていた。お金を動かしてもらうというのは、つまりそれ相応の負担を相手にかけるということで、だからやはり彼の言い分については、やはりそれ相応に、のみ込まざるを得ないだろうという気持ちが強かった。

だから希実は少し考えて、じゃあ念書でも書きますか？　と提案してみたのだ。絶対養女になります、的な念書とか……。しかし榊は、鼻で笑って返してきた。未成年者が書いた念書の法的効力なんて、政治家の公約程度の誠意しか感じられないよー。それで希実はまた考えて、じゃあお祖母さんに会ってご挨拶するとか？　と代替案を出してみた。絶対会社継ぎますって、約束するみたいな……？　だがそれにも、榊は渋い顔で応えるばかりだった。うちの母、このところ具合が悪いから、人と会える状況じゃないんだよなー。

おかげで希実は、だったらどうしろっていうのよ？　と若干いら立ち、しばし黙り込んでしまったほどだ。母の説得には、どう考えたって時間がかかるし。大学に行ってからのことだって、今すぐどうこう出来ることじゃないし――。って、もしかしてこの人、あれこれいちゃもんつけて、けっきょく体よく断るつもりなんじゃないの……？　勢い、そう疑いにかかりそうにもなった。

ただし榊も榊なりに、あれこれ思い悩んでいるようではあった。うーん、けど希実ちゃんに、近々にやってもらえそうなことなんて、やっぱり特にないような……？　そんなことをブツブツ言いつつ、でも、ちょっとくらい、誠意は見せて欲しいんだよなー、と顔をしかめてみせるばかり。そうして彼は最後の最後に、DNA鑑定なる案をひねり出してきたのである。

「例えば、DNA鑑定だったら、すぐに出来るかも……。しかも鑑定書があれば、僕としても親戚筋への説得が容易になるし……」

だから希実は、じゃあそれにしましょう！　と即決してみせたのだった。

「私は、私の誠意の証として、とりあえずDNA鑑定を受けます！　だから榊さんも、榊さんの誠意として、早急にお店のほう助けてください！」

受けて榊も、我ながら中々いい案を思いついた、といった様子で、うんうん、そうだねぇ、と頷きはじめた。交渉としては、悪くない妥協点かもな。うん、いいじゃない、DNA鑑定……。そして彼は流れるように、じゃあ、施設に連絡入れてみようかなー、などと言いだしたのだ。

無論希実としては、え？　今すぐ？　と少なからず動揺したが、しかしブランジェリークレバヤシの状況を鑑みるに、話は早く進めたほうが得策だろうと彼を止めることはしなかった。それで榊を見守っていると、彼は本当に鑑定施設に電話を入れてしまった。どうも、私、門叶榊と申しますが——。

しかも鑑定施設との話し合いは、希実が目を見張ってしまうほど、するする決まっていってしまった。ええ、例の鑑定の件で……。ああ、そうなんですか？　へえ、今日？　え？　これから？　うーん、でもここからだと、二十分くらいはかかっちゃうかな……。あれ？　それでも大丈夫？　ああ、だったら、これからうかがいますよ。

おかげで希実としては、え？　いきなり今日の今日で？　と多少なり戸惑ってしまったのだが、しかしここまできたら乗りかかった船。ええい、ままよ！　という心意気でもって、そんなわけで予約しちゃいました、と笑顔で言ってきた榊に対し、わかりました、行きましょう！　と告げてみせたのだった。こっちは、血でもなんでも取っていただいてかまいませんから！　とはいえけっきょく、鑑定は無血のまま進んだのだが——。

以前、榊が言っていた通り、DNA鑑定というのはごく簡単なものだった。施設そのものも、オフィスビルの一角にあるちょっとした歯医者のような雰囲気で、特に仰々しいようなこともなく、希実としても怯むことなく、あっさり足を踏み入れることが出来てしまった。

受付嬢も歯医者のそれと似ていたし、案内された個室も新しいクリニックの診察室のようだった。対応してくれた担当者も爽やかな体育教師のような若い男性で、させられたことも、ただ綿棒のようなものでもって、口の中をぐるっとやられた程度のことでしかなかった。だから希実としては、ホントにこんなことでいいの？　と少々面喰《めんくら》ってしまったほどだった。確かに簡単だとは言われてたけど、まさかこれほどとは――。

そうして受付へと戻ると、待っていた榊が先のように告げてきた。ああ、お疲れ様！　希実ちゃん！　気分はどう？　嫌なことはされなかった？　どこか痛いところはない？　そして彼は、希実を労うようなていでもって、じゃあ、鑑定してくれたご褒美に、甘いものでも食べに行こうか？　と言いだしたのである。疲れた時には、甘味《かんみ》が一番！　心も体もリフレッシュだよ！　そうしてその結果として、希実は青山くんだりでパンケーキを食する羽目に陥ったというわけだ。

榊の話によれば、鑑定結果は明後日には出るとのことだった。それで希実が、意外と早いんですね、と驚くと、榊はしかつめらしく返してきた。まあね。門叶の名前を出せば、たいていのことはスムーズに運ぶからねぇ。つまりは通常の鑑定より、火急《かきゅう》に作業が行われるということなのだろう。

そのスピード感に、希実は若干の違和感を覚え、もしかして、実はけっこう急いでる感じだったとか……？　と訊ねると、榊はなんてことはないといった風情でもって、眉毛をあげて返してきた。うーん？　そうでもないけど……。早さっていうのも、一応サービスの一環だからね。向こうが提示したいサービスは、それなりに受け取ってあげるのが、僕らみたいな人間の務めでさぁ。無論、希実としては明確な意味はわからなかったのだが、どうもそういうことらしい。

リコッタパンケーキが運ばれてくると、榊は嬉々として手を合わせてみせた。わあーん！　おいしそー！　相変わらず、食べものの前ではオネェっぽくなる人である。おかげで隣のテーブルの女の子たちは、若干興味深そうにこちらのテーブルに目を向けてきて、希実としては少々居心地の悪さを感じないでもなかったが、しかし目の前に置かれたパンケーキには、やはり目を見張るものがあり、だから榊の歓喜についても、特に咎めるようなことはせずにおいた。

「……」

パンケーキからは、放埒《ほうらつ》なほどの甘い香りが漂ってきていた。当然、小麦や砂糖の香りではない。バニラやクリームの濃厚な甘さを含んだ香りだ。それだけでも少しくらくらしそうなのに、見た目も中々に扇情的だった。キツネ色に焼かれた厚みのあるそれは、見るからにふわふわとした風情で、それが三枚重ねられているのだから、高さはほとんどホールケーキほどある。その脇には焼かれたバナナが添えられていて、全体には白いパウダーシュガーがふりかけられている。その様はずいぶんと清楚でシンプルなのに、しかしテーブルの上には甘い香りが充満していて食欲をそそられる。

それで思わずパンケーキに見入っている最中、隣のテーブルで同じメニューを頼んだらしい女の子たちが、やーん！　かわいいー！　などと言っているのが聞こえてきた。なんか、ふわっふわー。ヤバーい、ホントかわいいー！

平生《へいぜい》の希実であれば、食べものがかわいいって、なんだそりゃ？　と顔をしかめているところだ。しかしそのパンケーキを前に、希実も彼女らの感想に同意せざるを得なかった。これは、確かにかわいい……。いかにも純情そうな風貌ながら、計算高く人に甘え愛嬌を振りまき、時に男を路頭に迷わせる類いの、とびっきりかわいい女の子みたいだ。

そうして口に運んでも、やはり想像通りの甘さとチーズのわずかな酸味で、正直なところ震えるほどおいしかった。しかも最初のひと口がたまらない。これだけ甘いと、ひと口目のインパクトは絶大だな……。まあ、私個人としては、もっと素朴な甘みのほうが好きだけど……。そんなことを思いながら、しかし希実はぱくぱくとパンケーキを食んでいく。ああ、でも、クセになるのもわからなくもないな。甘々だけど、なんだろう？　疲れてる時は、こういうのをガツンといくのもいいっていうか……。

　いっぽう目の前の榊のほうも、おっほー、甘っ！　などと天を仰ぐような仕草を見せつつ、ゆっくりとパンケーキを口に運んでいた。なんていうか、こう……、目が覚めるような味だねぇ……。だから希実も、ですね、などと同意しつつ、そのレモンジュースかけると、榊さんにはちょうどいいくらいかもしれませんよ？　と教えてやった。すると榊も、ほほう、なるほど……、とすぐにレモンジュースをパンケーキにかけ、その味を確認していた。ああ、確かに……。こうするとだいぶいけるな……。

　そして彼は三分の一ほどパンケーキを食べたのち、ふとその手をとめて、笑顔で希実を見詰めてきた。しかも時折りサングラスをずらし、直に希実をチラ見するという、なんとも不気味な見詰め方だった。

「……」

　それで希実も食べるペースを落とし、顔をしかめ榊に告げてしまった。

「なんですか？　じろじろ見られてると、なんか、食べづらいんですけど……」

受けて彼は、ああ、そうか。それはすまなかったね、とすぐ目を逸らし、隣のテーブルの女の子たちに顔を向けてみせた。

「気にしないで、たくさん食べてくれたまえ。僕はあっちを見てるから……」

ただし当然というべきか、隣のテーブルからは、小さな悲鳴があがったのだが——。だから希実は大慌てで、前言撤回する羽目に陥ったのだった。

「あの、やっぱ私を見ていいです！　そのほうが、まだマシみたいなんで……」

かくして希実の許可を得た榊は、お、そうかい？　などと実にのびのびと希実を見詰めはじめたのである。

「いやー、悪いね。希実ちゃん、食べっぷりがいいから、見てて気持ちがいいんだよねー。それでついつい、じっとこう、見詰めちゃうっていうか……？」

無論希実としては、こっちはむしろ気持ち悪いくらいですけどね、といった心持ちだったが、しかしパンケーキがおいしいことに違いはなく、だからぱくぱく続けたのだった。

おいしいものの前では、榊の不気味さもちゃんと凪いだ。あれ？　榊さん、もしかしてお腹いっぱいですか？　よければ私、手伝いますけど？　そんな進言もしてしまえたほどだ。

「――今日は、ありがとう」

榊がそんな言葉を口にしたのは、希実が榊のぶんのパンケーキもすっかり平らげたのちのことだった。彼は、ごちそうさまでした、と手を合わせた希実を見詰め、やはり笑顔でそう言いだしたのだ。

「希実ちゃんとふたりで、こんな時間が持てて楽しかったよ」

そう告げてきた榊のサングラスには、どこかキョトンとした顔の自分が映っていて、だから希実はすぐに顔をしかめ、なんですか？　急に……、と身構えてしまった。もしかして、まだ、何かさせるつもりですか？

しかし榊は口元に笑みをたたえたまま、いいや、と小さく首を振り、これで十分だ、といやに穏やかに応えてみせたのだった。

「鑑定は受けてもらったことだし、お店の件も早急に手を打つから……」

言いながら榊はサングラスのブリッジを押さえ、そののちまた小さく微笑んでみせた。

「……もう、安心していいよ。あとは僕に、任せていてくれればいい」

ただしその笑顔が、心からのものなのか、それとも単なる作り笑いなのか、希実には判然としなかった。彼の本心はサングラスの底に沈んだままで、彼自身、それを明かすつもりは、未ださらさらない様子だった。


パンケーキ屋からは、タクシーで店の近くまで送ってもらった。榊は、店の前まで送るよ、と言ってきたのだが、希実がそれを頑《かたく》なに辞したのだ。

「榊さんと一緒にいるところ、人に見られるのけっこう微妙なんで……」

何しろ暮林や斑目、さらには律子や父の樹に至るまで、希実が榊に接近することには、程度の差はあれ、みな一様に難色を示しているのである。それなのに、榊ともどもタクシーで店の前まで乗りつけるなどという、無謀な真似をする気にはなれなかった。

いっぽう榊のほうも希実の意図を汲んでか、それもそうだね、とあっさりその提案を聞き入れ、店から少し歩いた場所にある交差点で、希実をタクシーから降ろしてくれた。

「——じゃあ、鑑定結果が出たら連絡入れるね。あ、けど、希実ちゃんのほうでも、何かあったら気軽に連絡してよ。僕たち、もう赤の他人じゃないんだからさ」

それで希実は、あー、はいはい、とうわの空な返事をし、さっさと榊に手を振り返したのだ。じゃあ、また……。てゆうか、お店のこと、ホントよろしくお願いしますね？

おかげでそこからの帰り道、希実はまるで大仕事を終えたような、なんともいえない充実感に満たされてしまっていた。これで多分、お店のほうは大丈夫——。そんな安堵感に、包まれていたと言ってもいい。よかった、これでお店は、潰れないですむ……。美和子さんの天然酵母も、今まで通り、かけ継がれていくんだ……。

とはいえ、その後はいったいどうなってしまうのか——。希実としては、まったくのノープランではあったのだが、しかしあとのことはまたあとで考えればいいだろう、とすっかり気が大きくなってしまっていた。今日のところは、もうこれで十分！　お疲れ、自分！　よくやったよ、私！　そんな心持ちでもって、足取りも軽く家路を急いでいたほどだ。

「……ん？」

しかし希実は、ブランジェリークレバヤシのある通りに出てすぐ、ふと足を止めてしまった。何しろ店の前で、黒いランドセルを背負った少年が座り込んでいたのである。

「あれ？　こだま……？」

黒ランドセルの少年は、店の常連、水野《みずの》こだまだった。だから希実は立ち止まったまま、思わず首をひねってしまった。何しろ彼は開店前であっても、平気で店に入っていく、そういう少年であるはずなのだ。そのため希実はそのまましばらく、こだまの様子を注視してしまった。

いっぽうこだまはといえば、希実の姿に気づく様子もなく、じっと地面を見詰めていた。それで希実はこだまのほうに、そろそろ近づいていったのだ。

「……？」

そうしてこだまの傍まで行ってみると、彼は足元のアスファルトを指さしながら、ブツブツ何か言っていた。それで希実が、何してるの？　と訊くと、彼は地面を見詰めたまま、地図作ってるの！　と答えてみせた。この線をたどって、俺の道作ってんだよ！　ただし答えてもらったところで、希実としては謎が深まる一方だったのだが――。

それでも彼の地図作りとやらを待つこと五分弱、こだまはハッと顔をあげ、あ！　希実ちゃんだ！　とようやく希実の存在に気づいてくれた。そうして思いがけないことを口にしてみせたのだ。

「――お帰り！　希実ちゃん！　俺、希実ちゃん帰ってきたの、弘基に教えなきゃ！」

そうしてこだまは立ち上がり、店のドアを押そうとしたのである。だから希実は咄嗟に彼の腕を摑み、ちょっと待った！　と声をかけたのだった。そしてそのままこだまの前にしゃがみ込み、笑顔を作って問いただしてみせた。

「なんでこだま、こんなところにいたの？　私が帰ってくるの、待ってたとか……？」

するとこだまは、そうだよ！　と笑顔で頷き、悪びれもせず白状してくれた。

「パン買いにきたら、弘基に頼まれたんだ！　希実ちゃんが帰ってくるの、見張っててくれって！　弘基たち、中で希実ちゃんに聞かれるとまずい話、してるんだって！」

だから希実は目をしばたたき、こだま……、と彼を見詰めてしまったのだった。それなのにアンタ、私にそのこと教えてくれたの……？　そうして思わず彼の腕を引き寄せて、こだまってば……！　と抱きしめ小さく叫んでしまった。アンタ、ホントいい子なんだから……！

するとこだまは少し照れくさそうに、キシシ！　と首をすくめて笑ったかと思うと、じゃあ俺、弘基に言ってくるね！　と希実の腕から抜け出した。そしてそのまま、彼は店のドアを押そうとしたのだ。

「え？　こだま……？」

おかげで瞬間、希実は察するほかなくなった。どうやらこだまの告白は、単に状況を説明してみせただけに過ぎないようだ、と。それで希実は大慌てで、再びこだまの腕を摑み、いやいや、それ、大丈夫だから！　と急ぎ彼の動きを制したのだった。その、なんていうか……。弘基には、私から、私が帰ったって伝えとくから……。ね？

受けてこだまは、しばしキョトンとしたような表情を浮かべていたが、しかし少しすると、わかった！　と納得し、屈託のない笑みを浮かべて希実に告げてきた。

「じゃあ、希実ちゃんから、弘基に伝えといてね！　俺、家で織絵《おりえ》ちゃん待ってるから、もう帰るね！　バイバイッ！」

　そんなこだまに、希実も出来得る限りの自然な笑みを浮かべ、うん。じゃあね、バイバーイ、などとそつなく手を振って返してみせた。

「じゃあねぇ、こだま……」

　そうして小さくなっていくランドセルを見送ったのち、希実は小さく息をつき、店の窓へチラリと目をやったのである。

　窓からは薄い光が漏れていて、だからすでに店内は、明かりが灯されているものと思われた。こだまの話から察するに、中には弘基と、弘基の話し相手たる誰かしらがいるのだろう。そして彼らは十中八九、希実に聞かれたらまずい話をしているはず――。

「……」

　だから希実は店のドアを見詰め、しばしその場で考えた。さて、この場合、どうするべきか……。ただし、答えは割りにすんなり出てしまった。誰かが自分に聞かれるとまずい話をしていると知り、じゃあここはひとつ耳を塞《ふさ》いでおこうかしら、などと考えられるほど、希実は大らかな性質ではない。むしろ望んで積極的に、いったい何が語られているのか、知ろうと努めてしまうタイプだ。

よって当然というべきか、希実は可能な限り息をひそめ、そっと店のドアを押した。押して、腰を屈《かが》めつつ、こっそりと店の中に頭だけ入れてみた。

「……」

そうして店内を見回してみたのだが、しかしそこに人の姿はなかった。ただし人の話し声は聞こえてきたため、希実はすぐに弘基らの居場所を察した。厨房だ。ヤツラは厨房で話をしている——。そう確信した希実は、ドアをほんの少し開けたまま、その薄い隙間を通り抜けるようにして、静かに店内へと足を踏み入れた。

おかげでカウベルも鳴らなかったし、床が軋《きし》む音や足音なんかも、当然店内に響くことはなかった。それで希実は息を殺したまま、厨房へと繋がるドアのあるレジ台付近へとここそこ移動したのだ。

「……」

レジ台までたどり着いた希実は、小さく息をつき、レジ台の後ろにあるガラス戸から、こっそりと厨房の様子をうかがった。

「……？」

かくしてガラス越しに見えてきたのは、黒いコックコートに着替えた弘基と、いつも通りのTシャツ綿パンの斑目、そして、黒いジャケットを羽織った多賀田くんだった。

おかげで希実は目を見開き、思わず多賀田くんを凝視してしまった。何しろ店に多賀田くんがいるなどとは、ちょっと思ってもみなかったのだ。

斑目氏はわかるけど、なんで多賀田くんが……？　そんなことを思いながら、怪訝に厨房をのぞき見する希実の耳に、まず届いてきたのは斑目の声だった。

「でもさぁ。やっぱひどいよー。俺にまで内緒にしてるなんて、なんかショックっていうかー」

彼らは階段近くで、立ったまま話し込んでいた。時間的に開店準備中ではあるはずだが、めずらしく弘基も作業の手をとめているようだった。作業台の上にはボウルやケースが出されてはいるが、小麦はまだ用意されていない。これは……。よっぽどな話し合いなのかな……？　そう息をのむ希実をよそに、彼らの話し合いは続く。

「こういう時こそ、情報の共有は大事なのに……。てゆうか、俺はちゃんといちいち弘基くんにもクレさんにも、情報伝えてきたのに……」

どこか恨みがましく言う斑目に、やや面倒くさそうに返したのは弘基だった。

「しゃーねーだろ。下手に広がったらマズイ話だしよ……。そもそも俺だって、多賀田に聞いて以来、誰にも話してねぇもん。クレさんにだって言ってねぇんだし……」

受けて斑目も、まあ、そうかもしれないけどさー、と口を尖らせながら、すねるようにしょぼんと俯いてみせた。でも、やっぱりショックー。しかも俺より早く、多賀田くんのほうが情報ゲットしてたってのもショックだしー。

ふたりのそんなやり取りに、だから希実は眉根を寄せ小さく首をひねる。だから、なんの話なの……？　てゆうか、なんの情報を多賀田くんは……？　するとそんな希実の思いと呼応するように、多賀田くんが言いだした。

「それだったら、別に気に病むことはありませんよ？　俺があなたより早く情報を摑んだのは、単にあなたより早く調査をはじめたからだ。調査期間を考えれば、むしろあなたのほうが余程早く情報にたどり着いたと言える。つまりあなたは、やはり優秀な情報屋だってことです。脚本家にしとくのは、正直もったいないくらいだ」

受けて斑目は、まんざらでもないように、えっ？　そ、そうかな？　などと相好《そうごう》を崩してみせた。でも……、確かに俺も、最近ちょっと思うんだよねぇ。もしかしたら俺の天職って、脚本じゃなくこっちなのかもって……。ただし、一瞬そう調子には乗ってみたものの、しかしすぐに自省《じせい》マインドに舞い戻った様子で、表情を暗くしブツブツ言いだしたのだった。まあ、しょせん現実逃避してる時だけが、上手く立ち回れるってだけの話なんだけどね……。情報屋だって、本業にしたらきっと上手くいかなくなるんだ……。現実では、上手く生き抜けない……。俺なんてしょせん、そんな人間なんだから

――。

　だから希実は聞き耳を立てつつ、そんなことないよっ！　斑目氏っ！　と強く思ったのだった。気に病むことない！　逃避先で上手くやれたら、それでもう十分じゃん！　そしてじりじり斑目を見詰め念じてしまった。ていうか、斑目氏っ！　今は自省より情報情報！　調べあげた情報を、サクッと話して聞かせてちょうだいって……！

　しかし、そんな希実の思いも虚しく、斑目の自虐スパイラルは止まる様子がなかった。彼は壁に半身をもたせかけるようにして、どよんとした表情のまま続けたのだ。

「しかも調子に乗ってると、絶対しっぺ返し食らうんだ……。俺って、そういう宿命の人間なんだ……。今回だって、俺の調査、完全に空ぶっちゃったし……」

　そうして斑目は、口から魂が抜け出たような目をしつつ、ぼそぼそ言い継いだのである。

「……俺さ、てっきり門叶榊が、株式会社トガノでの復権のために、希実ちゃんを利用するつもりでいると思ってたから……。トガノの株式配分や、門叶榊氏が所有してる資産の内訳、あとは社内に残った榊派の動向なんかも、超細かく調べちゃったんだよね……」

　斑目のそんな愚痴に、口を挟んだのは多賀田くんだった。彼は壁にもたれかかった斑目の前に、ドンと腕を置き言いだしたのだ。

「——それで？　その調査の結果、何がわかったんです？」

　すると斑目は、少し驚いた様子で背の高い多賀田を見あげ、え？　あの、それは……、とやや動揺した様子で応えたのだった。

「だから、つまり……。門叶榊氏が、会社での復権のために、希実ちゃんに近づいたんじゃないってことが、わかった感じ？　何しろ彼が希実ちゃんを門叶の養女に迎えたところで、彼の会社に対する影響力はさして変動しないんだ。今だって榊氏、その気になれば会社での復権は可能なはずだし……。トガノの株をさらに占有する資金も潤沢だし、なんだったら社内には、彼の復権待望論だってあるくらいで……」

　そんな斑目の説明を受け、頭を抱えるようにしながら、はあ、と深いため息をついてみせたのは弘基だった。彼は斑目の傍らで、やはり壁にもたれかかるようにして立ち、盛大に舌打ちをしてみせたのち言いだしたのだ。

「……つーことは、門叶榊が、希実を門叶の養女にしたいって言ってんのは、会社への復権や、資産の確保のためじゃねぇ。そこにはおそらく、別の理由が存在してる——。そのことが、斑目の調査でハッキリしちまったってことだな？」

　受けて斑目もハッとした表情を浮かべ、あっ、それは、まあ……、そういうことになっちゃうね？　とようやく気づいたといった様子で返してみせた。そういう意味では、俺の調査も、あながち無駄じゃなかったって感じ……？　すると多賀田くんは、フッと笑い、その通りですよ、などとにこやかに言い放ってみせた。空振りも、時としては必要な仕事の一部ですからね。

おかげで斑目は、そっか……、無駄じゃなかったのか……、などと噛みしめるように言いだし、受けて多賀田くんも、ええ、無駄だけど、無駄じゃなかったんですよ、と笑顔で応えてやっていた。うん……。無駄だけど、無駄じゃなかった……。ええ、無駄ですけど、無駄じゃなかった――。多賀田くん……。君って、意外といい人なんだね！

ただし、その間黙り込んでいた弘基のほうは、眉間にしわを寄せたまま、よーし、お前ら……。楽しそうなのは何よりだが、その遊びそろそろやめな？　などと尖った声で言い捨てた。悪いけど今、そういうのにノレる心境じゃねぇんだわ。そうして彼は、頭をかきむしるようにしながら、いらついた様子で話を続けたのだ。

「……つーことは、斑目の調査によって、別の理由ってヤツに、格段の信憑性が出ちまったとも言えるわけだな？」

すると斑目は、ようやく真面目に頷いてみせた。うん。まあ、そういうことになるね。それで弘基がチッと舌打ちをし、つーか、ややこしい話になってきたな……、とこぼすと、斑目はいやにしかつめらしく話の穂を継ぎはじめた。そうかな？　俺としては、むしろ話がシンプルになった気がするけど……。そうして彼は、頭の中の空想を目で追うように、宙を見あげながら語りだしたのである。

「だって、会社での復権や、資産の確保のために、希実ちゃんを養女にしたいって言われるより、単に自分の娘を自分の傍に置いておきたい親心で、希実ちゃんを養女にしたいんだって言われたほうが、なんか普通に納得できない？　榊氏もああ見えて、中身はあんがい普通の親と同じなのかなー、とか、このお店に入り浸ってたのも、娘恋しさのせいだったのかなー、とか、思えちゃうっていうか……？」

おかげで希実は、厨房をのぞき見したまま、しばし固まってしまったほどだ。ん？　んん……？　自分の娘を、自分の傍に、って、何？　それ……？　てゆうか、親心って？　普通の親と同じって？　娘恋しさって？　んんん……？

しかしドアの向こうの男たちは、フリーズした希実に気づくはずもなく、あれこれと話を続けたのだった。

そりゃまあ、心情としてはシンプルですけど、しかし状況としては、やっぱりむしろ複雑になってるんじゃないですか？　それはそうかもだけど……。でも、希実ちゃんが実の娘だっていうんなら、榊氏だって希実ちゃんを傷つけるような真似はしないだろうし……。榊氏が傷つけてこなくても、この状況だけで希実ちゃん、十分に傷つく可能性があると思いますよ？　あ、そっか……。父親だと思ってた男が、実は父親じゃなかったってことになるんだもんね？　そうですよ。しかも本当の父親が、実はアッチだったなんて知らされたら――。ああ、それはそれで、やっぱ落ち込むかな？　ええ、多分……。榊氏は妻も子もない自由の身だが、人間としては樹氏のほうが断然まともですしね……。

そんなことをつらつら語らう斑目と多賀田くんに、若干逆ギレの様相でもって割り込んだのはもちろん弘基だった。彼は足で壁をドン！　と蹴り上げると、そのまま凄むように言いだしたのだ。

「――ちょ、お前ら！　希実が門叶榊の娘だって前提で話を進めんなっつーの！　それはやっぱ、あくまで噂レベルに過ぎねぇ話なんだからよ！」

ただし斑目も多賀田も、そんな弘基に息をつき言って返してみせていた。まあ、そりゃそうだけど……。でも、つじつまは合ってるし……？　そうだよ、柳。その前提を無視して物事を考えても、転ばぬ先の杖にはなれんぞ？

「……」

彼らの声は、容赦なく希実の耳に入ってきた。聞き耳を立てているのは希実なのだから、当然といえば当然なのだが――。しかし思ってもみなかったその情報に、希実は半ば腰を抜かし、ほとんど壁に爪を立てるような状態でもって、どうにかその場に立ち続けるしかなかった。

な、なんなの……？　今の話……？　みんな、何言ってんの……？　私が、実は門叶榊の娘って……？　何？　それ……。

いっぽう厨房の弘基たちは、渋い顔でもってまたあれこれ言いだしはじめた。けどよ！　門叶榊が父親だっつーのは、あくまで可能性であって、前提じゃねぇだろ⁉　でも状況としては、可能性はけっこう濃厚だよ？　過去の情報プラス、現状希実ちゃんを養女にしたいっていう、彼の並々ならぬモチベーションからして……。いいか、柳。要は他に理由がないんだよ。門叶榊が、希実ちゃんを養女に迎えたいって熱望する理由が――。

希実が身を屈めたまま、音もなく店の出入り口へと向かったのはそのタイミングだった。何しろこのままここにいたら、叫びだしてしまいそうだったのだ。

「――」

そうして音をたてることなくドアを開け、こっそり店から抜け出した希実は、そのままドアにもたれかかり、呆然とその場に立ち尽くしてしまった。

「……ぐ」

外はもう夜の暗さを七割がた含んでおり、夕方というよりは夜の面影を深くしていた。道には会社帰りと思しきサラリーマンや、ＯＬ、あとは学生風の人の姿がちらほらあった。希実はそんな人々の姿を、見るでも見ないでもなくぼんやりと目に映しはじめた。

そんな希実の立ち姿は、傍目にはただ人待ちでもしているように見えただろう。しかし実際頭の中は、少しつついたらはじけてしまいそうなほど混乱していた。

私が、門叶榊の娘……っ!?　門叶榊が、私の父親……っ!?　って、何それ……っ!?　あの長髪サングラスが……っ!?　自宅警備員が……っ!?　十年寝太郎が……っ!?　私の、父親っ……!?　って、何それ!!　何それ何それ何それ何それ何それ……っ!?　もう、わけわかんないんですけど……っ!?

しかし、わけがわからないなりに、腑に落ちたことも多少なりあったのだった。あの日、突然榊が自分の前に現れたこと。そして、身分を偽りブランジェリークレバヤシへの出入りをつづけていたこと。挙句、養女話を持ちかけてきて、養女になれば店を救ってやるなどという、提案をしてきたこと。そして、何よりも先に、ＤＮＡ鑑定をさせたこと――。

そういやあの人、とってつけたようにＤＮＡ鑑定のこと切りだしてきたけど……。道行く人々を目に映しながら、希実はつい先ほどの榊の様子についていても思い出していた。でも、もしかしたら、むしろそれが一番の目的だったのかもしれない……。だから今日、鑑定を終わらせた後、あんなふうに機嫌がよかったのかも——。

「——ど、どうしよう？　つじつま、合っちゃうんですけど……」

思わずひとりごちた希実は、混乱しきりで頭を抱える。合ってどうすんのよ？　つじつまっ！　そんなふうに思ってみても、しかし合うものはどうしたって合うんである。おかげで希実は頭をわしわしかきむしり、その場で地団駄を踏んでしまう。ああっ！　もうっ！　なんなのよっ!?　なんだっていうのっ!?　この状況は……っ！

そして不幸なことにというべきか、あるいは幸運にもというべきか、その混乱状況にさらなる火種が追加されてしまった。ちょうど希実がじたばた足踏みをしている最中、スカートのポケットの中の携帯がブブブと震えだしたのだ。

「……ん？」

それで携帯を取り出してみると、暮林から電話がかかってきていた。だから希実は足踏みをやめ、急ぎ電話に出たのである。

「もしもし？　暮林さん？　どうかした？　何かあった？」

すると電話の向こうの暮林は、めずらしく声を大きくして言ってきたのだった。

「――希実ちゃん！　お店、大丈夫になったで！」

瞬間、希実の脳裏には、榊の笑顔がよぎってしまった。お店の件も早急に手を打つから……。そう言って微笑みかけてきた榊の声まで、はっきりと鮮明によみがえってしまったのだ。僕たち、もう赤の他人じゃないんだからさ――。

「……うぐっ？」

それで希実は息をのんでしまったのだが、しかし電話の向こうの暮林には、希実のそんな様子が見えるはずもなく、嬉々として話を続けてみせたのだった。

「伯父さんの会社、融資してくれる先が見つかってな！　銀行もそれならってことで、話に応じてくれたんや！　そやで会社、大丈夫になった！　お店のほうも、このまま続けられるで……！」

だから希実は、携帯を耳に当てたまま、半ば呆然と目をしばたたいてしまった。し、仕事、早過ぎじゃない？　あの人……。そんなふうに思って、ごくりと唾をのんでしまったのだ。そりゃ、助けてくれとは言ったけど……。DNA鑑定にも、応じたけど……。でも、こんな早く対応されると、なんかちょっと……。鬼気迫るものを、感じちゃうっていうか――？

電話の向こうでは、暮林が、あれ？　希実ちゃん？　希実ちゃーん？　んん？　電波が悪いんかな……？　などと不思議そうな声を出していたが、希実としては声も出せず、その場ですっかり固まってしまっていた。

おーい、おいおい？　希実ちゃーん？


その日の開店後、ブランジェリークレバヤシは常連客たちでごった返していた。

どうやらみなそれぞれに、ブランジェリークレバヤシ存続決定の知らせを聞きつけ、店に集まってくれた模様。商店街の連絡網で回ってきたんだよ！　私はヨガ教室のLINEグループで教えてもらって！　うちのパパ友グループにも回ってきたんですよー。いやー、それにしても、一時はどうなることかと思ったけど、よかったなぁ！　ホント！　これで夜中に小腹がすいても、今まで通り困んなくてすむもの～！

イートイン席はそんな客たちで埋め尽くされており、だからソフィアと安田のふたりは、注文したクロワッサンとコーヒーを手に、希実の部屋に避難していたのだった。

「アタシもホッとしたトコなの～。ここに立ち寄るのって、仕事あとの癒しのひと時っていうか～。小麦とバターでクロワッサンって、精神的超デトックスになるし～」

「それ、僕も同じです！　夜中までの張り込みのあと、焼きたてのパン食べると、なんか気持ちが落ち着くっていうか……。パンのにおいって、妙に癒されますよねぇ」

机に向かう希実の背後で、ふたりは喃々《なんなん》としたやり取りを続けていた。でっしょ～？　それにお店に来れば、こうやって光《ひかる》くんと、会えたり、す、る、し？　えっ？　あの……っ？　そ、それは、どど、どういう意味合いで……？　だって疲れた時とかに、馴染みの友だちの顔見ると、なんかホッとするじゃな～い？　あ……。馴染みの友だち、ですか……？　んっふふ～、好きな人って言って欲しかった？　えっ!?　あ、あの、それはそのその……！　やっだ～、このお店のクロワッサンって、やっぱりお～いしい～。ね？　ははははい！　僕もまったくの同意見です！

てゆうか安田氏、完全にソフィアさんの手のひらで転がされとるな——。ふたりの睦《むつ》言《ごと》を背中に受けながら、希実はそんなことを思っていた。安田がソフィアに不器用な告白をかましてから、おおよそ二ヵ月弱。その後の動向については、希実はほぼノータッチだったが、しかしなんとなくの予想通り、関係性の主導権を握っているのは、どうやらソフィアであるようだ。まあ、年齢的にも恋愛経験的にも人生経験的にも、総じてソフィアさんのほうが上をいってる感じだしな……。何より安田氏、あんまり恋愛慣れしてなさそうだし……。

慣れていないことには、得てして誰しも最初は戸惑う。それは人として、ごく普通の反応だろうと希実は思っている。

翻ってだからまあ、私の現状だって仕方のないことだと言えるよね。真っ白なままのノートを見詰めつつ、希実はそう考える。だって、父親だと思ってた人が、実は父親じゃないかもしれないとか――。悪いけど、そんな経験したことないし……。もちろん対処法だって知らないし。てゆうか、むしろもうわけわかんないし。問題集の設問だって、ぜんっぜん頭に入ってこないし――。

「……」

そんなことを思うに至るなり、おのずとシャープペンを持っていた右手に力が入り、ノートにただ押しつけていただけの芯が、ブチッと小さな悲鳴のような音をたて折れてしまう。帰宅後机に向かいはじめ、もう何度こうして芯を折ったかわからない。それでも希実は、芯を出ししばらくするとまたブチッとやってしまう。ブチ。ブチ。ブチブチッ。ブチ……。何しろ希実の混乱は、一向に凪いでいなかったのである。

弘基たちの話を盗み聞きし、動揺のまま店を抜け出し、そのまま暮林からの電話を受けて以降、希実の頭の中は完全なカオス状態に陥っていた。何しろ衝撃的な情報が多過ぎて、どこからどう手をつけていいのかすらわからなくなっていたのだ。

だから暮林からの電話を切ったそのあとも、希実はしばらく呆然と、店の前に立ち尽くしてしまっていた。立ち尽くして、時折り空を見あげ、のあっ？　と叫んでまた元の姿勢に戻るという、完全不審者の様相を呈してしまっていた。

　おかげでどのくらいの時間、希実がそうしていたかは定かではない。ただ彼女のそんな奇行は、店へと駆けつけてくれた商店街の常連衆のみなさんによって止められた。お
お！　希実ちゃん！　今帰りか!?　聞いたぞ！　店、大丈夫になったんだってなっ！　やってくるなり口々にそう言ってきた彼らのおかげで、希実も、あ……、はい……、おかげさまで……、と若干正気に戻り、彼らともどもも店へとなだれ込む形となったのだ。

おーい！　ブランジェ！　店、助かったそうじゃないか！　よかったなー！　俺らもホッとしたよ！　お！　斑目さんもいたのか!?　あれ？　女装美女はいないの？　じゃあ連絡してやらないとだな……！

　そんなわちゃわちゃした騒ぎの中、希実はやや呆然としたまま、た、だいま……、と弘基たちに挨拶をし、図書館で勉強してたら遅くなっちゃって……、などとどうにか適当な嘘をついてみせた。そうしてすぐに、二階へと向かうことにしたのだ。あ、あの……。お店、よかったね……。暮林さんから、私にも連絡あって……。安心したから、私、部屋で勉強するわ……。このサンドウィッチ、もらっていっていい？　今日の夕ご飯、これでいいから……。若干ぎこちないながらもそんなふうに言い繕い、さっさと自

室に閉じこもったのである。

その後間もなく、暮林も店に出勤してきたようだったが、しかし常連衆たちが放してくれず、かつ開店準備をしなければならないという差し迫った事情もあり、二階にあがってくることはなかった。おかげで希実は幸か不幸か、延々ひとり机に向かい続けることが出来てしまった。

とはいえ問題集を開いてみたところで、ノートは真っ白なままだったのだが――。しかし頭の中のほうは、雑念という雑念で埋め尽くされ、もはやパンク寸前といった様相だった。

仮に榊さんが、私の本当の父親だったとしたら……。真っ白いノートに目を落としながら、気づくと希実の脳裏にはそんな思いばかりが過ってしまっていた。

だから私を、門叶の養女にと望んでいるんだとしたら……。今回のブランジェリークレバヤシ存続の危機は、榊さんにとって渡りに船になってたはずだ。何しろそれをだしにして、私に養女話を持ちかけられるわけだし……。しかも実際、私はその話を受けちゃったわけだし……。ってことは私、まんまとあの人の策略に、はまっちゃったってこと……？　養女になってもいいなんて、言うべきじゃなかった……？

てゆうか、本当に榊さんが、私の父親なの？　まあ、父親だとすると、色々つじつま合う気もするけど……。でも、それが本当だったら……。母と榊さんは、つまり、そういう関係だったたったってこと……？　ってことは、何？　母、門叶兄弟の両方と、付き合ってた的な……？　って、何それ？　いやいやいやいやいや、無理無理無理無理無理……！　そんなの無理過ぎる！　最低過ぎる！　そんな、わけわかんないことって――。

考えれば考えるほど、頭の中が沸騰していくようだった。それで小さく震えながら、じっと机に向かい続けていたわけだが、後ろのソフィアと安田のほうは、そんな希実の様子を前に、感心しきりで言っていた。

それにしても希実ちゃん、精が出るわね～。受験勉強も、そろそろ佳境ってところなのかな？　あらヤダ。まさかの無反応？　いやいや、きっと集中してるんですよ。あら、そうなの～？　ええ、それが高三の秋、もとい十八の夜ってもんですよ。あは～ん、十五の夜とはえらい違いねぇ。

そんな声を背中で聞きつつ、しかし希実としては思わずにいられなかった。いやもう、心情的には、盗んだバイクで走りだしたいくらいですけどね――？　しかしそれでも机に向かったまま、希実は小さく震えているしかなかった。何しろ希実には、バイクの運転技術がなかったのだ。

「……」

行動に移せないというのはつまりそういうことで、けっきょくのところ希実には、バイクの運転免許もなければ、にわかに浮上した疑惑を前に、母や父に事実確認をするという度量も技量もまるでなかった。だからひとり鬱々と、机に向かい考え込むよりなかったという側面もある。

彼女は慣れていなかったのだ。家族の問題と、向き合うということに。無論こんな局面に、慣れている人間など皆無に等しいだろうが——。

斑目が、クレさんがみんなに店のこと説明するってー、と希実たちに声をかけてきたのは、開店から三十分ほどした頃のことだった。

「お店のほう、常連さんたちでぱんぱんになっちゃっててさ。それで、まとめてみんなに報告したほうがいいだろうってことになったんだよ。だから、よかったらソフィアさんと安田さんもどう？　もちろん、希実ちゃんもね！」

それで希実たちは、連れ立って階下へと向かったのだ。

斑目の言葉通り、店は人でごった返していた。イートイン席のみならず、レジ台前も元日の初詣《はつもうで》の境内のごとく、人で埋め尽くされていたほどだ。いつもならこの時間、厨房にいるはずの弘基もめずらしく店に出てきていて、はいはい、押さないでくださーい、などと人だかりに声をかけていた。ホント申し訳ないッスけど、パンもひとり、三個までで～。それか、あと三十分後にはまた次の焼きあがるんで、時間置いて来てもらえると助かりまっす～。

そんな中、暮林はレジ台で商店街の常連衆たちに手伝ってもらいながら、粛々とお会計を進めていた。ありがとうございます。五百六十円です。はい、お店のほうも大丈夫になりましたんで、今後もごひいきによろしくお願いします。わざわざ顔出してくださって、本当にありがとうございました――。

その光景を前に、希実たちは少し目を丸くしてしまったほどだ。

「……なんか、すご……」

「ねぇ……？　おイモ洗い状態、みたいな感じ～」

暮林は希実たちが厨房に下りてきているのに気づくと、笑顔で手を振ってきた。その様子に、商店街の常連衆も希実たちのほうを見て、それぞれ手を挙げてみせた。常連衆の年長と思しき八百屋のご主人が、人混みに向かって声をかけたのはその段だ。

「――みなさん、今日は駆けつけてくださってありがとうございます！　ではここで、店のことについて、オーナーから直接説明をさせてもらいますので！　どうかご清聴《せいちょう》のほど、よろしくお願いしまーす！」

するとそれまでざわついていた店内は、ピタッと一瞬にして静まり返った。一同の視線はレジに立った暮林に向き、暮林もそれを受けて少しかしこまったような、それでもどうしたって柔らかいような、穏やかな笑顔を浮かべてみせた。それはやはりいつものような、暖かな春風を思わせる笑顔だった。

「えー、なんやお騒がせしてしまって、すみませんでした。お店のほうは、無事このまま続けられることになりましたんで、どうかこれからも、今まで通りよろしくお願いします」

まず暮林は、そんな型通りといった内容の報告を口にして、深々頭をさげてみせた。受けて聴衆のほうは、野次を飛ばすように口々に言いだした。ホントだよ！　こっちはだいぶヤキモキしたんだぞ？　なあ？　ああ、夜中にやってるパン屋なんて、他にないから貴重っちゃあ貴重だし……。明け方買いに来られるパン屋も、まずないですからねぇ。何よりここのパン、うまいし――。そうそう！　なくなられるとこっちも困るんだよ！　暗い夜の帰り道なんか、ここの店の灯り見つけるとホッとするし……。

彼らの言葉を、暮林は笑顔のまま、小さく頷きながら聞いていた。ああ、なるほど……。そうですか……。ああ、そう……。そうですか……。

希実はそんな暮林の横顔を、じっと厨房のドア口から見ていた。彼は笑みをたたえたまま、時おり眉根を寄せてみたり、かと思えば目尻にしわを寄せ笑ったり、眉をあげたり肩をすくめたりと、どこかくすぐったそうに常連たちの声を受けとめていた。

「……」

そうしてしばらく彼らの声を受けていた暮林は、しかしふいに、フッとどこか遠くを見詰めるようにして、少し眩しそうに目を細くしてみせた。だから希実は、どうしたんだろ？　とわずかに身を乗り出したのだ。暮林さん？　何かあった……？

すると暮林は、スッと俯き眼鏡のブリッジを指で押さえた。押さえて、少しの間黙り込んだ。

「……クレさん？」

声をかけたのは、暮林の傍らにいた弘基だった。おい、どうかしたか？　受けて暮林は、ああ……、と小さく息をつくように返し、苦笑いで弘基に向かい手をあげてみせた。そして、すまん、ちょっと……、と絞り出すように応えると、またしばし沈黙してしまった。

そんな暮林の様子を、客たちも黙ったまま見詰めていた。いつもだったら何か言いだしそうなソフィアも、静かに俯いた暮林を見詰めたままだった。無論、斑目もだ。だから希実も口を噤んだまま、じっと暮林を見守った。

「……」

時間にしたら、ほんの十数秒だっただろう。無言のまま俯いていた暮林は、ふう、と小さく息を吐きだしたかと思うと、やっと顔をあげ正面に向き直してみせた。

前を向いた彼の横顔は、いつも通りの笑顔だった。春風が吹いてくるような、いつもの笑顔。その表情のまま、彼は柔らかく言い継いだのだった。

「――そんなふうに言っていただけて、本当にありがたいです」

言いながら暮林は、左の胸のあたりをそっと押さえて、また少し、眩しそうに目を細くした。

「このお店をはじめて、本当によかったです……。これからも、何とぞごひいきに、よろしくお願いします！」

そしてその勢いのまま、そや！　今回のお礼に、今日はパンを半額にさせてもらいますわ！　などと言いだした。バタバタしとって、二周年記念もやれんかったし！　ちょうどええ機会やで……。ただし、すぐに弘基に羽交《はが》い締《じ》めされ、その口を塞がれてしまったのだが――。

バッカ！　クレさん！　半額なんて大赤字だっつーの！　んぐ……。じ、じゃ、三割引き、とか……？　だから！　今日、もう定価で買ってくれた人たちはどうすんだよっ!?　それなら、明日からにするか？　明日から一週間、感謝の三割引きセールを……！　ダメだっ！　んなもん三日が限界だっつーの！

　おかげで店内を埋め尽くしていた客たちは、えっ！　セールッ!?　いえーい！　さすがオーナー太っ腹！　全商品対象ってことでいいですか～？　食パンも～？　バゲットは？　そだ！　予約してっていい？　などと口々に言い合い、じゃあ、今日はいいか？　混んでるし、明日また来ようか？　と言いだす者まで出はじめた。そうして店内は、元日の初詣の境内から、一月十日あたりの境内程度にまで、徐々にひと気が引いていった。

　その様を希実の隣で見ていたソフィアは、ふふっとおかしそうに小さく笑ったかと思うと、どこかしみじみとした様子で言いだした。

「……いつの間にかこのお店って、みんなのお店になってたのねぇ」

　そう語る彼女の横顔も、まるで眩しいものを見詰めているかのようだった。

「前は、アタシだけのとっておきのお店、なーんて思ってたけど……。みんなにとっても、そうだったのかも――。灯りを見つけてホッとしてたのは、アタシだけじゃなかったのかもねぇ……」

　だから希実も、小さく頷き返したのだった。うん、そうだね……。頷いてほんの少しだけ、安堵していた。

　榊と交わした約束が、正しいものだったかどうかは、まだよくわからない。それでもこのお店が続くことは、やはり正しいことのように感じられた。方法は、間違っていたかもしれない。でも、救えたんだから、いいじゃないか。勢いそんなふうに、思えてしまってもいたほどだ。

「……これで、よかったのかもね」

暮林も弘基もてんてこ舞いといった様相で、レジを打ったり厨房からパンを運んだり、忙しそうに動き回っていた。常連たちもそれを軽く手伝いながら、各々トレーに自ら選んだパンを載せていく。どれを食べるか、楽しそうに選ぶ彼らの横顔に悲愴感はない。

店を出れば、みんなひとりに戻っていく。家には、パンをわけ合う人がいるかもしれない。でも、いない人もいるかもしれない。それでもここでは、みんな楽しげにパンを選ぶ。そういう場所があることは、やはり正しいことのように希実には思えた。

「――うん。きっと、よかった。これで……」

一見と思しきタクシーの運転手が店のドアを押してきたのは、希実がソフィアや安田ともども、二階の自室に戻ろうと厨房のドアに手をかけた瞬間のことだ。

「ごめんくださーい……」

どこか不思議そうな顔で、店のドアから顔をのぞかせた彼は、そのまま店内を見渡すと、あれ？　ホントにこんな時間にやってるわ、このパン屋……、などと口にして、ぐったりとした女を抱えるようにしながら、店の中へと入って来た。

「いらっしゃいませ……？」

だからレジ台の暮林は、やや不思議そうに運転手に声をかけた。すると彼は暮林に向かってすぐ手をあげ、ああ、私は客じゃないんです、などと言いだした。そうしてぐったり顔を伏せたままの女を顎でさし、客はこの人で……、と告げたのだ。

「この店に、用があるっていうんでね。お連れしたんですけど……。どうも具合がよくないようで……」

それで希実ははじかれるように、咄嗟に厨房を飛び出した。

「――ちょっ!? 母っ!?」

運転手に抱えられていた女は律子だった。最初は完全に顔を伏せてしまっていたし、男に抱えられているため姿がハッキリ見えなかったが、しかしよくよく見詰めれば、それが母だということはすぐにわかった。髪のすき間から見えた顎の感じは紛うかたなき律子のそれだったし、何より着ている水色のパジャマも病院で見たものと同じだった。

「何？ どうしたの……？」

律子のもとまで駆けつけた希実は、俯いたままの彼女の顔をのぞき込み声をかける。

「母？ ちょっと、大丈夫……？」

いっぽうの母はといえば、俯いたまま眉根を寄せ目を閉じていた。はっきりと苦しげなその表情に、だから希実は律子の腕を掴み、ちょっと、母？　とまた声をかけてしまった。なんなの？　病院は？　まさか、抜け出してきたの？

そんな希実の問いかけに、応えたのは母ではなく運転手だった。彼は律子を抱えたまま、少し困った様子で言いだしたのだ。

「この人、病院の前でタクシー待ちしてたんですよ。なんでも、急ぎの用事があるとかで……。具合悪そうだったから、いったんは断ったんですけど、どうしてもって言われてねぇ……」

律子が希実の手を振り払ったのは、その瞬間だった。彼女は弱々しいながらも、希実に掴まれていた腕を、グイと引いてみせたのである。それで希実が、え？　とまた彼女の顔をのぞき込むと、母はもう目を開けていて、希実と目が合うなりキッとその表情を険しくさせたのだった。

「――!?」

その表情には、見覚えがあった。昔、美和子の家から希実を連れ戻そうとした、あの雨の日――。あの時も母は、こんな表情で自分をにらみつけていた気がする。そのことを思い出し、希実は静かに息をのんでしまった。

「……母?」

まるで野生の動物が危機を察知し、毛を逆立てた時のような鋭い目。そんな目で律子は、はっきりと希実をにらみつけていた。あの時と、同じだ。あの、雨の日と——。それで希実が思わず体を強張らせると、母はわずかに顔をあげ、しゃがれたような声で言いだした。

「……希実。榊さんと、約束したんでしょ?」

希実、という名前の呼びかたに、母の激情を感じた。彼女は本気で憤っている時、そういうふうに希実を呼ぶのだ。だから希実は黙って目をそらし、子どものような小さな声で返してしまった。は……? なんの話……? すると瞬間、律子は希実の腕をグイと摑み、凄むように言葉を続けた。

「——しらばっくれないで……」

それで希実も、また母の目を見てしまったのだった。まるで小さな子どもが、親に叱られている時のように、怖々彼女の顔を見詰めてしまった。

母はそんな希実の目を、じっととらえたまま言葉を続けた。

「このお店、助かったって、聞いたわ……。融資してくれる人が、現れたって……。それ、門叶榊でしょ……? 希実、あなた……。あの人の口車に乗って、養女になる約束、したんでしょ……？」

そんな母の言葉に、まず反応したのは弘基だった。はあ？　と彼は声をあげ、なんだよそれっ!?　とこちらに向かってやって来たのだ。

「おい、希実……！　今の話、本当なのかよ……っ!?」

それで希実は、答えに窮して言葉を濁した。え？　あの、それは……。そうして弘基のほうに顔を向けた瞬間、レジ台の暮林の姿も自然と目に映ってしまった。

「あ……」

暮林は少し驚いたような、戸惑ったような表情を浮かべていた。眼鏡の向こうの目はわずかに見開かれていて、口元も少し開いてしまっている。笑顔はもちろん消えていて、どこか少し、動揺しているようにも見えた。

「――」

彼がそんな表情をするのも、無理はなかった。何しろ暮林は、希実が榊の養女になることを、よしとはしていなかったはずなのだ。お店のことと希実ちゃんは無関係、榊にはそうはっきりと言い切っていたし、希実の暴走を心配してると、確か斑目にも話していたはずだ。

だから希実も榊との交渉を、わざわざ隠して進めてきたのだ。暮林がその事実を知ったら、きっと快く思わないだろうと踏んでそうしてきたのだ。

それなのに、母は――。そう思ったら、スッと頭から血の気が引いた。それで希実は律子のほうに向き直り、吐き捨てるように言ってしまった。

「……だったら何？　母には関係ないでしょ？」

胸の中では、黒い憤りが首をもたげていた。せっかくなんでもなかったみたいに、この店を守れたと思ったのに――。

みんな、喜んでたのに……。ほんのさっきまで、みんな笑ってくれてたのに……。全部、うまくいきそうだったのに――。なんで母は、当たり前みたいにそれをぶち壊すの？　それで思わず、語気を強くして言ってしまったのだ。

「養女になるかどうかは、私が私の意志で決めるんだから……」

しかし母は、腕を摑む手に力を込めて返してきた。

「――許さないって、言ったでしょ……っ!?」

その表情は、やはりあの雨の日のそれとよく似ていた。美和子と自分と、どちらかを選べと迫ってきた、あの日の表情。動物が毛を逆立てながら牙をむくように、あの時も母は言っていた。

美和子、アンタの親になりたいんだって。……どう？　希実、この人の子どもになりたい？　ザアザア降りしきる雨の中、彼女はまるで挑むように言ってきたのだ。どっちがいいの？　この人と、あたし。好きなほうを、選びなさいよ――。

「……」

あの時の母は、自分が選ばれることを知っていたはずだった。それでも彼女は、迫ったのだ。どっちにするの!?　言いなさいよ！　希実！

選ばれないはずは、なかったのだ。彼女はそれをわかった上で、希実を責めたて決めさせた。ほら、選びなさいよ！　希実！

だから希実は、母を選ぶしかなかった。

何しろ彼女は、母親だったのだ。

「いい？　希実……」

どうしたって、希実の、母親だったのだ。

「――母親の許可なく、他所の養女になるなんて、どだい無理な話なのよ……？」

絞り出すような声で、低く言ってくる母を前に、希実は軽い眩暈《めまい》を覚えていた。

ああ、ダメだ……。

耳の奥で、もう聞こえなくなっていたはずの耳鳴りが、またかすかに聞こえはじめているような気がした。ザ……ザァ……。ああ、うるさい……。ザア……。

ザ……。ザア――――。

うるさい、雨音が……。ザア――――――。

それが不快で、思わず希実は耳に手をやってしまう。

それでも母の声は続く。親権者の……ザ――、ザ――許可が……ザ、ザ――。彼女は摑んだ手に力を込め、耳から手を外させようとするかのように言葉を継いでいく。未成年者の……ザ――――養子縁組に……ザ――なのよ？　ザ――。ザ――――。

だから希実は、母の手を振り払い言ったのだった。

「――うるさい」

どす黒いような、くぐもった声だった。それが自分の声だと気づくのに、一瞬の間を要したほどだ。

「……今さら、母親ヅラしないでよ」

けれどそれが自分の言葉だとわかると、まるでその声が呼び水になったかのように、次々と言葉が湧き出てきてしまった。

「人のこと産みっぱなしにして、田舎に置いていったくせに……！　しかも引き取ったら引き取ったで、あちこちにいいだけ預けて、散々ほったらかしにしてたくせに……！　それで母親って、どの口が言ってんの？　バカじゃないの？　母が母親だったことなんて、ほとんどないじゃん！　それなのに母親だなんて、よく当たり前みたいな顔して言えるよね？　恥ずかしくないの？　今さら母親ヅラなんて……！」

言いながら、どこかでぼんやり思っていた。

ああ、そうか。

うまくのみ込んでるつもりだったけど、消化は全然、出来てなかったんだな――。

そしてそんな言葉たちは、希実自身うんざりするほど、これでもかと溢れてこぼれてきた。

「――だいたい、なんで私が門叶の養女になっちゃいけないの？　門叶は私の父の実家なんでしょ？　だったら血縁者なんだし、引き取りたいって言ってくれてるんなら、考えたって別にいいじゃん！　それとも何？　私が養女になっちゃいけない理由でもあるの？　私と榊さんが、親しくしちゃ困る理由が母にはあるの？」

瞬間、律子の表情がかすかに歪んだ。

だから希実は大よそを察し、彼女をにらみつけるようにして吐き捨ててしまったのだった。

「――最低」

もしかしたらそれは、口にするべきではない言葉だったのかもしれない。

「……あの日、私はきっと間違えたんだよ。あの雨の日……。私は、美和子さんを選ぶべきだった」

それでもその言葉も、一緒にこぼれ落ちてしまった。

「母なんか、追いかけるんじゃなかった――」


希実とのひと悶着のあと、母はすぐに病院へとUターンしたらしい。

らしい、というのはソフィアから聞かされた話であるからで、希実自身はその場に立ち会ってはいなかった。何しろ希実は母との言い合いののち、すぐに踵《きびす》を返し二階の自室へと駆け出したのだ。そうしてそのまま、部屋に閉じこもった。

だから話は、すべてソフィアからの伝聞でしかないのだが、彼女が語ったところによると、希実が二階へと立ち去ったあと、母はすぐに足元をふらつかせ、そのまま倒れてしまったのだという。それで暮林が美作医師に連絡を入れたところ、至急病院へ戻るよう言いつけられ、彼は律子に付き添って急ぎ病院へと向かった、とのこと。

「タクシーの運ちゃんさんも、超テンパっちゃって〜、もうかわいそうなくらいだったわ〜」

そんなソフィアの報告に、だから希実も息をつき、しみじみ噛みしめるように述べたのだった。だよね……。それじゃほとんど、救急車扱いだし……。まったく、申し訳ない話です……。

ちなみに暮林が店を空けた穴は、ソフィアと斑目、あとは安田でまかなっているとのことで、だから心配いらないわよ～ん、とソフィアは付け足し言ってもきた。

「だ、か、ら～。希実ちゃんは、早くおやすみなさ～い？　もう、遅い時間だし～。コドモはもう寝る時間なんだからね～」

綺麗にネイルが施されたソフィアの手で、頭を撫でながらそう告げられた希実は、だからその場では、はい……、としおらしく応えておいた。なんか、お騒がせして、すみませんでした……。

しかしもちろんと言うべきか、やすめと言われたところで眠れるはずはなかった。何しろあんなことがあった直後だったのだ。それで部屋の灯りをつけたまま、ぼんやりベッド脇に座り込んでしまっていた。

「……」

ただしもう、あまり何を考えるということも出来なくなってはいたのだが——。何しろ今日は、色々なことが起こり過ぎていた。それで半ば呆然と、壁を見詰めていたと言っていい。時おり、お店で騒いで暮林さんたちに迷惑かけちゃったな、だとか、お客さんたちもきっとびっくりしたよね……、などという思いがチラと過りもしたが、しかし反省も後悔も長続きはせず、すぐにため息とともにどこかへ流れていってしまった。

暮林の声が聞こえてきたのは、そんなふうにしばらく壁を見詰め続けていた頃のことだった。彼は戸を開けないまま、確認するかのように小さく声をかけてきたのだ。

「……希実ちゃ～ん、起きとるか……？」

その声に、希実はハッと顔をあげた。そうして咄嗟に思ったのだった。暮林さん？　なんで？　母に付き添って、病院に行ったはずじゃ……？　そう首を傾げつつ携帯を確認すると、時間はすでに午前一時を回っていた。どうやら少しぼうっとしたつもりが、盛大にぼんやりしてしまっていた模様。それで希実は慌てて立ちあがり、お、起きてます！　と声をあげたのだ。そうして取り急ぎ、部屋の戸を開けてみせた。

「――あの、なんかさっきは、色々ごめんなさいっていうか、なんていうか……」

戸を開けつつ言う希実の目に、飛び込んできたのはもちろん暮林の姿だった。薄暗い廊下に立った彼は、詫びてきた希実を前にタハッと笑い、いやいや、謝ってもらうことなんて別にないでー、と手を振ってみせた。そうして自らの右側に視線を送り、むしろこっちこそ、ごめんなさいかもしれんのやけどな？　などと前置きしつつ、振っていた手を右隣に立つ男にサッと向けたのだ。

「……えー、お連れしました。希実ちゃんのお父さんです」

そう、暮林の右隣には、門叶樹が立っていた。とはいえ、一瞬樹であるかどうか、見紛うような装いで彼はそこにいたのだが——。おそらく現時刻を鑑みるに、きっと彼は家でくつろいでいたところを、急ぎ出てきたということなのだろう。髪はぼさぼさな上に、高校の校章入りジャージを召していた。もしかすると、息子のジャージのおさがりなのかもしれない。

「あ……」

その姿は率直に言ってだいぶ間抜けだったが、しかし表情のほうはごく硬く、何かしらの強い思いのもと、ここまでやって来たのだろうという気配が感じとれた。

だから希実はしばしの沈黙ののち、思わず部屋の戸を閉めそうになったのだ。しかしそれより一瞬早く、樹は戸の縁をハシッと押さえてみせた。押さえて、あ、ごめん……、と詫びてきた。なんか、つい……。

ただし、だからといって、引くつもりもないようだった。何しろ彼は戸を押さえたまま、でも、少し話させてくれないかな？　と告げてきたのだ。なるべく、手短に終わらせるから……。それで希実は不承不承、彼の話をきくこととなったのである。

門叶樹が言うことには、律子にブランジェリークレバヤシが危機を脱したようだと伝えたのは、自分であるとのことだった。

「私も、店の状況は心配だったんでね。知り合いに、動向の変化があったら教えてくれと頼んでおいたんだ。それで、三時間ほど前だったかな……？　その人から、連絡を受けて——。すぐに律子にも、電話を入れてしまったんだけど……」

樹の報告に、律子はずいぶんと動揺したらしい。融資してくれる先がみつかった……？　それ、お兄さんじゃないの？　律子は開口一番、そんなふうに言いだしたそうだ。きっとそうよ……。希実、あの人と養女の話を進めたのよ……。だから……！

無論樹は、その部分については事実確認をするから、少し待ってくれと律子に伝えたらしい。しかし律子の混乱は収まらず、そのまま彼女は一方的に電話を切ってしまったとのこと。

「それで、嫌な予感がして、病院に向かったんだが……。もう律子の姿はなくてね。病院の人たちと院内を捜し回ってみても、姿が見あたらなくて……。どうしようかって話になりかけたところで、暮林さんが彼女を連れてやって来てくれたんだよ」

ちなみに暮林の話によると、律子の容態に問題はないとのことだった。薬飲んだら、こてっと寝らはったわ。美作先生も大丈夫やって言ってくれとったし。そやで、心配いらんで？

受けて希実は、別にもともと心配してないですけど？　と思ったのだが、もちろん口には出さずにおいた。むしろ一応、ありがとうございます、と不本意ながら言っておいたほどだ。なんだかもう、本当に色々とご迷惑をおかけしまして……。

そんな希実に、それでなんだけど――、と切りだしてきたのは樹だった。彼はネクタイを緩めるかのように首元に手を持っていき、しかしすぐにジャージ姿であることに気づいたらしく、少しバツが悪そうに咳払いしてみせると、ややしかつめらしい表情を浮かべ、実際のところ、どうなのかな？　と低い声で訊いてきたのだ。

「……お母さんの言う通り、やっぱり希実ちゃん、うちの兄と何かしらの取り引きをしたのかい……？」

樹のそんな言葉を受けて、樹の傍らに立つ暮林も、それとなく希実の様子をうかがうような表情を浮かべてみせた。それで希実は息をつき、はあ……、と小さくバツが悪いながらも返したのだ。

「確かに、話し合いはしました……。でも、取り引きっていうか……。ちょっと、交渉をはじめただけっていうか……。店を助けてくれるんなら、養女になってもいいって、言ってみただけっていうか……？」

するとｌ樹は盛大に眉根を寄せ、いやだから、それを取り引きっていうんだけどね？　とかぶせるように言ってきた。だから希実も半ばムキになって、でも……。別によくないですか？　と返したのである。

「こっちは困ってて、向こうはそれを助けてくれるって言ってて……。でもタダじゃやっぱり、助けてもらう義理もないし……。別に養女になるったって、ホントに門叶の家を継げっていってるわけじゃないみたいだし——」

そんな希実の言い分に、しかし樹は深く眉間にしわを寄せたままだった。その表情の険しさに、希実もそれ以上は強く言えず、思わず黙り込んでしまったほどだ。

それでもやはり納得はいかず、樹からは目を逸らしたまま、負けじと眉根を寄せてしまった。何しろ希実の感覚としては、暮林や弘基、あるいは斑目に対してなら、若干の後ろめたさもあるにはあったが、しかし眼前の樹に対しては、申し訳ないという気持ちなど、ほぼほぼ皆無なままだったのだ。だって本当に、そんなの私の勝手じゃん。父っていうか、樹さんには、別にそれほど迷惑もかけてないっていうか……。

希実のそんな態度を前に、樹のほうも何か思うところがあったのだろう。彼は、はあ、と深いため息をつき、はっきりと険のある声で言い継いできた。

「——私は、言ったはずだよ？　兄は希実ちゃんが思うより、ずっと怖い人だって。だから彼の言葉を、額面通り受け取らないで欲しいって。今回のことには、何か裏があるはずだって……」

受けて希実も、内心では思っていた。わかってるよ――。わかってるけど、他に手がなさそうだったから、交渉してみたんじゃん。そうして不満を表明するかのように、半ば無意識のうちにくちびるを尖らせてしまった。

すると樹は、また、はーあ、と大きくため息をつき、だんまりか……、とうなるように呟いた。そうして苦くいら立った様子でもって、腕組みをして続けたのだ。

「まあ、ねぇ……。私も若い頃は、大人の言うことなんて聞くタイプじゃなかったし。律子も一見柔らかいようで、実は頑固で我が道を行くタイプだったし。そんな私たちの娘なんだから、そういう態度もまあ仕方がないのかなとも思うよ？　思うけど……」

そんな樹の物言いに、だから希実は内心ピクンと反応してしまった。何しろ彼は、希実の父ではないかもしれないのだ。そういう噂が、あるはずなのだ。それで思わず、樹の顔を凝視した。もしかしたら、と思ったのだ。もしかしたら父は、あの噂のこと、知らないままなのかもしれない――。

いっぽうの樹はといえば、やはりいらいらとした様子で口元を歪め、ブツブツぼやき続けていた。逆に言うと、なんでそういうところまで似るかなと思ってもしまうよ。自分で言うのもなんだけど、決して得な性質じゃないと思うからねぇ……。

　すると隣の暮林も、いつも通りの笑顔でもって、屈託なく合いの手を入れはじめた。まあ、確かに希実ちゃんは、暴走特急みたいなところがありますでなぁ。受けて樹も、額を手で押さえて返す。うわあ、それ……。昔の私のあだ名ですよ……。ははあ、なるほどー。じゃあ、やっぱり似とらはるんですな？　そうかも、しれませんね……。血は争えんと、昔から言いますでなぁ。まあ、年をとると落ち着くんですけどね？　ほほう、それはいくつくらいで？　え……？　確か、三十五歳くらいかな？　はあ、そりゃ長い道のりですなぁ……。

　ただし希実としては、息子のジャージで外に飛び出してくるあたり、暴走特急ぶりは変わってないんじゃ……？　と思わずにはいられなかったのだが、しかし当の樹のほうは、若干いら立ちが紛れてきたようだった。それで、まあねぇ、などと苦く笑って、眉毛をあげて続けたのだ。

「……確かに希実ちゃんの暴走は、親譲りの無鉄砲というヤツなのかもしれない。だからこの子ばかりを責めても、仕方がないと言えば仕方がない話だとは思うんですけどねぇ」

　そうして彼は、少しおどけたような表情でもって、肩をすくめてみせたのである。

「それに、なんていうか……」

言いながら彼は、ぽりぽりと頭をかきはじめた。そして希実をチラっと見て、どこか照れくさそうに続けたのだ。

「君の行動それ自体は、正直嬉しいというか、誇らしいというか……。そんなふうに、思えてしまったところもあるしね」

だから希実は、え？　と小さく返してしまった。嬉しい……？　何しろ彼の発言は、希実にとって想定外のものだったのだ。それで目をぱちくりさせていると、樹はわずかに笑みを浮かべ、小さく頷き言ってきた。

「だって……。このお店を守るために、君は動いたわけだろ？」

それで希実は、若干戸惑いつつ、はあ……、と頷いたのだ。まあ、そう、ですけど……？　すると樹は、困ったような表情ながらも、やはり小さく息をつくように笑って、どこか噛みしめるように言い継いだ。

「……いい子に育ったんだなって、思ったよ」

その目からは、先ほどまでの険がすっかり消えていた。

「全然会ってもいなかった私が、こんなふうに言うのは、希実ちゃんにとって快くはないかもしれないけれど……。でも、やっぱり嬉しかったんだ。人のために、そんなふうに動ける子に育っててくれたことが――」

それはとても、温かな眼差しだった。

「――親として、すごく嬉しかった」

門叶の養女になる件に関しては、気にしなくていいと言いだしたのは暮林だった。彼は勢い黙り込んだ希実と樹の間に割って入るように、そうやそうや、そういえばー、などと軽い調子で言いだしたのだ。

「希実ちゃんも律子さんも、さっきからちょっと勘違いしとるみたいやで、早く誤解をかんとと思っとったんやけど……。美和子の伯父さんの会社に、融資を申し出てくれたのは門叶やないでな？」

その発言に、もちろん希実は、ええっ!? と声をあげ、でも、あの……？ 今日の夕方、榊さんが僕に任せとけって、言ってた直後のこの展開だったんだけど……？ と困惑気味に事情を述べると、暮林は、ああ、なるほどなぁ、と笑顔で頷きつつ返してきた。

「それで門叶家から、さっき融資の申し出があったんやな……。けど、それより早く、美和子のお兄さんが助け船を出してくれとったんやわ。伯父さんの会社が助かったのは、そっちのおかげでな……。そやで門叶は、関係ないんや」

柔らかなそよ風のように語る暮林を前に、だから希実はあ然と口を開けてしまった。

無論、傍らの樹も同様だ。え……？　てことは……？　希実ちゃんが、養女交渉を続ける必要は……？

するとと暮林は満面の笑みを浮かべ、ええ。全然なーい、ちゅうことです、と告げてきた。そうして彼は希実を見詰め、笑顔のまま続けたのだ。

「……そやで希実ちゃんは、自分が思うように決めたらええで」

その目もいつも通り、温かなままだった。

「自分の人生は、自分のために選んでいって欲しい。それが、一年半一緒に過ごしてきたオジサンの、願いといえば願いなんやわ」


その晩希実は、ストンと眠りに落ちることが出来た。もっとあれこれ考えたり、うだうだひどく悩んでしまって、上手く眠れないような気がしていたのに、しかしベッドに入ってすぐ、あっさり寝入ってしまったようだ。何しろ次に目を開けた時には、もう朝になっていたのだ。

「あ……れ……？」

しかも眠りが深かったのか、目覚めもいやにスッキリしていた。妙に気持ちも晴れ晴れとしていて、昨日の騒動についてはちゃんと覚えているというのに、しかしそのことを思い出してみても、いら立ったり滅入ったりするようなことがまるでなかった。

おかげで希実はむしろその心持ちに、若干の違和感を覚えてしまったほどだ。なんだ？　この、いかにも爽やかな、朝の目覚めって感じは……？

朝食もいつも通りおいしくいただけた。献立はブロッコリーと卵のサラダとニンジンマリネ、あとはコーンスープとチキンサンド&フルーツサンドという取り合わせで、希実はもちろんすべて残さず平らげた。そんな希実を前に、弘基も静かに唸っていたほどだ。うーん、安定の食い意地だな。受けて暮林も楽しげに笑っていた。ええことや、ええことや。よく食べよく寝る子は、よく育つでなー。

そうして希実は、ごちそうさまでした、と手を合わせたのち、階段脇に置かれたスリッパに気づいたのだ。それは学校の来客用のそれによく似たビニール製のスリッパで、しかも片方しか見あたらない。それでもしやと思い暮林に訊ねたら、案の定昨夜の律子の忘れ物であるとのことだった。

「律子さん、病院のスリッパのまま出てきたんやろな。そんで片方脱げてった、と……」

そんな暮林の説明に、だから希実は小さく息をついてしまった。ったく、母ときたら……。自然とそう思ったのだ。病院のスリッパ履いてくるなんて、相変わらず非常識なんだから――。それでなんとなく、言ってしまった。

「……じゃあ、放課後、私が病院に返してこようかな」

瞬間、暮林と弘基は揃って希実のほうにハッと顔を向け、ともに目をパチクリさせてきた。え？　お前が？　律子さんの病院に……？　そうして彼らはどちらからともなく顔を見合わせると、やはりどちらからともなく小さく頷きはじめたのである。うん？　うん。うんうん。うん……。だな。そやな。おう。ええんやないか？　そしてついに、希実に視線を戻し言いだした。

「じゃ、まあ行って来い」

「頼んだで、希実ちゃん」

それで希実も、うん、と何気なく応えることが出来た。じゃあ、行ってきます。とはいえもちろん、スリッパは口実と言ってよかった。何しろ希実にとって、昨日の今日で病院に行くということはつまり、律子に会いに行くということに他ならなかったからだ。

「……」

無論だからといって、何か母に言いたいことがあるだとか、あるいは何か詫びておきたいだとか、そういうことではまったくなかった。むしろ自分が置かれた現状からして、今母と会ったとして、いったい何を話せばいいのか、あるいは何を訊けばいいのか、そんなあたりはまるで判然としていないままだったのだ。だからいつもの希実なら、ややこしいし面倒くさいし、まあ知らん顔してればいいや、と当然のように放置してしまっていたところだろう。

けれどその日の希実は、どういうわけか動いてみようと思い立ってしまった。なんていうかまあ、ひとりで悶々と考えたって、余計なことばっか思いつくだけかもしれないし――。それでヘンに自爆しちゃったりしたら、受験生としてそれこそ目も当てられないし……？　だったら母にちゃんと訊いて、何が事実で何が単なる憶測なのか、ある程度はっきりさせてしまったほうがいい。妙に毅然と、いやに前向きに、そう思ってしまっていた。はっきりさせて、怒るなりわめくなり呆れるなりして、いったんケリをつけてしまおう――。

もしかしたら、昨夜の暮林や樹とのやりとりも、自分に何かしらの影響を与えているのかもしれない。そんなこともチラと思った。しかしそのあたりについては、あまり深く考えないようにしていた。せっかくの前向きな気持ちに、水を差すこともないだろうという思いが強かったのだ。気持ちの出どころについては、今は、まあいい。とにかく動く気になっているなら、その気持ちをちゃんと使おう。そんなふうに、やはり決然と思っていた。

かくして放課後、希実は朝の宣言通り、律子の病院へと向かったのである。

病院の門の前に立った時は、それなりに緊張していたし、不安な気持ちもなくはなかった。しかしやはり思いのほか、穏やかな心持ちでいられたのも事実だった。

「よし、行こう」

ひとりごちた自分の声にも、なぜか妙に励まされた。そうして希実は病院の門をくぐり、玄関のほうへと向かいはじめたのだ。

そのことは今の希実にとってごく自然な流れだったたし、自分のそんな行動に、彼女自身さして疑問も抱いていなかった。むしろ宙ぶらりんな状態のまま、関係ないフリをして過ごすほうが、たぶん精神衛生上よろしくないはず——。そんなふうにも思えていたほどだ。それで希実は、ずんずん玄関へと進んでいった。

しかしおそらく母にとっては、想定外の流れだっただろう。のちに希実は、そんなことを思うこととなる。何しろいつもの希実だったら、あんな悶着があった翌日、母を訪ねるような真似はしなかったはずだからだ。

だから母も、彼を呼んだに違いない。まさかそんな鉢合わせが起きるとは、彼女だって思ってもみなかったのだろう。

けれど、それは起きてしまった。あるいはそれは、一種の巡り合わせだったのかもしれない。何しろ賽は、もうとっくに投げられていたのだ。いずれこんな日がくることは、おそらくもうずっと前から、きっと決まってしまっていた。

「……ん？」

希実がその黒い傘に気づいたのは、玄関口のおおよそ十メートルほど手前でのことだった。その傘は玄関口の右脇に位置するアーケードの下を進んでいた。進行方向を鑑みるに、おそらく駐車場口から、アーケードへと抜けてきたところなのだろう。それで希実は咄嗟に身を屈め、植え込みに姿を隠したのだ。

「――！」

黒い傘の持ち主はもちろん榊で、彼はいつも通りサングラス姿に黒傘という、いつも通り目立つ出で立ちでもって、ひとり病院の玄関へと向かっていた。だから希実は思ってしまった。なんで、榊さんがこんなところに……？　そしてすぐに自答した。もしかして、母に会いにきたとか？　むしろそれ以外、考えられないか……？

そうして希実は、榊のあとをつけることにしたのだった。無論、彼の動向を見届けるためだ。仮に母と落ち合うようなことがあれば、彼がいったいどんな態度をとるのか、希実としては是が非でも、この目で確認しておきたかった。

「……」

　何しろ母と榊の関係は、それなりに深いものだった可能性があるのだ。そして、もし深い関係にあったふたりなら、会った時の態度や口調に、それなりの過去が透けて見えてくるはず――。そんな読みが希実にはあった。

　案の定というべきか、榊はやはり母の病室へと向かっていった。そうして彼は、律子の病室の前で立ち止まると、すぐにそのドアをノックしてみせた。

「ごめーんくださーい」

　するとドアはすぐに開いて、中からは清掃のオバサンらしき女性が顔をのぞかせた。はいはい？　そんな女性の登場に、榊が少し戸惑った様子で、あれ？　ここ、篠崎律子さんの病室ですよね？　と訊ねると、彼女はどうということもなさげに、そうよ、と応えてみせた。今はいないけどね。それで榊は困惑気味に、えー？　この時間に会う約束してたのにー、と眉毛をさげたのだ。受けてオバサンは、やはり特に表情を変えることなく、屋上に行ったはずだから、あなたも行ってみたら？　と眉毛をあげた。庭園みたいになってるから。ここの屋上。

　オバサンの言葉通り、屋上には中々に立派な庭園があった。フェンス沿いはほとんど花壇や植え込みになっていて、中央にも丘陵のような芝生の一角があり、その周りには背の高い木々が、芝生に陰を落とすように植えられている。そんな緑の間を、平らな石畳風の小路がいくつか通っていて、そこは患者たちのちょっとした散歩スペース、あるいは憩いの場になっているようだった。

律子がいたのは、そんな庭園の端っこ、木々の向こうにフェンスと街の景色が見える、白いパラソルの下だった。彼女は車椅子に座り、ぼんやりと木々かあるいは街の景色なのかを眺めていた。いや、もしかすると何も見てはいなかったのかもしれない。単にそこで、榊を待っていただけの可能性もある。

「――お待たせ～。律子ちゃん！」

何しろ彼女は榊が現れると、さすが時間通りね、と笑ってみせたのだ。相変わらず、キッチリした性分でいらっしゃるようで……。そう言って、車椅子の隣のベンチへと、当たり前のように榊を促した。

「どうぞ？　こちらへ……」

受けてベンチに向かった榊は、ああ、ありがと、などと言いつつ、そのままそこに座るのかと思いきや、素早くスーツの胸もとに手を入れるやいなや、パッとその手を空へと掲げてみせた。白いハトがその手から飛びたったのは次の瞬間で、白バトはバサバサ羽音を立てながら青空へと向かい飛んでいった。

おかげで周囲の患者さんや看護師たちからは拍手があがったのだが、しかし隣の律子だけは、白々と榊を見詰めるばかりだった。

「……榊さんったら、まだそんなトンチンカンなことやってるのねぇ」

するとと榊も肩をすくめ、少しおどけた様子で小さく肩をすくめてみせた。

「トンチンカンとは人聞きが悪いな。久方ぶりの再会だし、君を喜ばせようとしただけなのに——」

そうして躊躇う様子もなく、ベンチにストンと腰をおろしたのだ。でも、腕はなまってなかったでしょ？　ちなみにあのハトちゃんは、五代目ね。白バトのハト美ちゃん。

希実はそんなふたりの様子を、植え込みの陰からひそかにうかがっていた。とはいえ、周りには散歩中と思しき患者さんや、その患者さんに付き添っている看護師のみなさんなどもいたため、植え込み脇の花壇の縁に座り込み、携帯をいじり続ける女子高生を演じつつではあったのだが——。それでもどうにか庭園の景色の中に紛れ込んだ希実は、息を殺しつつ必死で耳をそばだてていた。

「……」

彼らがいったい何を語らうのか、ここにきて聞き漏らしてはならないといった心境でもあった。私の父親は、本当は誰なの？　樹さんでいいの？　それとも——。

ふたりの姿を目の前にすると、おのずとそんな思いも過ったし、胸の鼓動も徐々に速度をあげていった。おそらく自分で思っている以上に、緊張していたのだろう。手のひらは汗ばんでいたし、のどもやけにかわいていた。てゆうか、噂通り、榊さんが父親だったら——。どうしよう……？　やっぱなんかちょっと……。いや、やっぱだいぶ、嫌かもなんだけど——。

しかし当の律子と榊は、ともに緊張した様子もなく、ごく自然なやりとりを続けていた。あんなハトで喜ぶなんて、美和子くらいのもんでしょう？　おやおや？　律子ちゃんだって、昔はけっこう喜んでたじゃないか。甘いわねぇ、榊さん。あれはそういう演技だったのよ？　喜んでおけば男の人って、簡単に満足してくれるから……。

その若干親しげなやり取りに、だから希実は勢い胆を冷やしたほどだ。え？　ちょ、待ってよ……。もしかして、ホントにマジで、このふたりって……？　そんなふうに思い至り、背中にいやな汗もかいてしまった。

しかしそんなふたりの会話は、あんがいあっけなく希実の疑念を払拭する方向へと進みはじめた。そっけない律子の物言いに対し、榊がお手上げのポーズでもって、苦笑いで言いだしたのだ。

「ったく。律子ちゃんったら、ツレないんだからなー。もうちょっと優しくしてくれてもいいのにさ。曲がりなりにも俺たち、大昔に噂になった間柄なんだし……」

受けて律子も、眉根を寄せて返してみせていた。

「——ああ、そういえばそんな話もあったわねー。あたしと付き合ってたのは、樹じゃなくて榊さんのほうだっていう、あの噂でしょ？」

おかげで希実は思わず立ち上がってしまいそうになったのだが、しかしどうにか堪えて、植え込みの木々の間から見えるふたりの姿を注視し続けた。そうして彼らの会話に耳を傾けたのだ。

するといっぽうの律子と榊は、お互いどこか冗談めかしながら、決定的と思われる発言を交わしはじめた。まったく、なーんでそんな噂話が出てきたのかしらねー？　あたしとしては、マジ勘弁って感じだったけどー。おいおい、そりゃこっちのセリフだよ。何が悲しくてこの俺が、家出少女なんかと恋愛なんて……。あら？　あたしだって、お金目当てで寄ってきてる女の子たちを、とっかえひっかえパヤパヤしてるあなたなんか、これっぽっちも眼中になかったわよ。はあ？　パヤパヤってなんだよ？　パヤパヤはパヤパヤでしょ？

そんなふたりの言い合いに、だから希実は中腰になりつつ、ひたすら目をしばたたいてしまっていたほどだ。

え？　何？　今の会話……。マジ勘弁とか、何が悲しくてとか、眼中になかったとかって――。つまり……？

「……り？」

つまり、このふたりって、付き合ってなかったってこと……？　てゆうか、そういうこと、だよね……？　うん、うんうんうん、そうだよね？　そういうことで、いいんだよね……!?　母、マジ勘弁だったんだもんねっ!?　榊さん、他の女の人たちと、パヤパヤしてたんだもんねっ!?　てことは、このふたりは、そういう関係じゃなかったってことだよね――!?

そう頭の中で結論づけた希実は、ぐっと静かに息をのみ、そのまま花壇の縁に再び座り込んでしまった。

「……ぐ」

そうしてまるで温泉につかった老人のように、ヴあぁ……、と宙を仰ぎながら小さなうめき声を漏らしたのだった。無論心の中でも、息をつくように思っていた。よ、よかったぁ……。あの人が、父親じゃなくて――。

いっぽう、そんな希実の安堵の様子など知るよしもない律子と榊は、変わらず話を続けていた。てゆうか、そんなだから榊さん、本命には振り向いてもらえなかったのよ。

え？　それ、言っちゃうかなぁ？　言うわよ。あなたのやり方は、昔から間違ってた。は？　間違い？　ええ。愛情は愛情として、憎しみは憎しみとして、そのままを差し出せばいいのに――。あなたは違うものを差し出したりするから、話がどんどんややこしくなっていったんだわ。ふうん？　そういうもんかな？　そういうものよ。あなただって、わかってるクセに……。

だから希実はふたりの語らいが、若干重苦しいものになっていることに、まだ気づいていなかった。気づかないまま、なんとはなしにふたりの声を耳に入れつつ、ひたすら安堵だけしていたのだ。ああ、よかった……。噂はガセだった……。もう、びっくりさせないでよね……。弘基も斑目氏も……。

そんな希実がハッと我に返ったのは、律子が自分の名前を口にしたタイミングだった。

「――だから希実からは、手を引いてちょうだい」

律子のその言葉に、慌てて律子たちのほうへと視線を戻した。律子と榊は相変わらず隣り合って車椅子とベンチに腰をおろしていたが、しかしその雰囲気にはどこか剣呑なものが漂いはじめていた。ふたりとも笑顔は浮かべていたし、話す口調がそれほど変わっていたわけではないが、互いに互いの顔を見る様子はなかった。お互いがただ前を向いて、おそらく自分の言いたいことを言い継いでいる。

「……残念だが、それは無理な相談だね。君だってわかってるだろう？　もう賽は、投げられてるんだ」

言いながら榊は、サングラスを片手で外し、そのままスーツのポケットへとしまった。そうして露わになった彼の目は、案の定というべきか少しも笑っていなかった。口元には笑みがたたえられているが、しかしその実、心からは笑っていない。彼は腕を足の上に乗せ、じっと前を見据えるようにして低く続ける。

「うちの母は、希実ちゃんに自分が残せるすべての財を譲るつもりでいる。だから俺が動かなくても、どうせ誰かが希実ちゃんに手を出すんだ。だったら俺が動いたほうが、君にとってもまだマシと言えるんじゃないのかな？　少なくとも、俺はそう思ってるけど……？」

受けて律子も、前を向いたまま言い捨てた。

「そんなの、お母さんの遺産を、あなたがちゃんと相続すればすむ話じゃない。希実に遺産なんか渡さないよう、あなたがお母さんを説得すればいいだけだわ」

すると榊はおかしそうに顔を歪めて笑いだした。

「やっぱり君は、門叶というものをまるでわかっていないな。まあ、そんなことだから、樹なんかを選んでしまったんだろうが――」

そうして彼は、笑顔のまま空を見あげ言い継いだのだ。

「――うちの母にとって、跡取りを残すということは、自分の人生の意味で価値なんだよ。もともと彼女に求められていたのは、ほとんどそれのみと言ってよかったからね。彼女も彼女なりに抗ってはいたけれど、けっきょくのところ逃れることは出来なかったのさ。不幸な話といえば、不幸な話だが……」

彼の視線の先には、青空を旋回する白いハトの姿が見えた。どこへだって行けるはずなのに、彼女は同じようなところばかりを、くるくると回り続けている。そんな白バトを見詰めているのか、榊は目を少し細くして静かに言葉を続けた。

「意味や価値ってのは甘い毒でね。だから母は、きっと翻意しないよ。彼女は死ぬまで、おそらく希実ちゃんを望み続ける」

だから希実は、また小さく息をのんでしまった。そんな、望まれましても――。内心、そう思わずにいられなかったのだ。そして同時に、居心地の悪い違和感を覚えてもいた。てゆうか、榊さん……。そこまでお母さんが思い詰めてるってわかってて、とりあえず口約束だけすればいいとか、実際は会社を継ぐ必要はないとか、そんなふうに言ってたってこと？　それって、ちょっと、お母さんに対して不誠実過ぎない？　にわかにそんな榊への、不信感が芽生えもしていた。まあ、そもそも誠実な人だとは思ってなかったけど……。それにしたって……。

母がさらなる爆弾を落としてきたのは、その直後のことだった。彼女はやはり前を向いたまま、どこか遠い目をして言いだしたのだ。

「……それはどうかしら？　あなたにだって、本当はわかってるんじゃないの？」

瞬間、榊はフッとわずかばかり、律子のほうへと顔を傾けた。それでも律子は、特に榊を見るようなことはなく、ただ淡々と語り続けたのだった。

「今朝、門叶の親戚の方がお見舞いにきてくださってね。それで手土産に、面白い話を聞かせてくれたのよ」

そんな律子の言葉に、榊も怯まず笑顔で返す。ふうん？　それは中々興味深い話だな。いったいどんな手土産だったんだい？　受けて律子はじっと前を見詰めたのち、大きく息をつき告げてみせたのだった。

「――あなたの、復讐計画よ」

思わぬ母の発言を受け、希実は再び中腰になってしまう。それで話を聞き逃さないよう、木々の間からふたりの様子をじっとうかがい耳をそばだてる。

彼らは相変わらず互いを見ようとせず、じっと前を向いたままだ。同じ話をしながらも、しかしまるで違う景色に対峙しているようにすら見える。その景色がどんなものなのか、希実にはまるで見当もつかなかったが――。

そして続いた律子の話も、希実には想像だにしていないものだった。

「……あなたは、希実が樹の娘ではないと思ってる」

その言葉に、希実は再び眉根を寄せてしまう。え？　何……？　何言ってるの？　母……？　しかし律子の言葉は、ごく淡々と続いていったのだった。

「そしてだからこそ、あの子を門叶の養女にしようとしてる。養女にして、門叶の家督を継がせて――。正統な跡取りを望んでいたお母さんを、最後の最後で絶望させようとしてる。あなたの言うところの、お母さんの人生の意味や価値を、踏みにじろうとしてるんだって……」

風が吹いて、木々はざわざわと音をたてはじめた。しかし榊は前を向いたまま、特に表情を変える様子はない。口元に笑みをたたえ、けれど目は笑っていないままだ。いつもの彼が、そうであるように――。

「そのためにあなたは、希実を利用しようとしてるんだって。親戚の方は、そう言ってらしたわ。あなたはずっと、お母さんを……、家族を憎んでいたから――。だから、あたし……」

しかしその瞬間、榊はフフッと小さく笑い声をあげた。そうしておかしそうに肩を揺らしながら、やっと律子のほうに顔を向けた。

「——遅いよ、律子ちゃん。言っただろ？　賽はもう、投げられてるんだって……」

その目は、ちゃんと笑っていた。心から楽しげに、笑っていた。

「樹と希実ちゃんの親子関係を証明するＤＮＡ鑑定は、すでにとり行われているところでね。明日には、その結果が出ちゃうんだ」

言いながら彼は、律子の肩に手をやり言葉を続けた。

「……今の母は、有頂天になってるよ。希実ちゃんを養女にすれば、諦めかけていた跡取りを用意出来ることになるからね。だから俺は、その手助けをしてやってるんだ。老い先短い彼女が、自らの人生に、意味や価値を見出せるように——」

そうして、どこか熱に浮かされたように呟いたのだ。

「その上で全部をひっくり返してやったら、彼女どんな顔をすると思う？　絶望の淵に叩き落とされたみたいに、その目を濁らせてくれるかな？」

榊のその言葉に、律子は目を見開く。まるで後ろから刺されたような、驚きと痛みが入り混じったような表情で、じっと眼前の榊を見詰め息をのむ。榊はそんな律子を、笑顔で見ている。どこか、面白がっているかのように。

「明日を待とうじゃないか、律子ちゃん。僕の計画が実行に移せるかどうかは、その鑑定書にかかっているんだから……。君が罪を犯してなければ、僕の計画もとん挫する。いわば僕らは運命共同体、ある種の共犯者、なんだからさ」

白いハトは、空をずっと旋回し続けていた。まるで見えない何かに、縛られているかのように——。くるくると空の中を、回り続けていた。


律子が姿を消したのは、その翌日のことだった。

病院からその知らせを受けた時、だから希実は思ってしまった。

ああ、そうか。

やっぱりあの人は、逃げたんだな——。

＊　＊　＊

榊が希実をＤＮＡ鑑定施設に連れて行ったらしい。そんな報告を樹にもたらしてくれたのは、ブランジェリークレバヤシのブランジェ、柳弘基だった。

「確かな筋からの情報だから、間違いはない。もしかすっと榊のオッサン、何かしら行動にでるつもりかもしれねぇから、アンタもそのつもりでいてくれや」

電話口でそう言われた樹は、だから小さく息をつき、ああ、わかった、と低く応えた。こっちも兄の動きには気をつけておく。連絡ありがとう、助かるよ……。すると弘基はケッと笑い、礼なんていらねぇよ、と吐き捨ててきた。こっちは別に、アンタを助けようとしてるわけじゃねぇし。だから樹も小さく笑い、そうか、と応えたのだ。

「でもまあ、感謝くらいはさせてくれよ。お互い、目的は同じなんだからさ……」

そう、彼らの目的は同じだった。――希実だ。彼女に問題が降りかからないよう、弘基も自分も奔走している。それが樹の認識で、おそらくその思いについては、弘基も同様だろうと思っていた。だからわざわざこんなふうに、連絡をくれてもいるのだろう。

彼らの関係性が決定づけられたのは、弘基が希実の父親について、樹に詰め寄ってきた際のことだったと樹は思っている。彼はどこから情報を集めてきたのか、それはそれは詳細に、樹や律子、そして榊に関する過去について、その時あれこれ語ってみせたのだ。

「――それで現状も加味してみっと、希実の本当の父親は、門叶榊なんじゃねぇかって話になっちまったんだわ。それで直接、希実の母親に訊いてみようと思って、ここまで来たってわけなんだけどよ。代わりにアンタが答えてくれるんなら、それはそれで構わねぇぜ？　どうなんだよ？　希実の本当の父親は、アンタの兄貴なんじゃねぇのか？」

凄むように弘基は訊いてきたが、しかし彼の推理には、大切なピースがひとつ抜け落ちていた。そしてそのことが、ひどい思い違いをもたらしてしまっていた。何しろ榊は間違いなく、希実の父親などではなかったのだ。

とはいえ確かに、当時そんな噂があったのも事実だ。話を耳にしたらしい律子も、怒りながら言っていた。榊さんとあたしがデキてるって噂、知ってる？　ホント失礼しちゃうよね。あたしにも、選ぶ権利があるってのに！　そうして榊のほうだって、ちゃんと憤慨していたと伝え聞いた。俺だってお前みたいなクソ女、相手にするわけないのになーって言ってきたんだよ！　あの人、ホントひどくない？

ただし榊の言い分も、まあ仕方がないものだったのだろうと樹は思っていた。何しろ彼のほうにだって、ちゃんと別に想い人がいたのだ。それなのに律子との関係が囁かれてしまったのだから、不本意至極といったところだったのだろう。

そのことを思い出すと、樹は苦く笑ってしまう。言ってしまえば自分だって、脈のない女にとことん惚れてしまったクチだが、しかし兄も兄のほうで、大概ひどいものだったのだ。とはいえ、兄にどの程度の自覚があったのかはわからないが、しかし彼の不毛な恋を思うと、やはり胸の奥のほうが、じんわりと、くすぐったいように痛んでしまう。

不毛な恋をしてしまうのは、おそらく血筋なのだろう。いつだったか樹は、そんなふうに思い至ったことがある。兄も、自分も、そうだった。そしておそらく、母だって――。

ぼんやりとそんなことを樹が思い出していると、挑むような目で樹を見ていた弘基が、おい！　オッサン！　どうなんだよっ⁉　と重ねて訊いてきた。希実の父親は、本当は誰なんだ？　アンタ、ちゃんと知ってんだろ？

それで樹は、悪い、ちょっと一瞬考え事をしてしまってな、などと返しつつ、すぐに断言してみせたのだった。希実ちゃんの父親は、私で間違いないよ。兄さんなんてとんでもないし、もちろん他の誰かでもない。私が、希実ちゃんの本当の父親だ。

無論、それで弘基の疑念が晴れるはずもなく、樹は延々と、律子との出会いや馴れ初め、さらには彼女を想った日々についてや、希実を授かったのちのことなどを、語って聞かせることとなったのだが――。

しかしその説明をするのに、骨が折れるようなことはひとつもなかった。何しろ当時の律子への想いや、希実を望んだ時の気持ちなどは、純然たる事実でしかなかったからだ。それで樹は最後の最後、思いのすべてを語ってみせた爽快感のもと、弘基に自ら問うてみた。

「これで、わかってもらえたんじゃないかな？　私が希実ちゃんの、本当の父親だってこと――」

　そんな樹の言葉を受けて、もちろんと言うべきか、弘基は憮然としたままだった。憮然としたまま、じっと樹の顔をにらみ続け、舌打ちをしたり、うー、とうなったりと、理屈と感情の整理に時間がかかっているようだった。

　しかしそれでも最終的には、ああ、もう！　わかったよ！　と叫ぶようにして言いだしたのだ。アンタが希実の母親に惚れてたのは、まあ本当だと思うしな……。希実を思ってることも、たぶん嘘じゃねぇだろ……。まるで自分に言い聞かせるように言った彼は、そうしてやはり最後の最後に、射るような目で告げてきたのだった。

「――だから確認だ。門叶樹……。アンタが希実の父親だってことが、アイツにとって最善のことだと思っていいんだな？」

　弘基のその言葉に、樹は彼の理解を見た気がした。だから真っ直ぐ弘基を見詰め返し頷いたのだ。

「……ああ、最善だ。それが、親というものだからね」

　あの瞬間、自分たちはやはりある種の共犯関係になったのだろうと樹は思っている。そしてそれ以降、彼らは何か事が起こると、それなりに互いに情報を交換し合っているのである。

また何かあったら知らせて欲しい。樹がそう伝えると、弘基はごくそっけなく、アンタもな、と電話越しに返してきた。つーか、アンタの兄貴に関しちゃあ、ここんとこ嫌な予感しかしねぇからよ。マジでよろしく頼むぜ？

だから樹も、わかってるよ、と応えたのだった。兄の好きなようには、絶対にさせないさ……。とはいえ、兄の本心なるものに関しては、いまだ摑み切れてはいなかったのだが――。

正直なところ今の樹には、榊のことがよくわからなくなっていた。何しろ兄という人は、あんな家族の中にあっても、平然と悠然と、親の望む息子であり続けたような男だったのだ。それなのに、今の彼はどうだ？　樹としては、そんなふうに思えてならない。兄貴は、何を考えてる？　いったい何を、しようとしてるんだ……？

樹が榊と十数年ぶりの再会を果たしたのは、つい二週間ほど前のことだった。暮林と弘基の両名から、希実が門叶の親戚筋にさらわれそうになったと聞かされた樹は、真偽のほどの確認のため、本当に久方ぶりに自ら門叶家へと連絡を入れた。

電話に出たのは兄の榊で、だから樹は大急ぎで確認した。どういうことなんだ⁉　いや、ほとんど怒鳴りつけたと言っていい。娘の希実が、門叶の関係者にさらわれそうになった！　母さんが自分の株を、希実に譲渡すると言いだしたのが理由だそうだ！　いったいどうしてそんなことになった⁉　どうして母さんが、希実にそんなものを……⁉

何しろあの時、樹はまだ知らなかったのだ。榊が裏で暗躍しているなど、夢にも思っていなかった。だから榊の誘いにも、簡単に乗ってしまったとも言える。まあまあ、落ち着けって、樹……。その話は、俺もつい最近聞いたばかりでな。ちょうど困ってたところなんだよ。だからよかったら、一度会って話さないか――？　そうして彼らは、実家からそう離れていない喫茶店で落ち合ったのだ。

「久しぶりだな、樹」

十数年ぶりに見た榊は、昔とまるで違っていた。かつてはいかにもエリート然とした出で立ちをしていたのに、喫茶店に現れた彼は、なんとも奇抜な装いになっていたのだ。長髪、サングラス、雨傘、喪服のごとき黒スーツ。それだけでも絶句するレベルだったのに、そのうえ榊はずいぶんと痩せてしまっていた。

「あ、ああ……。久しぶり」

かつては易々《やすやす》と自分をねじ伏せていたはずの男が、ひょろりと青白い痩軀《そうく》の男となって現れたことに、樹はどうしようもない時間の流れと、その中で生きてきた兄の人生というものを、少なからず思ってしまった。

兄が継いだはずの会社を辞め、家に引きこもっていると聞いたのはいつの頃だったか。当時はなんの冗談かと思っていたが、しかし目の前に現れた兄は、確かにそんな感じの雰囲気をはっきりと漂わせていた。兄自身も笑って言っていたほどだ。

「……驚いただろう？　俺もだよ。俺がこんなふうに落ちぶれるなんて、昔は思ってもみなかったからな」

そうして彼はコーヒーを注文したのち、挨拶もそこそこに語りだしたのだ。

「でも、この現状を、父さんも望んでたんだと思うよ。あの人は俺が、自分より優秀だって思いたくなかったみたいだからな」

語る彼は、どこか楽しげだった。まるで熱に浮かされたように、いやにべらべらと話し続けた。

「知ってたか？　樹。父さんはな、大した経営者じゃなかったんだよ。単に運と時代がよかっただけで、今のご時世だったらとても通用しないボンクラだった。だから俺が会社を継いだ頃には、トガノには負債がたんまりでな。おかげで立て直すのにはひと苦労したよ。けど、父さんにはそれが我慢ならなかったんだろうな。家ではだいぶ当たり散らしてきたもんだ。ま、俺もその時は、何があの人を不快にさせてるのか、よくわからなかったんだがな。更年期かなー、なんて思ってたくらいのもんで……」

そこには樹の返事も相槌も無用なようで、ウェイトレスがコーヒーを運んできても、榊の話はとまらなかった。

「わかったのは、俺がダメになったあとのことさ。俺が心をダメにして引きこもった途端、あの人、会社に返り咲いてふんぞり返って、そりゃもう上機嫌になったんだよ。それで俺も気づいたんだ。ああ、この人は、自分より出来のいい息子なんかいらなかったんだな、ってさ。あの人が欲しかったのは、自分が築きあげたものを、そこそこ維持できる程度の後継者であり、その後継者に相応しいのは、自分の有能さが証明される程度のポンコツだった。俺みたいなキレ者は、邪魔なだけだったんだよ。もっと早くに気づいてりゃ、仕事にも人生にも、だいぶ手が抜けたんだがなぁ」

あるいはそれは、吐きださずにはいられなかった、積年の彼の思いだったのかもしれない。両親のため、いい息子であり続けてきた彼の、叫びのようなものだった可能性も十二分にある。

榊が言葉をとめたのは、ひとしきり苦労話を吐きだしたのちのことだった。長らく黙り込んだままの弟を前に、さすがに榊も自分の言葉の多さに気づいたのか、ああ、悪い、などと言いだしたのだ。お前には、関係のない話だったな。それで、なんだっけ？　ああ、母さんが、遺産を孫娘にやるって言いだした話か……。

今思えば、あの時榊はすでに動き出していたはずだった。それなのに彼は、素知らぬ顔で言ってきたのだ。

「母さんには、俺も困らされてるんだよ。いつまでたっても、息子を翻弄する人でね。俺の立場なんかお構いなしなんだぜ？　息子ふたりは失敗作だった。だから孫娘に門叶を継がせるって、その一点張りでさ。それにしても傷ついちゃうよなぁ？　失敗作だってよ、俺たち――」

笑いながら言う榊に、特に傷ついている様子はなかった。だから樹も毅然と返した。

「……人は作品じゃない。血の通った人間だ。それがいまだにわかっていないような母さんに、希実を関わらせるつもりは毛頭ない。彼女には、そう伝えておいてくれ」

すると榊も、ああ、とわざとらしいようなしかつめらしい表情を浮かべ、もちろんそうするよ、と返してきた。母さんは、何もわかっちゃいないからな。あの人は世間知らずの箱入り娘のまま、ただ年だけ食ってしまった人だからさ。かわいそうな人なんだよ。あの人は、あの人で……。

そうして榊は両腕をテーブルにつけ、体を乗り出すようにしながら切りだしてきた。

「――そもそも希実ちゃんは、お前の娘じゃないんだもんな？　でもかわいそうな母さんは、そのへんがちゃんとわかっていないんだよ。だからあの子を後継者にしたいだなんて、夢みたいなこと言っちゃってるのさ」

悪意に満ちた物言いだった。おそらく樹の反応を、見ようとしてのカマかけだったのだろう。だから樹は冷静に、何言ってるんだよ？　とごく淡々と言って返した。

「希実は、俺の娘だよ。兄さんがどんな思い違いをしているのか知らないけど、あの子は間違いなく、俺の実の娘だ。妙な言いがかりはやめて欲しい」

しかし榊も引かなかった。彼はニヤニヤとした笑みを浮かべたまま、猫が羽虫をいたぶるように言葉を続けたのだ。

「あれー？　そうなの？　だったら彼女、あの頃二股かけてたってことなのかな。まあ、援助交際してたような子だったし、貞操観念が緩かったんだろうな。そんな子に惹かれるなんて、お前もさすが母さんの息子だけあるよ。覚えてるだろ？　母さんだって昔さあ……」

だから樹も、とっさに言って返してしまった。

「――律子はそんな女じゃない。侮辱するのもたいがいにしろ」

そうして席を立とうとすると、榊は笑って言ってきた。おいおい、大事な娘から手を引けって頼みに来たのに、その態度はないだろ？　それはそれ、これはこれで、ちゃんと話し合おうぜ？　樹ちゃん。それで樹が憮然と席に着き直すと、榊は満足そうに頷いて、そうそう、そういう態度が大事なんだよ。お前も働くようになって、少しはまともになったじゃない、などと上から目線で述べてきた。そうしてソファに体を沈め、足を組んで言いだしたのだ。

「それに俺は、お前の理解者でもあるんだよ？　律子ちゃんや、今の奥さん——。お前が彼女たちを選んだことも、俺にはよーく理解出来るんだ。お前の気持ちが、手に取るようにわかってしまったと言ってもいい」

それで樹は、怒りをどうにか胸の内に収めながら、どういう意味だよ？　と返したのだった。兄さんに、俺の何がわかるっていうんだ？　すると榊はフッと笑い、囁くように言ってきた。

「……お前、親になりたくないんだろう？　自分の血を、残すのが嫌なんだ。だから、すでに子どもがいる女を選んだ。その気持ち、俺にもよくわかるんだよ。俺も常々思ってるからね。こんな血は、ここで途切れたほうがいいってさ——」

これが、あの兄なのか——。

濁った目をして言う榊に、だから樹は半ば言葉を失くしていた。あの寒々しい銀世界で、薄い氷の上を悠然と歩いていた兄なのか——。そう思わずにはいられないほど、彼の言葉も表情も、卑屈で荒みきっていた。

それでも、樹は応えたのだった。何しろ樹にだって、兄の言う言葉の意味がわからなくはなかったのだ。俺なんて、親にはならないほうがいい。こんな血は、ここで途切れたほうがいい。それは人生の節々で、樹が思い至ったことでもあった。

「……」

それでも彼は、けっきょく親になることを選んだ。だから今は兄の言葉に、引きずられるわけにはいかなかった。

「気持ちはわかるけど、違うよ、兄さん……。俺は、違う」

樹の言葉に、榊はわずかに眉根を寄せた。それでも樹は低く続けたのだ。

「——俺は親なんだよ。ふたりの息子と、ひとりの娘を持つ、親なんだよ」

すると榊は少し驚いたような表情を浮かべたあと、しかしすぐにフッと笑い、腕組みをして返してきた。なるほど、そりゃいい覚悟だな……。そうしてサングラスをわずかにずらし、挑むような目で告げてきたのだ。

「……それならそれで、健闘を祈るよ。弟くん」

あれはある種の宣戦布告だったのだろうか？　律子が病院から消えたという連絡を受けた樹は、ふとそんなことを思い出してしまった。

彼は自分の復讐のために、希実がどうしても必要で、しかし樹は親として、それを許容することなどとうてい出来るはずもない。

だから榊は、言ったのではないか？

「死に物狂いで娘を守れ。親なら必ず、そうしてみせろ——」

すべてを諦めたような濁った目で、兄は言ったのではないか。

「……お前は、俺たちの親と同じになるな」

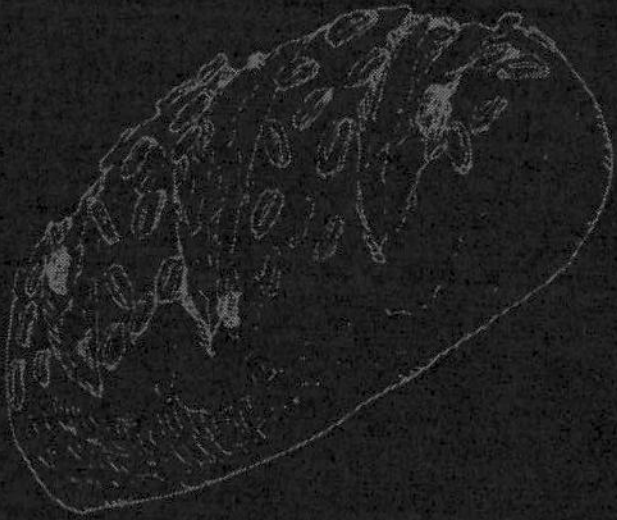

Façonnage & Apprêt

——成形&第二次発酵——

私は不幸な女だったの。門叶榊の母親は、時おりそんなことを言う。ずっと人の為に生きてきたわ。何を選んだこともなければ、何かを望んで手に入れたこともない。全部、親に決められた通り、ハイハイハイって言いながら生きてきたの。おかしいでしょ？私の人生なのに、私はずっといないままだったのよ。

その言葉は、まるで真夜中に降りだす通り雨のようで、ああ、また降りだしたか、と息はついても、さしあたった実害があるわけでもなく、まあ、朝までにやめばいいか、と流してしまえる程度の不都合でしかなかった。

だから榊はそんな母に、そう。それはつらかったね、などと薄く笑み返すようにしている。よく頑張ったね。えらい、えらい——。そうしておけば母はたいてい満足して、やがて落ち着くところに落ち着いていく。そうね。でも、これでよかったの。だって私、今はとても幸せなんだもの——。

一昨年還暦を迎えた母は、門叶に嫁いで四十年ちょっとになる。彼女は短大を出てすぐ、この家へと輿入《こしい》れしたのだ。ただし縁談それ自体は、彼女が高校生だった時分から出ていて、だから早く嫁げるよう、四年制大学ではなく短大を選ばされたらしい。

本当だったら、母の六つ上の姉が嫁ぐはずの結婚だった。しかし姉はそれを嫌がって、自ら大学の同級生とまとまってしまった。そのため急遽、母に白羽の矢が立ったのだ。身代わりだったのよ、と後年母は恨みがましく言っていた。私は姉の身代わりに、門叶の家に差し出されてしまったの。

結婚式の写真の母は、白無垢《しろむく》姿でむっつりとカメラをにらんでいる。その顔にはまだ少女の面影が残っていて、純白の豪奢《ごうしゃ》な花嫁衣装をまといながらも、表情はわが身の不幸を呪っているかのような不機嫌さだ。そんな彼女の傍らには、すでに恰幅《かっぷく》のいい中年男性となっている父が、紋付き袴姿で立っている。こちらはもう大人である余裕なのか、堂々たる雰囲気で、しかし母と並んだその姿は、夫というより父親の色合いが濃い。けれどそれも無理のない話ではあった。何しろ二人の間には、実際親子ほどの年齢差があったのだ。

結婚の翌年、母は榊を産み、さらにその翌年には女の子を授かった。ただし娘のほうは、途中でダメになったらしい。生まれる前にお空に還《かえ》られたんですよ、と大昔にお手伝いの女性から聞かされた。弟の樹が生まれたのはその翌々年で、そこからは母は、父とはっきり距離を置くようになったとのこと。

男の子をふたりお産みになられましたから、ご自分の務めは果たしたと思ってらっしゃるんでしょう。それもそのお手伝いさんから聞いた話だ。榊坊ちゃんと樹坊ちゃんがいらっしゃれば、門叶はもう安泰ですから――。

あれから四十年ほど時を経た現状を思うと、なんと虚しい安泰だったのかと笑ってしまいそうになるが、しかし当時の状況としては、確かに門叶は安泰以外の何ものでもなかった。社会全体がのぼり調子で、会社の株も軒並みその値をあげていっていたし、父はすでに不動産を買い漁りはじめていた。さらに言えば父はそんな中にあって、いわゆる糟糠《そうこう》の妻を捨て、没落華族出身の若い娘、つまりは榊らの母をめとり、ふたりの息子をなしていたのだ。そんな状況は傍から見れば、確かに門叶家なるものにおける、栄華の頃にも映っただろう。

けれど、若きトロフィーワイフであった母は、しょっちゅう焦燥にかられたような、いら立ちに満ちたような表情を浮かべていた。無論、習い事の集まりや、ホームパーティーの会場などでは、生き生きと明るい笑顔を振りまいていたが、しかし家に帰りイヤリングを外している時などは、その反動なのか、ひどい疲労感を顔ににじませていたし、化粧を落としている最中、ドレッサーに並んだ装飾品や化粧品の数々を、いら立ちに任せるように床に投げつけることもしばしばだった。

ある時など、クローゼットの洋服を、鋏《はさみ》ですべて切り捨てるという暴挙に出たこともあった。あの時は父のネクタイも切り刻み、彼から頬を張られてもいたはずだ。母は床にうずくまり声をあげて泣いていた。どうしてなの？　どうして私ばかり、こんな目にあうの？　どうして――？

彼女は恵まれた女だった。けれど同時に、やはり不幸な女でもあったのだ。贅沢な暮らしを与えてくれる夫は、しかし当然のように愛人を囲っていたし、家にいる古くからの使用人たちは、二番目の妻である若い母を、どこか見下しているようなところがあった。聞けば父の前妻は中々の人格者で、横暴な父を長らく陰から支えていた内助の人でもあったらしい。

前の奥様に、お子様が出来ていればねぇ……。榊が物心ついた頃にもなお、お手伝いの女性がそう漏らしていたほどだから、門叶の家に漂う前妻の残像には、やはりそれなりに濃いものがあったのだろう。それともこういう、巡り合わせだったのかしらねぇ。旦那様と、奥様は……。

使用人たちがそうなのだから、父周辺の人物たちはなおのことで、母の若さや美貌を褒めそやしながらも、しかし同時に、金で買われた若い妻、あるいは、跡取りを産むため急遽用立てられた若い女、と裏に回れば笑っていた。いや、実際のところはわからないが、少なくとも母はそう信じ込んでいた。

私は、笑われてるのよ。今でも折にふれそうこぼしているほどだから、当時の思いとしては、相当に強烈なものがあったのだろう。私は、不幸な女だったの。あなたに会うまで、ずっと、ずっとそうだった——。

幼い頃の榊は、そんな母を、あるいは父や弟を含めた家族というものを、しかしどこか遠くに感じていた。

いつも不機嫌で、時おり感情が昂《たかぶ》る母親。そんな母を、無視するか怒鳴り返すかする父親。そしてそんなふたりの諍《いさか》いを前に、火がついたように泣きだす赤ん坊の樹。ひどく騒がしいはずのその光景は、しかし幼い榊の目には、まるで絵本でもめくっているような、あるいは望遠鏡をのぞいているような、遠い世界の話のようにいつも映ってしまうのだった。

無論、意図的にそうしていたわけではない。ただ当時の榊の周りには、透明な薄い膜《まく》のようなものがあって、だから彼は世界の多くを、その膜を通して、見ることになってしまっていただけの話だった。膜は透明ながらも少し濁っていて、そこから見える景色は、紗《しゃ》がかかったようにかすんでいた。聞こえてくる音も、まるで水の中にいるように、ぼわんとひどくくぐもっていて、空気も薄く感じられることが多かった。

騒ぎの最中には、その傾向が顕著になって、だから榊は諍う父と母を前に、よく思っていたものだ。苦しい。息が苦しいよ、お母さん。ただし膜の中では、うまく声が出せなかったのだが――。お父さん、苦しいよ。助けて――。息が、出来ないんだ――。助けて、お父さん、お母さん――。

それでもまとわりつくその膜が、フッと消えてなくなる瞬間もあった。たとえば上手に絵が描けた時、あるいは塾のテストで満点がとれた時、道場の進級試験に合格した時なんかもそうだった。父や母のいら立ちが凪《な》いで、家族の間にほんのひと時、険悪ではない空気が流れる。すると膜がスッと消え、視界がやけに明瞭になる。微笑む母や、笑う父の姿が見えて、声もはっきりと聞こえはじめる。さすがね、榊。お前は、中々出来がいいな。榊は、本当にいい子。長男だけあって、見込みがあるぞ。嬉しいわ、お母さん、本当に嬉しい――。

膜のない世界は眩しくて、何もかもがきらめいて見えた。音もクリアに聞こえて、その時に聞く風の音は、胸がすくほど心地よかった。いつもの息苦しさもすっかり凪いで、存分に深呼吸することも出来た。

そうして彼は、徐々に理解していったのだった。ああ、そうか。この邪魔っけな膜を、どうにかなくしてしまえばいいんだ。

方法はわかっていた。満点のテスト。進級試験の合格通知。上手な絵に、上手な作文。かけっこの一等賞。とどのつまりは、いい息子であればいい。

そうなることは、さして難しくはなかった。実際彼は、出来のいい子どもだったのだ。だから普通の努力でよかった。遊んでいる同級生や弟の樹を見ると、少しもどかしいような気持ちにもなったが、しかし膜がやってくることを思えば、大した苦ではないと諦められた。景色がかすむよりいい。音がぼやけるよりいい。息が苦しいより、ずっといい。

努力の結果は、余さず両親に報告した。お母さん、見て！　テストを返してもらったんだ！　お父さん、僕、進級試験に受かったよ！　最年少記録だって！　見て見て！家族の絵を描いてみたんだ。作文コンクールで、特別賞がもらえたよ！　あるいは食卓のピリついたムードを打破するため、いくらかのつまらない冗談も覚えた。このイクラ、おイクラだったの？　チキンはキチンと食べなきゃね！　見よう見真似で習得した、手品も時々披露した。ほら、花！　ほら、ハンカチ！　すごいでしょ？　そのうちハトも、出せるようになるかもよ？　そうして榊は、気づけば門叶家の、快活で優秀なご長男に仕上がっていた。

無論、それでも父と母の諍いは変わらず続いていたし、ただ泣くだけだった赤ん坊の樹も、妙に反抗的に育ってしまっていたが、それでも榊の周りには、もう透明な膜は現れなくなっていた。

だから彼は冗談を飛ばし、手品を披露し話を逸らして、家庭内での険悪なムードを極力回避しようと努め続けた。あの膜に覆われるのは、もう勘弁だという思いもあった。何しろ息が苦しくなるし、何もかもが遠くなるような、あの不安な感じも好きではなかった。みなが遠くなってしまうのは、やはり少し寂しいものではあったのだ。

膜のない日々は、何もかもが鮮やかで、だから榊は朝に目覚めるたびに思っていた。

ああ、よかった。

今日もちゃんと、息が継げた。

「透明な膜、というのは、ご自分を守るための防御壁だったんじゃないでしょうか。家庭内の問題、特にご両親の不和を直接受け止めきることが出来ず、無意識のうちに敢えて距離をとろうとしていた結果かと……」

それは、いつだったかカウンセラーに言われた言葉だ。その時榊は、笑って返したように記憶している。ははあ、なるほど。理屈は通ってるね。

社長時代、社内に心理カウンセラーを置くか否かを議論していた頃のことだ。それがどんなものか試すため、榊は適当な心療内科をピックアップし、身分を伏せてそのいくつかに通ってみた。あるいはもしかすると、一度自分の内なるものを、確認しておきたかったという気持ちもあったのかもしれないが――。とにかくその中のひとりに、言われたのだった。透明な膜は、あなたを守る防御壁、云々。

だから榊はさらに訊いた。でもそれなら、どうして僕は、その膜に悩まされることになったんだろう？　僕の記憶の限りでは、膜には守られたというより、苦しめられたという思いのほうが強いんだが。すると彼女は、薄く笑んで返してきた。

「膜をはる、というのは一時的な対処法としては有効だったんだと思います。それで幼かったあなたは、おそらくそれを多用した。でも長くその状態が続くことは、精神的にあまりいいとは言えません。だからまた、無意識のうちに違う対処法を模索して――。最終的に、いい息子を演じるという対処法に落ち着かれたのかと……」

おかげで今度は声を出して笑ってしまった。うん、なるほど。子どものクセに僕ときたら、抜群の危機対応能力を備えてたってわけだね？

すると彼女はやはり薄く微笑んだまま、ええ、そうですね、と静かに頷いたのだった。心は、あなたを守るため、一生懸命だったんだと思います。そうして透明な眼差しを向け、ごく冷静に告げてきた。ですから、あなたの中にある弱い心を、どうか嫌わないでやってください――。

けっきょく社内にカウンセラーを置くことはしなかった。幼い自分が、自分で危機回避出来たのだ。ならば大の大人のために、経費をさくことはないだろうと思った。いや、そう思ったことにしておいた、と言ったほうが的確か。何しろ弱い心を嫌うなと言われても、いったいそれがどういうことなのか、榊にはよくわからなかったのだ。

心を嫌うってどういうことだ？　しかも弱い心って……？　心はひとりにひとつなんじゃないのか？　それとも何個もあるっていうのか？　それとも僕が特殊なのか？　まさかいくつにも分裂してるってことなのか？　それでいいのか？　わからない——。

それでもそのあたりを深く考えなかったのは、自分は心なるものに関して、そもそも疎《うと》いという自覚があったからだろう。心の問題に関しては、からっきしの不得手。

かつて美和子にも、よく言われたものだ。

「——榊は勉強は出来るのに、自分の気持ちのこととなると、からっきしよねぇ」

そんな話をするのは、決まって夜の歩道橋だった。大きな通りに渡されたそれは、しかしそのすぐ先に信号機を有していて、だから通りを渡りたいほとんどの人たちは、そちらの横断歩道を渡っていく。長くて足場の悪い急な階段をのぼるより、そのほうがずっと安全で効率的だからだ。そしてそのおかげで歩道橋はいつも無人で、道案内の標識に隠れるようにして腰をおろしてしまえば、そこはおのずと榊と美和子、ふたりだけの空間になってしまうのだった。

「……そんなだから、お腹も壊しやすいんじゃない？」

言いながら彼女は、よくパンをわけてもくれた。お腹にいいのよ、と差し出してくれた茶色くて少し酸っぱいパン。整腸作用があるの、と美和子は言っていたはずだ。ほら、ほら、食べてー。ちょっとは具合もよくなるかもだから。

とはいえ榊としては、なぜパンで整腸が可能なのか？　と長らく判然としなかったが――。しかしそれでも実際それを口にすれば、確かに体の不調は回復の兆しを見せ、だから彼は美和子の言う通り、差し出された茶色いパンを素直に食べることが多かった。

いつも悪いなー。ホントだよ。私のパンなのに。そんな悪態をつきながらも、しかし美和子はちゃんとパンを差し出してくれた。具合、よくないんでしょ？　いつだってそんなふうに、榊の不調を見破ってくれた。たとえば榊自身、気づかなかった不調すらも――。

「たぶん榊の心って、ちょっと迷子になりやすいんだよね。それで、自分が今、怒ってるのか、それとも悲しんでるのか、あるいは喜んでるのか、よくわかんなくなって混乱するの。それで胸の中がもやもやして……。そのもやもやが、お腹のほうに連動しちゃうっていうか……？」

そんな美和子の診断に、榊は膝を打ったほどだ。おお、それそれ！　そんな感じ！　すごいな、美和子！　なんでお前、そんなに俺のことがわかっちゃうんだよ？　すると美和子はクスッと笑って、榊って、頭はいいのに、やっぱりちょっとバカだよね？　と眉根を寄せるのだった。そうしてどこか遠い目をして、呟くように続けていた。

「私にも、似たところがあるから……、かな。自分の気持ちを隠してる間に、それがどこにあるんだか、自分でもわかんなくなっちゃうっていうか……。迷子とは、ちょっと違うかもだけど……。でも、自分の気持ちが、わからなくなるところは、やっぱり榊と同じかもね」

無論、いったい彼女が何を言わんとしているのかは、その時の榊には、やはりよくわからないままだったのだが——。何せそんな話をしていた頃、榊はまだ高校生だったのだ。翻《ひるがえ》って美和子のほうは、あろうことかまだ中学生だった。しかし彼女はその頃から、すでにどこか老成した憂いと淀みを漂わせていた。大人の前では笑っていたが、それでも榊とふたりになれば、重苦しいようなため息をいくらもついてみせていた。

思えば彼女は幼い頃から、ずいぶんと大人びた子どもだった。難しい言葉もよく知っていたし、二面性のようなものもすでに併せ持っていた。

美和子との出会いは、本当にもう遠い昔のことだ。榊が小学校にあがって少しした頃、クラスメイトの母親たちで催したホームパーティーで、彼女はクラスメイトの妹として門叶の家にやって来た。

その頃の美和子はまだ本当に子どもで、ピンク色のひらひらとしたドレスのようなものを着せられ、にこにこ楽しそうに笑っていたように榊は記憶している。大人たちも彼女を褒めそやしていたはずだ。まあ、かわいいお嬢ちゃんだこと。お名前は？　お年はいくつ？

何しろ彼女には愛嬌があったのだ。笑顔で挨拶もしてみせたし、年や将来の夢についても、滞りなくすらすら応えていた。くぜみわこです。四さいです。大きくなったら、およめさんになるの。

そして何より、しっかり躾《しつけ》がなされていた。大人たちの会話の前では、ちゃんと言葉を慎んで、神妙に彼等の話を聞いていたし、ここで遊んでいなさいと言われれば、そこでお絵かきやら積み木やらの、それなりに子どもらしい遊びをしてみせる。

いっぽう美和子と同い年であるはずの樹は、パーティー会場に連れてくると走り回って暴れるため、基本的に別の部屋に閉じ込めるか、あるいは庭に放り出されるかしていた。だから榊は美和子を見て、しみじみ思っていたものだ。はあ……。うちのとは、だいぶ違うな……。それほどに美和子は、実によく出来た子どもだった。

そんな美和子と、榊が距離を縮めたのは、やはりホームパーティーでのことだった。初めて美和子と出会ってから、二、三年は経っていたような気がする。美和子は相変わらず、愛嬌のあるよく出来たお嬢ちゃんのままで、その日もひらひらとした水色のワンピースを着せられて、笑顔で大人たちの間をちょこちょこ歩き回っていた。ホスト役である榊の母にも、愛想よく言っていたように記憶している。

きょうは、おねまきいただき、ありがとうございます。そうして大人たちを盛大に笑わせていた。あらあら、美和子ちゃん。おねまき、じゃなくて、おまねきよ？　お、ま、ね、き？　そう、おねまきじゃパジャマになっちゃうわ。ん？　お、ね……？　それはパジャマ。ん、ん……？　お、ま、ね……？

いっぽう榊はといえば、そんな美和子と、それを取り巻く大人たちのやり取りに、はっきりと既視感を抱いていた。何しろそれは、自分が一昨年やってみせたネタだったのだ。確か久瀬の家のほうでやったホームパーティーで、ちょっと自信満々で披露してみせたはずだ。今日は、おねまき……！　そして彼も、ちゃんと爆笑をかっさらった。とはいえ美和子が、自分とまるで同じように、わざと言い間違いをしているなどとは思ってもみなかったが――。

だからそれはそれとして、榊もぼんやり横目に見ていたに過ぎなかった。そしてあんなことが起こらなければ、美和子のことはそれ以降も、よく出来たちょっと天然なかわいいお嬢ちゃん、とでも思い続けていたことだろう。

しかし、あんなことは起こったのだった。大人たちが、うわっ面の空々しい語らいをしている足元で、しかしそれは、ちゃんと、起こってくれた。

その日、大人たちの笑いをとった美和子は、そのあとしばらく母親に言いつけられた通り、会場の片隅でお絵かきをしていた。そうして会話が途切れがちになっている一団を見つけては、その絵を見せて愛嬌を振りまいた。そしてそんなことを三度ほど繰り返したのち、彼女は会場を見回して、どこか冷めたような表情をしてみせたのだ。

「……」

大人たちはみな自分たちの会話に興じ、子どもたちはテレビゲームを占領し、それぞれ自分勝手に騒いでいた。だから場内は賑やかで、きっと美和子のため息になど、誰も気づかなかったことだろう。それを見ていた、榊以外は――。

「……？」

彼女はぼんやりと場内の人々を見詰め、小さく口を開けスッと肩を落とした。それは母がため息をつく時にする動きと同じで、だから榊は美和子がため息をついたのだと気づいたのだった。

「――」

それでなんとはなしに、榊は美和子を見詰め続けてしまった。あんな小さな女の子が、あんな大人みたいな表情を浮かべるなんて――。それがなんだかひどく不思議で、胸の奥のほうがグッと詰まるようで、どうしようもなく惹きつけられた。

美和子はそうして会場をしばらく見詰めたあと、今度は何かを確かめるように、きょろきょろあたりを見回した。そうして誰の視線も自分に向いていないことを確認すると、こそこそ後ろ歩きでこちらへゆっくり向かってきたのだ。

だから榊は目をしばたたき、マズイ、と少し焦ってしまった。しかしさりとてこの状況で、下手に身動きをするわけにもいかず、ただただ美和子がその進行方向を、変えてくれることばかりを祈っていた。来るな！　こっちには来るな！　久瀬美和子！

しかしその祈りも虚しく、彼女は人だかりのほうばかりを気にしながら、するする榊へと近づいて来た。そうしてパッと勢いよく白いクロスを持ちあげて、榊が潜んでいたテーブルの下へと、勢いもぐり込んできたのである。

「――!?」

「――！」

榊も息をのんでしまったが、しかしやって来た美和子のほうも、相当に驚いているようだった。

「……だって、なんか、疲れちゃったんだもの」

テーブルを抜け出して、庭の片隅に向かったのち、美和子はそんなことを言ってきた。

「あそこにいると、笑ってなきゃいけないし……。大人の人たちの話を、ちゃんと聞いてないと、あとでお母さんの機嫌が悪くなっちゃうし……。だから、ちょっと休もうと思って、つい、テーブルの下に……」

受けて榊は、大笑いをしてしまったのを覚えている。いつもお利口さんをやっている美和子が、いかにもバツが悪そうに、もじもじと口を尖らせながら、言い訳をするさまが面白かったというのもある。それでお腹を抱えていると、美和子はますます口を尖らせ、笑わないでよ！　と言ってきた。榊くんだって、隠れてたじゃない！　美和子と、同じじゃない！

だから榊はお腹を抱えたまま、時おり吹きだしつつ頷いてみせたのだった。

「あ、ああ……。う、うん、そうだね……。その通り……。僕も同じだよ、美和子ちゃん……」

そうして笑いながら、彼女の頭をぐしゃっと撫でてやった。

「うん……。同じだね……。僕らは……。すごく、同じだ……」

ただしその声は、なぜかひどく震えていた。笑い過ぎたせいか、気づけば目から、涙がいくらも溢れていた。

おかげで口を尖らせていた美和子も、キョトンと目を丸くして、榊の顔をのぞき込んできたほどだ。え……？　榊くん……？　どうしたの……？

それでも榊は笑ったまま、涙を拭い続けたのだ。あれ？　なんだろ？　わかんないや……。でも、すごく、おかしくて……。

そうして、だははっ、なんかごめん！　などと声を漏らしながら笑い続けると、美和子も困ったように眉根を寄せつつ、しかし小さく吹きだしたのだった。もう……！　榊くんって、ヘン……！　すごくヘン！　ヘンジン！

そしてふたりは、そのままお互い顔を見合わせて、しばらくひいひい笑い合った。へ、変人は、やめてよ……。だって榊くん、ヘンなくらい笑うんだもん！　だったら、美和子ちゃんだって……。美和子は普通だもん！　うそだよ！　美和子ちゃんだって、ほら、涙が……。

あの時、なぜあんなにも笑ってしまったのか、当時の榊にはよくわからなかった。けれど今は、なんとなく思っている。あの時、おそらく僕は嬉しかったんだろう。そんなふうに解釈している。

膜を失くした榊の世界は、鮮やかで眩しくて、音という音に満ちていて、ひどく貴《とうと》い場所ではあったが、しかし榊には上手く馴染むことが出来なかった。長くいれば疲れ果てて、それはそれで、息苦しかった。

求めた世界であるはずなのに、気づけば逃げ出したくなることがままあって、だから榊はそれ相応の罪悪感でもって、人混みをこっそり抜け出していた。抜け出して、たとえば部屋の端っこのテーブルの下なんかに、息を殺して隠れてしまっていた。

「……」

膜の中で、みんなを遠くに感じているのも、寂しかったはずなのに――。膜を失くした世界の中でも、けっきょくひとりテーブルの下、白くて硬いクロスでもって、ちゃんと壁を作ってしまう。

それはもう自分という人間の、生きかたのクセのようなもので、そこから逃げ出すということは、出来ないような心持ちになっていた気もする。無論当時は、そこまで明確な言葉には出来ていなかったが、あの時の罪悪感の混ざったひどい徒労感は、そういう類いのものだったように今は思う。自分は何かに、究極的に許されていない。そんな思いが、いつも心の底のほうに横たわってもいた。

けれど、そこに美和子が現れた。白いクロスの向こうから、彼女はこちらに飛びこんできたのだ。子どもながらに、ひどく疲れた顔をして——。だから榊は、思ったような気がしている。

やあ、君もかい？

それで、笑ってしまったのかもしれない。

驚いた。僕はひとりじゃ、なかったんだな。

「——美和子ちゃんは、本当にいいお嬢さんだわね」

榊の母は、しばしばそんなことを口にした。

「あんなに明るくて気立てがよくて、気の利く子なんてそうそういないもの。本当の娘だったら、どんなにいいかって思っちゃう。久瀬の奥様はお幸せよね。あんなにいい娘さんに恵まれて……」

若干買いかぶり過ぎの感はあったが、しかし母がそう言うのを強く否定は出来ない程度に、美和子は鉄壁の愛くるしい振る舞いでもって、当時大人たちに対峙していた。そしておそらく母もそれなりに騙されて、あんなにも美和子を褒めそやしていたのだろう。

「……榊か樹が、美和子ちゃんをお嫁さんに貰ってくれれば、あの子、うちの娘になるのよねぇ」

そんなふうに言われた時はギョッとしたが、しかし母は嬉しそうに、そんな願望を幾度となく口にしていたものだった。もちろん、結婚は本人の意志に任せるわよ？　あなたたちには、ちゃんと好きな人と結婚して欲しいし……。でも、どっちかが美和子ちゃんを好きになってくれたら、お母さんすごく嬉しいなぁって思ってるの。夢よ？　ただの、夢だけど――。

しかしその夢の美和子は、実際のところ、明るく気立てのいいお嬢さんなどというものとはほど遠かった。

「――あったまおかしいのよ！　うちのクソ母は！」

むしろ、どちらかといえば、それとは反対の様相を呈していた。

「ねえ、榊、信じられる？　今朝私、あのクソ母に、包丁投げつけられたんだよ？　包丁だよ？　死んだらどうすんのよって感じじゃん？　それなのに……！　ホント、あの人バカなのかな？　もう、どうかしてるとしか思えないんだけど……！」

彼女は自らの母親のことを、よくクソ母などと呼んでいた。父親のほうはバカ父。兄のことは、ヤサグレ兄貴。無論、家庭の事情を考慮に入れれば、致しかたない呼称ではあろうが、しかしやはり明るくて気立てのいいお嬢さんが、クソ母はないだろうなと榊はひそかに思っていた。まあ、僕としては、美和子らしくて嫌いじゃないけど――。

美和子の母親が彼女に包丁を投げてくるのは、たいてい美和子が学校をサボったのがバレた時で、投げつけられる包丁というのも、一応だいぶ錆びついていて、切れ味は最悪だったらしいが、しかし状況は美和子が言う通り、確かにどうかしているものではあった。つまり美和子の家庭も家庭で、だいぶどうかしていたというわけだ。

「まあ、昨日の夜、うちのヤサグレ兄貴が暴れたからさ……。クソ母も気が立ってたんだろうけど……。けど、巻き込むなって感じじゃない？　ホンット迷惑！　ムカつく！　ムカつくムカつくムカつくムカつく！」

そんな話をするのも、たいてい夜の歩道橋だった。美和子はベーカリーで買ったコーヒー牛乳で管を巻き、榊は父親の書斎からくすねた煙草をひたすらふかす。それはふたりの秘密の時間で、だからそこでは気立てのいい美和子も、不肖の美和子と化すのだった。ああ、もう！　ムカつき過ぎて、なんか吐きそう！　ムカつく！

そしてそれは榊も同様で、門叶家の快活で優秀なご長男の顔を、そこではひょいと外すことが出来ていた。

「ああ、お宅の篤人《あつと》くんなぁ……。昨日彼、学校に煙草持って来てんの見つかって、先生に取り上げられたから、それでムシャクシャしてたんじゃないの？」

「マジ？　ったく、あのヤサグレ……。煙草なんて隠れて吸えばいいのに……。それをわざわざ学校持ってくとか、見つけて怒ってくださいって言ってるようなもんじゃん」

「だからお宅のヤサグレくんは、大人に見つかって怒られたいんじゃないのー？」

「あー、もー、ヤダヤダ。何？　そのガキ臭い心意気。悪いことは上手に隠れてやれっつーの。榊みたいに、ねえ？」

「まったくだよ。うちの樹も、篤人と似たとこあるから、兄としては何気に迷惑なんだよな。こないだも俺の煙草持ち出してさ。まあ、もとは親父の煙草なんだけど――」

美和子が言うには美和子の両親は、長らく家庭内別居状態にあったらしい。父親は週の半分ほどしか家に帰らず、帰っても滅多に家族とは顔を合わせなかった、とかなんとか――。

そして片や母親はといえば、そんな夫に完全に愛想を尽かしていて、自らの趣味にひたすら没頭、おかげでリビングは彼女が作ったドールハウスで埋め尽くされていて、ほとんどホラー状態であった模様。夜とか、すっごい怖いんだから……。コーヒー牛乳のストローをくわえ、美和子は肩をすくめて言っていたものだ。ヘンな念とかもこもってそうだし……。

結婚からして間違ってたんだよ、というのは美和子の弁で、なんでも久瀬のご夫妻も、ある種取り引きに似た結婚をするに至ったクチなんだとか。

「もともと父は、お祖父ちゃんの会社の部下でさ。お祖父ちゃん、会社ではけっこう上のほうまで行ってたから、その娘と結婚するのも悪くないって感じで、母と結婚しちゃったっぽいんだよね。だからなんていうか……。そもそも愛がなかったっていうか？」

足元を流れていく車のヘッドライトを眺めながら、美和子はどこか遠い目をして、笑いながら言っていた。

「でもけっきょく、母は父のこと好きだったんだと思うんだけどね。だからお祖父ちゃんも、父に声をかけたみたいだし……。それで母も、余計に恨み骨髄なんだと思う。父が、振り向いてくれないから……。いくつもドールハウス作って、ここは違う理想の家を、理想の家族を、そこに見ようとしてるんだと思う……」

ホームパーティーでお見受けする限り、とてもそんなご夫婦とは思えないけどねぇ。感心したように榊が言うと、美和子も笑って返してきた。その言葉、そのまま門叶家にお返ししますけど？　だから榊も思わず笑って、ああ、まあ、確かに、と頷いてしまうのだった。うちもうちで、ひどいもんだからなぁ。

ふたりでいると悲惨な話も、どこか笑い話に変えられた。そういえばこの間なんて、愛人六号がうちに押しかけてきてさぁ。え？　六号？　おじさんの愛人って何人いるわけ？　ああ、今はふたりくらいだけど……。歴代で数えてるから、どうしても数が増えていっちゃうっていうか……。ああ、なるほど……。だから今いるのは、一号と六号と八号と……。いやそれ、増えてるし！

本当は、笑える話ではなかったと思う。

いや、でもさ……。うちのバカ父も、実は人のこと言えないんだよね。こないだ電話で、ここそ誰かと話してたし……。え？　久瀬のおじさんにもそういう人いるの？　いるいる。こないだもそれで、クソ母と喧嘩してたし。ああ、でも喧嘩するだけ愛はあるって感じだよね？　えー、そうかなぁ？　うん。だってうちなんて、こないだ六号とけっきょく優雅にお茶なんかのんでたんだよ？　え、マジで？　うん。それで俺もつい、一緒にお茶しちゃって……。えー、何それー？

それでもその時は、笑うことでしか、きっと越えていけなかった。

「――でも、まあ、仕方ないよねぇ」

ひとしきり喋り合って笑い合ったあとは、たいていその言葉に行き着いた。

「……だな。まあ、仕方ないさ……」

それがふたりの、いつもの結論だった。

だってあれが親なんだからね？　そうそう、取り換えがきくわけでもないんだし。ご飯だって食べられるんだし？　寝る場所だってあるんだし。けっきょく親のお金やなんやで、暮らしてるのはこっちだし？　嫌なら出て行けばいいんだし。出て行かないのはこっちだし？　だからまあ、これはこれで仕方ないんだよねぇ。うん。諦めるしかない。うん。のみ込むしかない。うん……。

そして最後は、お決まりの言葉で締めくくられるのだった。

「そもそも、完璧な人間なんていないいんだし。完璧な親だって、いないいんだし……。あの人たちもあの人たちで、頑張ってるとこもあるんだろうから——。こっちもある程度、上手に諦めてあげないとね」

いつも上手に笑う美和子が、その時だけは少しだけ、笑顔にぎこちなさを見せるような気がしていた。のみ込めない言葉を、それでもどうにかのみ込もうとする時、人はそんな顔をするのだと、思うようになったのは、もっと大人になってからのことだったが——。歩道橋の向こうに伸びる光の列を見詰めながら、美和子は静かに続けた。

「私たちは、親とは違う大人になろう」

流れていく車のヘッドライトは、美和子の横顔を薄く照らしては消え、照らしては消えを繰り返していた。

「……きっとだよ、榊。約束しよう」

それはささやかで、けれど重たい約束だった。

その約束を、いったいどれほど重ねたのか、榊ははっきりとは覚えていない。ただ、ずいぶんな回数をこなしたのは確かだ。つまり榊と美和子のふたりは、それほどによく、あの歩道橋で落ち合っていたということになる。

あの場所が、美和子の学校の通学路だったこともある。そのうえ榊の塾からも、そう離れてはいなかった。特に長くは話し込まず、少しだけ会話を交わすだけの日も合わせれば、塾の友人たちよりも頻々に会っていたのではないか。榊としては、そんな印象が濃い。けれどふたりはある時から、ぷっつりと顔を合わせなくなった。

忘れもしない。

榊が高校三年生で、美和子が中学の、同じく三年生の冬のことだ。

発端は、榊の父が行った妻の素行調査だった。長らく不幸な女だった母は、不幸な女にありがちなことに、どうやら家庭の外でもって、恋なるものをしてしまっていたらしい。

「——どういうことだっ!?　これは……！　説明しろっ！」

怒りに震えながら言う父に、榊も、おそらく樹のほうも、あなたが言いますかね？　と思ったことだろう。

何しろ父はこれまで散々、外に愛人を囲い続けてきたような男なのだ。それなのに、妻の一度の不貞でこのザマとは——。あれだけやらかしてきた人なら、妻の不貞の一度や二度三度、目がつむれないもんですかね？　と、榊のほうはそこまで思った。

ちなみに、調査会社の調査結果に、どうやら間違いはないようだった。その証拠写真や音声テープ、さらには手紙の数々を見れば、母が間男《まおとこ》としていたことは、あられもないほど明確だった。写真には、男と抱き合う母の姿がはっきりと写っていた。それは不幸な女が見せた、初めての、幸せな笑顔だった。

証拠品の数々を前に、しかし母は微塵《みじん》も動揺の色を見せなかった。彼女は自分と間男が写った写真を見て、嬉しそうに言ったのだ。あら、よく撮れてるわね……。そうしてその上で、さらりと父に告げてみせた。

「……私、浮気をしたつもりはないの。本気なのよ、彼のこと……」

その横顔はいやに決然としていて、だから榊にはなんとなく、察することが出来てしまった。母は売り言葉に買い言葉でそう発言したのではなく、おそらくある程度の覚悟でもって、その心情を表明したのだろう、と。

案の定、そこから続いた彼女の言葉も、実に決然としたものだった。

「離婚しましょう？　慰謝料ならいらないわ。あなたに傷つけられたぶんは、あの人がちゃんと癒してくれたから——。だから、あなたは謝らなくていいわ。それでいいでしょ？」

榊としては母の言葉に、さして反論するつもりはなかった。何しろ父が、長らく母を損なわせてきたのは事実なのだ。夫婦生活だって、とっくのとうに破綻していた。むしろ今日というこの日まで、一緒に暮らしてきたことのほうが異常なほどで、慰謝料もいらないと母が言うなら、夫婦としてはまあ痛み分けといったところだろう。

「……」

けれど榊は、調査会社の写真に目を落としながら、どうしようもなく震えてしまっていた。でもさ、母さん——。そう思わずにはいられなかったのだ。でも、だからって、これはさすがにないんじゃないの——？

しかし母は榊の震えになど気づくこともなく、胸を張って言葉を続けたのだった。決然と、妙に、誇らしげに。

「私もあの人も、望まない結婚を押しつけられたわ。私はそのことを、私の人生で一番の不幸だと思ってきた」

高らかなその言葉の流れに、榊は心底うんざりした。

だからさ、何言ってるんだよ？　母さん——。あなたは——。

「でも、あの人が言ってくれたの。僕は結婚をしてよかったたって……。そういう結婚をしたおかげで、僕は、あなたの苦しみが理解出来たんだからって……」

黙れよ。

もう、黙ってくれ――。

「だから私も、今はあなたと結婚してよかったと思ってるわ。久瀬さんの苦しみがわかってあげられるから……。私も、あなたと結婚して、よかったって思ってる！」

お願いだから、黙ってくれ――。

母と久瀬氏との不貞行為は、もちろん久瀬家にも伝わって、以降、門叶家と久瀬家の交流は、当然ながら消え失せた。むしろその少し前まで、ホームパーティーだなんだと理由をかこつけて、よくまあ夫婦で集まっていられたものだなと、榊は脱力したほどだ。

それに何より、かつて母が美和子をよく褒めそやしていたという事実に、榊はどうしようもない倦怠感を覚えてしまうのだった。

（榊か樹が、美和子ちゃんをお嫁さんに貰ってくれれば、あの子、うちの娘になるのよねぇ）

母はいったい何を思って、そんなことを口にしていたのか。

（でも、どっちかが美和子ちゃんを好きになってくれたら、お母さんすごく嬉しいなぁって思ってるの。夢よ？　ただの、夢だけど――）

そうまでして、あの男と繋がっていたいと、願っていたということなのか――。

母と久瀬氏の不貞関係は、実に五年以上の長期にわたっていたようだった。言われてみれば母は確かに、いつからか自分を不幸な女だと嘆かなくなっていた。だから、久瀬氏にとって、母との恋愛がどんなものだったのかはわからないが、少なくとも母にとっては、彼との恋が、人生にとって必要な断片ではあったのだろう。もちろん榊にとっては迷惑千万な、そして致命傷的な、断片でしかなかったわけだが——。

門叶と久瀬、両家の間で、どんな話し合いがもたれたのか榊は知らない。ただ、おそろしいほどに、門叶の親たちは何も変わらなかった。父はそれまで通り平常運転で愛人を囲い続け、母は料理教室やフラワーアレンジメント教室の友人たちとの、やはりホームパーティーに勤しんでいた。

無論、夫婦の間に険悪なムードは漂っていたが、それはそもそもとからなので、どうにも比較のしようがなかった。ただし離婚の話題については、家族間でも使用人たちの間でも、ひと言も言及されることがなかったし、彼女の不貞行為に関しても、まるで何事もなかったかのように処理されていた。

だから榊としては、もしかしてあれは夢だったのか……？　と、眩しい朝陽に目が覚めた瞬間、幾度か思ってしまったほどだ。そうかも……。そうだよ……。母さんと、久瀬のおじさんが、不倫だなんてそんなこと——。

しかし何度あの歩道橋に足を運んでも、そこに美和子の姿はなく、だから榊は否応なしに、あの出来事はやはり現実だったのだと、思い知らされてしまうのだった。

「……仕方、ない」

流れていく車のヘッドライトを見おろしながら、榊は何度かそう呟いた。

「完璧な、人間なんていない。完璧な、親だっていない。だから、上手に諦めよう。そして僕らは、親とは違う、大人になろう」

それはほとんど、祈りのような言葉だった。

「……きっとだよ、美和子。約束しよう」

叶わずとも貴くて、心を支えてくれる言葉。

次に美和子と再会したのは、実に二年以上の時を経たのちのことだった。何気なく通りかかったあの歩道橋で、思いがけず懐かしい人の姿を目が捉えた。

「——美和子……！」

それで階段を駆け上っていくと、そこにはちょっと有名なお嬢様学校の制服を着た美和子が、同じ学校の制服を着た見知らぬ少女と、並んで一緒に立っていた。

「榊……。久しぶり！」

はじけるような笑顔の美和子に、榊は少し戸惑ったほどだ。そうして彼女は、すぐに傍らの女の子を紹介し、思わぬ頼みごとをしてきたのだった。

「この子、篠崎律子ちゃん！　私の親友！　よろしくね？　でもって、彼女わけあって家出中で、ずっとうちにいたんだけど……。うちのクソ母が、なんか知らないけど、急に出て行けとか言いだして？　それで、置いてもらえる場所探してるんだよね。榊、いい場所知らないかな……？」

かくして榊は、律子を家の離れに匿《かくま》うこととなったのだ。助かるー！　さっすが榊ー！と手を合わせてくる美和子に、だから榊も笑って返すしかなかった。てゆうか、最初からうちの離れが狙いだったんでしょ？　受けて美和子もテヘッと笑って返した。さすが榊ー。私のことは、お見通しだ？　けれどそう言いつつも、美和子だって榊のことは、ちゃんとお見通しなのだった。

「たまにあの歩道橋渡ると、煙草の吸殻が落ちてたからさ……。銘柄ちょっと見て……。榊も、たまには来てるんだなーって……。なんとなく、思ってはいたんだよね……」

そうして美和子は、律子を預かってくれるお礼だと言って、吸殻ケースを渡してきた。はい、これ。家庭科の実習で作ったのを、ちょっとアレンジしてみました。あ？　ああ、ありがと……。これからは、ポイ捨て禁止だからね？　あ？　ああ……。社会のルールはちゃんと守る！　あ、はい、了解でーす……。

そんな様子を見ていたからか、一度律子に訊かれたことがある。

「――榊さんって、美和子と付き合ってたんですかー？」

受けて榊は、くわえていた煙草の煙を盛大に吹きだした。うわぁっちっちち……！てゆうか、はあ？　んなわけないでしょ？　俺が、美和子とだなんて……！

しかし律子は眉を寄せて、おかしそうに笑いだしたのだった。もー、ヤダー、何その反応ー。美和子とほぼ同じなんですけどー？　そうして律子は、肩を揺らしながら続けた。

「返したセリフもまるっと同じ。なんかちょっと、似てますよね。榊さんと、美和子って……」

そしてその言葉に、不覚にも榊は胸を詰まらせてしまった。

「え……？」

何しろその瞬間、まるで引き出しをひっくり返したように、脳裏によみがえってしまったのだ。

「……同じ、だった……？　俺たち……？」

例えば白いクロスの中、出くわしたことに驚いて、顔を見合わせたあの瞬間や、そのあとに事情を説明し合い、笑い合った時のこと。歩道橋で同じパンをかじったことや、仕方ないと諦め顔で言い合ったこと。親とは違う大人になろうと誓い合ったこと。まるで合わせ鏡のように、美和子と過ごした日々が、不覚にも、どうしようもなく、頭の中によみがえってしまった。

「……同じ、だった……」

そして雷に打たれたように、思ったのだった。

だったら、もしかしたら美和子だって、あの歩道橋に、ひとり佇んだことがあったんじゃないのか。

ひとりで、でも自分と同じように、仕方ないと呟いて、諦めようと嘯いて、約束しようと、お守りのような言葉を嚙みしめて、美和子もあの場所から、立ち去った日があったんじゃや……?

いや、吸殻を見つけたくらいなんだから、おそらくきっと、そうだろう。美和子だって、美和子だって、きっと――。

きっと、俺と同じように――。

それでも榊は、グッと思いをのみ込み、話を続けたのだった。

「……美和子と俺は、幼馴染だからね。だからちょっと、似たようなところもあるんだろうな。小さい頃なんか、よく一緒にいたし……」

何しろ美和子と、どうこうなれるはずはなかったのだ。

「でも、それだけだよ。アイツと付き合ってたなんて、ナイナイナイナイ。今までもこれからも――。未来永劫、絶対ないね」

それは別に、親同士の問題があったからというわけではなかった。あのことがなかったとしても、どの道美和子とは、距離を置く日が来るのだろうと、かねてより榊は思っていた。

私たちは、親とは違う大人になろう。美和子のあの言葉を叶えるためには、彼女の相手は自分では駄目だとわかっていた。いずれ門叶の跡を継ぐしかない、自分では絶対に駄目だった。

幼い頃から榊には、自分の未来がある程度見えていた。それなりにいい大学を出て、どこかの企業に就職して、ちょっとだけ他所の会社を見たら、おそらくそのままトガノに入る。父はそこそこ高齢だから、榊が三十手前の頃には、社長職を退くかもしれない。そうなったら、そのあとに据えられるのはおそらく自分で、そこからはトガノと門叶家のために、身を粉《こ》にする日々が続いていくだろう。

そこに、美和子は巻き込めない。門叶の家に関わったら、彼女の人生が損なわれる。榊は以前から、はっきりとそう思っていた。

もしかしたら、母と美和子の父との不貞だって、そのことに関するある種の暗示だったのかもしれない。もしくは、警鐘。

夢は見るな、諦めろ。

彼女のことを想うなら、上手にその手を放してやれ——。

律子を離れに置いてやりはしたが、しかし榊はそれ以降、美和子と顔を合わせることは、数えるほどしかなかった。特に避けていたわけでもないが、会う努力をしなければ、会えない程度の関係性に、ふたりのそれは変化していたということなのだろう。

いっぽう律子を引き受けたことで、門叶家にはまた違う騒動が持ちあがってしまったわけだが——。しかし榊は冷めた目で、その騒動を見ていたに過ぎなかった。

ははあ、家出娘と駆け落ちとは……。やっぱ次男ってのは、自由のスケールが桁違いだなぁ……。そんなふうに、どこか他人事のように思ってもいたほどだ。

律子のお腹に宿った子どもが、樹の子ではない可能性があることについても、榊はもちろん知っていた。何しろ律子の滞在を許していたのは、他でもない彼自身だったのだ。律子を訪ねてくる人物に関しては、当然ながら把握していた。

だからその点に関しては、弟に同情を禁じ得なかったという側面もある。ていうか兄弟揃って、どうしてこんな不毛な恋愛をするのかね？　そう自分たちの因果について、一瞬胸も痛めたほどだ。なんだろうなぁ？　親父の歴代愛人たちの呪いかな？　親の因果が子に報うって、こういうことを言うんだっけ……？

けれどそんなことも、しばらくすると忘れてしまった。大学の卒論に追われていたというのもある。何しろ榊が所属していたゼミは、教授がひどくスパルタで、文献からの引用は原則禁止で、内容は基本すべて実験内容に準ずる、でなければD判定、かつ、基準を満たしていても内容いかんではD判定の刑に処す、などと公言しており、だから研究室では、なぜ俺はこのゼミを選んだのだ？　と悲嘆にくれるゼミ生たちが、日々実験に明け暮れていたのである。

そして榊もその一員で、やはり日々うなっていた。ホントにな……。ゼミ選んだ時の自分を、殴りつけてやりたいぜ……。ただし本音のところでは、そのゼミを選んだことを後悔してはいなかった。あー、もー、終わんねぇなぁ……。何しろ心を失くすとはよく言ったもので、忙しさというのは、美和子を想起させるすべてのものから、どうにか榊を遠ざけてくれていたのだ。あー、マジ終わんねぇ……。

おかげで心は凪いでいた。律子と樹の騒動については、順次耳に入ってきていたし、それに付随するように、美和子の情報も少なからず知り得てはいたが、しかし不思議とその話題に、心が引きずられることはなかった。

あるいはもしかすると、その頃からあの透明な薄い膜が、また榊の周りを漂いはじめていたのかもしれないが――。

大学を卒業してからの榊の人生は、幼い頃に想像していたものと、さほど違わなかった。トガノの取引先である上場企業に就職し、四年だけ勤めて円満退社、その後はすぐにトガノに入り、研究所のある金沢に一年だけ勤務したのち本社に戻った。そうして半年ほど父の補佐役を務め、想像よりは少し早い、二十八歳で社長職に就いた。

ただし、そこで知らされた会社の負債額は想定外で、そのまま退任してやろうかと思ったほどだったが――。あのクソ親父……。こんなの、倒産寸前じゃないか……。もしかして、だから早めに俺に経営権を渡したのか……？

困難は他にいくらもあった。自分よりずっと年上の役員たちは、思った通り厄介だったし、研究者は有能な人間が多かったが、そういう人たちに限って若い榊を値踏みしてきた。経営体制は旧態依然としていて、榊が指示を出しても社員まで伝わるのに一日半を要した。現場の意見があがってこない仕組みも、ご丁寧に出来あがってしまっていた。すでに利を生まない無駄なしがらみも多く、事業規模も明らかに広がり過ぎていた。

その割りに、経費削減で必要なとこ削ってんだから、まったく世話がないっていうかなんていうか……。

うんざりするようなそれらのすべてを、榊はひとつひとつ片付けていった。理解を取りつけること、それが駄目なら結果を出すこと。信頼できる人間を精査して、委ねるところは委ねていく。見切りをつけるところには見切りをつけ、博打まがいの投資にも、自分がそうと見込んだものには突っ込んだ。

有能だキレ者だと騒がれれば、それにはそれで乗っておいた。己ばかりが自分を作るわけではない。周りがそうと認めていけば、たとえ張りぼての若社長でも、そのうち優秀な経営者となり代わっていく。

どうせ人間なんて八割がた、他人の思い込みで出来ているんだ。それで優秀な経営者に収まっておけば、おのずと人も集まってくる。無論玉石混交だろうが、金を生むのはけっきょく人だ。多くを集めて精査して、会社の歯車を、どうにかして回し続けなければ――。

何しろトガノを、潰すわけにはいかない。

そうするには、諦めたものが、大き過ぎる――。

会社が黒字に転じたのは、榊が社長に就任して三年後のことだった。役員たちも研究者たちも、榊をそれなりに認めてはくれるようになったし、信頼に足る部下も数名、ちゃんと見出すことが出来た。売却した資産は多かったが、もちろんそのぶん負債は減って、バランスシートもかなり健全な状態となった。ヒット商品にも恵まれた。無論、父の代から研究をはじめたものではあったのだが、しかし売り出しの戦略は新しいチームで行っており、その戦略が売り上げに高く貢献しているのは明白だった。おかげで新体制への期待は高まり、現場の士気も日々盛りあがりをみせていた。

いよいよ、これからですね。父の代からの筆頭秘書にも、ついに笑顔でそう言われた。正直、楽しみです。社長とご一緒出来るのが――。つまり何もかもが、上手く回りはじめていたということだ。

変調が起きたのは、その矢先だ。

それはいつもの朝で、だから榊はいつも通り、目を覚ましてベッドから起きあがろうとした。

「……？」

けれど、それが出来なかった。思うように体が動かない――。それでもどうにか起きあがり、いつも通りの支度をして、いつも通り会社に向かった。会社に向かう車の中で、秘書がスケジュールの確認をしていたが、うまく聞きとれなくて戸惑った。

「……？」

戸惑ったが、この状況には覚えがあった。

「——」

薄い膜が、戻ってきていた。

「……」

すべての景色がかすんで見えた。

すべての音がくぐもって聞こえた。

息が、苦しかった。

「……」

それが終わりの、はじまりだった。

「……」

会社に通えたのは、それから二ヵ月ほどで、それ以降はもう、部屋から出ることも出来なくなった。昔は薄かった透明な膜が、気づけばぶ厚いゴムのように、体にデロリとのしかかっていて、まるで身動きがとれなかった。

いったいなんの病気なのかと、両親は慌てて榊を病院へと担ぎ込んだが、しかし彼の体は案の定、なんの問題もないのだった。そうして医師は、少し咳払いをしたあとに、小声で母に告げていた。おそらく、精神的なものかと……。

「——昔のことは、悪かったと思ってるわ」

母が榊にそう告げてきたのは、榊が部屋にこもるようになって、一ヵ月ほどした頃のことだ。彼女は、ベッドで布団にくるまったままの榊に対し、膝に額をこすりつけるような体勢でもって、深々と頭をさげ詫びてきた。

「お母さん、榊を、とても傷つけたわよね……。ごめんなさい。本当に、申し訳なかったと思ってる。本当に、ごめんなさい……」

耳元でそんなことを言われ、だから榊は、最初なんのことかと眉根を寄せてしまったほどだ。しかしそんな榊の態度に、母はさらにショックを受けた様子でうなだれて、やっぱり、そうよね……、などと顔を歪めながら話を続けた。

「お医者様に、言われたの……。お母さんの、昔の色々が……。その……。榊の心の……、心の傷に……、なってるんじゃないかって……」

榊が、ああ、と思い至ったのはそのタイミングだった。そうか……。母さんはたぶん、美和子の父親とのことを、言ってるんだな……。それで彼女の顔をじっと見詰めると、母は目に涙をにじませて、両手で口を押さえ嗚咽《おえつ》しはじめた。

「ごめんなさい……。あの頃のお母さん、どうかしてたの……。ごめん……なさい……」

だから榊は、もちろん思ってしまったのだった。別に、謝るようなことじゃないよ。そんなこと、もう気にしてないし。そもそも前から、大して気にしてなかったし……。

けれどそれを口に出すことは叶わず、ただぼんやりと母の顔を見詰めることしか出来なかった。

おかげで、母の反省は続いてしまった。

「お母さん、ずっとお父さんに、ないがしろにされてると思ってたの……。でも、お母さんだって、榊たちのこと、ないがしろにしてたのよね……？　自分の悲しみにばっかり目がいって、榊たちのこと、ちゃんと見てなかった……。ごめんね、本当に、ごめんなさい……」

そんな母を前に、やはり榊も思っていた。

いいんだよ、母さん。母さんだって母さんなりに、大変な人生を生きてきたんじゃないか。色々と、つらかったのだってわかってる。ずっと側で見てきたしね？　大体、人間なんて完璧じゃないし、至らないところなんて誰にだってあるよ。僕にだって、たくさんあるし——。だから別に、母さんが悪いんじゃない。完璧な親なんていないんだ。子どもを傷つけたことのない親だって、もちろんいない。もしいるんだとしたら、ソイツこそ自己欺瞞が得意な自惚《うぬぼ》れ屋だよ。だから、母さん。母さんが謝ることなんて、ひとつもないんだよ。

「……」

だいたい、三十過ぎた大の大人が、親のせいも何もないよ。子どもじゃあるまいし。

そう、僕はもう子どもじゃないんだ。自分のことは、自分で責任を持つべき大人なんだ。

だから僕がこんなふうになってるのも、母さんのせいじゃない。絶対ない。

「……」

そんなふうに思っているのに、声はやはり出せないままで、だから母も泣いたまま、
涙で濡れた手で榊の手を取り言ってきた。

「許して、榊……。ごめん、ごめんなさい……」

母の手はひどく老いていた。昔は、少女のような人だったのに——。

「でももう、終わったことなの……。もう、十年以上も前に……」

わかってるよ、母さん。

「あの人とのことは……。もう、終わったことなのよ……」

わかってるよ。

でも、ごめんね。

本当に、ごめん。

割り切れなくてごめん。

諦められなくて、本当にごめん。

でも、どうしても、終わってくれないんだ。

あなたの中では終わったことでも、俺の中では、終わっていってくれないんだよ。


榊が部屋からひとりで出られるようになったのは、実に三十代半ばを過ぎた頃だった。サングラスをして傘をさして、自ら膜を張った状態を作り出せば、どうにか外出出来るとわかってきた。

ただしいくら医者に通ったところで、不調の根本原因はわからず、わからないから根治のしようもないのだった。だから榊としては、時間の浄化作用に身を委ねる形で、日々を淡々と過ごすよう心がけるしかなかった。

「――人生を、棒に振りおって」

亡き父には幾度となくそう言われたが、しかし榊としては言い返す気も起きなかった。何しろ父の言っていたことは、そもそも見当違いだったからだ。だから父になじられるたび、榊は笑顔で黙ったまま、しかし心の中で呟いていた。

違うよ、父さん。全然違う。

僕は、人生を棒にふってなんかいない。

だって僕は、最初から、失敗してたんだから――。

僕は、あなたと母さんが作り上げた、生まれながらの失敗作だったんだよ。


榊の母はこのところ、息子の顔を見るにつけ、三度に一度ほどの割合で希実の話を持ちだしてくる。

「あの子のことは、どうなってるのかしら？　希実ちゃん。うちの子になってもいいって、そろそろ言ってくれそうかしら……？」

期待に満ちた、しかしわずかに不安も含んだような目で言う母に、だから榊もほぼ毎回、大丈夫ですよ、と言っている。交渉は着々と進んでいます。希実ちゃんも、徐々にその気になってくれているようですから、どうかご安心を。すると母は、安堵した様子で、そう、と小さく息をつき、早くいい返事をくれるといいわね、と祈るように言うのだった。

「跡取りのことだけが、私の心残りなのよ。息子たちは、育て方を間違えてしまったから……。今はもう、希実ちゃんだけが、頼みの綱なの」

わずかばかりの悲しみを、笑顔に含ませ言う母に、かつての面影はほとんどない。うら若き美貌の妻だった彼女は、今では白髪の老婦人なのだ。しかも六十そこそこにしては、年齢よりだいぶ老いて見える。体は痩せ、顔にはしわが寄り、腰もすっかり曲がっており、昔の美しい姿は、正直なところ見る影もない。

「私は跡取りを産むために、門叶に嫁いできたんだもの。それなのにこんな形で、本家の血が途絶えてしまっては困るのよ。私の役目が、果たせなかったことになってしまうもの。お父様やお母様にも、顔向けが出来ない。それは、とても困ることなの……」

老いていくということは、その人の表面的な部分が、どんどん剝がれ落ちていって、その中に強くある何かが、むき出しになっていくことだと榊は思う。老いていく母を側で見ているせいか、なおのことそう思ってしまう。

「だから私は、門叶の跡取りを、残さなきゃ……。それが私の、お役目だから……。だから、あの子、樹の娘を……」

かつてパーティー会場で、誰よりも値の張るドレスをまとい、誰よりも優雅に笑っていたはずの彼女の中に、しかし深く刻みつけられていたのはそんな使命感で、だから榊はなんとも言えない気分になってしまう。

妙なものだよな、母さん。あなたはもっと色んなものを、強欲なほどに、切実なほどに、求めていたはずなのに——。

けっきょく、残ったのはそれなんだな。

部下から、もとい、元部下から連絡が入ったのは、母とそんな雑談をしている最中のことだった。それで榊は母に一応詫び、すぐに携帯電話に出た。

「……はい。門叶です」

元部下は、現在トガノの役員になっている。彼は榊が会社に戻る気はないと公言しているにもかかわらず、律儀に連絡をくれる変わり種だ。そして今回の計画にも、秘密裏に協力してくれている。

彼は榊が電話に出るや、少々慌てた様子で言ってきた。

「──大変です！　篠崎律子さんが、病院から消えました！」

その報告に榊は、ああ、と思わずさらりと頷いてしまう。それな……。何しろ彼女に動きがあるのは想定内だったからだ。そうしてすぐに言い継いだ。

「もしかしたら、門叶の関係者が絡んでいる可能性がある。そのあたり、病院側にリークしてもらえるかな？　匿名の電話かなんかでいいから……」

すると元部下は、え？　ああ、はい、別にいいですけど……、などと怪訝そうに返してきた。もしかして榊さん、これも……、計画の一環だったりしますか？　だから榊は小さく笑って、そうだねー、と返しておいたのだった。

「篠崎律子には、少し前にも、門叶の親戚筋が入れ知恵をしに行ったようなんでね。社長派か専務派かはわからないけど……。まあ、向こうもそろそろ、山場だと踏んできてるんじゃないかなー」

榊はそんな説明をしながら、昨日会った律子のことを思い出す。十八年ぶりに再会した、美和子の親友の元家出少女。彼女の話によれば、門叶の関係者なる人物が、榊の復讐計画なるものを、彼女に吹き込んでいったらしい。

その話を聞いた時、榊は思わず笑い出しそうになってしまった。何しろ親戚筋の推理は、つまり榊の復讐の正しさを、証明しているに等しかったからだ。

やっぱり、そう思うよな——？　律子の話を聞きながら、榊は半ば背中を押されているような、はやる気持ちになっていた。

やっぱりみんな、そう思うんだ。こっちの事情を知ればちゃんと、そこに僕の、復讐心の萌芽《ほうが》を見出す。当たり前だ。あんな家庭だったんだ。あんな家族だったんだ。あんな父親で、あんな母親だったんだ——。

どうしようもないことも、たくさん起こった。こっちは子どもだったから、そりゃ傷ついたよ。たくさん、たくさん傷ついた。幸せに育った人間には、ちょっとわからないような傷だって、たくさんたくさん、たくさん残ってるんだ。

おかげで今の僕はといえば、あろうことかこのザマだ。復讐心を抱くには、十分過ぎる理由がある――。

電話を切ると傍らの母が、心配そうに訊いてきた。今の電話、どなた？　何か、大変なことが起こったの？　だから榊は首を振り、なんでもないですよ、と母の肩に手を置いた。大丈夫。あなたは、なんの心配もしなくていい……。すると母は笑顔になって、素直にコトンと頷いた。そうね、あなたに任せておけば、いいのよね……。だから榊は、改めて母に問うてみる。

「……希実ちゃんがうちの子になってくれたら、嬉しい？」

受けて母は、目を大きく見開き笑顔で頷く。

「もちろんだわよ。跡取りを残すことは、私の天命だもの」

僕の復讐心には、正当性がある。

母の笑顔を見ながら、榊ははっきりとそう確信する。

だからこの計画は、とても正しいものなんだ。

＊＊＊

母という人のことが、昔から希実にはよくわからなかった。

無論、あの自由奔放な母を、理解出来る人などそうはいないだろう。ひとり娘を他人に預け、自らは恋愛に溺れ勤しむなど、常識的に考えてやはりどうしたって非常識だ。

母は恋多き女性だった。希実を他所に預けるのは、たいてい男と会うためで、彼女は嬉しそうに着飾っては、希実の手を引き誰かの家を訪ねては、当然のように呼び鈴を押していたものだ。すみませーん。この子、ちょっとお願いできますー？

そういう時の母からは、甘い香水の匂いがして、希実はそれが嫌いだった。喉のあたりにまとわりついてくるような、甘くて重くて女の匂い。

母が男のもとに行ってしまったあとも、彼女に握られていた希実の手には、わずかにその香りが残っていて、だから希実は少し腹が立ったりもしたものだ。どこかに行ってしまってもなお、自らの主張をしてくるような母の香りに、おそらく薄いいら立ちを感じていたのだろう。

それでも母がいなくなったあと、つい鼻に手をやってしまうこともままあった。嫌でも母の香りだったから、どうしたってそうしてしまった。馴染めない場所に、預けられた時なら、なおのこと。そうすると、腹は立つのにホッとして、なんとも奇妙な気分になった。おかげで希実は、ますます母のことがわからなくなっていった。

お母さんって、ヘンなの……。なんなんだろう？　お母さんって……。私の、お母さんって……。

恋をしていた母は、けれどあまり、幸せそうではなかった。楽しそうに出かけたり、鼻歌交じりで帰ってくることもあったが、たいていは泣いたりわめいたりだったし、ひとりの人と長続きしている様子もなかった。

何より彼女は、よくぼんやりと窓の外の景色を眺めていて、その時の横顔などは、やはり幸せな女のそれとは、ちょっと様子が違っているように思えた。誰かがやって来てくれるのを、ずっと待っているような、あるいはすっかり諦めているような、切実で虚ろな、悲しい横顔。

だから希実は、よくよく考えるようになってしまった側面もある。母はどうして、そんな顔をしているんだろう？　どうして私を放り出して、たくさん恋をしているのに、ちっとも幸せそうじゃないんだろう――？

あんまりわからなくて、確か美和子に訊いたこともあったはずだ。ねえ、美和子さん、どうしてお母さんは、あんなふうなの？　受けて美和子は、ん？　あんなふうって……？　と若干困惑しながらも、希実の質問の意図を捉えると、うーん、と腕組みをし考えてくれたのだった。まあ、律子のアレは、営業の一環ってトコもあると思うんだけどねぇ？　同伴出勤とかアフターとか、そういうパターンもあるみたいだし……。別に、ただ遊んでるわけでもないっていうか……。でも、まあ、どうなのかな……？

めずらしくへごもご言葉を濁す美和子に、だから希実は口を尖らせたように思う。いつもパカパカなんでも答えてくれる明るい美和子が、母のことになるとなぜか口が重くなって、それが希実には少し不満だったのだ。

私は全部、話してるのに、ふたりは何か隠してるみたいだ。心のどこかで、薄くそんなことを思っていたような気もする。だからあの時、希実は自らの思いを、率直に述べてみせたのかもしれない。率直な言葉を返して欲しくて、言ってしまったのかもしれない。

「……なんか、お母さんって、ずっと誰かを捜してるみたいなの」

その言葉に、どういうわけか美和子は動きをとめた。そして、希実の顔をじっと見つめてきた。驚いているような、戸惑っているような、不思議な顔で――。それで希実は重ねて訊いたのだ。

「――ねえ、美和子さん。お母さんは、誰を捜してるの?」

美和子は、動きをとめたままだった。けれど見開いていた目を、わずかに揺らしていたような気がする。

けっきょくあの時、彼女はなんと答えたのだろう?

何か、言ってくれたような気がする。

何か、伝えてくれたような気が、するのだが――。


律子が病院から姿を消したと、病院から知らせを受けたのは暮林だった。

どうやら出勤したてで、ちょうどコックコートに着替えていたらしい彼は、だからTシャツにエプロンというおかしな服装のまま、勢い希実の部屋へと飛びこんできたのである。

「――の、希実ちゃん! 律子さんが……っ、律子さんが、病院から……!」

受けて机に向かい勉強をしていた希実は、戸を開けるなり叫んできた暮林を振り返り、ごく冷静にいなしてみせた。

「……病院から、いなくなったとか、姿をくらませたとか、そんな感じですか?」

すると暮林は、ギョッと目をむき、な、なんで希実ちゃん、わかったんやっ？　とわずかに後ずさった。も、もしかして、虫の知らせかなんかが……っ？

もともと慌てていたというのに、さらに動揺の色を濃くしてしまった暮林に、だから希実は小さく息をついて、まあ、そんなとこですかね……、と嘘の答弁をしたのだった。何しろ希実だって、素直に告白するわけにはいかなかったのだ。

だって、言えるわけがない。昨日、母が榊さんから言われてた内容から察して、母が近くまた失踪するかもしれないって、ちょっとだけ思ってただなんて――。そんなこと、おそろしくて言えるわけがない。

言えないがしかし、実際希実は律子の失踪を予想していたのである。何しろ律子という人は、都合の悪いことからは極力逃げるタイプの人間で、だから希実の父親が、実は樹ではないなどと周囲にバレてしまったら、そりゃあもう全力で逃げるだろうという予感が彼女にはすでにあったのである。なんていうか、まあ……。ずるいっていうか、卑怯っていうか、子どもっぽいっていうか――。そういうこと、平気でしちゃうタイプの人だからなぁ……。

だから希実は暮林からの報告を、ごく冷静に受け止めてしまえたという側面もある。ただし、そこから続いた彼の言葉は、まったくもって想定外ではあったのだが――。

「ああ、そうか……。虫の知らせならよかったわ……。なんかさっきの反応やと、希実ちゃんにも門叶の人が、また何か仕掛けてきとったんかと思って……」

少し安堵したように言う暮林に、だから希実は、思わず身を乗り出し言ってしまう。えっ？　門叶の人がって……？　すると暮林は、ハッとした様子で、ああ、そうやったな……、と小さく呟き、にわかに表情を険しくし告げてきたのだった。

「――もしかしたら律子さん、誘拐されたんかもしれんのや……！」


希実が暮林と弘基ともども律子の病室に向かうと、そこにはすでに樹の姿もあった。彼のほうにも美作医師からちゃんと連絡がいったらしい。

「律子が姿を消したのは、門叶家の仕業かもしれないっていう、匿名の電話が病院に入ったらしいんです。それで美作先生が、門叶姓である私に、まず連絡をくださって……」

そんな樹の説明に、しかし傍らの美作は憮然としていた。

「私としても、彼が本家から長年絶縁されたままの、はぐれ門叶とは知らなくてね。おかげで大した情報も出てこない。まったく、無駄骨を折らされた気分だよ……」

なんというか、相変わらずの口の悪さである。

美作の話によれば、律子が姿を消したのは自主的な行動ではなく、まず間違いなく何者かが律子を病院の外に連れ出したのであろうとのことだった。

「彼女は現在、自立歩行が出来ない状態だからな。誰かの手を借りないと、大した距離は歩けない。そして仮に、手を借り歩いたとしても、相当な時間がかかる。自主的な失踪という線はあやしいだろう。よって、誰かに連れ去られたと考えるのがまあ自然だ」

そしてそう自然に考えた美作は、すぐに警備室に向かい、防犯カメラの映像を見せてもらったのだそうだ。動きの速さと強引さも、どうも相変わらずのようだ。

「出入り出来る五ヵ所すべてを確認したが、律子さんの姿は映っていなかった。どうやら敵も、彼女をそのまま外へ連れ出すほどの間抜けではないようだ。ただし、見慣れないクリーニング業者の姿は映っていてね。つまり彼女はシーツ一式とともに、おそらく院外に運び出されたものと思われる」

美作の流れるような説明に、弘基が、そのクリーニング業者が犯人だって根拠は？と訊くと、ヤツら、防犯カメラの位置を確認するような仕草を何度もしていたんだ、とあっさり返してきた。悪事を働いているいい証拠だろう。後ろめたいことをしていない人間は、人目などそう気にしないものだ。そして彼は希実に目を向け、涼しい顔で近づいて来たのである。

「……こちらの門叶氏から、君が置かれた状況はあらかた聞いた。なんでも、遺産騒動に巻き込まれているとかなんとか……」

そう言ってくる美作医師に、だから希実は、え？　ああ、はい……、と応える。まあ、なんか、どうもそんな感じで……。受けて美作も、感心したような呆れたような、なんとも言えない表情でもって、希実の顔を見詰めてくる。しかし君も、色々巻き込まれるもんだな？　悪いものでも憑《つ》いてるんじゃないのか？　だから希実も苦く笑い、やっぱ、そう思います？　と返してしまう。私も常々、ちょっと異常だなとは思ってるんですけど……。希実の携帯が震えはじめたのはそのタイミングだった。

スカートのポケットの中から、ブーブーブー、という震動音が届くと、すかさず美作は言いだした。

「院内だが通話を許可する。おそらく律子さんを連れ去った連中からだろう」

「え……？」

「仮にこれが誘拐なのだとすれば、偽クリーニング業者が防犯カメラに映っていた時間から換算して、そろそろ連絡を寄こしてくる頃合いだと思ってね」

それでこの人、わざわざ私に近づいてきてたの——？　そう目を見開く希実を前に、美作は、さあ電話に出ろ、と顎で示してくる。それで希実がポケットから携帯を取り出すと、そこには案の定というべきか、見知らぬ番号が表示されていた。

「あ……」

おかげで暮林以下、希実の周辺もにわかに色めき立ち、は、早く出たほうがっ！　だとか、で、でも落ち着いて、冷静に、なっ？　だとか、つーかスピーカー！　スピーカーにして喋れって！　そうすりゃ俺らにも聞こえっから！　などと、それぞれあわあわと言いだす。それで希実も、え？　スピーカーって？　何？　どうすればそうなるのっ？　と慌てふためき返してしまう。て、てゆうかっ！　マジでっ？　マジでこれ、犯人からなわけっ？　美作がいら立ったように、いいからさっさと出ろっ、と言い放ったのはその段階だ。早くしないと不在に切り替わるぞ！

そうして希実は、どうにか心を落ち着けて、かつ、携帯をスピーカーモードにもして、電話に出たのである。

「――は、はい。もしもし」

すると電話の向こうからは、ボイスチェンジャーを用いたようないやに高音な声で、シノザキノゾミさんですね？　という言葉が届いた。トガノタツルの娘の……。

そんな相手の問いかけに、希実は周囲の一同の表情を確認しつつ、は、はい、そうですけど……？　と応える。あの、そちらは、その……、母を、お連れ去りになった方で……？　しかし電話の向こうの声は、その問いかけには答えなかった。答えず質問で返してきた。

「……こちらの要求には、すでに察しがついていらっしゃるのですね？」

ただしその内容は、希実の質問への答えが、すでになされているも同然だった。声は続いた。

「それならば話は早い。この電話を切ってすぐ、トガノサカキ氏に電話を入れてください。そして、養女の話は断ると告げてください。さらにはこれ以降、トガノには関わらないよう、お約束いただきたい」

だから希実は、すぐに応えようとしたのだ。いやべつに、そんなのお安いご用っていうか、言われなくてもそうするつもりですけど――。だがしかし、いやべつにそんなの、までしか口に出せていない段階で、どういうつもりか美作が口を挟んできた。

「――はい、どうも初めまして。私、篠崎律子さんの主治医、美作と申します。そちらがお連れになった患者さんのことで、二、三ご報告がありますので、よーくお聞きください」

そんな美作の思わぬ行動に、希実はもちろん、暮林たちも驚き、揃って彼に目を向ける。しかし美作は、まったく動じることもなく、涼しい顔で話を続けたのだった。相変わらず、相当にマイペースな人である。

「現状、そちらが篠崎律子さんの病状を、どれほどのものと認識しておられるかは知りませんが、主治医の見解としては非常に厳しいものであると言わざるを得ません。何しろ発作が起きた場合、早急に適切な処置がなされなければ、命に関わってしまう状態なのでね」

おかげで希実は、はあっ？　と声をあげ、何それっ!?　と叫んでしまう。ちょ、ちょちょちょっ!?　美作先生!?　それ、マジで言ってるんですか!?　すると美作は呆れた様子で眉根を寄せ、希実ちゃん、君な……、と深いため息をつくように言ってきた。どうしてお母さんが、こんなに長期間入院してると思ってるんだ？　入院してなきゃマズイ状態だからに決まってるだろ？　だから希実もうっと息をのみ、あ、ああ……、とうめくように返してしまう。それは、まあ、そうかも、しれませんけど……。

そして美作医師は、希実の動揺など一顧だにせず、当然のように続けたのだった。

「とまあ、娘さんがこんな感じだから、君らが篠崎律子さんの病状を、軽んじていたとしてもさして不思議じゃない。本人の意向もあって、詳しい病状は周囲にも伏せてあったしな。だが事が事だから、こうして君らには伝えてみた。これで君らも、篠崎律子さんの病状については、十分理解が出来たはずだ」

するする語る美作に、希実はもちろん呆然と立ち尽くしたままだった。何言ってんの？　美作先生――。やはりそんなふうにしか思えず、ひたすら目をしばたたいてしまう。事が事って、それ、どういう……？　だが美作はさらに言い継いだのだった。

「篠崎律子さんを連れ出したまでは、まだいい。しかしその後、長時間にわたり連れ回したとして、彼女の容態に急変が起こった場合、君らの罪は、殺人に切り替わるかもしれんぞ？　何せ君らが連れ去ったのは重病人だ。それを承知の上で、治療が困難な状況に陥れたとすれば、十分にその罪には問えてしまう」

さ、さつ、じん……？　思いがけないその言葉に、希実は思わず美作の腕を摑みそうになる。しかし暮林がそれを制して、希実の肩を抱きかかえるようにして押さえながら、無言のまま頷きかけてくる。大丈夫や。声に出さないまま口をそう動かす暮林に、希実は眉根を寄せ怖々と美作のほうに顔を向け直す。美作は腕組みをし、見えない相手をねじ伏せるように、次々言葉を重ねていく。

「君ら、どうせ雇われだろ？　こういった企てをする連中というのは、たいてい自分の手は汚さないものだからな。だから罪は、まず間違いなく君らだけのものになる。そしてその罪は、今ならまだ単なる誘拐だ。なんならこちらと交渉したことは伏せてやってもいい。だったら今の段階では、まだ拉致だ。拉致、誘拐、殺人。君らはまだ君らの罪を、選べる段階に立っている。好きなのを選べ。ただし言っておくが、こちらにも病院として体面があるからな。君らのことは絶対に捕まえるし、確実に一番重い刑まで追い込ませてもらう。でないと入院してくださる患者様に、示しというものがつかないだろう？　医者の本気は、なめないほうがいいぞ？　こっちは日々命のやり取りをしてるんだ。君らとは、見ている世界が根本的に違う」

言い切った美作を前に、希実たちはもちろん、電話の向こうの声の主も、しばしの間黙り込んだ。とはいえ、時間にしたら十秒にも満たなかっただろうが――。しかし病室には重苦しい沈黙が流れた。そしてそののち、電話は無言のまま切られてしまった。

「あ……」

それで希実は携帯を手にしたまま、半ば体を強張らせ、美作を見あげたのだ。あ、あのっ、美作先生……？　しかし美作は特に表情を変えることなく、希実が手にした携帯をのぞき込みつつ、安心しろ、八割がたハッタリだ、とあっさりきっぱり告げてきた。だから希実はキョトンとし、へ？　と思わず首を傾げた。ハッタリって……？　すると美作は、ハッと片方の口の端だけ持ち上げ笑い言いだした。

「考えてもみろ。私は法律家じゃない。単なる医者だ。拉致や誘拐や殺人の定義など、知っているわけがない。だが、敵は動揺してるはずだ。律子さんの病状については、おそらく寝耳に水だっただろうからな。君の動揺っぷりも中々よかったよ。相手に揺さぶりをかけるにはいい材料になっただろう。さて、ここでひとつ質問だ。突然手榴弾を手渡された人間が、いったいどういう行動に出るか――。希実ちゃん、想像がつくかい？」

それで希実が、え？　えーっと……？　とさらに首を傾げると、美作は少し意地の悪そうな笑みを浮かべ、希実の手を指さし告げた。

「――正解は、驚いて投げ出す、だよ」

希実の携帯が再び震えだしたのはそのタイミングで、発信者は先ほどと同じ番号だった。そして美作が言った通り、相手は律子を投げ出してきた。

希実が電話に急ぎ出ると、そのなり相手は何かを読みあげるように住所を告げはじめた。東京都、品川区……。そしてそれを二度繰り返すと、希実たちが言葉を挟む間もなく、電話は一方的に切られてしまった。

弘基が自らの携帯を操作しながら、廃倉庫街だ！　と言いだしたのは電話が切れてすぐのことで、希実たちが、え？　と彼を振り返ると、弘基は携帯を掲げるようにして言い継いだのだった。

「住所検索した。律子さんは、たぶんここにいる」

かくして希実たちは店のワゴンに乗り込み、急ぎその住所へと向かうことになったのである。

ワゴンに乗り込んで、希実はもちろん美作医師に確認した。あの、美作先生……。何しろ希実は、一応律子の娘なのだ。だから彼の先の発言が、どこまでハッタリであったのか、確認せずにはいられなかった。

「……母の病気って、本当に、そんな悪いんですか……？」

すると美作はやはり表情を崩すことなく、言ったろ？　八割がたハッタリだと、と返してきた。そして窓の外へと視線を送りつつ、どうということもないふうに言い継いだ。

「話を大きくしておかないと、相手を動揺させられないからな。病状については、もちろん盛りに盛って話しただけだ。そもそも律子さんに、発作など起きない。そんな病気じゃない。だからそう心配しなさんな」

その言葉に、希実が、ああ、そうですか……、と小さく息をつくと、美作は流れていく景色を見詰めたまま、やはり淡々と続けたのだった。

「だがな、希実ちゃん。人というのはいずれ死ぬんだよ。私も、君も、君のお母さんも、いずれ死ぬ。順番的には私が一番早いだろうが、しかしそう簡単に事が運ばないのが命というものでね。だから今を精一杯生きろだとか、そういうことを言うつもりは微塵もないんだが――。しかしまあ、頭の片隅に置いておくのは、悪くない」

そんな美作の言葉を受け、ああ、とやや神妙に口を挟んできたのは弘基だ。確かに、な……。そう思っといたほうが、人にも自分にも、世界にも優しく出来たりとかするっつーか……？

しかし美作はその発言を前に、はあ？　と大仰に顔を歪めた。そんなことですべてに優しくなれたら世話はない。私を見ればわかるだろ？　となぜか居丈高にのたまった。そうして彼は、また窓の外に目を向け、温度のない声で告げてきたのだ。

「私はただ、現実を言っているだけだ。今日会えた人に、明日会えるとは限らない。世界の本質は、流動することにあるからな。我々はただ、その中で生かされているに過ぎないんだよ」

山手通りを走っていたワゴンは、中央環状線へ向かう車線へと進路変更する。周囲の車も同様で、直進するもの、進路変更するものと、それぞれ向かうべき方向へと進んでいく。それは実に整然とした流れで、まるであらかじめそうと定められているかのように、それぞれがそれぞれの道を迷わず進んでいる。

「……」

あるいは迷っていたとしても、それをおくびにも出すことはない。

ワゴンが目的地周辺にたどり着いた時、助手席の弘基は、手にした携帯と窓の外の景色を交互に見やりながら、大体、ここら辺のはずなんだけどよ……、となるように言いだした。どうも、ここら一帯、全部同じ住所みてぇだわ……。

それで希実も窓を開け外を確認してみると、そこには広い駐車場と、さらにだだっ広い空き地、そしてその先には積み上げられたコンテナの列と、さらにその先の、箱のような建物がいくつも連なり建っているのが見えた。

「――マ、ジで……？　広過ぎない……？」

声を詰まらせながら言う希実に、傍らの美作は、反対側の窓の景色に目をやりながら、

「……こっちの景色も計算に入れると、おそらく希実ちゃんの想像の倍はあるぞ」

と告げてくる。それで希実は助手席へと身を乗り出し、ホントに住所ここなの？　と弘基の携帯をのぞき込みつつ確認してしまった。なんかもっとこう、ぎゅっと位置が表示される住所アプリとかないの？　しかし弘基も渋い表情を浮かべたまま、アプリを万能だと思うなよ？　とやはりうなるように言ってきた。つーか、ここまできたらしょうがねぇだろ。人の足で捜すしか……。

そんな弘基の発言を受け、そやなー、としみじみ言いだしたのは暮林だ。けっきょく最後に残るのは人の手やでなー。そうしてサイドミラーに目をやりながら、少しおどけたように微笑んでみせたのだ。

「けど、幸い人手は増えそうやし。どうにかなるかもしれんで？　ほれ、後ろ……」

暮林の発言を受け、希実たちは一斉に後ろを振り返る。するとそこには黒塗りのハイヤーが一台停まっており、その停車位置から鑑みるに、敢えてこのワゴンの後ろに停まっているようだった。

「あのハイヤー、病院からずっとうちの車をつけて来とってな。たぶん律子さんを捜すのの、頭数にはなってくれると思うで？」

そんな暮林の言葉通りというべきか、ハイヤーから姿を見せたのは榊だった。彼は希実たちがワゴンから降りると、それを待っていたかのように自らも車から降りたったのである。

「――やあやあ、みなさん！　奇遇ですね！　って言っても、もちろん信じてもらえませんよねぇ？」

笑顔でそう手を挙げてきた榊に、まず声をあげたのは樹だった。

「兄さん!?　どうしてここに!?　病院からつけてきたって、どういうつもりで……？」

すると榊は小さく肩をすくめ、笑顔のままで言ってのけた。

「お兄ちゃん相手に、そんな怖い顔するなって。俺はただ、律子ちゃんが門叶の関係者に連れ去られたって、小耳に挟んだんでね。それで病院に駆けつけてみたら、みなさんがワゴンに乗り込んでいらっしゃるところで……。こりゃ何かあるなって思って、つけてきただけなんだよ」

流れるように説明する榊に、しかし樹は疑いの眼差しを浮かべていた。何しろ榊がそう告げるやいなや、彼ははじかれるように兄のもとへと駆け出して、そのまま榊の胸ぐらをぐいと摑むと、凄むように言いだしたのだ。

「何笑ってんだ？　アンタのせいなんだぞ？　律子がこんな目に遭ってるのは……！　アンタが希実ちゃんを、養女になんてしつこく言うから……！」

しかし榊は笑顔のまま、両手を挙げて完全降伏のポーズをとりつつ、ああ、ごめんごめん。わかってる。わかってるから、落ち着けって……、などと特に反省している様子もなく詫びだした。

「確かにお前の言う通り。律子ちゃんを連れ去ったのは、おそらく門叶の手の者だ。俺が希実ちゃんを養女にと動いているから、その話を蹴れと彼女らに圧力をかけるため、こんなバカげた真似をしたんだろう。その点に関しては、申し訳ないと思ってる。ごめんなさい。一応希実ちゃんには、こっそり護衛を付けておいたんだが、律子さんのほうまでは気が回らなくてね。いやはや、実に申し訳なかったです」

そうして彼は弟の手を摑み、そのまま軽く払いのけると、悠然とした笑みを浮かべ言い継いだ。

「ここに向かう途中、トガノの元部下に連絡を入れた。じき応援が、きっかり二十人来るはずだ。とりあえずは、それでいったんチャラにしてくれ。これ以上、こんなところで兄弟喧嘩をしている暇はないだろう？」

榊のそんな物言いに、乗じるように言ったのは暮林だ。

「――ええ。今は律子さんを捜すのが先や。ここはひとつ、一丸となっておきましょう」

その言葉に、弘基もすぐに動き出した。

「ああ、俺も同感だ。つーか、榊のオッサン、あんたタブレット持ってたよな？　ここの地図だせっか？　つーか出してくんね？　早く早く早く！」

かくして一同は、榊のタブレットに示された地図を前に、それぞれ持ち場を割り振りはじめたのである。

駐車場は門叶兄、コンテナは、右方面を門叶弟で、左方面は美作センセな。え、あの、駐車場って……？　コンテナ右了解！　同じく左了解。ただし、私の目には難があるから見落としがあるかもしれん。よってコンテナ右、終わり次第至急応援頼む。え？　あ……、はい！　あの、それで、ちょっと、あの……？　で、倉庫地帯の、この、右の区画がクレさんな？　俺は左のほう捜すから……。希実はこの中央ってことでいいか？　ああ、わかった。オッケーオッケー！　あ、あの、ちょいちょいちょい待った！　駐車場って、四ヵ所あるんだけど……？　応援来るなら余裕だろ？　あ、ああ、そういうこと？　駐車場が終わったら、すぐに元部下たち他所にも回せよ？　え？　あ、はーい……。律子さんが見つかったら、随時一斉メールで！　手がかりになるものも同様のこと！　おお！　了解！　あ！　私、父の携帯番号知らないから教えて！　えっ、あっ、もちろん！

タブレットに表示されている時計は、十六時五十八分を記していた。

「──日が沈むまで時間がねぇ。急ごう」

コンテナと倉庫方面担当は、再びワゴンに乗り込みそれぞれの担当箇所にまで運ばれた。だからワゴンには、最後希実と暮林が残ることになった。そうして希実がワゴンから降りる際、暮林はいつもの笑顔で訊いてきた。

「……大丈夫か？　希実ちゃん」

だから希実も、小さく笑って応えたのだ。

「うん。大丈夫――」

向こうの空は、燃えるような茜色に染まっていた。

海の匂いがすることにも、希実はその時初めて気づいた。

暮林が運転するワゴンが走り去ったのを見届けて、希実は右手に連なり建つ倉庫のほうに顔を向ける。五角形をした灰色の倉庫には、どれも中央部分にくり抜いたような出入り口があって、内部は黒い影に包まれている。その姿はまるで、大きく口をあけ餌を待っている巨人の顔のようで、希実は少しだけ薄ら寒さを感じてしまう。頬を撫でていく弱い風も、まるで人の息のように少し生温かい。

「……よし」

それでも希実は足を踏み出し、一番端に位置する倉庫へと駆け出した。瞬間、ていうか、ここって勝手に入っても大丈夫なんだっけ？　という疑問が脳裏をかすめもしたが、しかし辺りは無人だったし、どうせ暮林や弘基だって、他の倉庫にさっさと入ってしまっているのだろうし、何よりそこに母がいるのかもしれないのだから、この際固いことは言っていられないよな、と腹を括って、勢い倉庫の中へと足を踏み入れた。

「う……」

倉庫の中は、ひどく雑然としていた。左右の壁にはびっしりと棚が並んでおり、そこには乱雑に段ボールが積まれている。雪崩が起きた後のように、段ボールが床に崩れてしまっている一帯もあるから、もしかするとすでにもう、内部の管理はまともになされていないのかもしれない。向こうの壁に掲げられた、整理整頓のプレートの文字がなんとももの悲しい。

天井は灰色の鉄骨がむき出しになっていて、どこか要塞のような気配を感じさせる。奥はロフトになっていて、そこにも謎の機材が積まれている。なんだろ……？　パソコン……？　プリンター……？　怪訝に希実は見詰めるが、その正体は遠目では謎のままだ。明かり取りと思しき天井すれすれの窓からは、もう弱い夕暮れ時の陽射ししか差し込んでいない。今はまだ、かろうじて明るさが保たれているが、内部が闇に包まれるのは、ほとんど時間の問題だろう。

怯んではいられない。ぼやぼやもしていられない。それで希実は覚悟を決めて、倉庫の内部へと駆け出した。

「母――っ!?　いる――っ？　いるなら返事して――っ!!」

積まれた段ボールの間を確かめるようにしながら、希実は声をあげ奥へ奥へと進んでいく。声そのものはすでに倉庫内に響き渡っているはずだが、母からの返答はない。けれどだからといって、ここに彼女がいない証明にはならない。何しろ母は病人なのだ。

大きな声が出せない状態にあるのかもしれないし、あるいは気を失っている可能性だってある。だから希実は、物陰となっている隙間という隙間をのぞき込みながら、先へ先へと進んでいく。

「母——っ！　母————っ！　いないの————っ⁉」

奥へ進めば進むほど、段ボールの雪崩はひどくなっていく。足元には、箱の中に仕舞われていたらしいビニール袋や、プラスチックタグのようなものが散乱していて、ひどく歩きづらい。

「母——っ！　母————っ！」

おかげで足を踏み出すたび、足元のビニール袋やらプラスチックタグやらが、ガサガサとうるさく音をたてる。ガサガサ、ガサガサガサ、ガサガサ、ガサ——。

その感触に、希実はわずかに覚えがあるような気がした。ガサガサ——。それでもそれに囚われないよう、意識して声を出し、前へとずんずん進み続ける。

「母——っ！　いるの——っ⁉　いないの——っ！　どっち——っ⁉」

ロフトに繋がる階段を見つけ、急いで駆けあがる。ただしあがり切ったそこにあったのは、単にブラウン管テレビが積まれた空間でしかなく、だから希実は息をつき、ロフトの上から再度倉庫内の様子を見渡し確認するしかなかった。

「……ここには、いない、か」

そうして急ぎ階段を下り、また次の倉庫へと向かったのである。ただしそこにも律子はおらず、希実はまた次の倉庫、また次の倉庫へと進んでいった。倉庫の内部はどれも似たような状態で、段ボールが積まれ雪崩を起こし、ビニール袋やプラスチックタグが散乱していた。だから希実はそのいずれでも、ガサガサという音に付きまとわれながら、律子をひたすら呼び続けたのだ。

「母――――っ!!　母――――――っ!!」

時間が経つほどに窓から差し込む陽射しはさらに弱くなり、倉庫内は薄い闇に包まれはじめる。しかしそれ以外はまるで同じだった。同じ景色があって同じ行動が繰り返されるばかり。母――っ！　どこにいるの――っ！　母――っ！　ガサガサ、ガサガサガサ、ガサガサガサガサ……。

しかし足元のその音が耳につき、希実は思わず立ち止まり、そのまま顔をしかめてしまう。ガサガサガサ……。耳の中には音が残り、耳鳴りとなって聞こえてくるようだ。ガサガサ、ガサ……。

嫌な音……。そう思いながら、希実は耳に手をやり顔をしかめる。何しろ少し似ているのだ。歩くたびに鳴るその音が、水たまりの中を歩く時の、バシャバシャと水をはじく音に、どこか似ているように聞こえてしまう。

「……」

それで努めて大きな声を出して、足元の音を消そうと試みたが、しかしそれでも聞こえてくるものは聞こえてくる。ガサガサ……。そう、思えば思うほど――。ガサガサ、ガサガサ、ガサガサガサガサ、ガサガサ――。

「……ダメだ……っ」

暗闇に包まれた倉庫の中、希実は耳を塞ぎながら呟く。

「ダメダメッ、余計なこと、考えるな、私……！」

言いながら首を振り、頬を叩いて深呼吸をする。何しろ今は、耳鳴りにつまずいている場合ではない。早く母を、捜さなければ――。

そうして改めて周囲を確認すると、明かり取りの窓はすでに藍色にその色を変えていた。おそらくもう陽は沈んでしまったのだろう。携帯を取り出し時間を確認すると、十七時三十一分なる数字が映し出された。それで希実は携帯のライトを灯し、その明かりで周囲を照らしはじめる。強い明かりではないが、ないよりはいくらかマシだろう。そうして再び、足を踏み出したのだ。

「母――っ!!　母――――っ!!」

足元のプラスチックタグが鳴る。

ガサ、ガサガサ……。

「母――っ!! どこ――っ!! 母――っ!!」

弱い明かりで照らされた段ボールの山を、かきわけるようにして進んでいく。ガサガサ、ガサガサガサ……。

踏み出すたびになるその音は、やはり、水たまりの中を進んでいるように聞こえてくる。ガサ、ガサガサ、ガサガサガサガサガサ、ガサ……。

「母――っ!!」

大きな声で母を呼びながら、しかし希実は足元から届く音に、どうしても不快なものを感じてしまう。ガサガサガサガサガサ、ガサ……。

そうしてけっきょく、引き戻されてしまうのだ。ガサガサガサ、ガサ……。バシャバシャ、バシャバシャ……。因われてしまうのだ。雨の中、走ったあの日の情景に――。

「……」

何しろあの時も、希実は必死で走っていた。前を歩く母に置いて行かれないように、待って! お母さん! と声をあげながら必死に母に追いすがっていた。待って! お母さん! バシャバシャ、バシャ……。

「どこなの？　母……？」

呟くように言いながら、希実は段ボールの間を小走りに進んでいく。ガサガサ、ガサガサ……。その足音は、やはりあの日、母を追いかけ走っていた時の、雨の中を行く音に似ている。バシャバシャ、バシャ……。

おかげで希実の脳裏には、あの日の情景が鮮明に浮かんでくる。ザア、ザアザア……。ザアアアアア――――。

鉛色の雨雲が垂れ込めた、薄暗い雨の道。アスファルトの道の上に、いくつも出来た水たまり。母の傘の上で、はじかれていた大きな雨粒。ザアザア、ザア……。振り返らないままの母の背中。雨に濡れながら、揺れている母のスカートの裾。ザア、ザアザア、ザア……。

「……」

あの日、ひとり傘をさした母は、希実を置いてどんどん先に行ってしまった。ザアザア、ザア……。待って！　お母さん！　幼い希実が声をあげても、その背中は決して振り返らなかった。ザアザア、ザア……。待って！　待ってよ！　お母さん！　ザアアアアアア――――。

雨に濡れながら、希実は母に向かい走っていた。バシャバシャバシャ……。裸足のまま、水たまりを蹴り上げて、必死で母を追いかけていたのだ。待って！　お母さん！

お母さん！　振り返ろうとしない、彼女の背中を——。

あんたなんて、もういらないから！　そう怒鳴りつけられた、直後だったこともあるだろう。怖くて頭の奥がジンジンしてきて、希実は母の許しを乞おうと、彼女の腕をどうにか掴んだ。待って！　お母さん！　ザアザアザア——。

けれど母は、そのたび希実の手を振り払うのだ。ザアザア、ザア——。当たり前のように、何度も何度も振り払うのだ。ザアザアザア——。

それで希実はいよいよ不安になって、謝りながら母に追いすがり続けた。ごめんなさい……。お母さん……。ザアアアアアアアア——。しかし母は、希実の手をピシャリと叩いて完全に無視を決め込んでいる。だから希実はどうにか詫びようと、また水たまりの中へと足を踏み出す。ザアアア——。

揺れる母のスカートの裾を、掴もうと手を伸ばす。待って！　お母さん！　ザアアアア——。けれどその手も、けっきょくは振り払われてしまう。ザアアア——。母は冷たく希実に一瞥《いちべつ》をくれ、やはり背を向け歩きだしてしまう。そういう人なのだ。母は、そういう——。ザアアア——。お母さん……？　伸ばした希実の手に、雨が打ちつける。お母さん……？　ザアアアアアアアアアア——。掴めない。

「……どう、して？」

お母さん。

どうして、振り払うの？

お母さん。

どうして私の手を、握り返してくれないの――。

「どこにいるのよ――っ!?　どこなの――っ!?　母――っ!!」

声をあげながら希実は、倉庫の中を駆けずり回る。もういくつの倉庫を見て回ったかわからない。それでも母は見つからなくて、希実は打ちひしがれたような気分になる。

どこにいるの？　どこにいるのよ……？　そう思う自分の心が、今の自分のそれなのか、あるいは幼い頃の叫びなのか、判然としないまま希実は進んでいく。

「母――っ!?　いないの――っ!?　母――っ!?」

いくつめかの倉庫から飛び出してきた希実は、すぐに次の倉庫に向かおうとする。外はすっかり夜の暗さで、向こうに見えるビルの群れの明かりが、闇の中にキラキラと美しく映えている。風は、相変わらず生温い。街の熱を、まだだいぶ含んでいるようだ。

「――」

しかし希実はその風に、ふと足を止めてしまった。何しろ少し、甘いような香りがしたのだ。何これ？　わずかに眉根を寄せながら、希実は怪訝にあたりを見回す。しかしそこにあるのは倉庫街の真っ直ぐな一本道と、そこに並んで建つ倉庫ばかり。特に甘い香りを漂わせるような、人やものは見当たらない。

「……？」

それでも希実はその香りがするほうへと、足を進めていく。風が吹いてくるほう。並んだ倉庫の先のほうだ。甘くて重い香りが、風に飛ばされやってくる――。

「あ……」

見えてきたのは向こう端の倉庫隣に生えた、背の高い木だった。手入れが行き届いているのか、あるいはまったく手入れがなされず野生化してのことなのか、枝はぐんと伸びて道のほうにまで広がっている。葉もこんもりと茂っており、なんだかもうたわわなほどだ。

近づいてみるとそれは金木犀《きんもくせい》だった。携帯のライトで照らしてみると、青々とした緑の葉の中に、オレンジ色の小さな花がいくつも咲いているのがわかる。そして近づくほどに、むせ返りそうなほどの甘い香りを放ってくる。

この匂いだったのか……。オレンジ色の花を見あげながら、希実はつい鼻に手をやってしまう。いい香りだという向きもあるだろうが、希実にとっては少し甘さが過ぎる。

甘過ぎる匂いはやっぱり苦手だ。そんなことを思いながら、なぜかその香りの中に立ち尽くしてしまう。

「……」

ドスドスッ！　と何かが落ちたような音が聞こえてきたのは、そうしてしばらく金木犀を見あげていた最中のことだった。すぐ近くで聞こえたような気がして、希実は慌てて辺りを見回す。見回しながら、小さく呟く。

「……母？　母なの……？」

ドスッ！　とさらに音が届いたのはその瞬間だ。音は金木犀が生えている隣の倉庫から聞こえてきた。そのことを確信した希実は、はじかれるようにその入口へと駆け出す。

「――母っ!?　母っ!?　いるのっ!?」

声をあげながら倉庫の中に飛びこむも、中は当然暗闇に包まれていた。それで希実は携帯のライトで中を急ぎ照らしたのだ。

「母――――っ!?　この中にいるのっ!?」

すると奥のロフト部分から、段ボールが床へとずり落ちていくのが見えた。ドスドスッ！　それで希実は倉庫の奥へと進みながら、ロフト部分を携帯のライトで照らしていく。

「母……っ!?　そこにいるのっ!?　母っ!?」

　か細い声が聞こえてきたのは次の瞬間だった。はぁ……い……、というかすれたような女の声が希実の耳に届き、だから希実はそこに母がいると確信し、ロフトに続く階段へと向かう。向かいながら携帯のライトでロフト部分を照らし、目を凝らし続けると、ロフトの端に並べられた段ボールの上に、人の手が乗っているのが見えた。

「——母……!!」

　それで希実はその手のほうに携帯のライトを向けつつ声をあげる。

「大丈夫っ!?　母っ!?　具合は……っ!?」

　すると段ボールの上に乗せられていた手は、フッと宙に持ちあがり、ゆらゆらこちらに向かい振られはじめた。よくよく見詰めると、その手の向こうに母の顔もあった。どうやら彼女は段ボールの上に、突っ伏したような状態でいるようだ。

「……だーい、じょーぶ……」

　小さくそんな声が聞こえてきたのは、希実が階段の手前までたどり着いた頃だ。そこまで来ると、母の姿もしっかりと見えて、希実は小さく安堵の息をつく。母も希実の姿が見えているのか、ゆらゆらと手を振り続ける。

「……ごめん、ねぇ、のぞみん……」

弱々しいその声を受け、希実は急ぎ階段をのぼりはじめる。別にいいから！　そう声をかけながら、ビニール袋やプラスチックタグが散らばった階段に足を踏み出していく。ガサ、ガサガサガサ……。

その足の感触が、ふっと水たまりに足を踏み出した瞬間を想起させたが、希実はその感覚を振り払い階段をのぼる。ガサガサガサ、ガサガサ、ガサ……。

「──」

ガサ……。

階段をのぼりきると、ロフトの端のほうで、段ボールにもたれ座り込んでいる母の姿が見えた。やはり歩くことは厳しいようで、希実の姿をみとめても立ちあがる様子はない。彼女は段ボールにもたれたまま、疲れたような笑みを浮かべ、希実に向かい手を振ってくる。

「……ごめん、のぞみん……。なんかハハ、ヘンな人たちに……。こんな、ところに……」

途切れ途切れで言う母に、希実は咄嗟《とっさ》に言ってしまう。いいよ、そんなの……！　別に、母が悪いんじゃないし……。そしてそのまま足を踏み出すと、やはり足元のビニール袋を踏んでしまい。ガサガサッと鳴る音が耳に届いてしまう。

「……」

ガサ、ガサ……。不快な、音が――。

しかし母は、希実の異変に気づくことなく、薄い笑みを浮かべながら小さく息をつく。そして、どこかホッとした様子で言葉を継いでいく。

「でも……、よかった……。のぞみんが、来てくれて……。ハハ、このままここで……、ヤバいことになっちゃうのかなって、ちょっと、思っちゃったっていうか……」

携帯の弱いライトの中、母は弱々しくそう言って、青白い顔を希実に向けてくる。そして笑顔で、手を伸ばしてくる。

「……ありがとう、のぞみん」

白く細い手を、希実に向けて――。

「見つけてくれて……。ありがと……」

だから希実も、母のほうに足を踏み出し、その手を摑もうと試みる。

「……」

試みるが、足が動かない。

「あ……」

伸ばしかけた手も、そのまま胸の前に戻してしまう。

「あ、の……」

そんな希実を前に、母は少し不思議そうな表情を浮かべ、のぞみん？　と首を傾げてくる。どうか、した……？　それで希実は母から目を逸らし、少し黙り込んだ後、ぎこちなく告げたのだった。

「……階段」

言いながら胸に置いていた手を、なんとなく後ろに回してしまう。

「……階段が、あるから……。私じゃ、母のこと、運べないし……。誰か、呼んでくるから……。少し、待ってて……」

希実の言葉を前に、母は一瞬キョトンとしたような表情を浮かべ、ゆっくりと瞬きをしてみせる。差し出した手は、所在なさ気に宙をさまよい、希実はそんな母の白い手をチラリと見て、ギュッと唇を固く結ぶ。

「……」

あの時、何度も自分の手を振り払った母の手が、今度はこうして、自らこちらへと伸ばされていることに、なんとも言えない割り切れなさを感じた。だから、躊躇ってしまったというのもある。

このまま母の手を取ることは、なんか……。なんだか――。

母が小さく微笑んだのは、次の瞬間だ。

「――そうよね」

母はいやにはっきりと言い、ゆっくり静かに頷き言葉を続けた。

「……そうしてちょうだい」

その笑顔には、見覚えがあった。つい一昨日のことだ。母がブランジェリークレバヤシに押しかけて、希実と言い合いになった、あの時――。

あの時、希実は母に言い放った。私は、美和子さんを選ぶべきだった。母なんか、追いかけるんじゃなかった。ひどい言葉だったと、自分でも思っている。言うべき言葉では、なかったような気もしている。

けれどあの時、希実がそう言ったその後に、母はやはり今のように微笑んだのだ。少し悲しげな、けれどどこか毅然とした笑顔で、言ったのだった。

そうよね。

希実の、言う通りだわ――。


母をロフトに残し倉庫を出た希実は、そのまま薄暗い道を歩きはじめた。若干、頭が混乱していたというのもある。母のあの微笑みを前に、妙に動揺してしまってもいた。

「……」

どうして母は、あんな顔をしたんだろう？　そう思えてならなかった。何しろ母にも、きっとわかっていたはずなのだ。希実が彼女の伸ばしてきた手を、敢えて拒んだのだという事実を――。

それなのに、母は笑った。美和子さんを選ぶべきだった。母なんか、追いかけるんじゃなかった。そう希実が言い放った時と、ほとんど同じ笑みを浮かべてみせたのだ。

「……」

その笑顔が頭から離れなくて、希実は途方に暮れたような気持ちになってしまう。昔からよくわからなかった母のことが、ますますわからなくなってどんどん気持ちが滅入ってくる。どういうつもりで母は？　母は――。

「……わからない」

目の前に伸びる暗い夜道に、頼りない自分の声がシンと響く。倉庫街の道は真っ直ぐで、等間隔に外灯は立っているがその光はごく弱い。とはいえ向こうの街灯りのせいか、真っ暗な闇に包まれるようなことはない。携帯のライトを灯さずとも十分に歩いていける。

「……」

どの道、東京の空というのは、夜でもあんがい明るいのだ。だからそこに広がるのは、先が見通せるような薄い暗闇で、だからその先も、その先もその先もその先もずっと、ずっと、暗いままなのがわかってしまう。光は、ささない。

「……」

そして希実は、その暗い道をひとり進んでいく。考えても考えても、答えが出ない思いを抱えたまま、それでも歩くしかないから歩いていく。そうしているうちに、まあ仕方ないのかなという思いが湧いてくる。こんなこと考えたって、何が変わるわけじゃないんだし。そして、上手く諦めなきゃなという言葉が過りだす。それはもう、うんざりするほど、いつものように――。

そうだよ、昔からずっとそうじゃん。わからないことだらけで、不安だらけで、不満もいっぱいで、だけどけっきょくなんにも言えない。何か訊いて嫌われるのが怖くて、訊いたところで、その答えに余計不安になるのも嫌で黙り込む。

諦めたほうがいい。のみ込んだほうがいい。黙っていたほうがいい。だって、何かを言ってしまって、あんたなんかいらないと、言い捨てられるのはつらい。手を伸ばして摑もうとして、振り払われるのもつらい。

だったら、上手に、諦めないと――。

それで俯き歩きだしたのだ。先の闇など見ないよう、ただ足元だけ見詰めて歩く。目の前の暗闇だけを、ぽつぽつと踏みしめるように――。ぼんやり前に、進んでいく。

「……」

バタバタという、少々賑々しいような足音が聞こえてきたのはそのタイミングだった。前方から聞こえてきたそれは、いったん大きくなってピタリとやむ。

「……？」

それで顔をあげてみると、その先には弘基がいた。どうやら先の十字路で、左手の道から駆け出してきたらしい彼は、交差点の中央で立ち止まり、きょろきょろあたりを見回している。おそらく進行方向を、はかりかねているのだろう。しかし右手の先にいる希実に気づくと、おっ！　希実！　と声と右手をブンとあげ、こちらへと駆け出してきた。

その迷いのない走りっぷりに、希実は咄嗟に思ってしまう。なんていうんだっけ？　こういうの……。猪突、猛進……？　猫まっしぐら……？　そうして彼は希実の前まで駆けてくると、息を弾ませつつ言ってきたのだった。

「――お袋さん、こっちにはいなかったわ！　そっちどうだった？　なんか、手がかりになりそうなもんとか……。なんでもいいから、あったりしたか？」

彼の額には汗がにじんでいて、珍妙な幾何学模様のＴシャツも、胸のあたりがやはり汗で変色している。だから希実は思ってしまう。きっとこの猫まっしぐらは、ずっとまっしぐらな姿勢でもって、母を捜してくれていたのだろう。だからつい、言い淀んでしまう。

「あ、あの……。母は……」

ただし目の前のまっしぐらは、あっさりと勘違いした様子で、顔をしかめるなり希実の背中をバンバン叩いてきた。ああ！　そっかそっか！　つーか、じゃあ倉庫方面じゃなかったのかもな！　クレさんにも、もう電話で訊いちまうか？　あの人も、そろそろ全部見て回った頃だろうし――。そうしてパンツの後ろポケットから、携帯を取り出しはじめる。しっかし、アホみてぇに倉庫並んでんのな、ここは……。それで希実は、少しバツが悪いながらも言ったのだった。

「……母、いた。この先の、端の倉庫に……」

そんな希実の発言に、弘基は携帯を操作していた手をとめ、あん？　と顎をしゃくるようにしながら眉根を寄せる。だから希実はパッと弘基から目を逸らし、声を小さくしてごにょごにょと言い継ぐ。

「あの、でも……。ロフトのところに、いたもんだから……。ひとりじゃ、運べないなーって、思って……？　それで、誰か呼んでくるって、母に言って……」

　詰まり詰まり言う希実に、弘基は眉根を寄せたまま、お？　おお……？　と、だいぶ怪訝そうに頷き合いの手を入れる。なるほど……。じゃあ、あれか……？　応援要請のために、人を捜してたってことか……？　そんな弘基の問いかけに、希実はさらにぎこちなく頷く。ん？　ああ、うん、まあ……。何しろそれはまったくの嘘ではなかったが、それをそっちのけでほっつき歩いていた感も十二分にあったからだ。それで何かを、誤魔化すようにして言い継いでいく。なんていうか……。まあ、大体そんな感じです……。

　すると弘基は、ああ、そっか、とすぐに手にしていた携帯を仕舞い、希実の背後をのぞき込むようにしつつ指をさして続ける。つーことは、向こうの倉庫だな？　だから希実は、うん、と頷き、一番端の、側に金木犀が生えてる倉庫の、ロフトにいるはず、と小声のまま応える。意識は普通にあったし、体調は悪そうだったけど……、大丈夫だって、本人は言ってた……。

　そんな希実の言い分を前に、弘基は、ふうん？　と一瞬片方の眉だけあげたが、希実が、いや、ほんとにほんとに、と強めに告げると、そっか……？　と若干腑に落ちていないような表情を浮かべつつ、すぐに納得の構えを見せたのだった。

「よっしゃ！　じゃ、早く行かねぇとな」

そうして彼は希実の肩をポンと叩き、ほら！　行くぞ、希実！　と足を踏み出したのだ。そしてそのまま、希実の横を通り過ぎ先へ進もうとした。

「あ――」

その時、ことは起きた。

「――」

どういうわけかそのタイミングで、希実は先に行こうとした弘基のＴシャツの裾を、なぜかギュッと摑んでしまったのだ。

「あ……？」

おかげで弘基はグンと後ろにのけ反るように立ち止まり、だいぶ驚いた様子で希実のほうを振り返る。

「――おおっと……？」

そして怪訝そうに希実の顔を見詰めてくる。

「ん、だよ？　急に……。びっくりすんじゃねぇか……」

とはいえ、希実としても無意識の行動だったため、弘基同様驚いて、思わず目をしばたたいてしまったのだが――。

「え？　あ……」

思わぬ自分の行動に、希実自身もそれなりに動揺し、怪訝そうに自分の手を見てしまう。その手はやや強引な感じで、しっかりと弘基のTシャツの裾を握りしめている。ともすれば、そんなに引っ張ったら、裾が伸びてしまうのでは？　と心配になるほどに。だから希実は大慌てで、あ……っ。ごめんっ！　と声をあげたのだった。あげてそのまま、裾から手を放そうとした。伸びるね、ごめんっ！

弘基が希実の腕を摑んだのは、その瞬間だった。彼は希実が放そうとした手を、腕ごと摑んで言った。

「……お前、どうかしたか？　なんか、あったのか？」

「――」

真っ直ぐ目を見て訊いてくる弘基に、希実は少し驚いて、目を見開いたまま、あ……、と口ごもる。

「それ、は……」

無論、何もないわけはなかった。現状を鑑みれば、今の希実はおそらくどうかしているし、何かあったのかと問われれば、何もかもあり過ぎるほど、色んなことが起きている。それでも希実はそれらのすべてを、どこからどう説明すればいいのか、もうよくわからなくなっていた。

母のこと父のこと、そこから派生した出来事の数々や、そのことについての自分の思い、その他――。全部それなりにのみ込んできたつもりだったが、しかしけっきょくのところ、何ひとつ消化しきれていなくて滅入ってくる。そんな思いの確かなところを、上手く説明する言葉だって、今の希実にはまだよくわからない。

「……」

それで思わず黙り込んでいると、ふいに弘基が、腕を摑んでいた手に力を込めてきた。力を込めて、そっけなく言ってきた。

「……つっても、わかんねぇか」

「え？」

「けっこう難しいとこに、いんだもんな。お前――」

「あ……」

思いがけない弘基の言葉に、希実が返す言葉を失っていると、彼はいつものように、フンと鼻を鳴らし笑顔で告げてきたのだった。

「けどよ。まあ、大丈夫だから」

希実の手を、振り払うことなく言ってきた。

「俺が一緒にいるから、心配すんな。ほら、行くぞ、お袋さんとこ……」

そうして彼は希実の腕を引き、そのまま走りはじめたのだ。当たり前のように、そうしたのだ。

「……」

そうして走った薄闇は、先ほどのそれと同じであるはずなのに、なぜか少しも滅入らなかった。

薄闇のままでも、平気だった。

何かに少し、許されたような気もしていた。

いったい何に許されたのかは、よくはわからないままだったが――。

かくしてたどり着いたくだんの倉庫に、しかしすでに母の姿はなくなっていた。おかげで希実は愕然とし、ロフトの隅々まで段ボールをひっくり返してしまったほどだ。

「なんでっ？　嘘でしょっ!?　さっきまで母、確かにここにいたはずなのに……っ！」

そんな希実を前に、同じく弘基も段ボールをひっくり返しながら、つーか、夢とかじゃねぇよな？　などと言ってきた。だから希実は首を傾げ、い、いや、違うと思うけど……？　と返したのだ。てゆうか、アレが夢だったら、私もそうとう重症っていうか……。

ふたりの携帯が同時にブーブーと振動音を鳴らしたのは、母の姿が見当たらないまま、急ぎ倉庫を飛び出してきた時だった。それでふたりは顔を見合わせ、大慌てでそれぞれの携帯をポケットから取り出したのである。

「——あ……！」

携帯に届いていたのは、榊からの一斉メールだった。題名は「律子ちゃん無事保護♥」で、内容は「倉庫で発見しましたー。体調に大きな異常はなさそうです。現在、東側コンテナ前の駐車場に向かってますので、どうかご安心を」というもの。

それで希実たちも、急ぎ駐車場へと向かったのだった。

無論希実としては、なぜ駐車場担当であるはずの榊が、そこから遠く離れた倉庫で母を発見したのか？　という疑問はあったのだが——。しかし一緒にいた弘基は、なんにせよ無事みてぇでよかったわー、と安堵の息をついていたし、途中、ワゴンで拾ってくれた暮林も、東側コンテナは美作先生の担当やで。律子さん、すぐ診てもらえるはずやわ、とすっかり安心しきった様子で言っていたので、その雰囲気に水を差すのもどうかと思い、榊に対する疑念を口にすることはしないでおいた。

「……」

ただし、嫌な予感はしっかりあった。何せ彼はつい昨日、律子と抜き差しならないようなやり取りを交わしていたはずなのだ。母は榊が、復讐計画を立てているなどとも言っていた。そして榊も榊のほうで、その計画について特に否定もしていなかった。

「……」

いや、むしろはっきりと挑発的に、律子に告げていたはずだ。明日を待とうじゃないか、律子ちゃん——。僕の計画が実行に移せるかどうかは、その鑑定書にかかっているんだから……。君が罪を犯してなければ、僕の計画もとん挫する。いわば僕らは運命共同体、ある種の共犯者、なんだからさ。

「ぐ……」

その言葉を思い出し、希実は思わず息をのんでしまう。何しろ榊が言った「明日」は、つまりは「今日」であるはずなのだ。それで希実は勢い姿勢を正し、窓の外の景色に目をやる。窓の外には夜の暗闇が広がっているだけだが、それでも希実はワゴンが進む先に目を凝らす。変なことに、なってなきゃいいけど——。

ワゴンが駐車場に到着した時、希実たち以外の面々は、すでにそこに集結していた。榊が乗って来たはずのハイヤーは、まだそこに駐車されたままで、助手席には律子が、シートを倒した状態で横になっている。そんな彼女の指先に、謎の装置をつけていたのはもちろん美作で、彼はその装置に目を落としながら、何かしらを測っているようだった。

その美作の背後に並んで立っていたのは樹で、その後ろにはスーツ姿のサラリーマンと思しき男たちが、ずらりと十人以上並んでいた。もしかするとこの一団が、榊が呼びつけたという元部下たちなのかもしれない。ということは、きっかり二十人いるということか。

大の大人が二十人も集まると、相当な大ごと感がにじみ出てくる。それでワゴンから降りた希実たちも、多少の緊張感を保ちつつ、こそこそ言い合いながらその一団へと歩み寄ったのだった。なんか、すごいね……。ああ、中々圧巻やなぁ。おう、集団だと、ちょっとな……。

美作が律子の指先から装置を外し、数値は正常、ひとまず問題ないだろう、と告げたのは、希実たちが彼のすぐ後ろまで行ってからのことで、彼は律子の肩をポンポンと軽く叩いたのち、まあ、早く病院に戻って精密検査をしたほうがいいかもしれんがな、と付け足した。そうしてやって来た希実を振り返り、片方の口の端だけを持ち上げて頷いてみせたのだ。

「――とまあ、そういうことだ。大事には至っていないから安心したまえ」

それで希実が、ああ、と息をつき、ありがとうございました、と告げると、美作はそのまま律子のほうへと視線を送った。受けて律子も希実に目を向け、小さく微笑みひらひらと手を振ってきた。そゆことー。どうも、ご心配をおかけしましたー。

そんな律子の様子を前に、一同は揃って緊張の糸が切れたような、ホッとしたような笑みをこぼしはじめる。ああ、そっか……。そりゃよかったなぁ。ああ、けど用心に越したことはないで、今日のところは早いとこ病院に……。ええ、確かにそうですね……。じゃあ、律子――。車、ワゴンのほうに移動を……。

サラリーマン集団に動きがあったのはその段だ。彼らの一番先頭に立っていた男が、律子をハイヤーから連れ出そうとする樹を制し、どうかこのままで、などとしかつめらしく言いだした。

「こちらの車は、社長……、いや、榊さんがどうかお使いくださいと残されたものですので。よければこのまま、病院まで送らせてください」

そんな彼の物言いに、希実はやっとそこに榊がいないことに気づく。それは暮林も弘基も同様だったようで、彼らはあたりを見回しながら、あれ？　榊のオッサンは？　そういや、さっきからおらはらんなぁ、などと言いはじめた。けど、メール寄こしたのアイツだよな？　もしかして急用かなんかで？　は？　自宅警備員の急用ってなんだよ？

ふたりのそんな疑問に答えたのは美作だった。彼はハイヤーの後部座席のドアを開けつつ、さらりと答えてみせたのだ。

「彼ならついさっき、かかってきた電話にショックを受けて、大騒ぎで病院に向かったぞ？　いや……、鑑定機関だから、病院ではないのかな……？」

ただしその説明では、暮林も弘基もまったく理解が出来なかったらしく、揃ってさらに首を傾げるばかりだったのだが――。は？　鑑定機関？　なんやそれ……？

そこに助け船を出したのは律子だった。彼女は大儀そうに息をつき、呆れ半分といった様子で言ったのである。

「――ＤＮＡの鑑定機関よー。榊さん、あたしのこと疑ってて……。なんだか色々、調べてたみたいなのー」

だから希実は、やや前のめりになり、え？　じゃあ、鑑定結果出たってこと？　と思わず言ってしまいそうになった。何しろ鑑定結果は、まさに今日出るはずだったのだ。それで、ショックを受けたって――。けっきょく結果、どっちだったってこと？　そんな思いがにわかに湧いて、急ぎ聞いてしまいそうになった。

しかしその言葉は幸か不幸か、すんでのところで弘基に遮られた。彼は希実より一瞬早く、律子に対し訊いたのだ。

「は？　調べるって――。まさか、希実と樹のオッサンの親子関係を……？」

そう問いかけた弘基に対し、律子は思い切り顔をしかめて、そーなのー、とうなるように言ってみせた。

「榊さん、のぞみんが樹の娘じゃないって噂を、信じ込んじゃってたみたいで……。もう、超いい迷惑って感じだわよー」

だから希実は、えっ？　と声をあげてしまったのだった。め、迷惑って……？　それ、どういう意味で……？

すると律子は思い切り唇を尖らせて、そりゃそうでしょうよー？　と泣き真似をするかのごとく言いだした。父親が誰か、疑われるなんて……。てゆうか、ひどくなーい？　あたしの貞操観念、なめんなよーって感じー、もう……。

そんな律子の発言に、やや同情気味に頷きつつ、言葉を継いでいったのは樹だった。彼はサラリーマン軍団にチラと視線を送ったのち、ため息交じりで切りだしたのだ。

「実は私と律子が駆け落ちした時、そういう噂を門叶の者が流したんだよ。おそらく、私たちを別れさせようとしてのことだと思うんだが……」

受けてサラリーマンたちは、それぞれにチラと顔を見合わせて、なんとも言えないような表情を浮かべはじめた。そんな彼らを横目に、樹はやはり迷惑至極といった表情でもって話を続けた。

「そしてその噂が、希実ちゃんの養女話が出たとたん、再燃してしまったようなんだ。多分、当時の状況を知ってるトガノの古株のみなさんが、言いだしたんだとは思うんだけどね……。どうも兄は、その噂を真に受けてしまったようで……」

受けて律子は、口を尖らせブツブツ言い募る。だーかーらー、のぞみんを門叶に関わらせるの、嫌だったのよー。あることないこと、言われちゃうし……。榊さんに至っては、わけわかんない復讐計画とか、言いだすし……？

そんな律子の発言に、興味深そうに口を挟んだのは暮林だった。復讐計画ですか？なんや穏やかでない感じですな。暮林のそんな呟きに、律子ももっともらしく頷き、そうなのよー、とわずかばかり声をひそめ応える。

「なーんか……、のぞみんを養女にして……、お母さんを喜ばせて……。そんでもって、実は本当の孫じゃありませんでしたーって、コケにする、みたいな、計画らしいんだけど……？」

そこまで律子が説明すると、弘基はのけ反るような仕草でもって、暗っ！　なんだその計画……、と顔をしかめてみせた。しかもなんか、計画の内容がしみったれてねぇか……？　その感想に、しみじみ頷いたのは樹だ。彼はため息交じりに、まったくねぇ、と応えたのち、小さく首を振りつつ渋い表情のまま続けたのだった。

「だから我々も、兄が希実ちゃんを門叶の養女にすることを、止めようとしてたんだよ。そんなことをしたって、兄の気が晴れるわけがないのでね。何せ噂は単なる噂で、希実ちゃんは、ちゃんと私の娘なんだから――」

その樹の発言に、希実は、え……、と小さく声を漏らす。そう、なの……？　すると瞬間美作が、ああ、とポンと手を叩き言った。

「なるほど――。それでさっきの長髪サングラスくんは、鑑定機関からの電話にショックを受けたってわけか」

美作のその発言に、弘基が食いつく。ショックって、どんな？　受けて美作はおかしそうに口元に手をやり、それがな……？　と楽しげに言葉を続けたのだった。

「あの男、そんなバカなっ！　とか、何かの間違いだろうっ!?　とか、調べ直せ！　とか、なんて日だ！　とか散々叫んだ挙句、急にがっくり肩を落として、じゃあ、本当に親子なんだな？　本当にあの子は、僕の血の繋がった、姪っ子なんだな……？　なーんて言って、急にショボくれだしたんだよ。それで、元部下に支えられて、鑑定機関に向かっていった次第で……」

迫真の演技で説明した美作は、そのままスーツ軍団に顔を向け、なあ？　と同意を求める。すると一団も、どこか面妖な面持ちで、それぞれ小さく頷いてみせる。ええ……。

社長……、いや、元社長が、あんなに取り乱されるとは……。我々も、どう受け止めていいのか……。

そんな一同の反応を前に、どうも、お見苦しいところをお見せして、申し訳ありませんでした……、と詫びだしたのはもちろん樹で、彼は苦いものを口に含んだような表情を浮かべながら、それでも兄の心境をどうにか慮ってみせたのだった。

「兄はここ数年……、いや、もっとずっと昔からなのかな……。ずっと、苦しんでいたんだと思います。それで、母親に復讐することに、生きる意味を見つけてしまったというか……」

それで希実は、ぼんやりと思い出したのだった。そう言えばあの人、言ってたっけ……。意味や価値は、甘い毒だと——。

「——そんなことをしても、けっきょく救われるわけはないのに……」

気づけば空には、薄い三日月がのぼっていた。

「……それでも兄は、そうすることで、どうにもならないような日々を、どうにかしのいでいたんだと思います」

ほの暗い空の中、弱々しく白く、光っていた。

榊がブランジェリークレバヤシに現れたのは、律子拉致事件の三日後のことだった。時間はもちろん午前四時。希実がすやすやと心地のいい眠りについていた頃、彼は性懲りもなくその時間に現れて、だから希実は弘基によってその眠りから覚まされたのである。

「——おら！　希実！　起きろ！　榊のオッサン来てっから！　ほら、起きろって！」

もちろん希実としては、若干の抵抗を試みた。なんなのよー、もー。何しろ相手はあの復讐魔なのだ。そんな相手のために、なぜ貴重な睡眠時間を削らなくてはならないのだ、という思いが強かった。あんな人、朝まで待たせとけばいいじゃん……。てゆうか、むしろ追い返せば……？　てゆうか、めっちゃ眠いんですけどー。

しかし、半ば無理やり連れて行かれたイートイン席で、希実の眠気は一瞬で吹っ飛んでしまった。

「——」

何しろそこで希実を待っていたのは、長髪サングラスならぬ、丸坊主サングラスだったのだ。聞けば榊、昨夜のうちに、思うところあって自ら頭を丸めたとのこと。

「……反省の意を示すのに、他にいい方法が思いつかなくてね。それで、あれこれ考えて、このような結果に……」

それで希実がとりあえず、けっこう、器用なんですね……、と小さく告げると、榊も苦い笑いを浮かべ、最終的には、バリカンだったからね……、と謎の回答をしてみせた。思っていたより、難しくはなかったよ……。

しかし、さりとて丸坊主である。これで来られて、追い返せるわけねぇだろ、と弘基は耳打ちしてきたし、暮林も暮林で、まあ、ちょっとくらい、話を聞いてさしあげてもええんやないかな？　な？　などと口添えしてきた。

つまり丸坊主とはそれほどまでに、ひどくパンチの利いた謝罪方法であったということだ。そしてだから希実のほうも、ついつい榊のテーブルに腰をおろしてしまったという側面もある。実に五十センチ以上の断髪をしてきた人に、話すことなんてありませんけど？　と言い放ってしまえるほど、希実のハートも強くはない。

しかしそうして希実が席についても、榊はいつものような饒舌さを見せなかった。うなだれたようにして俯き、頭をさげ、色々と、悪かったね……、だとか、反省しています……、だとか、申し訳なかった……、などという謝罪の言葉をぽつぽつ口にするばかり。

しかし彼の来店の意図は、謝罪だけではないように希実には感じられた。何しろ希実が、別にいいですよ、だとか、気にしてないって言ったら嘘になるけど、まあ別に終わったことだし、などと返してみても、彼は謝ることをやめなかったのだ。いや、それでも、あの……。本当に、ごめんなさい……。

彼が謝罪以外の言葉を口にしはじめたのは、来店から三十分以上過ぎたのちのことだ。おそらく彼は謝りながら、口にするべき言葉を探していたのだろう。言葉というのはあんがいと、頭の中で迷子になる。出口が見つけられずぐるぐる回って、そのままそこに置き去りにされることもしばしばだ。

そのことをなんとなく思い知らされていた希実は、だから榊の言葉も待った。おそらく、たぶん丸坊主に免じて——。

「——長い夢を、見ていたような気分なんだ」

そう切りだした榊は、サングラスを外し、それをジャケットのポケットに手早くしまった。そしてわずかに頭をあげて、希実にスッと顔を向けた。

「僕はね、希実ちゃん。昔から、どこか、現実感に乏しいようなところがあってね……。目の前で起こっていることなのに、なんだか夢を見ているような、現実に起こっていることではないような、そんな感覚にとらわれることが多かったんだ……」

サングラスをとった丸坊主の榊の姿は、なんというかそれなりに、ちゃんとオジサン全体的につるんとはしているが、しかし折々で表情を作れば、ちゃんとそこここにしわが刻まれる。

「……家に閉じこもるようになってからは、なおのことでね。時々鏡に映った自分が、誰なのかわからなくなることもあった。いつもずっと、ぼんやりしていて……。何もかもが、他人事だった……」

榊はそこまで言うと、フッと笑い、少し恥ずかしそうに目を伏せた。

「それで……。憎しみに、手を付けてしまったような気がするんだよ」

榊のそんな言葉に、希実は、え？　と小さく声を漏らす。憎しみに、手を……？　すると榊は目の際にしわを刻み、ああ、と吐き出すように小さく笑いだしたのだった。

「……こんなふうになったのは、親のせいだと思ったら、なんだか少しだけ、元気が出てきてしまってね？」

「え……？」

「何も感じなかった心が、憎しみにだけはよく反応してくれたんだ。それで、それを僕は、生きる理由にしてしまったんだろうな。許さない。あの人たちのことは、絶対に許さない――。そう思うことで、どうにか生きる気力を保っていたような気がする」

その榊の発言は、父が言っていたこととよく似ていて、だから希実はなんとなく、ああ、と頷いてしまったのだった。なんか父も、そんなこと言ってたような……。

受けて榊はやや目を丸くして、樹が？　とわずかに身をのりだした。そうしてやはり、小さく笑いはじめたのだ。まあ、アイツも十代二十代の頃は、そんな感じっぽかったからな……。こっちの心境は、お見通しなのかもしれない。そして彼は姿勢を正し、さらに続けて告げたのだった。

「母が君を欲しいと言った時、僕は復讐の機会が巡ってきたとすぐに思った。やっと、その時がきたんだってね。それで君を養女にするべく、この店に通うようになったってわけさ。だからヘンだったでしょ？　僕の登場の仕方……」

その点に関しては、希実も否定のしようがなく、ですねぇ、としみじみ返してしまった。むしろ、ヘンどころの騒ぎじゃなかったっていうか……。そんな希実の返答を前に、榊も笑って頷いた。まあ僕も、精一杯早く馴染もうと必死だったしねぇ……。だから希実も苦く笑うしかなかった。いやそれ、まさに裏目でしたねぇ……。

復讐計画に燃えた榊は、中々に充実した日々を過ごしていたらしい。ブランジェリークレバヤシに通い、暮林や弘基に取り入り、さらには希実とお近づきになる。希実が門叶の親戚筋にさらわれそうになったことは、まさに渡りに船だったし、ブランジェリークレバヤシが存亡の危機に見舞われたことも、千載一遇のチャンスだと、心をそうとうに躍らせていたようだ。それに、なんていうか……。希実ちゃんに揺さぶりをかけるのも、中々に面白かったし……？

それで希実が、なんですか？　それ？　と眉を寄せると、榊は、あはー、と笑って肩をすくめてみせた。いやいや！　それはその！　ほら、楽しかったじゃない？　夜の公園で待ち合わせとか、一緒にパンケーキ食べたりとか……？　受けて希実が、いや私は全然、と無下に返すと、彼は、またまたー、ウィンクして言ってきた。パンケーキ、僕のぶんも平らげてたじゃない？　いやあれは、ただ普通においしかっただけだから。でもさー、おいしいをわけ合ったわけじゃない？　はあ？　榊さん、半分以上残してたじゃないですか。あれは、希実ちゃんのおいしい顔が見たくて……。

榊がフッと表情を失くしたのはそのタイミングだった。彼は希実の顔を見詰めたまま、一瞬どこか遠くを見ているかのような目をしたのだ。

それで希実が、榊さん？　と声をかけると、彼はハッと我に返った様子で、少しぎこちないような笑みをすぐに浮かべた。あ、ああ、ごめん。ちょっと……。そうして、大きく深呼吸をして、穏やかに続けたのだった。

「……DNA鑑定の結果、君が樹の本当の娘だとわかって、僕の復讐計画は水泡に帰した。あんなにも胸がときめいた復讐の日々が、こんな形で終わってしまうなんて、永遠に寝込んでしまうかと思ったほどだよ」

そんな榊に、希実は返す。

「でも榊さん、頭丸めて、こんなところまで来てるじゃないですか」

するとは榊は、あはー、と笑い、そうなんだよね？　と言ってきた。ホントそうなの、その通りなの。全然なんか寝込めなくてさー。そうして笑ったまま言い足したのだ。

「……だから思ったんだ。僕の心が躍ってたのは、復讐のためなんかじゃなくて、ただ単に、ここに通えてたからなんじゃないかって……」

言いながら彼は、眩しそうに目を細くして希実の顔を見詰めてきた。

「だからDNA鑑定の結果、君が僕の、本当の姪っ子だとわかって……。ショックだったのに、それでもすごく、嬉しかったんじゃないかって——。昨夜、思い至ってしまったんだよ」

またこのお店に通ってもいいかな？　榊がそう言いだした頃、時計の針は、もう五時にさしかかろうとしていた。店はもうじき閉店で、しかし店内には、おそらくこれから出勤するのであろうお客さんたちの姿がちらほらあった。

「図々しいお願いなのは、百も二百も承知なんだけど。でも、ここは美和子の店だし、君もいるし、出来ることなら僕は——」

そう言い募ってくる榊を前に、希実はチラッとレジの暮林を見やった。彼はレジに並んだお客さんたちの接客をしながら、しかしちゃんと榊の話を聞いていたのだろう、希実が視線を送るとすぐに、やはりチラッと希実たちのほうを見て、春風のような、いつもの笑みをそっと浮かべてきた。

「……」

誰かが自分を見守ってくれている。そう感じられることは、前に足を踏み出す勇気をくれることなんだなと希実は思う。

「……いいですよ。来ても」

希実の言葉に、榊はパッと笑みを浮かべ、本当にっ⁉ と声をあげる。よかった！ 嬉しいよ！ 僕の姪っ子ちゃん！ 仲良くしようね！ だから希実はそっけなく返す。でも、今日みたいな時間に来ても、私絶対もう起きませんからね？ そんな希実の対応に、榊も嬉しそうに悶えてみせる。うーん、いいねぇ、その塩対応！

窓の外は、かすかに明るくなりはじめていた。

鳥の鳴き声も、わずかに聞こえてくる。

夜はもう、終わるのだ。

律子の容態が急変したのは、榊とのそんなやり取りが行われた、一週間ほどのちのことだった。希実としてはようやく、倉庫での一件を詫びようかなと思いはじめていた頃合いだった。

けれど、それは叶わなかった。

彼女の病気は神経膠腫《グリオーマ》という脳腫瘍の一種で、美作医師によれば、もう手の施しようはないとのことだった。発症して三年。そもそもあとは、時間の問題であったらしい。

「……やれることはやったが、予後のよくないタイプでな」

そんな美作の言葉に、だから希実はポツリと返したのだった。

「ちょっと、ヘンだと思ってたんですよね……。脳外科医の美作先生が、わざわざ診てくれてるなんて……」

病状をずっと伏せていたのは、母の意志だったんだとか。のぞみんに迷惑かけたくないから――と美作医師には言っていたらしい。なんだそりゃ？　と希実は思ったが、母らしいといえば、母らしいやり方のような気がしないでもなかった。

律子の息がとまったのは、それから半月後のことだ。

そう言えば母、寒いの嫌いだったもんな。通りに吹き抜けていく落ち葉を前に、希実はぼんやりとそんなことを思った。

だから冬が来る前に、急いで逝ってしまったのかもしれない。

＊＊＊

空が高いな。

寺の裏側に広がる墓地の前で、吐きだした煙草の煙を見あげながら、榊はふとそんなことに気づく。快晴の空には、彼が吐きだした白い煙がもやのようにかかり、しかしすぐにそれは消え、目が覚めるような青が広がる。それは本当に濃い青で、目の前に植えられている銀杏の木の、黄色く色づいた扇形の葉々が、さらに鮮やかによく映えて見える。

「……」

遠くからは、薄く読経の声が聞こえてきていた。向こうで、律子の葬儀がとり行われているのだ。葬式って、やっぱ苦手だなぁ。そんなことを思いながら、榊は煙をまた吐きだす。無論、葬式が得意な人間など、そうはいないだろうという思いもあったが、それでも少し息が詰まって、彼はその場を抜け出していたのだった。

だから遠くの人影に気づいた時、榊は内心、アイツもか、とひそかに苦く笑ってしまった。まったく、俺たちときたら――。親の教育が悪かったのかな？

人影は、もちろんと言うべきか樹だった。建物の角を曲がり、悄然とした面持ちで現れた彼は、俯き加減で黒いネクタイを緩めながら、ぼんやりとした様子で榊のほうへと歩いてきていた。その頬は少しこけていて、目の下のクマも中々にひどいものだった。もしかしたらしばらくの間、まともに眠れていないのかもしれない。

しかしそんな彼ではあったが、先に榊の姿に気づくなり、ハッとした様子で足を止め、はっきりとその目を見開いた。

「――あ」

きっと昔だったら、そこでUターンしていたところだろう。しかし樹は、すぐに何か決意したような表情を浮かべ、そのまま榊のもとへと真っ直ぐ歩を進めてきたのである。

「……よう」

兄の隣に並び、そう声をかけてきた弟に対し、榊はチラと彼に視線を送り、よう？と眉をひそめ訊く。すると樹は少し焦ったような様子で、あ、ごめん、と即座に詫びてきた。だから榊はブッと吹き出し、なんで謝るんだよ？　と告げたあと、煙草をひと口吸い込み煙を吐きだし、努めて朗らかに続けたのだった。

「……意外だったから訊き直しただけで、別に怒ったわけじゃないよ。てゆうか、それだけで怒るとか、俺をどんな暴君だと思ってんだよ？」

受けて樹は眉をあげ、条件反射だよ、とどこかすねたような顔をした。そもそも、兄さんが叩き込んだんだろ？　だから榊はまた小さく笑って、再び眩しい青に臨んだのだ。

「いいじゃない。よう、って挨拶。仲のいい兄弟みたいで、悪くないよ。それに、どの道お前と俺とは、共犯者になったんだし——。気まずい兄と弟でい続けるのも、いい加減潮時でしょ」

そんな兄の言葉に対し、樹は苦いものを口に含んだような、しかしどこか安堵したような、なんとも言えない複雑な笑みを浮かべる。だから榊はそんな弟を横目に、ぼんやりと思っていたのだった。もしかするとコイツには、まだ諸々がのみ込み切れてないのかもしれないな。

そんなことを思いながら、榊は弟の返答を待つ。そうしてそれから大よそ十五秒。樹は小さく息をつき、そうだな……、とようやく小さく頷いた。

「……律子も、感謝してたよ。兄さんが、仲間になってくれたこと……」

噛みしめるように言う樹に、榊は敢えて軽く返した。え？　そう？　だったら感謝ついでに、天国で俺のこと、美和子によくよく伝えて欲しいなー。すると樹も、そこでやっとまともに笑ってみせた。それはどうかな？　兄さん、途中まで本気のヒールに見えてたから……。律子もあれで、だいぶナーバスになってたんだぜ？　兄さんが、マジで復讐しようとしてるもんだと思って……。その言葉に、榊も笑って応える。敵を欺くにはまず味方からって言うだろ？　むしろ迫真に満ちたその演技を、誉め称えて欲しいくらいなんだけど――。

一本わけてくれないか、と言う樹に、榊は、家族のために禁煙してるクチじゃないの？　と問いかけたが、弟はおどけたように眉をあげ、今日は特別、と返してきた。そうして彼らは兄弟揃って、煙草をくゆらせはじめたのである。

「……兄さんが昔から、やる時はトコトンやる人だってのは知ってたから、今回のこともまあ、言われてみればなるほどなって、感じではあったんだけどさ」

煙草をくわえたまま言う樹に、榊は、そう？　と笑顔で応える。すると樹は、遠いいつかを見詰めるように、空を見あげたまま、ああ、と返してきたのだった。

「だって兄さんは、いつだって完璧だったじゃないか。勉強も道場通いも、いい息子のフリも……。ずっと、完璧だっただろ？」

だから榊も空を見あげ、煙を吐きだし肩をすくめた。

「なーんだ。フリだってわかってたんじゃん。樹ちゃんったら……」

樹がまるで祈るような目で、榊を見詰めてきたのはそのタイミングだ。彼はじっと傍らの兄を見て、絞り出すような声で言った。

「……でも、だからまだ上手く信じられないんだ。兄さんのあの復讐計画が、全部嘘だったってこと――」

それで榊も弟を見詰め返し、ああ、と小さく笑ったのだった。

「――お前にそこまで言わせたんなら、俺の芝居は、やっぱり完璧だったってことだな」

榊が自らの復讐計画の全貌について、律子と樹に打ち明けたのは、律子の拉致騒動が巻き起こっている最中でのことだった。とはいえ、その拉致騒動自体、榊が仕組んだものであることについては、律子にも樹にも明かしていないままなのだが――。

あの日、駐車場の捜索を言い渡された榊は、やって来た元部下たちにその場を任せ、自らはハイヤーを拝借しさっさと倉庫地帯へと向かった。何しろ計画の段取り上、誰よりも早く律子を見つける必要があったからだ。

だからたどり着いた倉庫の前に、希実がすでに到着していたのは痛恨の極みだったのだが、どういうわけか彼女は律子を置いて倉庫をあとにしたため、榊はそのまま計画を実行に移すことが可能となった。どうやら天は、僕に味方してるみたいだな、と思い至れた瞬間でもある。

そうして駆けつけた倉庫のロフトで、榊はすぐに律子に駆け寄り言った。

「――お待たせ！　律子ちゃん！　具合のほうは大丈夫だよね？　うん、脈は正常！　熱は微熱程度！　これなら全く問題ない！」

そしてそのまま、律子を抱きかかえようとした。

「先に見つけた希実ちゃんには悪いけど、君には僕と一緒に来てもらうよ！　さあさあ、急いで急いで……！」

ただし当然というべきか、律子は差し出された榊の手を、弱々しいながら思い切りよく叩き返してきた。

「……なんなの？　どういうことなの……？　いったい……」

だから榊は、急ぎ律子の腕を摑んで言ったのだ。

「詳しいことは車で話すよ。とにかく今は、計画を遂行するため急がなきゃならないんだ。もうじきDNA鑑定機関から、電話がかかってくるはずだから――」

言いながら榊は、律子を抱きあげるべくその腕を引っ張った。彼女がその手に嚙みついてきたのは、次の瞬間だった。

「――ぐっは……！」

それで榊は律子から手を放し、しばしその場に蹲《うずくま》ってしまった。ちょ……、病人のクセに、噛むチ～カ～ラ～。そううめく榊に、律子は肩で息をし、歯をガチガチ言わせながら返した。病人だからって……！　なめないでよね……！　あなたの思い通りになんて、絶対にさせないんだから……！　そうして彼女は榊をにらみつけつつも、どこか悲しげな目で言ってきたのだ。

「……それにね、榊さん……。あなたの復讐は、そもそも無意味なのよ……」

思い詰めたような彼女の言葉に、榊は手をさすりつつ、どうして？　と返した。何を根拠に、君はそんなことを？　すると律子は一瞬目を伏せ、わずかに躊躇いの表情を浮かべた。それは……。しかし、すぐにどこか覚悟を決めた様子で顔をあげ、彼女の真実を告げてきたのである。

「……あなたのお母様は、知ってらっしゃるの……。希実が、樹の娘でないことを――。だからきっと、あなたの復讐計画のことだって……！」

そんな律子の告白を前に、榊は立ちあがり、キョトンとした顔で首を傾げ訊いた。

「何？　うちの母が、計画のことまで、知ってるって言いたいの？」

受けて律子は、息をつきつつ返してきた。

「……そうよ。知ってるのよ……。以前、あなたのお父様が、樹に養女の話を持ちかけた時……。樹は、本当のことを告げたの……。希実は、俺の実の娘じゃない……。だから、あの子には関わるなって——。だからお母様も、ご存じのはずなのよ……。希実の父親は、樹じゃないって……」

そこで榊も、ああ、そう、と言えるはずだった。しかし彼は、律子の紡ぐ言葉に興味が湧き、ついつい話を聞き続けてしまった。うん、それでそれで……？　すると律子はじっと榊を見詰め、どこか言い含めるような表情でもって、決然と言葉を継いだのだった。

「お母様は、すべてを知ってて……。それでもあなたの復讐を、受け入れようとしてるんだわ……。あなたを、ずっと苦しめてきたって、わかってるから……。あなたへの、償いとして……、彼女は、きっと……」

その声は、どこか切実に響いた。

「……それで、あなたの気持ちが……、少しでも、救われるならって——」

そう必死で言葉を紡ぐ彼女は、かつて美和子と一緒になってはしゃいでいた、茶髪の家出少女とは、にわかには繋がらないほどだった。あるいは報われない恋をして、榊の部屋でひとりずっと泣いていた少女とも、また違うように見えた。

だから榊は、思ったのだった。ああ、なるほどねぇ……。そうして笑って言ってしまった。

「……つまり君は、そう思うんだな？」

榊のその言葉に、律子は、は？　と眉をひそめた。しかし榊は構わず続けた。

「――つまりそういう母親に、君はなったってことだよ」

榊が律子にすべてを説明したのは、駐車場へと向かうハイヤーの中でのことだ。そこで彼は、今回の復讐計画なるものが、自ら仕組んだ大芝居であると明かした。

「だから君にも、今から一緒に芝居を打ってもらいたいんだ。駐車場には、トガノの社員がたっぷりいる。社長派も専務派も含め、バラエティー豊かにね。つまりそこで打った芝居なら、もれなく社内に広まるだろうと思われる。だからなるべくうまいこと、どうにかやりきって欲しいんだけど……」

そんな榊の説明に、律子は怪訝そうな表情を浮かべた。何それ……？　どういうことだ……？　だから榊は急ぎ返したのだ。

「駐車場についてすぐ、DNA鑑定機関から僕に連絡が入るんだ。向こうが伝えてくるのは、希実ちゃんと樹の親子鑑定の結果だ。そして鑑定結果は、ふたりが親子であることを証明するものになってる。だから僕はその報告を受けて、驚き慌てふためく算段になってるんだよ。なんてことだ！　これじゃあ、僕の復讐がおじゃんじゃないか！　ってね？」

立て板に水のごとく榊が語ると、律子はその目をぱちくりとさせ、はあ……？　と盛大に眉根を寄せた。え……？　何……？　それ……？　意味が、全然……。それで榊は笑って応えたのだ。

「だーかーらー、希実ちゃんは樹の実の娘だって、みんなの前で周知するための作戦だよ。さすがにここまでの芝居を打てば、もう誰も希実ちゃんの出生について、詮索してこなくなるだろう？」

律子が、榊の話を理解したのは、おそらくその瞬間だったものと思われる。何しろ彼女は榊が言うや、ハッとした様子で目を見開いたのだ。

「……榊さん？　どうして、そんなこと……」

だから榊は、笑って返した。

「僕は、僕なりに希実ちゃんを守りたかったってところかな。僕は、美和子が残していったものを、何も持っていなかったからさ。せめて彼女が想ってた女の子の、ささやかな力になりたかったんだよ――」

榊が美和子から希実の話を聞かされたのは、彼が家に引きこもるようになって少しした頃のことだった。

当時榊は、部屋に閉じこもりベッドで横になり、運ばれてきた食事に口をつけることもあったが、基本的には食欲もなくて、体はどんどん痩せ細っていった。痩せていくのは食べないからという理由だけではなく、おそらく横になってばかりいるせいで、徐々に筋肉が落ちているという側面もあったのだろう。

そんな体を引きずって、美和子のもとを訪ねたのは、思わぬ見舞客が現れたからに他ならない。どういう気まぐれだったのかはわからないが、彼女の兄が顔を見せに来たのだ。

「……おいおい、ホントに引きこもりになってんのか?」

榊の部屋に足を踏み入れた彼は、実に無遠慮に言ってきた。

「なんだよ……。からかってやろうと思って来たのに……。そんなマジな感じだと、からかいようがないじゃん。つまんないヤツだね、お前って相変わらず……」

彼も彼で相変わらず、口の悪い男だった。それでもその彼に頭をさげ、美和子のところまで連れて行ってくれと頼み込んだのだ。そうするより他に、この状況を打破出来る方法が思いつかなかった。無論、そんなことで打破出来るかどうかもわからなかったが、それでもそうするしかなかった。いや、本音を言えば単純に、美和子に会いたかっただけなのかもしれないが——。

その頃美和子は実家を出て、念願のひとり暮らしを送っていた。もともとはお祖母さんの家だったという、実家からさほど離れていない一軒家。そうして突如現れた榊を、彼女は笑顔で迎え入れてくれたのだった。

「やっだー！　榊！　久しぶり！　え？　ヤサグレに連れて来てもらったの？　ああ、いいよいいよ、あの人のことはほっといて……。それより、榊、元気だった？　会社継いだって聞いたけど……。って、あれ？　少し……、いや……、だいぶ痩せた……？」

数年ぶりに会った美和子は、陽に焼けた、やけに溌溂とした女性に変わっていて、かつての物憂げな印象はすっかり影をひそめていた。

「……てゆうか、やっぱ、だいぶ痩せたよね？　大丈夫？　そうだ！　私のパン食べてかない？　今私、パン教室通っててさ――」

そんな美和子に、若干榊は虚を衝かれたものの、しかしそれよりも自らの激情が勝り、ほとんどすがりつくように、半ばがむしゃらに彼女の手を取ってしまった。

「……美和子」

おそらくその言葉は、彼がずっと口にしたかったものだったのだろう。そしてきっと美和子の前でしか、言い得ない言葉でもあった。

「――一緒に、逃げよう。一緒に、逃げてくれ……。美和子……」

今思い出しても、中々に切実な言葉だったと思う。彼の見た目もだいぶ変わってしまっていたから、美和子としてもそれ相応の出来事として、榊の登場とその発言を受けとめていたはずだ。何しろ彼女の手を握りしめたその手だって、だいぶ震えてしまっていたのだ。声だって、情けないほどにうわずっていた。僕は……、もうダメだ……。ダメなんだよ、美和子……。どこにも、いられない……。いられないんだ、美和子……。一緒に、逃げてくれ……。逃げて……。

あの時、自分がいったいどれほどの間、うわ言のような言葉を繰り返し、美和子の手を握りしめていたのか、榊ははっきりと覚えていない。しかしそれなりの時間が経っていたことは確かだ。何しろ気づいた時、ずっと冷え切っていた指先が、ほのかに温かくなっていたのだ。

「……」

おそらく美和子が手を振り払わず、そのままでいてくれたおかげだろう。彼女が特に何をしてくることはなかったが、それでも指先の温かなものは、榊にさり気なくわけてくれたのだった。

そうして榊が落ち着くと、彼女はちゃんと前言通り手製のパンを振る舞ってくれた。

「昔、私がよく行ってたベーカリーがあるでしょ？　そこの味を真似して作ってみたんだけど……。どうかな？　ほら、例の、お腹にいいパン」

テーブルに並べられたのは、昔食べたのと確かに同じ茶色いパンだった。頰張るとほのかに甘くて、少し酸っぱい。でも嚙んでいると甘みが増してきて、もちもちした食感が独特といえば独特だった。それでもしゃもしゃ咀嚼していると、美和子は楽しげに言ってきた。どう？　けっこうイケるでしょ？　頷くと肩を叩かれた。よーし！　もっと食べな食べな？　笑うと笑って返してくれた。よーし、笑った笑った。そしておかしそうに言ったのだ。やっぱりパンって、人を救うよねー？　違うよ。君が救ったんだよ。その言葉は、胸の中に留めておいた。

ちなみに先の誘いについて、美和子が返答をしたのは、榊があらかたパンを食べ終えた頃合いだった。彼女は、あ！　そうそう、そういえば……！　などと、やっと思い出した様子で、あっさりきっぱり辞してきたのだ。

「――実は私、こないだパン教室の授業料払ったばっかりなのよー。向こう半年分。それに今、家庭教師もしてるから、その子のこと置いて、他所にはちょっと行けないし……。そうそう！　それに今、何気に恋人が出来ちゃってて？　遠距離なんだけど。だから他所に行くようなことは、ちょっと無理な感じなのよー。ごめーんね？」

そのあっけらかんとした物言いに、榊は思わず目をしばたたいてしまったほどだ。しかし美和子は特に悪びれる様子もなく、いたずらっ子のように肩をすくめたのち、柔らかな笑みを浮かべ言い継いだのだった。

「……それに、ね。ここには時々、律子の子が来ててさ……」

思いがけない美和子の告白に、だから榊は、えっ？　と声を漏らした。律子って、あの律子ちゃんの……？　すると美和子は、眩しいものを見るように目を細くして、嬉しそうにあれこれ語ってみせたのだった。どこか少し、親バカな気配を漂わせながら。

「うん。希実ちゃんっていうの。しっかりした子でね。最近じゃ、自分で電車乗り継いで、ひとりで来たりもしてるのよ？　昼でも夜でも、気が向いたらなんか来ちゃってるっていうか……。なんか、頭よくない？　しかも顔もかわいいの！　こう……、ちょっとこけしちゃんっぽくって……？」

だから美和子は、逃げられないのだと告げてきた。

「むしろ、私がここにいたいのよね。あの子がここへ来た時に、ちゃんと迎えてあげられるように――。居場所を、作っておいてあげたいの。そこに行けば、大丈夫だって思えるような場所を……」

そうして彼女は、榊の頭をくしゃくしゃくしゃ撫でて言ったのだった。柔らかく温かく、けれどとても、毅然とした笑顔で。

「だから、私はずっとここにいるから――。榊も逃げたくなったら、ここに来ればいいんだよ。いつでもおいで？　夜でも明かりは、ちゃんと灯しておくからさ」

　そしてその言葉をお守りに、榊は家へと戻ったのだ。僕の場所は、ちゃんとある。その思いは少しだけ、心の膜を薄いものにしてくれたような気がする。

　とはいえ、そのお守りをくれた美和子はといえば、以後、榊が何度家に足を運んでみても、完全に家を空けっぱなしにしていたわけだが――。

　いったいこれはどういうことなのか？　そう思い隣家を訪ねると、その家のオバサンは、毎度衝撃の事実をもたらしてくれるのだった。ああ、美和子ちゃん？　彼女なら、確かこないだパリに発ったはずよ？　しばらく向こうでパン修業ですって。あら？　また美和子ちゃん？　彼女、今はドイツですって。次はイタリアとかって言ってたかしら？　はいはい、美和子ちゃんね。今は南米よ。ご主人のところに、旅行がてら行かれたのよ。え？　ご主人はご主人よー。あら、知らなかった？　美和子ちゃん、結婚したのよ？　だから今は久瀬じゃなくて、暮林美和子ちゃんになってるわ。

　おかげでその都度、榊は顎が外れる思いだった。お――、おい、おいおいおい！　どういうことなんだ美和子？　ずっとここにいるとか言いながら、ここにいたためしがないじゃないか……っ!?　嘘をつくにもほどってもんがあるだろ……っ!?　ほどって、もんが……っ!?

しかし、心から怒る気にはなれなかった。親とは違う大人になろう。その約束のほうは、ちゃんと守られつつあるようだったからだ。

あの美和子が、結婚ねぇ……。オバサンからその話を聞かされた時、榊はしみじみ思ってしまった。家族が苦手だった美和子が、ついに家族を持ったのか——。無論、若干置いてけぼりを食らったような気もしたが、それはそれでまあいいか、と榊としては思えていた。

いや、むしろ十分だった。

君が幸せなら、僕は、それで——。

けれどそれは、大きな勘違いだった。

美和子の夫がやっているという、ブランジェリークレバヤシなる店に、足を踏み入れパンを食べ、彼にはすっかりわかってしまった。ああ、そうか……。君は、嘘なんかついていなかったんだな。

店内に、昔の家の面影はなかった。壁の色も、床の素材も、間取りもガラス窓も、全部昔とは違っていた。それでも、榊にはわかってしまった。ここは、美和子が望んだ場所なのだ、と——。

そうだよな。

美和子が、嘘をつくわけがない……。

ここは、歩道橋でいつも立ち尽くしていた彼女が、きっと帰りたかった場所で——。誰かを、迎え入れたかった場所なんだ。

店には美和子を想った人たちがいて、彼らは榊に、やはりパンを出してきた。それが茶色いパンだったのは、美和子の計らいだったのだろうか——。

彼らはあれこれ言いながら、しきりにパンをすすめてきた。こう食べるとおいしいだとか、やれこれも食べろだとか、うるさく口も挟んできて、だから榊の目頭は、自然と熱くなったのだった。

何しろはっきり思ってしまったのだ。やっぱり、君はまだここにいるんだな。美和子の断片を抱えた彼らを前に、そう思わずにはいられなかった。

嘘なんて、ついてなかった。

君はここに、いてくれたんだな。

「——うちの母が、希実ちゃんに株を譲渡したいだとか、出来れば養女に迎えたいだとか、そんなことを弁護士に相談した後、門叶の親戚筋の間では、けっこうな騒ぎが起きちゃってね。希実ちゃんを自分の近いところに置こうと画策するヤツもいれば、いっそ脅して遠ざけようと考えてる一派もあった。でもそのうち、彼らの関心事は、希実ちゃんの出生のほうに向かってしまったんだ。もしかしたら彼女の父親は、樹ではなく別の男かもしれない、ってね……」

ハイヤーを運転しながら榊がそう説明すると、助手席の律子は言葉を詰まらせ黙り込んでしまった。病身の彼女をどうやら相当動揺させたようで、榊は少し申し訳ない気持ちにもなったのだが、それでも今は時間がないと、くだんの復讐計画をはじめた経緯について、そのまま律子に語って聞かせた。

「それで中には、実際彼女と樹のＤＮＡ鑑定を、秘密裏に行おうとする輩まで出てきちゃってさ。だからもういっそ、僕がその役割を担おうと思ったんだ。幸い僕には、お気の毒な家庭の事情があったから、そこを上手く使えばどうにかなると思ったんだけど……。想像以上に、みんなすっかり信じてくれちゃってさ。僕が希実ちゃんを使って、母に復讐しようとしてるって――」

そんな榊の口ぶりに、しかし律子は怪訝そうに、本当に？　と鋭く訊いてきた。

「本当に榊さん、お母さんに復讐しようとしてたんじゃないの？　だってあなた、お母さんのせいで美和子と……」

だから榊は笑って返したのだった。もー、やめてよー。美和子とは、そういうんじゃないって、昔も言ったでしょー？　そもそもアイツは、僕のことなんて友だちとしてしか見てなかった感じだしー。そして、あまり口に出したくはなかったが、はっきりそこは告げておいた。

「……それにうちの母は、ちょっと認知症の症状が出てきててね。復讐も何もないんだよ。彼女が希実ちゃんの出生を知りながら、遺産だ後継者だって言いだしてるのはそのせいさ。忘れてるんだ。そのへんのこと……。なんなら僕のことだって、息子だってわからなくなってる時もあるくらいで……」

その言葉に、律子は、えっ？　と小さく声を漏らしたが、榊はすぐに話を切り替えた。何しろ本題は、そこではなかったのだ。

「まあ、それはそれとして――。僕としては、ここで律子ちゃんに最終確認をさせてもらいたいんだけど、いいかな？」

すると彼女は低い声で、最終確認？　とおうむ返しをした。その声には、多分に緊張感が含まれていた。おそらく多くの新事実を前に、彼女も戸惑っていたのだろう。それでも榊は敢えて問うた。何せそれなしでは、さすがに踏み切れないと思っていたからだ。

「……希実ちゃんの出生については、君も樹も、このままで通したいと望んでるよね？本当の父親については、おそらく明かしたくないと思ってる。そこにどんな理由があるか訊く気はないけど、ふたりしてそう思ってるってことは、そう桁外れに間違ったことでもないんだろう。僕はそう思ってる」

腕時計の時間を確認しながら、榊は言い継いだ。

「だから訊きたいんだ。これから僕は、大芝居を打つつもりでいる。ＤＮＡの鑑定結果を受けて、虚しくも復讐計画に破れる、愚かだけどちょっとかわいそうな元社長ってヤツを演じ切るつもりでいる。そしてそれが終わったら、今度は希実ちゃんの伯父さんとして、彼女の出生の秘密について守り続ける所存だ。仮に、君がいなくなったとしても……、ね？　僕は、そうしていいだろうか？　君に、その確認をとりたかったんだ」

律子はずっと黙ったまま、榊の話を聞いていた。ただし運転中の身であったから、彼女がどんな顔をしていたのかまでは、榊にはわからなかったのだが——。

「——もし君が嫌だと言うなら、このまま僕はおとなしく引き下がるよ。どうだろう？　律子ちゃん……」

かくして結果、榊は大芝居を打ち、律子と樹にその後の処理を託したわけだ。あの日以降、元部下たちからはだいぶ優しくされているので、ふたりのほうの芝居も、きっと上々だったのだろうと思われる。ただし榊個人としては、あまりの同情されっぷりに、樹のヤツ、どんな芝居してみせたんだ？　と少なからず思ってはいたのだったが——。

だから榊は、兄さんのあの復讐計画が、全部嘘だったたって上手く信じられない、などと言いだした樹に対し、笑って返したのだった。お前にそこまで言わせたんなら、俺の芝居は、やっぱり完璧だったたってことだな。そしてなるべく嫌みったらしく付け足してやった。

「……けどお前こそ、俺の元部下たちの前で、ずーいぶんいい芝居してくれたみたいじゃないかぁ。あの日以来、みーんなに優しくされちゃって、嬉しくてお兄ちゃん、涙が出そうなくらいだよ？」

ただし弟は、へぇ、そりゃよかったね、などと返してきたので、あまり効果はなかったようだが――。

「なんか兄さんって、会社の人たちにはやたら慕われてるみたいだったもんな？　まあ、昔から外ヅラも天下一品だったたから、色々騙せてるんだろうけど」

むしろ、天然な嫌みで返されたような気がしないでもなかったのだが――。

ちなみに樹、今日の律子の葬儀には家族も同伴しているのだそうだ。そこも天然なのかと榊は目をむいたが、しかし樹の話によると、奥さんが参列したいと樹に告げてきたとのこと。

「妻は、前の旦那さんを亡くしてるからね。色々と思うところがあったんだと思うよ」

そんな樹の説明に、榊は思わず言ってしまった。

「まさかとは思うけど、お前、これからは希実ちゃんと、家族ぐるみで付き合っていったりするつもりなのか……？」

すると樹は、うーん、と腕組みをし、どうかなぁ？　と首をひねって答えた。

「そこらへんは、成り行き次第かなと思うけど……。でも、きっとなるようになるさ。みんな根は悪い人間じゃないし……。人を失う痛みも知ってるから、傷つけ合うこともないかなって思ってるんだ」

だから榊は、再び目をむいてしまった。なんて甘ちゃんなんだ、と思ってしまったという側面もある。痛みを知っているからこそ、人を傷つける人間もたくさんいる。傷ついたぶんだけ、人に優しくなれるなんてのも大嘘だ。傷というのは、そんなに生やさしいものではない。そのことは、おそらく樹もよく理解しているだろうに——。

「……」

けれど人の思いというのは、願いであり祈りだ。傷つけ合わないことを祈る弟を、だから榊は少しだけ、ほんの少しだけ誇らしく思った。コイツは、違う大人になったんだな。そんなふうにも、ひそかに思ったほどだ。そのことに少し救われた気がしたのは、一生内緒にするつもりだが。

煙草がすっかり短くなった頃、樹は、そろそろ行かなきゃな、と灰皿を探すような仕草をしてみせた。それで榊は小さく笑って、今時灰皿なんてどこにも置いてないよ、と胸ポケットから携帯用の吸殻ケースを取り出し渡してやった。なんせ、喫煙者受難の時代だからな。

するとケースを受け取り、やや面妖な表情を浮かべたのだった。これ、兄さんの趣味……？　それで榊が、ああ、かわいいだろ、ときっぱり返すと、さらに表情を険しくしたのだった。え？　あ、うーん……。まあ、見ようによっては……？

榊がそのことを切りだしたのは、樹が吸殻ケースを返してきた瞬間だ。別れ際なら訊いてもいいかな、となるべくさらりと問うてみた。もし応えるのが嫌なのであれば、さっさとこの場を去ればいい。

「——なあ、樹。希実ちゃんの、本当の父親のことなんだけど……」

しかし樹は立ち去らず、ん？　と割りに素直に返してきた。何？　それで榊も素直に訊ねたのだ。

「……律子ちゃん、なんでアイツが父親だってこと、そんなに秘密にしておきたかったんだ？」

すると樹は小さく笑い、父親には、向かない男だからだって言ってたよ、とあっさり応えた。

「あとは、希実ちゃんを、ちゃんと父親に望まれた娘にしてやりたいんだとも言ってた。律子、妊娠中はずっと俺といたしね。俺、これでもあの子が生まれてくること、心から望んでたからさ」

その返答に、榊は重ねて訊く。

「それなら、どうしてお前と別れたんだ？　今の話だと、お前たちだってうまくいってたみたいじゃないか」

風が吹いたのは、その瞬間だった。ごう、と空が鳴って、木々が一斉にざわついた。とはいえ、一瞬の突風に過ぎなかったようだが——。

「……アメリカで、大きな爆発事故があったんだ」

風に乱された髪を直しながら、樹はごく冷静にそう語った。

「彼はそれに巻き込まれて……。向こうで瀕死の重傷になってたらしい。律子はそれで希実ちゃんを産んで、すぐそっちに行っちゃったんだよ。もっとも、意識が戻ったとたん、あっさり追い返されたらしいけど……」

言いながら彼は、どこか遠い目をしてみせた。

「……そのことは律子にとって、どうしたって拭い切れない、ひどい罪悪感になっていたようでさ」

そうして苦く笑って続けたのだ。

「だから俺は、今でも少し思ってるんだ。なんだかんだ言いながら、律子はアイツのことを、忘れてなかったんじゃないかなって。まあ、あくまで俺の私見だけど」

だけどお前の私見だろ？　だったらそれは、中々に重い私見なんじゃないのか？　榊としてはそんなふうにも思ったが、しかし口には出さずにおいた。そんなことは、弟のほうがよくわかっているはずだったからだ。

吸殻ケースをポケットにしまった榊は、また新しい煙草を口にくわえ火をつける。そうして煙を吸い込んだのち、息をつきつつ言ってみせる。

「……人生ってのには、罪がついてまわるもんだな」

すると弟も煙を見あげ、小さく笑って応えたのだった。

「――だから、共犯者が必要なんだろ？」

Cuisson

——焼成——

意識がなくなってからも、耳は聞こえていることがある。そんなことを暮林たちに告げてきたのは、こだまの母親である織絵だった。

「絶対ではないんですがー、聞こえている可能性も十分にあるのでー。意識不明の患者さんであっても、声をかけて差しあげることは、大切だと言われてるんですー」

看護師として働いている彼女のその言葉に、だから暮林たちも倣うことにした。つまり意識不明になった律子に対し、何くれとなく声をかけ続けたのである。

おはようございまーす、律子さん。今日もええ天気ですよー。ちーす！　あ、今日なんかちょっと顔色いい感じじゃね？　律子と面識があったというこだまも、時折り彼女の病室にやって来てはあれこれ言い募っていた。あのね！　うちの庭に、ホオジロがくるようになったんだ！　前からいるモズとも、けっこう仲良しなんだよ！　だからカッコウも、うちに来ればいいと思うんだ！　うちの庭なら、きっと楽しくやれるんじゃないかなー？

無論、希実も声をかけていた。律子が意識を失って以降、彼女は毎日放課後、病院へと足を運び、夜までそこで過ごすという日々を送っていたのだ。

とはいえ、暮林たちが目撃した希実の声かけといえば、母ー、母ー、と耳元で律子を呼んでみるだとか、今日の最高気温は十九・三度、最低気温は十二・一度の予定です、などという気象報告をしてみせるだとか、へぇ、けっきょく円高かぁ、などという新聞記事を読んだ感想を告げるだとか、おおむねそんなことばかりで、たとえば律子を励ますだとか、思い出話をしてみるだとか、そういった類いの声かけは、一切行っていなかった。

「……まあ、俺たちがいねぇ時には、なんかしら話しかけてんのかもしんねぇけどな」

希実の様子を前に弘基はそう言っていたが、榊は肩をすくめ、わかってないなぁ、といった様子で首を振っていた。

「それが、まったくそうでもないんだよ。律子ちゃんとふたりっきりの時も、希実ちゃんは基本あんな調子でね」

何せ自宅警備員であり、かつ自らをド暇人と称している彼は、希実以上に毎日病院へと足を運んでいたのだ。おかげで希実の動向については、そうとうに詳しくなっていた。

「時々、夕食に持ってきてるパンの味の実況したりとか、そのパンの歴史について語ったりとか、そんなことはしてるけど。情緒的な話はまあしてないよね」

そしてそんなふうだから、毎度弘基に、オッサン、また盗み聞きしてやがったのかっ？　と怒られてもいたのだが——。ったく！　この姪ストーカーがっ！　初めての姪っ子に浮かれやがって……！　つきまとい方がいちいち粘着質なんだよっ！　えっ？　ちょっとそれ君が言う？　そやなぁ、弘基には、人妻を追って国をまたいだ前科があるでなぁ。はあ？　前科？　もしかしてクレさん、そこ根にもってんのかよ？　つーか、そういう感覚クレさんにもあったのかっ!?　ちょっと、弘基うるさいよっ！　病院なのに！　おお、来たか希実！　面白ぇ話あんぞ！　なんとクレさんが俺に嫉妬を……。えっ？　そうなのっ？　暮林さんが嫉妬っ？

最悪な日々の中にあっても、そんな会話はちゃんとあって、日常は日常として日々繰り返し使い古されていく。着古すうちに、だんだんと馴染んでくる、柔らかな木綿の上着のように。

そのことが希実にとって、いったいどんな意味を持つのか、暮林にはよくわからなかったが、しかしそれでもそういったものの類いが、ないよりはあったほうがいいような気がしていた。

たとえば、同じ時間に囲む食卓。行ってきますという挨拶に、行ってらっしゃいという掛け声。持たされた弁当のほの温かさや、いつもと同じ通学路の風景。青空、そよ風、ビルの向こうに沈む夕日。ただいまと言える場所や、お帰りなさいと返す人。

そういったささやかなもののすべてが、彼女のためになってくれればと暮林は思った。ほとんど、祈るようにそう思った。

律子が息を引き取る際にも、希実は感情を昂らせるようなことはなかった。ただ律子の手を握り、母ー、母ー、と低く呼びかけを繰り返すばかりだった。母ー。母ー。母ってば……。母……。

「……もう」

背の高い希実が、その時はまるで小さな女の子のように見えた。

「――待ってよ……。お母さん……」


律子の葬儀の日、空は見事な快晴だった。

だから暮林は思い出したのだ。あたしって、けっこう単純な人間だからー。ただ天気がいいだけで、なんかいい気分になっちゃうのよねー。そう言っていた、律子の笑顔を。

「……」

きっとしばらくはこうやって、晴れ渡った青空を見るたび、彼女の言葉を思い出してしまうのだろう。葬儀会場の門扉の向こうに広がる空を見あげ、暮林はぼんやりとそんなことを思った。

　何しろ記憶というものは、あらゆるものに紐付けされている。例えばメロンパンを見れば、やはり一番に希実を思い出すし、クロワッサンを目にすれば、ソフィアのウィンクが脳裏を過る。双眼鏡を見れば斑目を連想するし、野良猫を見かけるたび、こだまは元気かな？　とふと思う。

　だからこの先しばらくは、あれこれ何かを見かけたり、あるいは何かするたびに、彼女にまつわる事柄を、ふと思い出したりもするのだろう。何しろ亡くなった人の影というのは、時として生きている者のそれよりもずっと濃いのだ。そのことを、暮林はよく知っている。

「……」

　けれどしばらくしたら、思い出す回数も減っていって、そのうち違う思い出に塗り替えられていくはずだ。美作が言っていた通り、幸か不幸かこの世界は、常に流動し続けていくものなのだ。

　変わっていく。何もかも。喜びも、悲しみも。傷のようなものも、多分。だからどうにか、生きていける。

葬儀にあたっても、希実はごく気丈に振る舞った。律子が生前、自らの葬儀について、あらかじめ手配をしていたというのもあるが、希実も希実で葬儀業者に対し、実に冷静に対応してみせていた。

喪主の篠崎希実です。よろしくお願いします。それで、早速なんですが——。母は広島の親戚一同に、一切連絡はしないとお伝えしていたようですが、私としては、やっぱり連絡は入れたほうがいいと思って。なのでもしかしたら、親戚席が必要になるかもしれないんですけど、その時は対応のほうお願い出来ますか？　あと、遺影なんですけど……。ホントにこの写真使うって、母が言ってたんですか？　修整入りまくりで、もう別人の域なんですけど……。

いっぽうで弘基や樹のサポートも鉄壁だった。彼らは希実と葬儀業者の打ち合わせに同席し、それぞれ雑務を引き受けていた。じゃあ、役所の書類は私が手配します。連絡リストの漏れは俺が確認するわ。あと、学校への連絡も……。そうだ、この花代なんですけど……。

通夜の参列者にも、葬儀の参列者にも、ブランジェリークレバヤシの関係者が割合多く、律子との面識はないものの、希実の母の死を聞きつけて、どうやら駆けつけてくれたようだった。

の、のぞびぢゃん……。ご、ごのだびば、ご、ご愁傷ざばで……。泣かない希実の代わりのように、いくらも目に涙をためる者もいた。希実ちゃん！　希実ちゃん！　希実ちゃ〜〜〜〜ん!!　希実の前に立つなり、彼女を抱きしめる者も若干名いた。おかげで同じく駆けつけた広島の親戚たちは、だいぶ目を丸くしていた。あの方たちは……。女性……？　男性……？　わしに訊くな……。

そんなふうに、滞りなく式は運んでいった。焼香台にはもちろん、暮林の知らない顔も多くあった。若い女の子から、腰の曲がった老人まで、その顔触れは様々で、泣く者、呆然としている者、怒ったような顔をしている者もいたし、そそくさとその場を立ち去る者もいた。

何しろ悲しみの表現や、その重さは人それぞれで、だからこういう場に立ち会うと、その多様さに否応なく気づかされる。そんな中希実は、その色々を受け止めようと、努めているようだった。涙をこぼすような素振りも見せず、ごく丁寧に。本日は、お忙しい中お運びいただき――。生前は母が、大変お世話になりまして――。

暮林が彼の姿に気づいたのは、式もそろそろ半ばに差しかかろうかという頃のことだ。

「……？」

黒い喪服の人たちの中で、ポツンとグレーのスーツをまとった彼は、腕に黒い腕章をつけていて、だから今回の参列は、急遽取り決めたものなのだろうと思われた。あるいは仕事を抜け出して、駆けつけたといったところだろうか。

　案の定、彼はお焼香を終えると、腕時計をチラリと見やりそのまま会場をあとにしようとした。それで暮林は弘基に声をかけ、その場を離れたのだ。無論、彼を追うために。

「——すまん、弘基。美和子のお兄さんが来とらはるで、ちょっと挨拶に行ってくるわ」

「は？　美和子さんの兄貴って……？　見間違いじゃねぇのか？　あの人、美和子さんの葬式にすら来なかったんだぜ？」

　そんな弘基の物言いに、しかし暮林は彼だと確信していた。とはいえ、暮林が美和子の兄を目にしたのは、結婚前、美和子の母の葬儀に参列した時の一度きりだったのだが——。しかし彼には確信があった。間違いない。あれは、篤人さんや。

　彼の歩みは速くなく、だから暮林が彼に追いついたのは、会場を出てすぐの、公道に続く石畳の上だった。

「——お義兄さん！」

　暮林が声をかけると、黒い腕章の男はフッと立ち止まり、そのまま暮林のほうを振り返った。それはやはり見覚えのある篤人の顔で、だから暮林はホッと息をつき、すぐに挨拶をしたのだった。

「お久しぶりです。陽介です。まさか、こんなところでお会い出来るとは……。お仕事、今は日本でされとるんですか？」

するとと篤人は少し煩わしそうに眉根を寄せて、いえ……、と体も暮林のほうに向けつつ静かに応えた。

「たまたまこちらに、出張に来ていただけです。そうしたら今朝方、知り合いから連絡がありましてね。それで、ちょっと顔を出してみただけです」

受けて暮林は、そうでしたか……、と笑顔で返し、取り急ぎ店の一件についての礼を口にした。

「あの……。先日は、伯父さんの会社のほうの、援助を申し出てくださってありがとうございました。おかげでうちの店も助かりました。本当に感謝しとります」

ただし、篤人の反応はごく薄く、ああ、とどうということはないといった口ぶりで述べるだけだった。気にしないでください。会社をダメにしてしまって泣きつかれるよりは、いくらかマシだと思っただけなので。

それで暮林は、そうでしたか、と応え、葬儀会場を振り返り続けた。

「律子さんのこと、ご存じやったんですね？」

すると篤人は、やはり面倒くさそうに息をつき、ええ、と小さく頷いた。昔、ちょっとね……。だから暮林は律子に聞いた話を思い出し、ポンと手を叩いたのだった。ああ、そういえば律子さん昔、久瀬の家におったことがあったんですもんな？

その言葉に、篤人はさらに大きな息をつき眉毛をあげる。ええ。もともとは私が、彼女を家に連れて行ったんです。しかし気づいたら、彼女は美和子のほうと仲良くなってしまった。だから暮林は、ああ、とまた笑って頷いたのだった。何せそのことについては、律子本人から聞いていたからだ。

「それなら、律子さんから聞いたことがありますわ。初めて律子さんが、お兄さんと一緒に久瀬の家に行った時、美和子にすごい形相でにらまれたって……。なんや美和子、スナイパーみたいな目で、律子さんを見てきたとかで——」

篤人が小さく笑ったのはその瞬間だ。スナイパーが面白かったのだろうか。彼は口角をあげたまま、笑ったことを誤魔化すかのように俯き、口元に手をやった。暮林が違和感を覚えたのはその瞬間だ。

（あれ？　この人……？）

彼の笑った顔は、少しだけ美和子に似ていた。もちろん兄妹なのだから、似ていても少しも不思議はないのだが——。

(いや、けど……。美和子に似とるっていうより、むしろ……)

それで思わず、篤人を凝視してしまっていたのだろう。彼はふと暮林の視線に気づくと、再びスッと笑みを消して彼に臨んできた。しかし暮林も目を逸らすことが出来ず、そのまま篤人を見詰め続けてしまった。

「……」

どのくらいそうして、篤人と対峙していたのかはわからない。どの道、大した時間ではなかったと思われる。ふたりの傍を通り過ぎていった者だって、そう多くはなかったはずだ。それでも暮林の頭の中で、ある仮説が組み立てられるには、十分過ぎるほどの時間ではあった。

これは、つまり……。

そういう、ことなのか——？

希実がスッと暮林の横に並んで立ったのは、彼らが黙り込んだまま立ち尽くしていた最中のことだった。どうやら会場を抜け出してきたらしい彼女は、暮林のジャケットの裾をツンツン引っ張り、小声でこっそり確認してきたのである。

「……ねぇ、暮林さん。こちら、美和子さんのお兄さん？」

だから暮林は、ああ、と応え、そのまま篤人へと視線を戻したのだ。

「そう、そうや……。美和子のお兄さんの、久瀬篤人さんや……」

いっぽう、ふたりの眼前に立っていた篤人は、やって来た希実を前に、特に表情を変えることなく臨んでいた。いや、むしろどこか少し、無表情過ぎるような気がするほどだった。そんな篤人を前に、行動に出たのは希実だった。彼女はおもむろに頭をさげ、実に喪主らしい挨拶をしてみせたのだ。

「初めまして。私、篠崎律子の娘の、篠崎希実です。この度は、お忙しい中お運びいただいてありがとうございました。亡き母も、きっと喜んでいると思います。本当に、ありがとうございました」

すでに堂に入った様子の希実の口ぶりに、篤人は表情を変えることはなかった。ただ黙って希実を見詰めたのち、ごく儀礼的な口ぶりでもって、いえ、まだお若かったのに、本当に残念です。娘さんも、どうかお気を落とさないよう、などと返した。そうして小さく黙礼すると、すぐにその場を立ち去ろうとした。

「じゃあ、私はこれで……」

そんな篤人に、希実はさらに告げた。

「――あの！　お店のことも、ありがとうございました！　暮林さんから、お兄さんが助けてくださったって聞いて……。それで、私……」

だが篤人は、それ以上の言葉を制するかのように手を挙げ、大丈夫ですよ、とうるさそうに表情を歪めた。

「伯父の会社を援助したのは、単にうちの問題だからであって、お宅の店のためじゃない。礼は無用です」

そうして彼は、それじゃあ、と言い置き、そのまま踵を返しゆっくりと歩きだしたのである。おかげで希実はその背中を見詰めながら、はっきりと眉根を寄せていたほどだ。

「何あれ？　感じ悪い……」

しかしそうは言いながらも、彼女は去っていく篤人の姿を、しばらくじっと眺め続けていた。

「……」

そして、彼が門のあたりにさしかかった頃、ごく平坦な声で訊いてきたのだ。

「……美和子さんのお兄さんって、足が悪いの？」

希実の指摘は正しかった。彼はわずかばかり、右足を引きずるようにして歩く。だから暮林も遠目ながらに、彼が篤人だと気づけたという側面もある。

「ああ。なんでも昔、事故に巻き込まれたとかでな……」

暮林の返答に、希実は、ふうん、と小さく呟く。

「――そう……。事故……」

けっきょく希実は、彼の姿が見えなくなるまでそこにいた。だからふたりが会場へと戻ったのは、暮林がそうするよう促してからのことだ。お！　希実ちゃん。そろそろ戻らんと、みんな心配するで？　彼がそう背中を叩くと、希実は、あっ！　ホントだ！　と声をあげ、慌てた様子で踵を返した。こんなことしてる場合じゃなかったー。そうしてふたりは、急ぎ会場へと戻りはじめたのだ。

「……」

先に希実を会場へ入れたあと、暮林はふと門のほうを振り返ってみた。しかしそこに、グレーの人影はもちろんなく、だから彼は苦く笑って、希実と同じく場内へと足を踏み入れた。

「……」

いるはずがなかった。

彼はそのことを、おそらく選んだのだ。

葬儀の翌日、朝の配達から暮林が戻ると、厨房の作業台にはやたらキラキラとした朝食が並んでいた。クラムチャウダーに、海老とアボカドのサラダ。バジルソースのカプレーゼには、松の実がふんだんにふりかけられている。そして、サーモンときのこのマリネに、ローストビーフ、ミートローフ。あとはベリー系のソースが三色ばかりと、レバーペースト、豚のリエット等々が、ハチミツや発酵バターとともに作業台の中央に並べられている。おそらくそれらを添えるなり、塗るなりしてパンを食べろということなのだろう。

そして当のパンはといえば、どういうわけだか分厚いホットケーキが用意されていた。だから暮林が、ん？　ケーキ……？　と目をしばたたき首を傾げると、パンケーキだっつーの！　と弘基に速攻で断じられた。パンケーキっつーくらいだから、これはパンなんだよ！　ザッツ、パン！

無論暮林としては、パンケーキのパンはフライパンのパンなのでは？　と即座に思い至ったのだが、しかしのちに続いた弘基の言い分に、だったらまあパンでいいかとのみ込んだ。

「だいたい、これは美和子さんの天然酵母で発酵させたパンケーキなんだよ！　だからパンってことでいいんだ！　しかもパンだからうまいぜ？　もっちりフカフカで……。香りも素朴で香ばしくて……」

美和子の天然酵母が使われたのなら、暮林だってパンだということにしたくなる。その上もっちりフカフカときた。ただし味自体はシンプルだから、添え物によって甘くも塩からくも食べられる。もちろん、甘じょっぱいのもオススメだしよ。まあ、ひと言で言ったら最強のパンケーキだな。弘基は不敵な笑みを浮かべ、そのように胸を張ってみせた。

ちなみに、なぜパンケーキを作ってみたのかといえば、以前榊が希実を連れて、パンケーキ屋に行ったと聞いたからであるらしい。榊のオッサンの話ではよ、あいつ、ほとんど二人分食ったらしいんだわ。しかもペロッと。ろくすっぽ口も利かねぇで、夢中になってガツガツいってたっぽいんだよな。まあアイツも、なんだかんだ言って甘いの好きだし？　だからまあ、なんつーか……。うちでもちょっと、作ってみっかって思ったっつーか……？

要約するとどのつまり、希実を喜ばせてやりたかったたっつーか？　ということなのだろう。だから暮林は彼の肩をポンポンと叩き、うん、ええと思うで……？　と笑顔で告げたのだ。なんちゅうか、こう……。振り切る感じが、弘基らしいっちゅうかなんちゅうかなぁ……。

ただし懸念があるとすれば、希実の最初のひと言だった。何しろ暮林も配達から帰って来て、この作業台を前にした時いの一番に思ったのだ。そうして実際、いつもより少し早く起きてきた希実は、並べられた豪勢な朝食を前に、開口一番言ってのけた。

「——何これ？　何かのお祝い？」

おそらくいつもの弘基であれば、はあ？　祝ってねぇし！　などと返していたところだろう。今日だって最初の、はあ？　は、エアーでやってしまっていた。それでも彼はどうにか堪え、別に祝いじゃねぇけど……、うまいもんなんだしいいだろ……？　とどうにか冷静に返したのだ。まあ、なんでもいいからさっさと食え。今日も普通に学校なんだしよ。希実が定位置についたのはそのあとだ。

「……」

どこか不思議そうな顔で、朝食の前に立った彼女は、心なしか目の下が黒くなっていた。しかもよくよく後頭部を見れば、盛大に髪が散らかってしまっている。このところもうずっと、そういう傾向があるにはあったが、しかし昨日も昨日とて、やはり相当に寝返りを打ったようだ。つまりはあまり、うまく眠れていないのだろう。こんな状況なのだから、無理もない話ではあるのだが——。

それでも彼女は朝食を前に、暮林や弘基ともども、いただきます、と手を合わせると、すぐにどこか目を輝かせ、目の前のパンケーキに取り掛かった。

これって、このまま食べればいいの？　そう問われた傍らの弘基は、眉をあげ小さく頷き、まあ、最初はな、とさり気なく応える。あとはそこの、ソースとかハチミツとか、バターとかリエットとか……、まあなんでもいいから、好きなのつけて好きに食え。

受けて希実はパンケーキをナイフで切りながら、うなるようにして返していた。何？その選択天国みたいなの……。そうしてそのまま切ったパンケーキの一切れを、はむっと頬張り咀嚼しはじめた。するとすぐ口元がゆるみ、眉を寄せて小さく首を振りはじめたのだ。

「――んん……。うま――――っ！」

そしてやや興奮気味に、弘基に向かって言ったのだ。

「これ、このままですごいおいしいって！　なんか、ふわぁ～、って優しくおいしいのがくる感じ！　前に他所で食べたのは、ガツンッ！　って感じだったけど、これは、ふわぁ～。なのにずっともちもちしているし、普通のパンケーキじゃないみたい！」

受けて弘基は盛大なるドヤ顔を浮かべ、まあな、と鼻の穴を膨らませ言ってのける。パン屋のパンケーキだかんな。そんじょそこらのとはそりゃわけがちげーよ。けど、マジで色々つけてもうめーからよ。好きにやってみ？

そんな弘基の言葉に、希実も目をキラキラさせながら、えー、どうしよう？　などと手をじたばたとさせつつ言う。やっぱシンプルに、まずはハチミツとバター？　ああ、でも最初はリエットとかいきたいかなー？　あー、てゆうか、この悩み最高なんですけど——。そうして次々と添え物を変え、ハーモニー！　マリアージュ！　などとやや興奮気味に続けたのち、ようやくひと息ついたのか、ふと思いついたように言いだしたのだった。

「——てゆうか、これ、お店で出せば？　行列できるかもよ？　ホントにマジで二号店とか、けっこう夢じゃなくなっちゃうかも……」

しかし、当の弘基のほうはラズベリーソースをパンケーキにたっぷりかけつつ、ごくあっさり返したのだった。

「これは、店のメニューには入れねぇよ。どうせイートイン席にしか出せねぇし……。それじゃあ、パン屋として本末転倒だろ？　ま、そもそも店に出すように作ったもんじゃねぇしな。だから、別にいいんだよ」

するとは希実は唇を尖らせて、えー、もったいなーい、と顔をしかめた。絶対これ売れるのに……。そして、声を落として小さく続けた。てゆうか、メニューにあったほうが、私もちょいちょい食べられそうなのに……。

そんな希実の発言を受け、弘基はパンケーキを口に運び、どうということもないふうに応える。ふぁったふぁ、ふふぃふぁいふぉふぃに、ふふぃふぁふぃって、ふぃふぇほ。

ただし、頬張り過ぎてまともに発音できていなかったのだが——。

それで希実が怪訝な表情を浮かべると、弘基は急いで咀嚼しのみ込み、先の言葉を繰り返したのだった。

「……だったら、食いたい時に食いたいって言えよ。言われりゃ作ってやっからよ。こんなの、ちょちょいのちょいなんだぜ？」

弘基のその言葉に、希実は少し驚いた様子で目をしばたたく。そして、作ってくれるの……？　と確認してくる。すると弘基はごくそっけなく、ああ、と当然のように頷く。いいぜ？　別に……。そしてやはり、またパンケーキを頬張り告げたのだった。

「これは……。お前に……、食わせたくて……、作ったモンなんだからよ……」

咀嚼しながら途切れ途切れ言う弘基に、希実はどこかキョトンとした表情を浮かべたままだった。すると弘基はそんな希実に対し、少し面倒くさそうな表情を見せ、どこかバツが悪そうに続けてみせたのだ。

「……うまいもん食えば、人間少しは元気になんだろ。だから、食いたくなったらいつでも言えよ。いつでも、作ってやっからよ——」

希実が目を大きく見開いたのはそのタイミングで、彼女はその言葉の意味がにわかにのみ込めなかった様子で、いつでも……？　とおうむ返ししていた。作って……？　え……？　えーっと……？　そうしてしばらく目をぱちくりさせたのち、どこか思い切った様子で切りだしてきた。

「……じゃあ、もしかして私、まだ、ここにいてもいいの？」

　その言葉に、暮林と弘基の両名は、当たり前だろ！　と即答した。とはいえ、暮林のほうは、当たり前やろ、と訛り交じりだったのだが——。

　希実の目から涙が溢れたのは、その次の瞬間のことだ。

「——あ、れ……？」

　自らの目から溢れ、頬をこぼれ落ちていくそれに、希実は半ばポカンとして、降ってくるいくつもの涙の粒を、とっさに手のひらで受けとめようとする。え？　は？　何これ……？　って、え？　ええ——？

　いっぽう弘基も、そんな希実を前に、にわかに慌てふためきはじめる。な？　どうした？　なんだよ？　急に——。

　そうしてふたりは互いに顔を見合わせながら、あわあわ言葉を並べていく。目、目が壊れたか？　ああ、そうかも——。って、んなわけねぇだろ！　ほら、これ！　いやこれ雑巾！　なんでもいいじゃねぇか！　よくないよ！　ああ、なんなんだよ、もう……。

私にだってわかんないよっ！　わかんないけど目が勝手に……！　ああ、もう、よし！　俺のぶんのパンケーキわけてやっから！　だから泣くな？　な？　そんなこと言われてもー。だから、泣くなって、もう……。

「……」

そんなふたりのやり取りを前に、暮林はパンケーキを頬張りゆっくり咀嚼していく。何しろ彼は経験則的に、こういう時はいくらか涙を流したほうがいいということを知っているのだ。

自らの涙に戸惑う希実の顔に、弘基は自らのエプロンを押しつける。ほれ！　これ！　やだ！　ハンカチとかないわけ？　じゃあほら、キッチンペーパー！　そんな雑な会話をしながらも、希実の涙はとまらない。そしてその傍らの弘基はといえば、その涙をとめようと必死だ。だからこれ、クッキングシートだってば！

そんなふうに騒ぐふたりを見詰めながら、暮林はかすかに笑みを浮かべる。何しろ少し、わかった気がしたのだ。

ああ、なるほど、そうか……。

あの人は、この子が泣ける場所を、ちゃんと作って逝かはったんやな――。

「……」

そして同時に、思い出してもいた。かつて自分もこんなふうに、女の子の突然の涙を前に、慌てふためいたことがあったな、と。

女の子というのは、もちろん美和子で、彼らはその時パリのセーヌ川のほとりにいた。大学でいつもひとりパンをかじっていた美和子は、その時もやはりバゲットを手にしていて、ずいぶんと慣れた様子でそれをかじっていた。

パンは、平等な食べものなんだもの。道端でも公園でも、どこでだって食べられる。囲むべき食卓がなくても、誰が隣にいなくても、平気でかじりつける。

そんなことを言った美和子に、あの時の暮林は言って返した。

まあ、そらそうやけど。こうしてふたりで食べたって、同じくらいうまいやろ？　俺がここにおったたって、パンはちゃんとうまいままやろ？　一緒に食っても、うまいパンはうまいままやろ？

すると美和子は笑い出して、そのまま涙を浮かべはじめた。笑い涙のようではあったが、それでも暮林は戸惑って、あれこれ言ったような気がする。そ、そんな笑うことか？　俺、ヘンなこと言ったか？　受けて美和子は涙を拭い、ああ、うん。そうだね。確かに、そうだ。そんなふうに言いながら、笑って暮林を見詰めたのだ。

確かに、パンおいしいや。一緒でも、同じだね。なんでだろ？　私、ずっと気づかなかった。ありがとう、暮林くん。なんか今、ちょっと救われた気分。そんなことを言いながら、まだ目には涙が残っていた。

だから暮林は、笑って欲しいと思ったのだ。彼女に、笑って欲しかった。悲しそうな笑顔ではなく、もっと、普通に楽しげに——。

彼女を笑わせたいと思った。

心からの、笑顔が見たいと思った。

今にしてみればそれは多分、恋というもののはじまりだった。

「……」

目の前の希実と弘基は、相変わらず大騒ぎをしたままだ。涙がとまらない希実の顔に、弘基がエプロンを押しつけて、贅沢言うな！　もうこれでいいだろ！　などと言えば、希実も希実で、やだよ！　なんで弘基のエプロンなんかで！　と言い返す。

けれどけっきょく、ふたりはすっかり笑顔になっていて、だから暮林はパンケーキを食みつつ、やはり小さく笑ってしまう。

店に続く窓のほうからは、清潔な朝の光が差し込んできている。どこからか、車のエンジン音も聞こえてくる。ガシャンという音を立てているから、もしかするとトラックのそれかもしれない。働きはじめる人たちの朝の音だ。あともう少しすれば、登校する子どもたちの、にぎやかな声も聞こえてくるだろう。

そんな光と音に包まれながら、暮林はどこか真新しいような気持ちで思う。ああ、朝が来たんやな。そんな当たり前のことに、少しだけ胸が締め付けられる。

朝が来た。

そのことに、心も少しだけ震えた気がした。

Closed

〈本書は書き下ろしです〉
Special Thanks : Boulangerie Shima

真夜中のパン屋さん
午前4時の共犯者

大沼紀子

2016年 3月15日 第1刷発行

発行者 奥村 傳
発行所 株式会社ポプラ社
〒一六〇-八五六五 東京都新宿区大京町二二-一
電 話 〇三-三三五七-二二一二(営業)
〇三-三三五七-二三〇五(編集)
振 替 〇〇一四〇-三-一四九二七一
ホームページ http://www.poplar.co.jp/ippan/bunko/
フォーマットデザイン 緒方修一
印刷・製本 凸版印刷株式会社

N.D.C.913/566p/15cm
ISBN978-4-591-14512-8
落丁・乱丁本は送料小社負担でお取り替えいたします。
小社製作部宛にご連絡ください。
製作部電話番号 〇一二〇-六六六-五五三
受付時間は、月～金曜日、9時～17時です(祝祭日は除く)。

ポプラ文庫好評既刊

真夜中のパン屋さん 午前0時のレシピ

大沼紀子

都会の片隅に真夜中にだけ開く不思議なパン屋さんがあった。オーナーの暮林、パン職人の弘基、居候女子高生の希実は、可愛いお客様による焼きたてパン万引事件に端を発した、失踪騒動へと巻き込まれていく……。期待の新鋭が描く、ほろ苦さと甘酸っぱさに心が満ちる物語。

ポプラ文庫好評既刊

真夜中のパン屋さん　午前1時の恋泥棒

大沼紀子

真夜中にだけ開く不思議なパン屋さん「ブランジェリークレバヤシ」に現れたのは、美人で妖しい恋泥棒――。謎だらけの彼女がもたらすのは、チョコレートのように甘くてほろ苦い事件だった……。不器用な人たちの、切なく愛おしい恋愛模様を描き出す〝まよパン〟シリーズ第２弾!!

ポプラ文庫好評既刊

真夜中のパン屋さん 午前2時の転校生

大沼紀子

夜が深まる頃、暗闇に温かい灯りをともすように「真夜中のパン屋さん」はオープンする。今回のお客様は、居候女子高生の希実につきまとう、少々変わった転校生。彼が企む〝計画〟により、パン屋の面々は、またもや事件に巻き込まれていく。重く切なく、でも優しい、大人気シリーズ第3弾!!

真夜中のパン屋さん 午前3時の眠り姫

大沼紀子

真夜中にオープンする不思議なパン屋さんに現れたのは、ワケアリ男女の二人組。居候女子高生の希実は、彼らが抱える不穏な秘密によって、不本意ながらも、またまた事件に巻き込まれていく。降り止まない雨の中、希実の過去に隠された謎が明らかに……。人気シリーズ第４弾!!

ポプラ文庫好評既刊

ばら色タイムカプセル

大沼紀子

〝ある思い〟を抱える13歳の家出少女・奏が流れ着いたのは、女性専用の老人ホームだった。一筋縄ではいかぬ老女たちと過ごした時間は、老いること、死ぬこと、そして「生きること」を教えてくれる。しかし「庭のばら園には死体が埋まっている」という噂が思わぬ事件を引き起こし……。

ポプラ文庫好評既刊

空ちゃんの幸せな食卓

大沼紀子

血の繋がりのない義母と、奇妙な共同生活をはじめた私と姉は、同じ食卓を囲むうちに、少しずつ新しい関係を築いていく……（「空ちゃんの幸せな食卓」より）。デビュー作「ゆくとし　くるとし」（坊っちゃん文学賞大賞受賞）を収録。『真夜中のパン屋さん』の著者の原点がここに。